Mechthild Gläser
Ophelia und die Bernsteinchroniken

Von Mechthild Gläser bisher im Loewe Verlag erschienen:

Stadt aus Trug und Schatten
Nacht aus Rauch und Nebel

Die Buchspringer
Emma und das vergessene Buch
Ophelia und die Bernsteinchroniken

Mechthild Gläser wurde im Sommer 1986 in Essen geboren. Auch heute lebt und arbeitet sie im Ruhrgebiet, wo sie sich neben dem Schreiben ihrem Medizinstudium widmet und außerdem ab und an unfassbar schlecht Ballett tanzt – aber nur, wenn niemand hinsieht. Sie liebt es, sich abstruse Geschichten auszudenken, und hat früh damit begonnen, sie zu Papier zu bringen. Inspiration dafür findet sie überall, am besten jedoch bei einer Tasse Pfefferminztee.

MECHTHILD GLÄSER

OPHELIA UND DIE BERNSTEIN-CHRONIKEN

Loewe

Für Christian

FSC
www.fsc.org
MIX
Papier aus verantwortungsvollen Quellen
FSC® C014496

ISBN 978-3-7432-0844-5
1. Auflage als Loewe-Taschenbuch 2020
Erstmals erschienen unter dem Titel *Bernsteinstaub*

Dieses Werk wurde vermittelt durch die
Literarische Agentur Thomas Schlück GmbH, 30161 Hannover.
Innenillustrationen: Annabelle von Sperber
Umschlagmotive: © Ruslan/stock.adobe.com, © Luka/stock.adobe.com, © StockGood/stock.adobe.com, © amaranthus/turbosquid.com, © Tornado Studio/turbosquid.com
Umschlaggestaltung: © Shane Rebenschied
Titellettering: Michael Dietrich
Redaktion: Sarah Braun
Printed in the EU

www.loewe-verlag.de

Prolog

Der Herr der Zeit war alt geworden. Na ja, gut, alt war er schon beinahe so lange, wie er sich zurückerinnern konnte. Also schon eine ganze Weile. Dennoch lasteten die Jahre mit einem Mal schwerer auf seinen Schultern als zuvor. Der Arm, in dem er gerade eine Seele hielt, zitterte vor Anstrengung. Natürlich versuchte er, sich zusammenzureißen, sich nichts anmerken zu lassen. Es war die Seele eines guten Menschen, die er trug, und er wollte, dass sie sich sicher und geborgen fühlte, während er sie auf die andere Seite brachte. Nicht so, als würde ein schwächlicher Greis sie womöglich jeden Moment in die tosenden Fluten fallen lassen. Die Wellen leckten und zerrten heute besonders bedrohlich an seiner Barke.

Der Herr der Zeit schloss die Augen und atmete langsam ein und wieder aus. Mit der freien Hand fischte er eine Taschenuhr aus den Tiefen seines Gewandes und klappte sie auf. Es war ein eigentümliches Gebilde, schwer, groß wie eine Untertasse. In den goldenen Deckel hatte jemand Schriftzeichen eingraviert, die so alt waren, dass nicht einmal er sie noch lesen konnte. Und anstelle des Ziffernblattes prangte dort ein kompliziertes Etwas aus

Zahlen und Zahnrädern, Federn und einer schier unüberschaubaren Anzahl von Zeigern. Manche davon drehten sich rasend schnell, andere so langsam, dass es aussah, als wären sie stehen geblieben, und wieder andere hüpften hin und her, als könnten sie sich nicht entscheiden, wohin sie wollten. Er kniff die müden Augen zusammen, um besser sehen zu können.

Ja, es war eindeutig an der Zeit, dass jemand anderes diesen Job übernahm. Der Herr der Zeit seufzte und wiegte die Seele in seinem Arm zur Beruhigung ein wenig hin und her, während er davon träumte, sich zur Ruhe zu setzen. Und weil die Zeit für ihn wie ein Kreis war, in dem zugleich alles schon geschehen war, noch geschehen würde oder haargenau in diesem Augenblick geschah, wusste er, dass es bald so weit sein würde.

Er wusste, dass es bereits begonnen hatte: Mit einem Jungen, der mit einer ungewöhnlichen und Furcht einflößenden Gabe auf die Welt gekommen war. Mit einem wundersamen Ort unter den Grundmauern eines Amphitheaters, den es eigentlich gar nicht hätte geben dürfen. Er wusste, dass es beginnen würde: Mit jenem seltsamen Tag, an dem in London die Uhr von Big Ben verkehrt herum laufen würde. Und er wusste, dass es jetzt, in diesem Augenblick, begann: Mit einem Mädchen, das drauf und dran war, alles, was es kannte, hinter sich zu lassen, um einem älteren Ehepaar in einen Abwasserkanal zu folgen.

Er hatte sogar ganz genau vor Augen, wie weit über ihm an der Erdoberfläche der dazugehörige Berliner Herbstmorgen stürmte und Laub über eine Straße im Stadtteil Spandau wirbelte. Das Mädchen beugte sich dort gerade tiefer über seinen Fahrradlenker und trat in die Pedale. Ophelia war nämlich wieder einmal viel zu spät dran. Die erste Stunde fing bereits in fünf Minuten an. Englisch, sie sollten heute einen Vokabeltest schreiben. Also biss sie sich auf die Unterlippe und legte noch einen Zahn zu. In Windeseile bog sie um die nächste Ecke, fuhr ein Stück über den Bürgersteig und nahm dann die Abkürzung durch den Park.

Sie war es natürlich gewohnt, sich abzuhetzen. Schon seit der ersten Klasse passierte es ständig, dieses Phänomen, das weder Ophelia selbst noch ihre Lehrer sich erklären konnten: Irgendwo auf dem Weg zwischen ihrer Haustür und dem Schulhof entglitt ihr die Zeit, sie schien einfach verloren zu gehen … Nur selten schaffte sie es vor dem Klingeln ins Gebäude.

Dabei war Ophelia keine Transuse, keine Träumerin. Sie führte mit ihren sechzehn Jahren sogar einen ziemlich tadellosen Kalender und hatte ihr Leben auch sonst recht gut im Griff, fand der Herr der Zeit. Hausaufgaben zum Beispiel gab sie stets pünktlich ab, Verabredungen mit ihren Freundinnen vergaß sie nie und bei den Aktionen der Umwelt-AG war meist sie es, die alle zusammentrommelte und Flyer oder Plakate organisierte. Überhaupt, niemand, der Ophelia kannte, wäre wohl auf die Idee gekommen, dass sie sich noch heute auf den Weg nach Paris machen und dort in eine ganz und gar merkwürdige Geschichte verstricken würde. Noch ahnte ja nicht einmal sie selbst etwas davon.

Noch hatte sie niemandem von dem Staub erzählt.

Dazu kam ihr das Ganze sowieso viel zu aberwitzig vor.

Der Kies des Weges knirschte unter den Reifen ihres Mountainbikes, während der Wind an ihren haselnussfarbenen Haaren zerrte und sie trotz der Anstrengung frösteln ließ. Es war nicht mehr weit, nur noch den Hügel hinauf, dann zwei Häuserblocks entlang und über die Kreuzung. Doch der Rest der Klasse ließ sich nun bereits an den Schultischen nieder und holte Stifte und Papier aus den Rucksäcken. Sie würde es nicht mehr rechtzeitig schaffen. Keine Chance.

Ophelia ärgerte sich über sich selbst und trat noch heftiger in die Pedale. Kurz hinter ihrer Lehrerin durch die Tür zu huschen, war das eine. Aber gleich mehrere Minuten zu spät zu kommen … So ein Mist!

Außerdem war da schon wieder dieser seltsame Staub, der in einem schmalen Rinnsal über ihre Bettdecke gekrochen war und sie beim Aufwachen erschreckt hatte. Dieses Mal wand er sich neben ihr durchs Gras, schlängelte sich wie ein Bach zwischen den Halmen hindurch, als wollte er sie begleiten. Das Zeug war eine Mischung aus silbrigen Körnchen und Spinnweben. Schmutz, der, nun ja, sich offenbar vorgenommen hatte, Ophelia zu verfolgen. So unglaublich das auch erscheinen mochte.

Schon seit Tagen hatte sie deshalb dieses mulmige Gefühl im Bauch, das ihr zuweilen vertraut vorkam. Angefangen hatte das Ganze letzte Woche ziemlich harmlos: hier ein verirrter Fussel, der im Wind an Ophelia vorbeitrudelte, dort ein paar Körnchen, die sich vorwitzig auf der Fußmatte im Treppenhaus breitgemacht hatten. Nichts Dramatisches.

Aber die Fusseln und Körnchen hatten sich rasch in feine Ströme verwandelt, die sich nun überall durch die Stadt und in jedes Zimmer schoben, das Ophelia betrat. Und am allermerkwürdigsten daran fand sie, dass niemand außer ihr diese komischen Flusen zu bemerken schien. Sie fragte sich, wie das überhaupt möglich war.

Und auch, wie, verdammt noch mal, der Bach jetzt plötzlich diesen Satz nach vorn machte? Wollte er ihr etwa den Weg abschneiden?

Ophelia bremste scharf, versuchte, den Lenker im letzten Moment herumzureißen. Was keine gute Idee war, bei der Geschwindigkeit, die sie inzwischen draufhatte. Herrje!

Der Herr der Zeit hielt den Atem an, während Ophelias Fahrrad unter ihr wegglitt. Das Profil der Reifen fand einfach keinen Halt mehr zwischen den Staubkörnchen.

Sie schrie auf.

Einen Wimpernschlag später landete sie hart im Kies und rollte noch ein Stück über Laub und Gras, die ihren Sturz leider kaum abdämpften. Ihre Tasche klatschte mehrere Meter von ihr entfernt zu Boden, das Fahrrad schlitterte noch etwas weiter. Unterdessen fuhr ein stechender Schmerz durch Ophelias Handgelenk und der Staub … Der Staub kroch leise davon, heimlich, wie er es immer tat, immer getan hatte und immer tun würde.

Benommen blieb Ophelia liegen und blinzelte in den wolkenverhangenen Himmel, während der Herr der Zeit die Szenerie mit einem Kopfschütteln aus seinen Gedanken wischte. Wäre er derjenige, der diese Geschichte erzählte, er hätte wahrscheinlich hiermit angefangen: mit Ophelia und dem Staub und diesem Herbstmorgen, an dem alles seinen Lauf nahm.

Aber natürlich musste er die Seele in seinem Arm abliefern

und danach warteten bereits so viele andere auf seine Dienste! Er wäre ja gern noch geblieben, wenigstens für ein paar Minuten. Vielleicht auch, bis Ophelia sich etwas beruhigt und man im Krankenhaus festgestellt hätte, dass ihr Handgelenk nicht gebrochen, sondern lediglich verstaucht war. Oder sogar, bis Ophelias Mutter … Nein, das alles ging natürlich nicht. Auch wenn es ihm nicht gefiel, sie ausgerechnet jetzt allein zu lassen, er sollte lieber zusehen, dass er weiterkam. Am besten sofort.

Der Tod machte nun mal keine Pausen.

Und Ophelia würde es definitiv auch ohne ihn in diesen Abwasserkanal schaffen.

Erster Teil
Staub

1

Die meisten Leute wären wegen eines bisschen Staubs sicher nicht gleich durchgedreht. Dass meine Mutter mich deswegen über den Rand ihrer Kaffeetasse hinweg musterte, als wäre ich ein Gespenst, beunruhigte mich daher schon ein wenig. Alle Farbe war aus ihrem Gesicht gewichen, ihre Augen weit aufgerissen.

»Dein Verhalten in den letzten Tagen und nun auch noch dieser Unfall …«, stammelte sie. »Du siehst Staub, nicht wahr, Ophelia? Staub, wo keiner sein sollte?«

Überrascht strich ich mir das regennasse Haar aus dem Gesicht. Auf dem Weg vom Krankenhaus hierher hatte mich ein heftiger Schauer erwischt und nun tropfte ich Mamas frisch gewischten Küchenboden voll. Ich war mir sicher, dass ich bisher nicht erwähnt hatte, was genau mich und mein Fahrrad heute Morgen zu Fall gebracht hatte.

Immerhin weigerte ich mich ja selbst noch, mir einzugestehen, dass ein paar winzige Körnchen … In jeder Großstadt gab es schließlich schmuddelige Ecken, oder? Dreck sammelte sich an Straßenrändern oder in den hintersten Winkeln von Supermarktparkplätzen, unzählige Spinnweben hingen unter unzähligen

Kellerdecken. Hinter Schrankwänden verbargen sich flusige Wollmäuse. Das alles war so normal, dass vermutlich niemand je groß darüber nachdachte. Warum sollte ich das also tun?

Wieso führte ich überhaupt diese Unterhaltung, anstatt mir trockene Klamotten anzuziehen und mit meiner besten Freundin Anna zu schreiben, um Pläne für das bevorstehende Pfadfindercamp an der Ostsee zu schmieden? Bis zu den Herbstferien war es schließlich nur noch eine Woche und wir freuten uns bereits seit Monaten auf das Zeltlager.

Doch auch jetzt krochen schon wieder ein paar dieser seltsamen Rinnsale auf mich zu. Genau wie in den letzten Tagen: gräulicher Staub, sehr fein, im Licht geheimnisvoll schimmernd und meistens irgendwo am Rande meines Sichtfeldes. Etwas, das ich nur aus dem Augenwinkel wahrnahm. Etwas durch und durch Merkwürdiges, das es eigentlich nicht geben *konnte*. Und doch war es da. Gerade zum Beispiel perlte das Zeug in zarten Tropfen über den Rand der Spüle. Waren das Halluzinationen? Wurde ich verrückt?

»Ob du Staub siehst?«, wiederholte meine Mutter und umklammerte ihre Tasse fester, während mein kleiner Bruder Lars im Nebenzimmer irgendetwas mit seinem Teddybären diskutierte.

Ich spürte, wie ich nickte und gleich darauf wieder den Kopf schüttelte. Das war doch total bescheuert! »Vermutlich habe ich bloß das Fahrradfahren verlernt«, sagte ich, zuckte mit den Schultern und versuchte mich an einem schiefen Grinsen.

Doch es war bereits zu spät. Mamas Blick durchbohrte mich.

Einen Moment lang betrachtete sie mich, als sähe sie mich zum ersten Mal. Dann griff sie ohne ein weiteres Wort nach ihrem Handy.

»Äh«, machte ich. »Habe ich irgendetwas nicht mitbekommen?«

Sie seufzte und scrollte durch die Kontaktliste. Wir beide verstanden uns die meiste Zeit über nicht sonderlich, das hatten wir noch nie. Dennoch kannte ich meine Mutter gut genug, um zu wissen, wenn sie sich um mich sorgte. Sie bekam dann dieses Grübchen auf der linken Wange, das so aussah, als bisse sie von innen darauf. Und gerade bestand ihr Gesicht aus so ziemlich nichts anderem als diesem Grübchen.

»Was ist los?«, fragte ich. »Was machst du da?«

Tatsächlich hielt sie nun doch noch einmal inne und holte tief Luft, bevor sie tonlos erklärte: »Du solltest wohl etwas über unsere Familie erfahren.«

»Unsere Familie?« Ich runzelte die Stirn, während meine Mutter plötzlich sogar ein paar Tränen fortblinzelte, die sich in ihre Augenwinkel geschlichen hatten.

»Im Grunde weiß ich selbst nicht viel. Dein Vater hat einmal gesagt, dass, falls eine seiner Töchter eines Tages von merkwürdigen Staubformationen berichtet …«, murmelte sie und schaute wieder auf das Display ihres Smartphones. »Es ist, wie es ist, Ophelia. Tut mir leid.« Ihre Stimme wurde brüchig. »Du wirst von hier fortgehen müssen, um es zu verstehen.«

»*Wie bitte?*« Okay, irgendetwas lief hier schief. Und zwar gewaltig. In was für einen Albtraum war ich denn da nur hineingestolpert? Erst verfolgten mich diese komischen Staubflocken und nun sollte ich deshalb auch noch *weggeschickt* werden?

Mein Mund klappte auf und wieder zu.

»D...das ist doch ein Scherz!«, stieß ich schließlich hervor. Ich starrte meine Mutter an, die jetzt auf ein Freizeichen lauschte und mir bedeutete, still zu sein.

»Ich meine, was genau hat Papa denn über mich gesagt?«, versuchte ich es trotzdem weiter. Es geschah für meinen Geschmack ohnehin viel zu selten, dass jemand in diesem Haus über Papa sprach. Selbst acht Jahre nach dem Unfall schwebte sein Tod noch immer über uns, wie eine dunkle Wolke, von der wohl alle glaubten, sie könnte sich jederzeit in einen Gewittersturm verwandeln, falls wir ihr zu nahe kämen. Ich war die Einzige, die das anders sah. Vielleicht weil ich damals mit im Wagen gesessen hatte. Weil nur ich mitbekommen hatte, wie er gestorben war.

Auch nun tat meine Mutter wieder einmal so, als hätte sie mich nicht gehört, kaum dass ich meinen Vater erwähnt hatte. Das machte sie immer, wenn es um die wirklich wichtigen Themen ging. Ab einem gewissen Punkt ließ sie mich einfach allein damit klarkommen. Ich presste die Lippen aufeinander.

»Glaub mir, es ist bestimmt besser so. Für uns alle«, sagte Mama. »Jacques und Blanche werden sich in nächster Zeit um dich kümmern und dann sehen wir wei–«

»Die Pendulettes? Aber ich dachte ...« Ich kannte meinen Großonkel und meine Großtante kaum, hatte die beiden das letzte Mal bei Papas Beerdigung gesehen. Damals hatten sie mir ein Märchenbuch geschenkt, vor dem ich mich so sehr gegruselt hatte, dass ich ein paar Wochen auf dem Fußboden vor dem Bett meiner älteren Schwester Grete hatte schlafen müssen. Ich war noch keine neun Jahre alt gewesen.

Gut, seit Grete dann Anfang vergangenen Jahres zu ihnen gezogen war, um irgendeine Superschule in Paris zu besuchen und nach dem Abschluss die Weltherrschaft oder so zu übernehmen, hatten die Pendulettes ab und zu hier angerufen und häufiger geschrieben. Aber bisher hatte Mama das nicht sonderlich gern gesehen. Ehrlich gesagt, behauptete sie hin und wieder sogar, dass die beiden nicht mehr alle Tassen im Schrank hätten und sie meiner Schwester nur erlaubte, dort zu wohnen, weil Grete ohnehin beinahe volljährig wäre und ihre eigenen Entscheidungen treffen könnte. Woher kam also dieser Sinneswandel?

»Wieso?«, flüsterte ich, bekam jedoch keine Antwort. Ja, nicht einmal einen weiteren Blick gestand sie mir zu! Meine Hände ballten sich zu Fäusten, meine Verletzung begann wieder zu schmerzen. »Ich bin kein Kind mehr, okay? Du kannst also nicht einfach beschließen, mich zu irgendwelchen Verwandten – Mama?«

Sie drückte sich das Handy ans Ohr. »Vielleicht ziehst du dir in der Zwischenzeit etwas Trockenes an?«, schlug sie vor, noch immer, ohne mich anzusehen. »Bei diesem Regen Fahrrad zu fahren! Ich hätte dich doch vom Krankenhaus abgeholt, wenn du dich gemeldet hättest.«

Ich hielt mir das bandagierte und nun wieder fies pochende Handgelenk und kämpfte gegen den Impuls an, mir ihr Telefon zu schnappen und den Anruf zu unterbrechen. »Ich hab es auch so hinbekommen. Und ich werde bestimmt nicht –«

In diesem Moment meldete sich offenbar jemand am anderen Ende der Leitung. Meine Mutter atmete aus. »Es geht um Ophelia«, sagte sie, ohne meine Proteste weiter zu beachten. »Besser, ihr kommt sofort.«

Dass ich endgültig den Verstand verloren haben musste, wurde mir klar, als ich ein paar Stunden später tatsächlich hinter einer verrückten Alten aus einem Pariser Gulli kletterte. Ich war schließlich wild entschlossen gewesen, Mama und ihrem kryptischen Anruf bei unseren Verwandten die Stirn zu bieten. Doch stattdessen schob ich nun allen Ernstes meinen Fuß auf die nächste Sprosse einer rostigen Leiter, während meine Mutter mich zu Hause in Berlin bis auf Weiteres in der Schule krankmeldete. Über mir erkannte ich ein Stückchen dunklen Nachthimmel sowie den schillernden Turban meiner Großtante Blanche.

»Komm, Ophelia. Wir sind spät dran«, mahnte sie. Selbst wenn sie flüsterte, so wie jetzt (offensichtlich ließ man sich auch in diesem Land besser nicht dabei erwischen, wie man in der Kanalisation herumspazierte), war der französische Singsang in ihrer Stimme nicht zu überhören.

»Ich weiß«, wisperte ich zurück und stemmte mich mitsamt meinem prall gefüllten Wanderrucksack in die Höhe. Dass wir uns beeilen mussten, war natürlich meine Schuld, wie immer. Doch dieses Mal lag es nicht bloß an meinem »Unpünktlichkeitsfluch«. Die Situation war einfach zu absurd und meine Verwirrung darüber machte mich zusätzlich langsam. Darüber hinaus war der oberste Tritt der gammeligen Leiter so glitschig vor

Herbstlaub, dass ich, als ich endlich oben ankam, ins Taumeln geriet. Für einen Moment verlor ich das Gleichgewicht und wäre beinahe wieder in den Kanalschacht gepurzelt.

Doch die Hand meines Großonkels, der sich als Erster von uns dreien nach oben gehangelt hatte, erwischte mich im letzten Moment und riss mich zurück.

»Hoppla«, murmelte Onkel Jacques.

Tante Blanche leuchtete mir derweil mit ihrer Taschenlampe direkt ins Gesicht. Während ich in das gleißende Licht blinzelte, versuchte ich herauszufinden, wo wir gelandet waren. Aber alles, was ich ausmachen konnte, war eine Art Hinterhof.

»Hattest du in eurer letzten Weihnachtskarte nicht erwähnt, dass du inzwischen eine geübte Kletterin wärst?«, sagte Tante Blanche, die ungefähr fünfmal so alt wie ich sein musste, mir mitsamt Turban gerade einmal bis zur Nasenspitze reichte und mich beim Aufstieg gnadenlos abgezogen hatte. Peinlich, peinlich.

Es stimmte, normalerweise liebte ich nichts mehr, als mich an einer Kletterwand in die Höhe zu schwingen und mir die Welt von oben anzuschauen. Ich war regelrecht süchtig nach diesem Kick, wenn es mir gelang, die eigene Angst zu überwinden, nach diesem winzigen Moment, in dem ich mich frei und unbesiegbar fühlte, losgelöst von allem. Aber das hier war nun mal keine Runde in der Kletterhalle, bei der es bloß darum ging, irgendeine Route zu meistern. Das hier war vollkommen beknackt. Meine Knie zitterten sogar, obwohl ich mich kaum hatte anstrengen müssen.

Höchstwahrscheinlich stand ich unter Schock oder so.

»Ich bin verletzt. Außerdem ist mein Gepäck echt schwer«, verteidigte ich mich mehr schlecht als recht. Mit der verbundenen Hand deutete ich auf den gewaltigen Rucksack, mit der anderen schirmte ich meine Augen ab. »Bitte, könntest du vielleicht irgendwo anders hinleuchten?«

Okay, das klang jetzt wirklich ein bisschen jämmerlich und so gar nicht nach mir. Ich musste dringend meine Fassung wiederfinden und zwang mich dazu, an etwas Schönes zu denken. Zum Beispiel daran, dass ich die Mathearbeit am Montag verpassen würde, weil ich gerade mit meinen Verwandten auf einem unterirdischen Fluss in der Kanalisation nach Paris geschippert war … Na, das funktionierte ja großartig!

»Oh, entschuldige.« Tante Blanche senkte den Lichtkegel herab, sodass ich wieder ihr vogelartiges Gesicht erkennen konnte. Ihre wässrigen Augen, die in Nestern aus Runzeln saßen, beobachteten mich. »Kann es denn jetzt weitergehen oder brauchst du eine Pause?«, fragte sie, schaffte es jedoch nicht, ihre Ungeduld zu verbergen. »Du bist blass. Ist dir übel?«

Hastig schüttelte ich den Kopf. Seit der Sache mit dem Märchenbuch hielt Tante Blanche mich wohl für eine ziemliche Memme. Und ich war momentan auf dem besten Weg, dieses Bild von mir erneut zu bestätigen.

»Mir geht's prima. Ich kann es kaum erwarten, meine Schwester und euer Haus zu sehen«, fügte ich deshalb betont enthusiastisch hinzu (gerade so, als hätte mich die superunheimliche Geschichte von Rotkäppchen und dem bösen Wolf niemals zum Weinen gebracht).

»Schön.« Sie wirbelte herum und ich beeilte mich, mit ihr Schritt zu halten.

Alles in allem erinnerte Tante Blanche verblüffend an einen zerknitterten Papagei und der Eindruck verstärkte sich noch, als sie nun in ihrem changierenden Taftkleid, den lang gezogenen Schnabelschuhen und dem mit einem riesigen Bernstein geschmückten Turban zwischen zwei Müllcontainern hindurchflatterte – Pardon – -hastete. Ihre neonpinke Handtasche baumelte dabei von ihrem Arm und komplettierte ihr Outfit um eine schreiend grelle Komponente.

Dass die Pariser Mode abgedreht sein konnte, war natürlich allgemein bekannt. Doch von älteren, wohlhabenden Damen hätte ich, ehrlich gesagt, irgendwie etwas Gedeckteres erwartet. Ein Chanel-Kostüm vielleicht. (Und ich war mir sicher, dass Tante Blanche bei unserer letzten Begegnung etwas weniger bunt dahergekommen war. Nicht einmal sie ging wohl in Neonpink zu einem Begräbnis.)

Mein Großonkel Jacques sah übrigens kaum unauffälliger aus. Seine Cordhose war zwar nicht regenbogenfarben wie Tante Blanches Kleid, sondern schlicht braun, doch dazu trug er Filzpantoffeln und ein Hemd, das so ausgefranst war, dass man befürchten musste, es könnte jeden Moment auseinanderfallen.

»Keine Sorge, bald sind wir da«, sagte er. Wie Tante Blanche war auch er alt, mindestens achtzig, schätzte ich, doch noch immer hochgewachsen. Die Falten um seinen Mund zogen elegante Linien und verliehen ihm den Glanz eines Filmhelden aus vergangenen Zeiten.

Zu dritt umrundeten wir nun einen müffelnden Haufen Abfall, während ich versuchte, die Panik, die schon wieder in mir aufkeimen wollte, niederzuringen. Nichts hiervon war normal. Gar nichts. Aber zumindest befanden wir uns nun wieder über der Erde.

»Und wann erklärt ihr mir endlich, äh …« Ich suchte nach Worten, fand sie jedoch nicht. »Alles?«

»Nicht, wenn wir gerade Gefahr laufen, die Metro zu verpassen, weil du ja unbedingt noch einmal zurücklaufen musstest, junge Dame.« Jetzt wirkte Tante Blanche doch ein wenig außer Atem.

»Komm schon, Blanche, das ist ganz schön viel für die Kleine. Dann nehmen wir eben die nächste Bahn«, meinte Onkel Jacques, doch meine Tante schüttelte den Turban.

»Du weißt, dass ich mich mit Sybilla Cho zum Telefonieren verabredet habe.«

»Tut mir leid«, entschuldigte ich mich derweil nun schon zum insgesamt dritten Mal. Tante Blanche schien nicht einmal ansatzweise zu verstehen, wie krass der Staub und diese plötzliche Reise für mich waren. Dass ich Zeit brauchte, um all das zu verarbeiten.

Klar, sie hatten mich in Berlin nicht aus der perfekten Idylle gerissen. Natürlich waren wir keine Vorzeigefamilie. Wie auch, nach dem, was geschehen war? Papas Tod hatte eine zu große Lücke hinterlassen. Dennoch kamen wir zurecht, hatten inzwischen jede für sich einen Weg gefunden, damit umzugehen:

Mama hatte Mark getroffen und mit ihm vor fünf Jahren Lars bekommen. Grete war zum Wunderkind mutiert und hatte irgendwann ihr Geigenköfferchen gepackt, um in die Welt hinauszuziehen. Und ich, ich hatte eben gelernt, mich an Kletterwänden und Felsen in die Höhe zu hangeln, ging mit meinen Freunden Pizza essen und protestierte ab und an gegen die Abholzung der Regenwälder. Wie selbstverständlich war ich davon ausgegangen, dass mein Leben mehr oder weniger so weiterlaufen würde wie bisher.

Als Tante Blanche und Onkel Jacques schließlich auf Mamas Anruf hin am späten Nachmittag bei uns aufgekreuzt waren, hatte ich jedenfalls beinahe gelacht. So abwegig war es mir noch immer vorgekommen, dass meine Mutter mich von einem Tag auf den anderen in verfrühte Ferien nach Frankreich abschieben wollte. Dass sie ernsthaft glaubte, ich würde dabei mitmachen!

Doch dann hatten meine Verwandten zwei äußerst schlagkräftige Argumente vorgebracht, die mich meine Meinung überdenken ließen. Das eine war der Staub. Staub, der sich auch hier gerade in glitzernden Rinnsalen zwischen Mülltonnen hindurch- und an Häuserwänden entlangschlängelte und bei jedem Schritt unter meinen Schuhen knirschte. Staub, von dem ich angenommen hatte, dass niemand außer mir ihn bemerkte.

Bis Onkel Jacques inmitten unserer Wohnung plötzlich einen großen Schritt über eines der breiteren Rinnsale gemacht hatte, das neuerdings durch die Diele floss. Bis Tante Blanche mich mit einem »Ophelia, Schatz, du bist ja groß geworden!« begrüßt hatte, während sie gleichzeitig ein paar zuvor nur für mich sichtbare Spinnweben von meiner Schulter zupfte!

Offensichtlich litten wir nämlich unter denselben abstrusen Halluzinationen … Nun ja, Onkel Jacques und Tante Blanche hatten versprochen, dass mich in Paris eine logische Erklärung für die staubigen Spukbilder erwartete. Und deshalb folgte ich den beiden auch jetzt noch weiter in die Dunkelheit, in die sich mehr und mehr das Licht von Straßenlaternen mischte. Der Hinterhof ging in einen steinernen Torbogen über, als Nächstes war da ein zweiter, kleinerer Hof, in den bereits der Lärm vorbeifahrender Autos drang. Und dann, dann standen wir plötzlich am Rande einer belebten Straße.

Mehr noch, es war nicht bloß irgendeine Straße, sondern das Herz Montmartres! Ganz in der Nähe erhob sich die hell erleuchtete Basilika von Sacré-Cœur über unseren Köpfen in den Nachthimmel und am Fuße des Hügels glitzerte uns die Stadt entgegen. Es sah tatsächlich so aus, wie ich es mir immer vorgestellt hatte!

Ich konnte einfach nicht anders, als schon wieder stehen zu bleiben.

»Willkommen in Paris, Ophelia Pendulette«, sagte Onkel Jacques, der sich mit einem Lächeln zu mir umgedreht hatte, während Tante Blanche ungeduldig auf den Zehen auf und ab wippte.

Paris! Also wirklich! In meiner Magengrube breitete sich ein Kribbeln aus. Die Härchen auf meinen Armen richteten sich auf, obwohl das Wetter hier deutlich milder (und vor allem trockener) war als zu Hause.

Onkel Jacques musterte mich einen Moment lang. »Aufregend, was?«

»Ja.«

Er nickte. »Weißt du, ich glaube, du bist sehr vernünftig für dein Alter. Vermutlich sogar vernünftiger als Grete. Du warst schon als Kind so ernst, aber … vielleicht wäre es einfacher für dich, das hier zuallererst als ein Abenteuer zu betrachten und dir das Grübeln für später aufzuheben?« Er zwinkerte mir zu. »Wie wäre es, wenn du einfach ein bisschen die Stadt genießt?«

Die Stadt … Ich war noch nie in Paris gewesen. Trotzdem war es ein Gefühl, wie nach Hause zu kommen, als wir kurz darauf durch die Straßen wanderten. Vielleicht, weil ich die ersten Jahre meines Lebens zweisprachig aufgewachsen war und die Schilder und Speisekarten von Bäckereien und Cafés mir deshalb wie ein Gruß von meinem Vater erschienen? Vielleicht auch schlicht, weil die Fassaden der gewaltigen Stadthäuser mit den schmiedeeisernen Balkonen, gepaart mit dem Akkordeonspiel eines Straßenmusikers, mir an diesem bisher merkwürdigsten aller merkwürdigen Tage meines Lebens zur Abwechslung einmal herrlich normal vorkamen.

Ich nahm einen tiefen Atemzug kühler Pariser Abendluft, dann einen zweiten und einen dritten, bis das schwummrige Gefühl in meinem Kopf, das mich seit dem Morgen nicht losgelassen hatte, endlich begann, ein wenig abzuflauen. Na gut, ein Abenteuer also. Abenteuer waren zumindest besser als Nervenzusammenbrüche, oder?

Möglicherweise hatte Onkel Jacques recht und ich war wirklich ein wenig falsch an die Sache herangegangen. Nun besuchte ich also meine Schwester in Frankreich, so was machten Leute doch andauernd. Man reiste hierhin und dorthin zu den unmöglichsten Zeiten. Anna war letztes Jahr auch zwei Wochen von der Schule beurlaubt worden, um bei der Hochzeit ihrer Cousine in Australien dabei sein zu können. Das Ganze war doch im Grunde gar nicht so spektakulär, oder? Recht unüberlegt und auch ein bisschen unorthodox zustande gekommen, okay. Aber, hey, durfte man nicht mal spontan sein?

Wir nahmen die Metro ins 3. Arrondissement und ich befürchtete, dass Tante Blanche wie ein exotischer Vogel zwischen den übrigen Fahrgästen wirken würde. Doch auf den Sitzen auf der anderen Seite des Gangs saßen zwei Punks, deren Haare sogar noch bunter waren als Tante Blanches Turban. Und Onkel Jacques' Filzpantoffeln erschienen plötzlich geradezu seriös gegenüber den Plateaustiefeln aus weißem Lack, die eine Frau zusammen mit pflaumenfarbenem Lippenstift und einem knappen Kleid ausführte. Davon abgesehen befanden wir uns eindeutig in einer ganz normalen Großstadt und nicht in irgendeinem gruseligen Märchenwald oder so.

Zwar sah ich auch hier natürlich noch immer den Staub, der da und dort über einen der Sitze sickerte oder von der Aktentasche eines Geschäftsmannes tröpfelte, doch ich tat vorerst so, als bemerkte ich ihn genauso wenig wie beinahe alle übrigen Menschen.

Stattdessen nutzte ich die Gelegenheit, um meiner Mutter zu schreiben: *Sind jetzt in Paris. Die Fahrt war ungewöhnlich, aber zu ertragen. Melde mich später noch mal.*

Wie immer dauerte es lange, bis eine Antwort kam, weil Mama

ihr Handy so gut wie nie bei sich trug, wenn sie sich um Lars kümmerte (um ihn vor schädlicher Strahlung zu schützen). Doch heute ärgerte es mich noch mehr als sonst, dass ich fast eine halbe Stunde warten musste, bevor sie mir ein knappes *Okay* sendete. Ich konnte noch immer nicht fassen, dass sie mich einfach so fortgeschickt hatte. Ohne dass überhaupt klar war, wie lange ich weg sein würde! In meiner Kehle bildete sich ein Knoten.

»Ich schätze, es ist noch genug Zeit für ein Abendessen, findet ihr nicht auch?«, unterbrach Onkel Jacques meine Gedanken.

Ich schaute auf meine Armbanduhr und nickte geistesabwesend. Tatsächlich war es gerade einmal halb acht, unsere gesamte bisherige Reise von Berlin nach Paris hatte also nur etwas über eine Stunde gedauert. Diese Bootsfahrt …

Anstatt mich jedoch erneut einem Thema zu nähern, das ich gerade erst beschlossen hatte zu ignorieren, konzentrierte ich mich darauf, meinen Rucksack aus der Metro zu wuchten, die Rolltreppe hinaufzufahren und Tante Blanche und Onkel Jacques weiter durch das Gewirr der Straßen und Gassen zu begleiten.

Nach einer Weile kamen wir an einem kleinen Gemüsegeschäft vorbei und bogen an einem Kiosk um die Ecke, in dessen Zeitschriftenauslage sämtliche Titelseiten natürlich über die kuriosen Probleme mit den Turmuhren auf der ganzen Welt berichteten: Seit ein paar Wochen gingen diese allerorten, von der Großstadt bis zum entlegensten Dorf, immer wieder falsch, stockten oder liefen gar für ein paar Minuten rückwärts. Und bisher hatte noch kein Uhrmacher die Ursache dieses Phänomens finden können …

Schließlich blieben wir vor einem Hotel mit bröckelnder

Stuckfassade und einem von der Sonne gebleichten Baldachin über dem Eingang stehen. An der Hausecke glomm in Neonbuchstaben der Name *Hôtel de la Pendulette*. Allerdings waren das N und beide Ts unseres Familiennamens kaputt, weshalb man von Weitem lediglich »Hôtel de la Pedulee« las.

Die gläserne Drehtür schrappte über einen Teppichboden von undefinierbarer Farbe. Dahinter erwartete uns ein Tresen mit einer goldenen Klingel vor einer Wand voller nummerierter Schlüsselhaken. Die Rezeption war nicht besetzt, doch das schien niemanden zu stören.

Tante Blanche überlegte einen Moment, dann angelte sie einen der Schlüssel herunter und überreichte ihn mir. Der klobige Anhänger daran war aus abgegriffenem Metall und wog schätzungsweise ein Kilo.

»Zimmer 32«, verkündete sie. »Das wird dir bestimmt gefallen. Und jetzt entschuldige mich bitte, ich bin sowieso schon zu spät dran.« Sie verschwand hinter einem Vorhang in der Nähe des Eingangs.

»Äh«, sagte ich derweil zu Onkel Jacques. »Mir war gar nicht klar, dass ihr in der Tourismusbranche seid.«

»Sind wir auch nicht. Das hier ist so etwas wie unser Familiensitz«, erklärte er. »Im Grunde haben wir also bloß sehr viele Gästezimmer. Wir essen dann übrigens in einer halben Stunde, wäre dir das recht?«

»Sicher.«

»Gut.« Onkel Jacques nickte und streckte eine von Altersflecken bedeckte Hand nach mir aus. Mit den Fingerspitzen strich er über meine Schulter. Erneut zeichnete er wie selbstverständlich das gezackte Muster der Narbe nach, die sich unter dem Stoff meines Pullovers verbarg und seit acht Jahren wie die Zahnreihe eines gefährlichen Tieres über meine Haut zog, vom Ellenbogen bis zwischen die Schulterblätter. Ich versteckte diese Narbe stets unter allen Umständen vor den Augen anderer Menschen, und sofern doch einmal jemand einen Blick darauf erhaschte, behauptete ich allenfalls patzig, ich hätte sie bei eBay ersteigert.

Aber das hier war etwas anderes.

Federleicht fuhr Onkel Jacques über das stachelige Muster, genauso, wie er es heute Nachmittag schon einmal getan hatte. »Fühl dich ganz wie zu Hause, ja?«, sagte er leise. »Schon bald wirst du alles verstehen, das verspreche ich dir.«

Ich schluckte und hoffte sehr, dass er damit recht haben würde.

Bis heute hatte es schließlich nur einen einzigen Abend in meinem Leben gegeben, der auch nur ansatzweise so unerklärlich verlaufen war wie dieser hier. Es war jener schreckliche Abend gewesen, an dem ich Papa verloren und die Narbe bekommen hatte. Der Abend des Unfalls. Der Abend, an dem ich zum ersten Mal das Gefühl gehabt hatte, etwas um mich herum wäre nicht mit rechten Dingen zugegangen.

Und irgendwas in Onkel Jacques' Blick sagte mir schon die ganze Zeit über, dass dies keine Täuschung gewesen war.

Natürlich hatten alle behauptet, meine Fantasie müsse mir damals einen Streich gespielt haben. Meine Mutter, Grete, die Lehrer … All die Jahre hatte man mir wieder und wieder versichert, dass ich noch ein Kind und traumatisiert gewesen wäre.

Pure Einbildung wäre das alles gewesen, nicht mehr als ein böser Traum. Weil der Baum definitiv umgestürzt und nicht geflogen wäre und überhaupt …

So lange hatten sie es mir eingeredet – bis ich es eines Tages selbst geglaubt hatte.

Ich war also vernünftig geworden, weil alle das von mir erwartet hatten, hatte versucht, mein Leben weiterzuleben. Doch heute … Als Onkel Jacques mich am Nachmittag auf diese merkwürdige Weise angesehen und die Linie meiner Narbe nachgezeichnet hatte, war es mir mit einem Mal klar geworden: Was, wenn es einen Zusammenhang zwischen damals und heute gab? Zwischen jenem unerklärlichen Gewitterabend vor acht Jahren und den ebenso unerklärlichen Rinnsalen, die mich seit Neuestem verfolgten?

Wenn ich mir den schwebenden Baum genauso wenig eingebildet hatte wie heute den Bach, der mich zu Fall gebracht hatte?

Da formte sich nämlich so ein Ziehen in der Gegend um meinen Bauchnabel, wann immer ich diesen Staub anschaute. Genau wie damals, als ich den fliegenden Baum beobachtet hatte. Als würde etwas in meinem Innern auf einmal blinzeln und nur darauf warten, im nächsten Moment zu erwachen.

Und ebendieses komische Gefühl, diese Ahnung einer Verbindung, war das zweite Argument gewesen, das mich schließlich davon überzeugt hatte, mit nach Paris zu kommen. Viel mehr noch als all der Staub und die geisterhaften Spinnweben an sich.

Es war sogar der eigentliche Grund, weshalb ich mich auf diesen Wahnsinn eingelassen hatte.

2

»Mein Vater«, setzte ich an, aber Onkel Jacques schüttelte den Kopf.

»Später«, sagte er, beschrieb mir stattdessen den Weg zu meinem Zimmer und ließ mich allein zurück.

Einen Moment lang trat ich unschlüssig von einem Fuß auf den anderen, legte den Kopf in den Nacken und betrachtete den Kronleuchter unter der Decke, roch den Staub von Jahren, der überall in der Luft zu liegen schien. Dann fiel mein Blick auf einen Treppenaufgang und die Pfeile, die zu den verschiedenen Zimmernummern führten.

Irgendetwas in meinem Rucksack klapperte, während ich die Treppen hinaufstieg. Dieses Klappern und meine eigenen Schritte waren die einzigen Geräusche, die ich auf dem Weg nach oben hörte. Unter anderen Umständen wäre das alte Hotel mir wohl ein wenig unheimlich gewesen, doch im Augenblick war ich einfach nur froh darüber, dass der meiste Staub hier vermutlich tatsächlich daher rührte, dass schon länger niemand mehr geputzt hatte. Außerdem musste Grete irgendwo in diesem Gebäude sein …

Nummer 32 war ein schmaler Raum am Ende des Flures in der dritten Etage. Das Fenster befand sich auf Höhe des Neon-Hs des Hotelschildes und der Schrank war gerade groß genug für meine Klamotten. Im angrenzenden Badezimmer entdeckte ich die winzigste Dusche, die ich je gesehen hatte, sowie ein Waschbecken mit einem Sprung.

Ich wusch mir Hände und Gesicht mit kaltem Wasser, putzte mir die Zähne und band meine Haare zu einem kurzen Pferdeschwanz zusammen. Für einen Augenblick betrachtete ich meine Züge in dem fleckigen Spiegel. Im Gegensatz zu Grete hatte ich die großen braunen Augen und die gerade Nase unseres Vaters geerbt, beides wirkte ein wenig eigentümlich in Kombination mit der hohen Stirn unserer Mutter und trotzdem passte dieses Gesicht zu mir. Nicht hübsch, aber ungewöhnlich. Es war das Gesicht von jemandem, dem etwas höchst Merkwürdiges passiert war, das richtige Gesicht für ein Abenteuer. Oder?

Ich kehrte dem Bad den Rücken, ließ mich aufs Bett fallen und schloss die Lider.

Gestern war ich noch mit Anna beim Pfadfindertreffen gewesen, wo wir die Zeltbelegung für nächste Woche durchgegangen waren. Und jetzt?

Das Allerwichtigste, wenn man in einer unbekannten Umgebung überleben wollte (egal ob es sich nun um die Wildnis eines Lagers oder das seltsame Zuhause entfernter Verwandter handelte), war nicht zu wissen, wie man einen Unterstand baute oder Feuer machte. Das Allerwichtigste war, sich erst einmal einen Überblick über die Lage zu verschaffen. Und sobald mein Handgelenk nicht mehr so fies pochte, würde ich gleich damit anfangen.

Als ich das nächste Mal auf die Uhr sah, waren blöderweise bereits vierzig Minuten vergangen und ich hatte keine Ahnung, wo genau in diesem alten Kasten Tante Blanche und Onkel Jacques mit dem Essen auf mich warten wollten. Mist!

Ich hastete durch die schummrigen, verschachtelten Gänge aus Tapeten, vergilbt vom Atem der Jahrzehnte. Das *Hôtel de la Pendulette* besaß sechs Stockwerke und ich vermutete die Küche wie auch den Speisesaal in einem der unteren. Allerdings war es gar nicht so leicht, sich in diesem Wirrwarr von Fluren und Treppenhäusern zurechtzufinden, das keinerlei architektonischem Konzept zu folgen schien. So schnell ich konnte, arbeitete ich mich durch das Gemäuer, stieg Wendeltreppen hinab, bog um Kurven.

Irgendwann, irgendwo in der ersten Etage, hörte ich schließlich etwas. Stimmen? Ein Summen?

Ich näherte mich dem Geräusch, bis es sich in das rhythmische Wummern von Bässen verwandelte, das unter einer weiteren Zimmertür (Nummer 7) hervorwaberte. Die Beats vibrierten in meinen Zehen und ließen selbst die Luft vor den Spitzen meiner Turnschuhe merkwürdig flackern. Obwohl, das bildete ich mir vermutlich nur ein, oder?

»Ophelia?«, drang Onkel Jacques' Stimme aus einem der Treppenhäuser. »Opheeeliaaaa!«

»Ich bin hier!«, rief ich zurück.

Auf der anderen Seite der Tür drehte jemand die Musik leiser, das Flackern hing noch einen Moment länger in der Luft, dann verschwand es ebenfalls.

»Grete?«, fragte ich in Richtung von Nummer 7, bekam jedoch keine Antwort. Nur ein leises Seufzen drang durch das Holz, eines, das eher nicht so klang, als käme es von einem Mädchen.

»Hast du dich verlaufen?«, erkundigte sich Onkel Jacques derweil brüllenderweise. »Wir sind hier oben! Ophelia? Hörst du mich?«

Der »Speisesaal« entpuppte sich als eine Art Gewächshaus auf dem Dach und ich wäre im Leben nicht auf die Idee gekommen, hier nach meinen Verwandten zu suchen. Zwischen Blumenampeln und Kübeln voller Palmen war ein Esstisch aufgestellt worden, an dem bereits eine junge Frau, fast noch ein Teenager, saß und Rotwein trank. Ihr blondes Haar reichte ihr bis zur Taille und zu einem dramatischen Lidstrich, der wohl von ihrer spitzen Nase ablenken sollte, trug sie ein Shirt, das über und über von kleinen Strass-Totenköpfen bedeckt war. Ich schätzte sie auf höchstens Anfang zwanzig, sie war vermutlich nur ein paar Jahre älter als ich, doch dann stellte sie sich allen Ernstes als meine Ururgroßmutter Pippa vor! (Ja klar, und ich war der Osterhase!)

Onkel Jacques wies auf einen Stuhl. »Bitte«, sagte er, »Ich schaue mal, wo deine Tante bleibt. Ich bin gleich wieder da.«

Zögerlich ließ ich mich gegenüber der vermeintlichen Ururgroßmutter nieder. Außerdem fiel mir auf, dass lediglich vier Gedecke auf dem Tisch standen, wenn meine Schwester noch dazukam, war das definitiv eines zu wenig … Ganz zu schweigen von der Person, die im ersten Stock Metal hörte.

»Hi«, sagte Pippa noch einmal. »Tut mir leid, wenn ich dich erschreckt habe. Schicker Pulli übrigens.« Sie deutete auf mein Sweatshirt, auf dem stand: *I'm sorry for what I said when I was hungry.*

»Danke. Habe ich selbst bemalt.«

»Cool.« Sie musterte mich einen Augenblick lang. »Willst du vielleicht einen Kaugummi? Ich habe noch welche mit Kirschgeschmack.«

Ich schüttelte den Kopf und blinzelte. »Entschuldige, wie sind wir noch mal verwandt? Sagtest du wirklich etwas von Ururur–«

»Zweimal ›Ur‹ reicht.« Sie grinste. »Und eigentlich ist das auch gar nicht so wichtig, oder?« Sie wickelte einen Kaugummistreifen aus seiner Folie und schob ihn sich in den Mund. »Du siehst ganz schön fertig aus. Harter Tag?«, fragte sie kauend.

»Ziemlich.«

Sie nickte. »Dieses Gefühl, wenn deine Welt sich plötzlich in eine Achterbahn verwandelt, die ohne Vorwarnung in einen Looping biegt, kenne ich. Das ist Kacke.«

»Ja?« War ihr wohl Ähnliches passiert wie mir? »Wir sind nämlich auf einem unterirdischen Fluss hergekommen«, platzte es aus mir heraus. »Kannst du dir das vorstellen? Es war ein Fluss aus *Staub* und wir mussten dazu in die Kanalisation runter. Obwohl, zwischendurch verlief die Fahrt auch oberirdisch, einmal haben wir, glaube ich, einen ICE überholt, aber –«

Ich brach ab. Laut ausgesprochen klang das alles doch verdammt lächerlich, sehr viel lächerlicher sogar als die Sache mit dem fliegenden Baum … Und mal ehrlich, was war eigentlich unrealistischer: geheime Flüsse aus Staub oder zwanzigjährige Urahninnen?

Pippa jedenfalls schien nicht im Mindesten überrascht davon, dass auch ich mich gerade als Verrückte geoutet hatte. »*Les temps*«, sagte sie und ließ eine Kaugummiblase platzen, »können einen am Anfang echt schocken. Das muss dir nicht peinlich sein.«

»Also kennst du … siehst du auch überall Staub, wohin du auch gehst?«

Pippa nickte erneut und ich wollte sie gerade fragen, wann und wie es bei ihr begonnen hatte, was es bedeutete und ob man es irgendwie wieder loswerden konnte, doch da kam Onkel Jacques zurück, im Schlepptau Tante Blanche, deren Haar ohne Turban zu einem Wust grauer Locken explodiert war. Die beiden setzten sich und Pippa schenkte ihnen Wein ein. Niemand machte Anstalten, einen weiteren Stuhl oder Teller herbeizuholen. Tatsächlich schienen alle davon auszugehen, dass wir nun vollzählig waren.

»Wo ist Grete?«, fragte ich daher einigermaßen verwirrt.

»Apfelschorle?«, fragte Onkel Jacques.

Ich reichte ihm mein Glas, kurz darauf nahm ich einen Schluck und sah in die Runde. Tante Blanches Wangen waren gerötet, als wäre ihr Telefonat recht aufregend gewesen, Pippa zupfte an einem der Totenköpfchen auf ihrem Ärmel herum und Onkel Jacques betrachtete eingehend seine Hände.

»Wird sie denn nicht mit uns essen?«, versuchte ich es noch einmal. Ich hatte es schon vor Jahren aufgegeben, Grete verstehen zu wollen. Obwohl uns altersmäßig nur anderthalb Jahre trennten, waren wir ziemlich verschieden. Trotzdem war sie meine große Schwester, und da ich heute kurzerhand beschlossen hatte, zumindest für eine kleine Weile zu ihr zu ziehen, hatte ich schon so etwas wie eine Begrüßung erwartet. Ich verschränkte die Arme vor der Brust.

»Grete ist –«, begann Onkel Jacques, aber Tante Blanche fiel ihm ins Wort.

»Nicht hier«, sagte sie. »Deine Schwester wird derzeit anderswo gebraucht.«

»Was soll das heißen?«, fragte ich.

Zu meiner Linken quietschte und ruckelte ein altmodischer Speisenaufzug heran, der Geruch von süßen Crêpes stieg mir in die Nase und erinnerte mich daran, wie hungrig mich die Ereignisse der letzten Stunden gemacht hatten. Doch ich bemühte mich, das Knurren meines Magens zu ignorieren, indem ich mich auf die erste Überlebensregel besann: Verschaffe dir einen Überblick über deine Lage.

Ich schloss die Augen. »Okay«, sagte ich schließlich. »Erklärt es mir, bitte!«

Tante Blanche und Onkel Jacques tauschten einen Blick. Es war ihnen anzusehen, dass sie sich fragten, wie viel sie mir wohl würden zumuten können. (Wahrscheinlich hatte der Vorfall mit dem Märchenbuch sie vorsichtig werden lassen. Und möglicherweise auch die Tatsache, dass ich den Großteil unserer Fahrt auf dem unterirdischen Fluss mit dem Kopf zwischen den Knien verbracht hatte.)

»Bitte«, wiederholte ich. »Versucht es einfach, ja?« Ich setzte mein abgeklärtestes Mich-kann-nichts-schocken-Gesicht auf. »Was immer es ist, ich … werde mich bemühen, es zu verstehen. Deshalb sollte ich doch herkommen, oder? Also, was hat es mit diesem komischen Staub auf sich? Was ist das für ein Zeug?«

Da, endlich, holte Tante Blanche tief Luft, mit dem Daumen rieb sie über eine Falte zwischen ihren Brauen und strich sie glatt. Dann begann sie mit der abstrusesten Geschichte, die ich je gehört hatte.

»Ophelia, die Zeit ist ein Fluss«, sagte sie. »Ein mächtiger Strom, der den gesamten Erdball umspannt, der über und unter der Erde, in jedem Gebirge und am Grunde der Meere fließt. Ein gigantischer Ozean, der sich bis in die hintersten Winkel jedes noch so entlegenen Zimmers zerfasert. Zeit ist Staub.«

Sie deutete auf ein schmales, gräuliches Rinnsal auf dem weißen Tischtuch zwischen uns. Es kräuselte sich, als sie mit dem Zeigefinger einen Bogen in der Luft darüber beschrieb. »Die meisten Leute haben davon natürlich keine Ahnung. Ihnen fällt höchstens auf, dass sich die Zeit nicht überall gleich anfühlt, dass es Orte gibt, an denen es ihnen so vorkommt, als würde sie dahinkriechen und gar nicht vergehen. In Schulen und bei Zahnärzten zum Beispiel. Oder, dass es andersherum auch wieder Orte gibt, an denen die Zeit nur so zu rasen scheint. Auf Urlaubsinseln. Oder in großen Städten. Sie denken, das sei bloß Einbildung, irgendein psychologischer Effekt oder dergleichen. Niemand von ihnen würde wohl darauf kommen, dass die Zeit auf Autobahnen normalerweise davonsaust, es jedoch zu Staus kommt, wenn der Zeitstrom ins Stocken gerät.«

»Äh«, sagte ich und starrte auf die Flocken auf der Tischdecke. Hatte ich das gerade richtig verstanden? »Dieser Staub ist *Zeit*?«

»Ja.« Onkel Jacques nickte. »Und du gehörst, wie wir, zu den wenigen Menschen, die sie sehen und lenken können. Unsere Familie entstammt einer der berühmten Bernsteinlinien, in denen diese Fähigkeit bereits seit vielen Jahrhunderten weitervererbt wird. Doch nicht jeder unserer Nachkommen ist ein solcher *Sans-Temps*, ein Zeitloser, verstehst du? Nicht selten überspringt die Gabe sogar mehrere Generationen, bevor sie wieder in einem unserer Nachfahren hervortritt. Dass Grete und du beide zu den Auserwählten zählt, ist wirklich außergewöhnlich.«

Grete! Ich schluckte. »Deshalb habt ihr uns also hierhergeholt?«, fragte ich leise. »Weil wir Zeit *sehen*?«

Mir wurde ein wenig schwindelig, doch ich erinnerte mich rasch wieder an mein Überlebenstraining. Gut, mein gesamtes Weltbild wurde zwar gerade über den Haufen geworfen, aber ich geriet deshalb nicht gleich in Panik. Stattdessen verschaffte ich mir einen Überblick und erst *danach* würde ich entscheiden, ob es sinnvoll war, in Panik zu verfallen. Ha!

»Die Zeitströme können wild werden, manchmal treten sie über die Ufer, ein anderes Mal bilden sich plötzlich Engstellen. Als Zeitlose versuchen wir, sie im Zaum zu halten, damit der

Zeitfluss auf der Welt im Gleichgewicht bleibt«, erklärte Tante Blanche weiter, während ich mich darauf konzentrierte, regelmäßig ein- und wieder auszuatmen, ein und wieder aus …

»Also«, stammelte ich. »Angenommen, ich habe wirklich diese … *Gabe* … Warum kann ich die Zeit denn erst seit ein paar Tagen sehen?« Und warum war Grete nicht diejenige, die mir das hier erklärte, wo sie doch anscheinend schon länger davon wusste?

»Darüber streiten sich die Wissenschaftler noch«, sagte Onkel Jacques. »Der Zeitpunkt, zu dem die Fähigkeiten eines Zeitlosen deutlich werden, ist bei jedem unterschiedlich: Manche erkennen die Ströme schon als kleine Kinder, andere erst mit fünfzig oder sechzig Jahren. Innerhalb der Bernsteinlinien sind viele der Auffassung, dass wir die Zeit schon von Geburt an unterbewusst wahrnehmen, unsere Sinne jedoch Jahre benötigen, um sich ausreichend zu schärfen, sodass sie in unser Bewusstsein dringt.

Andere hingegen glauben, dass es an einem Gen liegt, das erst eine gewisse Reife erlangen muss, um in unseren Zellen abgelesen zu werden, und wir dadurch sozusagen erst im Laufe unseres Lebens irgendwann *zeitlos* werden.« Onkel Jacques nippte an seinem Rotwein. »Ich für meinen Teil halte diese Diskussion und ihre Feinheiten allerdings für relativ müßig.«

Und ich für meinen Teil hielt sie für komplett irre. Genau wie diese ganze Geschichte. »Wieso nennt ihr euch denn ausgerechnet zeit*los*, obwohl ihr die Zeit doch sehen könnt?«, fragte ich trotzdem weiter, denn das kam mir am unlogischsten vor.

»Nun, da wir eben genau erkennen können, wo die Zeit langfließt und wie sie es tut, können wir uns natürlich auch an jedem beliebigen Punkt innerhalb und außerhalb der Ströme aufhalten. Quasi losgelöst von der Willkür des Zeitflusses und nicht in ihm gefangen wie die übrigen Menschen, die wir als ›Zeiter‹ bezeichnen«, war Tante Blanches wirre Antwort.

»Also reist ihr ab und zu in die Vergangenheit, oder was?«, fragte ich. Ernsthaft? *Zeitreisen?*

Zum Glück schüttelte meine Tante entschieden den Kopf. »Wir können natürlich nicht durch die Zeit reisen. Aber *mit* ihr sehr wohl. Und, na ja, ich zum Beispiel bin 138 Jahre alt und Jacques wird nächsten Monat 217.«

Okay.

Stopp.

Unsterblichkeit?, schrillte es irgendwo in den Tiefen meines Hirns. *UNSTERBLICHKEIT?*

»Aber …« Meine Nasenflügel blähten sich, als ich viel zu heftig einatmete. »Tut mir leid, aber … *Wie bitte?*«

Eine Gänsehaut kroch über meinen Rücken und hinauf zwischen meine Schulterblätter. Wäre es nicht vielleicht doch vernünftiger, das Hotel so schnell wie möglich zu verlassen und den nächsten Zug zurück nach Berlin zu nehmen? Andererseits gab es da immer noch diese Dinge, die ich mich schon seit jenem Tag vor acht Jahren fragte, an dem mein Vater und ich auf dem Weg zum Schwimmunterricht gewesen waren und plötzlich dieser Baum …

»Papa war auch ein Zeitloser, oder?«, fragte ich ohne Umschweife.

Doch noch während ich sprach, verwandelten sich Tante Blanches Lippen in einen schmalen Strich. »Nein, war er nicht«, sagte sie bestimmt.

Nicht? Ich schluckte. »Er konnte den Staub also nicht sehen? Aber irgendetwas aus eurer Welt muss damals –«

Tante Blanche schüttelte den Kopf.

Ich sah zu Onkel Jacques herüber, der meinem Blick auswich.

Was sollte denn das jetzt schon wieder? Wieso diese Geheimniskrämerei? Ich schnaubte. »Dann verratet mir doch wenigstens, wo Grete ist!«, forderte ich eine Spur zu schrill, als sich plötzlich meine viel zu junge Ururgroßmutter einschaltete: »Ich finde ja, wir sollten uns alle wieder beruhigen und erst einmal ein paar Crêpes essen.« Zu mir gewandt fügte sie hinzu: »Du wirst alles erfahren, wenn es so weit ist, versprochen.«

Mit silbern lackierten Fingernägeln griff Pippa nach einer der Hauben im Innern des Speisenaufzugs und beförderte eine Platte mit dampfendem Süßgebäck zutage. Sie kippte etwa die Hälfte der Leckereien auf meinen Teller, wo diese einen kleinen Berg bildeten. »Madame Rosé und ich haben das schon vorausgesehen. Etwas so Wichtiges beredet man einfach nicht mit leerem Magen. Ich meine, Ophelias Pullover spricht doch wohl Bände. Madame Rosé findet im Übrigen auch …« Pippas dunkle Augen wurden groß und rund und starrten mit einem Mal irgendwie ins Leere. »Oh, guten Abend …«, hauchte sie nun, doch Tante Blanche fiel ihr ins Wort: »Ich bitte dich. Du hast gerade selbst betont, wie überfordert Ophelia ohnehin schon ist.«

Unterdessen neigte sich Onkel Jacques zu mir herüber und

erklärte: »Pippa hat im Ersten Weltkrieg in einer Schrapnellfabrik gearbeitet, wo ihr und ihren Kolleginnen ein paar von den Dingern um die Ohren geflogen sind. Seitdem spinnt sie ein bisschen.« Er senkte die Stimme zu einem Flüstern herab. »Leidet unter Verfolgungswahn, hört Stimmen in ihrem Kopf – das volle Programm.«

»Ich teile mir diesen Körper gelegentlich mit dem Geist einer toten Baroness namens Madame Rosé, einem Medium aus dem 18. Jahrhundert«, informierte Pippa mich derweil mit einem strahlenden Lächeln. »Und schon seit zwei Wochen erzählt mir die Gute, dass du zu uns kommen wirst, Ophelia.«

Ich hatte keinen Schimmer, wie ich darauf reagieren sollte.

»Nun ja, wie gesagt«, murmelte Onkel Jacques und machte mit dem Zeigefinger eine kreisende Bewegung in der Nähe seiner Schläfe.

Da ich derzeit genug damit zu tun hatte, nicht selbst komplett durchzudrehen, beschloss ich, mich vorerst nicht mit den gespaltenen Persönlichkeiten anderer zu belasten. Stattdessen schnitt ich mir ein Stück von einer mit Orangensoße gefüllten Teigrolle ab, spießte es auf meine Gabel und schob es mir in den Mund. Der süße Geschmack auf meiner Zunge war geradezu erschreckend real und vertrieb auch die letzte Hoffnung, dass dies womöglich bloß ein bizarrer Traum sein könnte.

»Jedenfalls sind die Baroness und ich der Meinung, dass du vorsichtig sein solltest. Wegen der Ströme und der fürchterlichen Klauen, die nach dir greif–«

»Pippa!«, riefen Tante Blanche und Onkel Jacques gleichzeitig.

Noch immer verwirrt, kaute ich die Crêpes, trank von meiner Apfelschorle und betrachtete anschließend eine Weile lang den Staub, der aus allen Richtungen auf mich zuzukriechen schien, aus Blumentöpfen perlte und kleine Pfützen auf dem Boden bildete.

Auch die anderen hatten sich nach und nach ihren Tellern zugewandt. Onkel Jacques erkundigte sich, ob der kleine Gemüsehändler inzwischen wieder Petersilienwurzeln führte, und Pippa zeigte Tante Blanche ein paar Fotos auf ihrem Smartphone. Eigentlich war es sogar gar nicht so schlecht, hier mit meinen Verwandten zu essen. Zu Hause saßen wir so gut wie nie gemeinsam an einem Tisch, meistens schnappte ich mir lediglich eine Schale Cornflakes oder wärmte mir etwas in der Mikrowelle auf, das ich dann mit in mein Zimmer nahm. Die Kindergartenzeiten meines kleinen Bruders diktierten leider einen Rhythmus, der sich weder mit meinem Schulschluss noch mit Marks Feierabend vereinbaren ließ – und nichts und niemand war nun einmal so wichtig für meine Mutter wie Lars.

»Was denkt denn Mama, weshalb ihr Grete und mich zu euch geholt habt?«, fragte ich, als ich mich schließlich wieder etwas gefangen hatte. Ich war stolz darauf, dass meine Stimme nur noch ganz leicht zitterte.

»Natascha kennt natürlich die Wahrheit.« Ein Schatten huschte über Tante Blanches Vogelgesicht. »Euer Vater hat ihr erzählt, was für einer Familie er entstammte, dass er selbst zwar nicht über die Gabe verfügte, doch seine Kinder möglicherweise eines Tages beginnen würden, Staub zu sehen. Eure Mutter wusste, was zu tun war. Wann es, nun ja, notwendig sein würde, uns anzurufen.«

»Verstehe.« Ich strich mir die Fransen meines Ponys aus der Stirn. »Und wie lange werde ich hierbleiben müssen?« Grete war immerhin schon seit über einem Jahr fort …

»Wir bringen dir bei, mit deiner Gabe zu leben, das kann schon ein paar Wochen oder Monate dauern«, sagte Onkel Jacques.

Pippa ergänzte mit rauchiger Stimme: »Die Baroness glaubt allerdings, dass es nur ein paar Tage sein werden. Ja, ja, überhaupt nicht lange und du wirst dieses Haus wieder verlassen. Die Klauen kratzen bereits –«

Ich stieß einen kleinen Schrei aus, weil mich in diesem Augenblick tatsächlich etwas am Fuß kratzte. Etwas Kleines mit nadelspitzen Zähnen hatte mich in den Knöchel gezwickt und kletterte nun eilig an meinem Hosenbein herauf. Ein weißer Körper, winzige rote Augen, ein haarloser Schwanz.

Mein Stuhl stürzte polternd zu Boden, als ich aufsprang.

Doch die Albino-Ratte ließ sich nicht beirren. Sie krallte sich in meinen Pullover, huschte weiter nach oben bis auf meine Schulter. Ihre Schnurrhaare kitzelten an meinem Hals.

Ich erstarrte. Wagte es nicht einmal mehr zu atmen.

»Nicht schon wieder!«, seufzte Tante Blanche, die als Erste die Worte wiederfand. »Kusch!« Sie fuchtelte in der Luft herum. »Leander muss dieses Tier wirklich dringend in den Griff bekommen.«

»Oder es endlich ertränken«, schlug meine Ururgroßmutter

vor. Sie streckte die Hand nach der Ratte aus, doch diese spürte wohl, dass Pippa ihr nicht unbedingt wohlgesonnen war, und hieb ihr herzhaft die Zähnchen in den Handrücken. »Aua!«

Schon strichen die Schnurrbarthaare wieder über meine Haut, die Nase schnüffelte an der Stelle, wo mein Puls hämmerte, als würde er sich jeden Augenblick selbst überholen.

Ich atmete noch immer nicht.

»Tu doch etwas!«, wandte sich Tante Blanche an Onkel Jacques. »Du hast immerhin schon Raubkatzen durch Reifen springen lassen.«

»Mein letztes Engagement beim Zirkus ist über neunzig Jahre her«, entgegnete Onkel Jacques.

»Na und?«, rief Tante Blanche und in Gedanken pflichtete ich ihr bei. Heute war echt nicht mein Tag, und dass er womöglich damit endete, dass ein wild gewordenes Nagetier sich in meiner Kehle verbiss, war so ziemlich das Letzte, was ich noch gebrauchen konnte. Es würde dem Wahnsinn schlicht die Krone aufsetzen.

Das schien allerdings auch das Schicksal einzusehen, denn plötzlich machte die Ratte auf meiner Schulter keinerlei Anstalten mehr, mir die Halsschlagader zu zerfetzen. Stattdessen roch sie noch einmal an meinem Ohrläppchen, ihre winzigen Krallen brachten meine Ohrringe zum Klimpern. Dann rollte das Vieh sich in meiner Halsbeuge zusammen und schmiegte sich an mich. Eine Minute später war es eingeschlafen.

»Okay«, sagte ich schließlich und tastete erschöpft nach meinem Stuhl. »Gibt es eigentlich noch Nachtisch?«

3

In dieser Nacht träumte ich von Papas Beerdigung. Was ungewöhnlich war, denn normalerweise führte mich mein Unterbewusstsein stets an den Abend des Unfalls zurück, nicht zu dem, was danach geschehen war.

Doch heute stand ich plötzlich wieder auf dem Friedhof am Stadtrand. Genau wie damals trug ich mein Hexenkostüm aus buntem Tüll, genau wie damals war es mir viel zu klein und kniff unter den Armen. Aber ich konnte mich noch immer gut an den Urlaub erinnern, in dem Papa uns die Kleider gekauft hatte: eine Prinzessinnenrobe mit Krönchen für Grete und ein Flickengewand mit Hut und Besen für mich.

Mama und Grete waren natürlich auch da. Mamas langes dunkles Haar fiel ihr wie ein Vorhang vor das Gesicht, so dicht, dass ich mir nicht sicher war, ob sie überhaupt noch dahinter zu finden war. Sie hatte keinen Ton hervorgebracht, seit es passiert war. Nicht vor Grete oder mir und auch nicht vor den Nachbarn, Freunden oder den Arbeitskollegen von Papa, die sich nun ebenfalls um das offene Grab scharten. Eine schwarze, traurige Masse, aus der mein Hexenkleid viel zu laut hervorleuchtete.

Grete weinte stumme Tränen, während der Pfarrer irgendetwas sagte, das ich nicht verstand und auch gar nicht verstehen wollte. Tante Blanche (die ihren schillernden Turban tatsächlich gegen einen in schlichtem Anthrazit eingetauscht hatte) reichte meiner Schwester ein Taschentuch und wollte auch mir eines in die Hand drücken, doch ich nahm es nicht.

Stattdessen taumelte ich ein paar Schritte nach vorn, ganz nah an die Kante des Erdlochs heran, in das sie Papas Sarg versenkt hatten. Das Loch, in dem sie ihn einfach so verbuddeln wollten …

Ich stolperte so sehr über meine eigenen Füße, dass ich beinahe selbst in die Erde gefallen wäre. Jede Bewegung jagte einen scharfen Schmerz meinen Arm hinauf bis zu der Stelle zwischen meinen Schulterblättern. Die Wunde war noch frisch, die Fäden noch nicht gezogen. Und der Schmerz erinnerte mich daran, dass ich noch immer lebendig war, auch wenn sich alles andere in mir taub und tot anfühlte.

Ich beugte mich vor, betrachtete das glänzende Holz des Sarges, auf dem sich bereits ein paar schmutzige Krumen breitgemacht hatten.

Ein Geräusch entrang sich meiner Kehle. Im ersten Moment glaubte ich, es sei ein Schluchzen. Doch dann begriff ich, dass ich geschrien hatte. Dass ich noch immer schrie. Ich wollte Papa zurück! Plötzlich legte sich eine große Hand auf meinen Rücken. Es war Onkel Jacques, der mit einem Mal neben mir stand, um meinem Vater etwas auf seine letzte Reise mitzugeben.

Damals, vor acht Jahren, hatte ich das nicht begriffen, weil ich es nicht gesehen hatte, nicht hatte sehen können. Doch nun, im Traum, erkannte ich, was da aus der Hand meines Großonkels rieselte und sich wie ein Nieselregen auf den Sargdeckel ergoss: Es war fein und grau und unheimlich.

Es war Staub. Zeit, die sogleich ein winziges Rinnsal bildete, sich schlängelte und wand und eine glitzernde Spur über das Holz zog.

Mein Schrei erstarb.

Gemeinsam betrachteten wir den silbrigen Strom und ich begann mich zu fragen, aus welchem Grund Onkel Jacques ausgerechnet diesen Abschiedsgruß gewählt hatte.

Als ich aufwachte, lag ich verknotet in den Laken in meinem Bett in Zimmer Nummer 32. Die Sonne fiel durch das ungeputzte Fenster herein und tauchte mein Kopfkissen in ein warmes Leuchten. Auch das Fell der Ratte, die sich neben meinem Gesicht zusammengerollt hatte, wirkte heute Morgen seidig, beinahe hübsch. Die Ohren des Kleinen zuckten, als ich mich aufsetzte, doch er behielt die Augen geschlossen, schlummerte noch ein wenig, während ich im Bad verschwand und die Erinnerung an meinen unheimlichen Traum unter der Dusche fortspülte.

Etwas später angelte ich im Kleiderschrank nach einer Jeans und dem karierten Flanellhemd, von dem Anna fand, dass es mich wie einen Jungen aussehen ließ. Ich allerdings liebte den weichen Stoff und den weiten Schnitt und fühlte mich darin absolut cool. Außerdem erschien mir die große Brusttasche wie geschaffen für meinen neuen Freund.

Ich hatte beschlossen, die Ratte Jack zu nennen, weil mich ihre Mundpartie an Johnny Depps Piratenlächeln in den *Fluch der Karibik*-Filmen erinnerte. Mit einem bröseligen Müsliriegel, den ich in einem der Seitenfächer meines Rucksacks gefunden hatte, weckte ich Jack schließlich und lockte ihn in meine Hemdtasche. Dann machte ich mich auf die Suche nach einem Frühstück für Menschen.

Es stellte sich jedoch bald heraus, dass das Gewächshaus auf dem Dach wohl nur zu besonderen Anlässen als Esszimmer diente. Denn als ich die unzähligen Treppen dorthin erklommen hatte und hungrig durch die Palmblätter linste, war da von einem Tisch und Stühlen, geschweige denn von meinen Verwandten oder ein paar Croissants, leider nicht die geringste Spur.

Weiter unten im Haus herrschte ebenfalls Stille. Nicht einmal aus Zimmer 7 war heute das Wummern der Bässe zu hören. Trotzdem blieb ich einen Moment vor der Tür stehen und betrachtete die angelaufene Messingklinke. Grete war nicht beim Abendessen gewesen, weil sie irgendetwas für die Zeitlosen hatte erledigen müssen. Und vielleicht stimmte das.

Aber vielleicht war Grete auch einfach immer noch sauer wegen dem, was an Mamas Geburtstag vor drei Wochen passiert war, und würdigte mich daher nicht einmal eines kurzen Hallos? Obwohl ich mich natürlich längst entschuldigt hatte. Außerdem hatte ich den Ton des Laptops ja auch nicht absichtlich auf stumm geschaltet, sodass niemand Gretes kompliziertes Geigenständchen hatte hören können, das sie als Überraschung via Videostream vorgespielt hatte. Ich war bloß aus Versehen an das Touchpad gestoßen, als ich den Computer beiseitegeschoben hatte, um besser an die Torte zu kommen.

Doch für Grete war ihre Kunst nun einmal heilig. Sie war zehn gewesen, als Papa starb, und hatte damals angefangen, Nachmittage lang zu musizieren, und mich einfach nicht mehr beachtet. Ob sich etwas zwischen uns ändern würde, nun, da wir beide Teil desselben Geheimnisses waren?

In jedem Fall würde es noch ein wenig länger dauern, das herauszufinden, denn Nummer 7 war schon einmal nicht Gretes Zimmer, wie ich nun endgültig feststellte, als die Klinke sich plötzlich bewegte und ein hochgewachsener Junge auf den Flur hinaustrat. (Hatte Jack ein Geräusch gemacht? Hatte ich zu laut geatmet?)

Der Typ musste etwa in meinem Alter sein, vielleicht aber auch schon siebzehn oder achtzehn, hatte schmale, elegante Hände und einen dunkelblonden Maschinenschnitt, so kurz, dass er seine grauen Augen betonte. Und zwar auf zugegebenermaßen ganz und gar nicht unvorteilhafte Weise. Außerdem trug er ein ausgeleiertes T-Shirt in der gleichen Farbe und schien darüber hinaus nicht gerade erfreut, mich beim Herumlungern vor seiner Tür zu ertappen.

Einen Moment lang stand er einfach nur da. Schweigend und auch ein bisschen … *vorwurfsvoll*?

»Äh, hey«, sagte ich und räusperte mich. »Ich bin Ophelia. Ich bin gestern angekommen.«

»Ich weiß.« Er sah mich nicht an, betrachtete stattdessen die Wand neben meinem Gesicht.

»Und du? Lass mich raten … Du musst ein weiterer meiner Urahnen sein?«

»Also das wäre mir, ehrlich gesagt, neu«, meinte der Junge. »Alle meine Verwandten sind nämlich längst tot.«

»Oh.«

»Schon okay. Ich habe nie einen von ihnen persönlich getroffen oder so.«

»Aber … du bist auch ein, ähm, *Zeitloser*, oder?«

Er nickte und wollte sich an mir vorbeischieben.

»Warte doch mal«, bat ich ihn. »Kennst du meine Schwester, Grete? Und hast du zufällig eine Ahnung, wo ich Tante Blanche oder Onkel Jacques und am besten auch etwas zu essen finden kann? Jack und ich sind echt hungrig.« Ich deutete auf meine Hemdtasche.

Der Junge erspähte die Beule unter dem karierten Flanellhemd. »Scarlett«, sagte er und streckte die Hand aus. »Wo hast du dich nur wieder rumgetrieben?«

Von einem Moment zum nächsten war Jack hellwach. Ohne zu zögern, hüpfte er auf den Unterarm des Jungen und trippelte dort über die verschlungenen Linien eines Tattoos.

»Danke«, brummte dieser kaum hörbar. Möglicherweise bildete ich mir das aber auch nur ein. Jedenfalls schien sich für ihn mit einem Mal jeglicher Grund, sein Zimmer zu verlassen, erledigt zu haben. Noch bevor ich protestieren konnte, verschwand er wieder darin und zog die Tür hinter sich ins Schloss.

Allein blieb ich auf dem Flur zurück. Ohne Jack. Ohne Frühstück. Und ohne den Hauch einer Ahnung, was das gerade bitte schön gewesen sein sollte.

Leander wartete. Mit dem Rücken an die Tür gelehnt, lauschte er darauf, dass sie fortging. Und das tat sie. Natürlich tat sie es.

Scarlett zupfte unterdessen am Ärmel seines T-Shirts. Geistesabwesend kraulte er ihr die Ohren und wartete noch ein wenig länger, bis er spürte, dass das Mädchen die Treppe hinuntergestiegen war. Dann erst atmete er auf. Dann erst wurde ihm überhaupt bewusst, wie angespannt er noch vor einer Sekunde gewesen war. Und warum?

Er ärgerte sich über sich selbst, widerstand jedoch dem Drang, die altersschwache Stereoanlage einzuschalten und so laut aufzudrehen, bis die Musik alles andere in seinem Kopf fortwischte. Stattdessen setzte er sich unter dem Fenster auf den Boden, wo die Morgensonne ein gleißendes Rechteck in den welligen Teppich schnitt.

Nun war er also schon beinahe vier Wochen hier. Fast einen ganzen Monat, den er damit verbracht hatte, Nacht für Nacht durch die Stadt zu streifen, um für den Palast nach Stromanomalien Ausschau zu halten. Bisher vergeblich. Das einzig Ungewöhnliche, das er hatte entdecken können, war eine kaum nennenswerte Schlaufe in einem Hinterhof nahe Notre-Dame gewesen. Keinesfalls besorgniserregend. Trotzdem hatte er ein Foto gemacht und es zusammen mit den GPS-Koordinaten an Horatio geschickt. Um wenigstens irgendetwas vorweisen zu können.

Verdammt. Es war so was von bescheuert gewesen herzukommen. Genug Leute hatten sich geradezu darum gerissen einzuspringen, er hätte sich nicht freiwillig zu melden brauchen. Aber nein, Leander Andersen musste sich selbst ja unbedingt etwas beweisen, von dem er noch immer nicht so recht wusste, was es eigentlich war. Dass er es *konnte*?

Er seufzte.

Gestern hatte das Mädchen schon einmal vor seiner Tür gestanden, kurz nur, doch es war unmöglich gewesen, es nicht zu bemerken. Genau wie heute. Und nun hatte er sich sogar mit ihr unterhalten! Normalerweise redete er nie mit anderen, irgendetwas an ihr hatte ihn vollkommen überrumpelt. Er würde sich zusammenreißen, wenn er die Kleine das nächste Mal sah. Falls er sie noch einmal sah.

Aber wenigstens hatte er seine Ratte zurück.

Leander ließ Scarlett von einer Hand auf die andere laufen, sie brauchte zwei Anläufe, um es bis hinauf auf seine Schulter zu schaffen. Er gab ihr die Zeit, dachte für einen kurzen Moment an jene Nacht vor ein paar Jahren, in der er sie mehr oder weniger zufällig während eines Auftrags aus diesem Gentechnik-Labor in Virginia befreit hatte. Dann konzentrierte er sich auf den Staub.

Es war so leicht, wie ein Gedanke.

Leanders Fingerspitzen schwebten einen Augenblick über den zarten Körnchen, die sich unterhalb seines linken Knies kräuselten. Obwohl er sie nicht berührte, fühlte er ihre raue Oberfläche, als er sie in einen Strudel dirigierte. Dann zupfte er an einzelnen Flocken und rief sich einen Teil der vergangenen Nacht ins

Gedächtnis, schon eine einzelne Sekunde würde genügen. Er erinnerte sich genau an sie, daran, wie im Himmel über Paris ein lackschwarzes Knistern gehangen hatte, vor dem sich ockerfarbene Wolken bauschten. Außerdem war da das Licht einer Straßenlaterne gewesen, das Leanders Haut mit einem gelblichen Schimmer überzogen hatte.

Ja, das reichte. Der Staub leuchtete bereits auf, glomm plötzlich tiefschwarz, dann in verschiedenen Ockertönen. Gelbgoldene Funken stoben empor und besprenkelten Leanders Gesicht. Die Luft um ihn herum begann zu flirren, raschelte, als die Zeit sich über ihn legte, ihn einhüllte wie ein Mantel.

Das Zimmer war noch immer hell, vom Fenster her drangen Sonnenstrahlen und die Geräusche des morgendlichen Berufsverkehrs herein. Autos hupten, der Gemüsehändler in der Nachbarschaft stritt sich lautstark mit einem verspäteten Lieferanten. Der Wecker auf Leanders Nachttischchen zeigte weiterhin an, dass es kurz nach acht Uhr in der Früh war.

Doch gleichzeitig hatte Leander ein Stück der letzten Nacht zurückgeholt, gerade so viel, dass es ihn und Scarlett bedeckte. Eine ockerfarbene Wolke, so groß wie ein Mensch, der im Schneidersitz auf einem alten Teppichboden hockte. Kühle Schatten tanzten über seine nackten Arme und die geschlossenen Lider, Stille glitt in seine Ohren und die Dunkelheit umschmeichelte ihn. Leander sog sie tief in seine Lungen.

Die Ratte auf seiner Schulter begann, leise zu schnarchen.

Der Alltag im *Hôtel de la Pendulette* schien keinerlei Muster zu folgen. Niemand hatte auch nur einen halbwegs logischen Schlafrhythmus. Man bestellte mitten in der Nacht Pizza für alle, ging um drei Uhr morgens spazieren, wenn man Lust hatte, und spielte im Morgengrauen noch eine Partie Schach oder *Mensch ärgere Dich nicht* (wobei Pippa sich allerdings immer *sehr* ärgerte). Anschließend einen halben Tag zu verschlafen, war kein Problem. All das wurde nie langweilig: Tante Blanche hatte eine umwerfende Parodie der Queen auf Lager, Onkel Jacques erzählte immer wieder spannende Geschichten aus seiner Zeit beim Zirkus und dem bewegten Leben, das er danach geführt hatte. Und dann war da natürlich noch meine mysteriöse Gabe, die zu beherrschen ich lernen sollte, bei der es darum ging, die Zeit zu manipulieren.

Die Ferien bei meinen Verwandten wären wohl ziemlich perfekt gewesen, wenn diese sich nur ein wenig mitteilsamer gezeigt hätten. Ich hatte inzwischen herausgehört, dass Grete bei den Zeitlosen anscheinend irgendeine wichtige Position einnahm (wer hätte das gedacht!). Doch Tante Blanche meinte, ihre Aufgabe wäre sehr kompliziert und am besten würde meine Schwester es mir bei Gelegenheit selbst erklären. Und was Papa betraf, trat ich sogar noch mehr auf der Stelle: Selbst Onkel Jacques behauptete inzwischen, dass er mir nichts über den Unfall sagen könnte, und wich meinem Blick immer häufiger aus. Nun ja, so leicht würde ich mich nicht geschlagen geben …

Nach meiner Begegnung mit dem Rattendieb (der, wie ich inzwischen erfahren hatte, Leander hieß) hatte ich Onkel Jacques vorgestern Morgen übrigens im Keller des Hauses gefunden, wo er ein paar Einkäufe in einer gigantischen Vorratskammer verstaute. Das Ding war vollgestopft mit Konserven und Einmachgläsern, als würden sich meine Verwandten auf eine nukleare Katastrophe vorbereiten. Ich vermutete, dass sie in Anbetracht ihres Alters tatsächlich schon die eine oder andere schwierige Zeit durchgemacht hatten und daher aus Prinzip vorsorgten.

Auch sonst gab es so einiges im Überfluss. Zimmer zum Beispiel. Wenn man davon ausging, dass einige davon Doppelbetten beherbergten, hätten die Pendulettes bestimmt an die fünfzig Gäste bei sich unterbringen können. Doch die meisten Zimmer standen leer. Onkel Jacques bewohnte eines der größeren in der zweiten Etage, Tante Blanche hatte mehrere kleine Räume auf meinem Flur zu einer Art Wohnung umfunktioniert und Pippa residierte in einer Suite unter dem Dach, in deren Nähe es stets ein wenig nach Räucherstäbchen und einem französischen Energydrink roch. Abgesehen davon waren nur Nummer 32 und Nummer 7 bewohnt (wobei der Rattendieb anscheinend so gut wie niemals vor die Tür ging). Von Grete fehlte weiterhin jede Spur.

Dafür war ich jedoch im vierten Stock auf ein behagliches, kleines Wohnzimmer gestoßen, in dem ich es mir heute Nachmittag gemütlich machen wollte. Ich hatte Mama zum Videochatten überredet und war ein bisschen spät dran, als ich schließlich um die Ecke bog. Erst jetzt bemerkte ich, dass das

Wohnzimmer bereits besetzt war, und zwar von Pippa und Tante Blanche, die über irgendetwas … *diskutierten.*

»Diese Ignoranz ist so typisch für dich! Nur weil du etwas nicht *sehen* kannst, heißt das doch nicht, dass es nicht *wahr* ist!«, rief Pippa gerade und verschränkte die Arme vor der Brust. »Nie vertraust du mir. Nie vertraust du irgendjemandem.«

Tante Blanche wollte wohl etwas ähnlich Charmantes erwidern, doch da entdeckte sie mich im Türrahmen und zwang sich zu einem Lächeln. »Ophelia, Liebes! Setz dich doch. Ich habe ohnehin noch zu tun.« Sie stand auf und bot mir ihren Platz in einem der beiden Ohrensessel neben dem Kachelofen an.

Zögernd ließ ich mich darauf nieder, während Tante Blanche so tat, als würde sie keineswegs gleich vor Wut explodieren, und Pippa mir gegenüber schon wieder diesen leeren Blick aufsetzte.

»Erzähl dem Mädchen bloß keinen Unsinn!«, warnte Tante Blanche noch, dann rauschten sie und ihr changierendes Taftkleid davon.

Ich betrachtete Pippas heute mit grellem Glitzerlack dekorierte Fingernägel und ihre schwarzblau bemalten Lippen. »Wenn du wirklich meine Ururgroßmutter bist, wie kommt es dann, dass du so jung aussiehst?«, fragte ich endlich, was ich schon seit meiner Ankunft wissen wollte, mich aber bisher nicht getraut hatte anzusprechen. (Hauptsächlich wohl aus Angst davor, dass die Antwort meinem ohnehin schon wackeligen Weltbild womöglich den Rest geben würde.) Das altersschwache Notebook auf meinem Schoß summte derweil beim Hochfahren.

Pippa hingegen starrte einfach durch mich hindurch. Ihre

Brauen formten schmale Halbmonde, die langsam über ihre Stirn krochen, ihr Mund öffnete sich zu einem lautlosen Oh. Das musste eine ihrer komischen Séancen sein, oder?

»Äh, M…Madame … Rosé?«, stammelte ich. Sie sah inzwischen wirklich gruselig aus.

Pippa blinzelte, ihre Stimme klang, als käme sie von weit her. »Ich sehe so jung aus«, murmelte sie, »weil ich einen großen Teil meines Lebens an einem Ort verbracht habe, an dem die Zeit uns nichts anhaben kann, Ophelia.« Pippas Oberkörper schwankte im Sessel, ihre Pupillen verengten sich, als würden sie etwas fixieren, das überhaupt nicht da war.

Im nächsten Moment lehnte sie sich zurück und blinzelte erneut. Laut rasselnd atmete sie ein und dann, von einem Herzschlag zum anderen, war sie plötzlich wieder ganz sie selbst. Sie räusperte sich. »Weißt du, die meisten von uns leben dort unten, in Italien«, fuhr sie schließlich fort, als plauderten wir schon seit einer Weile über dieses und jenes. »Doch Jacques und Blanche entschieden sich bereits vor einigen Jahrzehnten, hierher nach Paris zu ziehen. Und ich bin ihnen erst vor Kurzem gefolgt. Seitdem altern wir, wobei unsere Körper zum Glück nur langsam abbauen, nachdem wir so lange jung waren.«

Ich zupfte an meinem stummeligen Zopf. Die Idee eines Ortes, an dem man nicht älter wurde, überstieg meine Vorstellungskraft. »Wie?«, stotterte ich. »Und warum? Warum seid ihr von dort weggegangen?«

»Der Bernsteinpalast ist wunderbar. Aber es ist auch schön, sein eigenes Leben zu führen, und, nun ja, man braucht uns hier.«

»Wofür?«

»Die Zeitlosen müssen die Ströme überall auf der Welt überwachen«, sagte Onkel Jacques direkt hinter mir und ich zuckte zusammen. Ich hatte überhaupt nicht bemerkt, dass er den Raum betreten hatte. »Wir können uns nicht alle in einem luxuriösen Hauptquartier verschanzen, jemand muss auch außerhalb Roms nach dem Rechten sehen. Wie sieht es aus, Ophelia? Willst du es noch einmal versuchen?«

Ich linste auf meine Armbanduhr. Zu Hause in Berlin hatte Mama Lars vor etwa zwanzig Minuten beim Klavierunterricht abgesetzt. Wenn ich mit ihr sprechen wollte, dann musste ich es jetzt tun.

»Ophelia?«, fragte mein Großonkel.

Der Computer zeigte zwar Mamas Profilbild an (sie trug ihr Haar seit ein paar Jahren raspelkurz und blond, eine neue Frisur passend zu ihrem neuen Leben mit Mark und Lars), doch er hatte immer noch keine Internetverbindung aufgebaut. Ich seufzte. Das WLAN in diesem Haus war echt zum Abgewöhnen. Mein Blick wanderte vom Bildschirm zu Onkel Jacques und wieder zurück. Einen Moment lang haderte ich noch mit mir, dann klappte ich den Laptop zu und beschloss, es später noch einmal zu probieren.

Onkel Jacques lächelte. »Wunderbar«, sagte er und verließ das Wohnzimmer.

Ich war schon dabei, ihm zu folgen, als Pippa hinter mir plötzlich in ihrer Baronessen-Stimme wisperte: »Sie warten auf dich, Ophelia. Nimm dich in Acht.«

Ich hielt inne. Im Türrahmen wandte ich mich noch einmal zu ihr um. »Vor wem denn?«, fragte ich. Doch Pippa sah mich nur mit leeren Augen an. »Also es ist schon ein bisschen gruselig, dass du das andauernd machst, findest du nicht?«

Pippa schwieg noch immer und hielt den Kopf in einem merkwürdigen Winkel schief. Mir fiel auf, dass sie schon recht lange nicht mehr geblinzelt hatte. Atmete sie überhaupt? »Pippa?«

Onkel Jacques kam zurück. »Was ist denn?«

Ich deutete auf meine Ururgroßmutter. »Ich bin mir nicht sicher, ob es ihr gut geht.«

Er spähte an mir vorbei und schüttelte den Kopf. »Keine Sorge. Das passiert immer mal wieder, seit sie diesen Unfall hatte, du weißt schon, weil irgendwo in ihrem Hirn ein Granatsplitter steckt. Am besten lässt man sie in Ruhe, wenn sie so ist wie jetzt. Komm, ich will sehen, ob du schon Fortschritte gemacht hast.«

Ein paar Minuten später betraten wir das Dach. Genau wie gestern und genau wie vorgestern. Onkel Jacques lehnte sich mit dem Rücken an die Brüstung. Die Ellenbogen versenkte er in einem Blumenkasten voller Geranien, während ich ein paar Meter von ihm entfernt barfuß inmitten einer Pfütze aus Staub stand und versuchte, einen klaren Kopf zu bekommen.

»Denk an jedes einzelne Körnchen«, erklärte Onkel Jacques auch heute wieder. »Fühle es unter deinen Füßen und dann konzentriere dich auf exakt diesen Augenblick.«

Ich legte den Kopf in den Nacken. Es war ein diesiger Nachmittag, der Himmel war wolkenverhangen und es sah nach Regen aus. Der Staub unter meinen Zehen kitzelte ein wenig. Bloß, ich … wusste einfach nicht, wie es weitergehen sollte.

Für den Anfang sollte ich lernen, die Zeit anzuhalten. Nur für eine Sekunde oder so. Aber selbst das erschien mir so unglaublich … *unglaublich*, dass mich allein der Gedanke daran in nervöses Kichern ausbrechen ließ. Später wollten sie mir dann beibringen, die Zeit in jede beliebige Richtung zu bewegen, vorwärts und rückwärts und seitwärts und wer weiß was noch alles. Es war komplett verrückt. Ich kicherte noch immer vor mich hin. Das konnten die doch nicht wirklich ernst meinen!

»Kein Problem«, sagte Onkel Jacques mit seiner unendlichen Ruhe. »Ich weiß, du kommst dir albern vor. Aber hier sind nur du und ich. Denk nicht darüber nach, was und warum du es tust. Tu es einfach.«

Ich nickte und schaute mich erneut um. Als Kind hatte ich die Welt um mich herum ganz anders wahrgenommen. Näher. Ursprünglicher. Bevor ich angefangen hatte, die Dinge zu verstehen und einzuordnen, zu analysieren und zu hinterfragen. Bevor mein Vater mich zum Schwimmunterricht gefahren und man mir anschließend die ersten Überlebensregeln beigebracht hatte. Vor alledem war eine Wiese für mich keine Fläche voller Grashalme gewesen, sondern ein wattiges Etwas. Und beim Wort »Dienstag« hatte ich vor meinem inneren Auge keine Buchstaben, sondern blaues, geriffeltes Glas gesehen.

Vielleicht lag darin der Schlüssel?

Es war schwer, die Grübeleien über Sinn und Unsinn dieser ganzen Geschichte aus meinem Kopf zu verbannen und mich stattdessen zu fragen, was es war, das genau diesen Augenblick ausmachte. Waren es die Wolkenschleier hoch über uns? War es der erwartungsvolle Blick, mit dem Onkel Jacques mich beobachtete? War es der Herbstwind, der mir das Haar aus der Stirn blies?

Nein, ich musste weitersuchen, meine Wahrnehmung schärfen und gleichzeitig locker lassen, nicht so viel darüber nachdenken.

Da war ein Vogel am Himmel. Ich hatte keine Ahnung, was für einer. Vielleicht eine Krähe, vielleicht auch nicht. Das war unwichtig. Ich konzentrierte mich auf seine graublauen Schwingen. Genau jetzt glitten sie über mich hinweg. Genau in dieser Sekunde schimmerten sie noch ein wenig bläulicher als einen Atemzug zuvor.

Ich prägte mir das Bild ein, klammerte mich daran. Diese Schwingen, ihre Form, ihre Weichheit, ihr bläulicher Glanz. All das nahm ich in mich auf, während ich jeden anderen Gedanken aus meinem Kopf verbannte.

Es funktionierte!

Plötzlich regte sich der Staub unter meinen Füßen. Sachte krochen die Körnchen über meine nackten Zehen, bevor sie begannen, einige Zentimeter über dem Boden zu schweben. Sie leuchteten jetzt dunkelgrau und nachtblau wie die Schwingen, diesig wie der Himmel über uns. Dann stoben sie über das Dach, breiteten sich zu einer Wolke aus, die Onkel Jacques und mich umfing, sausten in den Himmel hinauf und zerplatzten lautlos zu einem glühenden Regen. Wie ein Feuerwerk, bei dem jemand den Ton ausgeschaltet hatte.

Onkel Jacques, der gerade von einem Fuß auf den anderen getreten war, hielt mitten in der Bewegung inne, als wäre er eingefroren. Und über mir sah ich weiterhin den Schatten des Vogels, der eigentlich schon längst hätte davongeglitten sein müssen. Doch er hing noch immer über mir, mitten in der Luft.

Ich blinzelte und atmete aus.

Ich hatte es geschafft! Der Staub bildete ein flirrendes Zelt um uns herum und innerhalb dieses Zeltes stand die Zeit tatsächlich still. *Wow, ich hatte die Zeit angehalten!* Ich konnte es nicht glauben. Ich –

Die Tür des Treppenhauses flog auf und der Staub erlosch schlagartig. Er rieselte zu Boden, wehte im Wind über die Dachkante und in die Stadt hinaus und mit ihm glitt die Zeit so flink wieder in ihren gewohnten Fluss wie ein zurückschnellendes Gummiband.

Der Vogel schwebte in einem Bogen Richtung Seine davon.

Tante Blanche stürmte derweil mit langen Schritten auf uns zu. Ihr Turban saß schief auf ihrem Kopf, in der Hand hielt sie ein Schriftstück, mit dem sie Onkel Jacques vor der Nase herumfuchtelte.

»Es ist so weit«, keuchte sie. »Pippa hatte recht!«

Natürlich war ich viel zu sehr damit beschäftigt, über meine neue Fähigkeit zu staunen, um auf Tante Blanche und ihren Brief zu achten. Mir schossen so viele Situationen durch den Kopf, in denen dieser kleine Trick äußerst nützlich sein würde. Zum Beispiel, wenn mir mal wieder keine schlagfertige Erwiderung auf einen von Gretes Kommentaren einfallen sollte und ich noch einen Moment zum Nachdenken bräuchte. Oder wenn ich morgens spät dran war, aber noch ein Pausenbrot schmieren musste. Oder um während eines Vokabeltests mal kurz auf einen Spickzettel zu schauen. Überhaupt, war dies das Ende meiner immerwährenden Verspätungen? Konnte, *würde* es so funktionieren? Mein Herz hämmerte vor lauter Aufregung. Nein, ich konnte das hier wirklich nicht glauben. Dennoch hatte ich es mit eigenen Augen gesehen.

Ich, Ophelia Pendulette, hatte die Zeit angehalten! Womöglich war ich so etwas wie eine echte Magierin!

»Wirklich?«, erkundigte sich Onkel Jacques derweil bei Tante Blanche, die ihm den Brief reichte. »Das verstehe ich nicht. Ich dachte, wir hätten noch mindestens bis zum Winter Zeit …« Seine Nase berührte das Papier beinahe, so nah hielt er es sich vor das Gesicht, um es zu entziffern.

»Aber … können wir denn nicht von jetzt an so viel Zeit haben, wie wir wollen?«, rief ich, wurde jedoch von keinem der beiden beachtet.

Tante Blanche sah besorgt aus. »Man erwartet uns im Palast«, erklärte sie, die Falte zwischen ihren Brauen vertiefte sich. »Morgen reisen wir ab.«

4

Pippas andere Persönlichkeit hatte also tatsächlich richtiggelegen. Meine Ururgroßmutter wurde nicht müde, uns immer wieder auf diese Tatsache hinzuweisen, während wir am nächsten Tag alles für unseren Aufbruch vorbereiteten. (»Ich habe es euch ja gesagt!«, rief sie und ließ zur Feier des Tages eine besonders große Kaugummiblase platzen. »Madame Rosé ist sehr wohl ein echtes Medium und ich bin nicht verrückt. Haha, ihr Ungläubigen, da staunt ihr, was?«)

Doch abgesehen von Pippas Hochstimmung hatte der gestrige Brief uns auch vor eine große logistische Herausforderung gestellt: Der Keller des *Hôtel de la Pendulette* verfügte nämlich leider nicht über den Luxus eines eigenen Zugangs zu *les temps* (so hießen die Zweige des Zeitstroms, die breit genug waren, dass man auf ihnen reisen konnte – und anscheinend waren die Häuser anderer Zeitloser diesbezüglich besser ausgestattet als unseres).

Im Klartext bedeutete das: Wir standen vor der Aufgabe, all unser Gepäck irgendwie durch die Straßen von Paris und das weitverzweigte Netz der Katakomben darunter schaffen zu müssen, bevor wir es auf die beiden Barken verladen konnten, mit denen wir uns auf den Weg machen wollten.

Weil ich quasi gerade erst ausgepackt hatte, bekam ich meinen Kram natürlich problemlos wieder in den Rucksack. Auch Onkel Jacques hatte nur einen kleinen altmodischen Lederkoffer bei sich, als wir uns gegen Nachmittag in der Lobby versammelten. Tante Blanche jedoch schleppte zuerst eine Reisetasche und mehrere Hutschachteln herbei. Anschließend halfen wir ihr dabei, eine Eichentruhe nach unten zu wuchten, in der sich angeblich »nur das Nötigste« befand. Gegen Pippas gewaltigen Schrankkoffer – das Ding war schätzungsweise so groß wie unser komplettes Gäste-WC zu Hause in Berlin – wirkte Tante Blanches Truhe allerdings wirklich wie ein sparsames Kistchen.

»Frauen«, raunte Onkel Jacques mir zu, als sich endlich alles vor dem Tresen der Rezeption stapelte.

Ich schluckte einen Kommentar über Geschlechterklischees, mit denen ich mich noch nie hatte anfreunden können, herunter und fragte stattdessen: »Als ich die Zeit angehalten habe, wieso bin ich da nicht auch erstarrt? Wieso konnte ich mich noch bewegen, du aber nicht?«

»Weil du diejenige warst, die sie manipuliert hat. In dem Moment, in dem du dir vorgestellt hast, wie es sein würde, bist du innerlich schon einen Schritt aus ihrem Fluss herausgetreten. Du wirst aber noch lernen, andere Menschen mitzunehmen, keine Sorge«, erklärte er mir und ich nickte dankbar.

Seit drei Tagen bombardierte ich die Pendulettes schon mit Fragen. Über die Ströme, über das Leben als Zeitlose und nun natürlich auch über diesen Bernsteinpalast, von dem plötzlich alle redeten, seit man uns schriftlich dorthin beordert hatte – mich eingeschlossen.

Zum Glück war Onkel Jacques ein geduldiger Lehrer. Und offenbar war er darüber hinaus schon des Öfteren mit meiner Großtante und meiner Ururgroßmutter verreist und wusste auch in diesem Fall, was zu tun war. Nämlich am besten einfach abzuwarten.

Schließlich zückte Tante Blanche ihr Handy (es war ein Modell zum Aufklappen mit extragroßen Tasten für Senioren) und bestellte ein Großraumtaxi. Zehn Minuten später hielt der Wagen vor der gläsernen Drehtür und auch der Fahrer hatte Mühe, alles unterzubekommen. Wir halfen ihm, so gut es ging, meinen Rucksack musste ich auf den Schoß nehmen, aber das störte mich nicht. Eingequetscht zwischen Pippa und Tante Blanches Truhe saß ich kurz darauf auf der Rückbank und beobachtete, wie die Stadt an uns vorbeiglitt.

Paris so schnell schon wieder verlassen zu müssen, machte mich ein wenig wehmütig. Ich hätte gerne noch etwas mehr Zeit im *Hôtel de la Pendulette* verbracht, mit meinen neuen Fähigkeiten gespielt und mir Papas Geburtsstadt angesehen.

Es geschah jedoch angeblich nur alle paar Jahrhunderte, dass sämtliche Zeitlose nach Rom gerufen wurden, um irgendeine wichtige Versammlung abzuhalten, bei der es um eine Art Wettkampf unter ihnen zu gehen schien (»Bernsteinturnier, endlich fahren wir zum Bernsteinturnier«, hatte Pippa gestern Abend vor sich hin gesummt). Und wie dieser Palast aussah, in dem niemand alterte, interessierte mich schon. Außerdem hatten Tante Blanche und Onkel Jacques mir versprochen, dass Grete uns dort erwarten würde.

Die ersten paar Minuten kamen wir gut voran, doch je mehr wir uns Montmartre näherten, umso voller wurden die Straßen, bis wir schließlich ganz stehen bleiben mussten. Eine Baustelle verengte die Fahrbahn und der Verkehr schien sich kilometerlang in alle Richtungen zu stauen.

»Das darf doch nicht wahr sein.« Tante Blanche seufzte, während der Taxifahrer den Motor ausschaltete.

Soweit ich es bisher verstanden hatte, musste man zeitlich festgelegte Wellen innerhalb der Ströme abpassen, wenn man wollte, dass sie einen zu einem bestimmten Ort beförderten. Die Dinger schienen so etwas wie einem magischen Busfahrplan zu folgen. Ob es an meinem Unpünktlichkeits-Fluch lag, dass wir Gefahr liefen, unsere perfekte Welle zu verpassen?

Tante Blanche wandte sich nun vom Beifahrersitz aus zu uns um. Über Onkel Jacques und einen Turm aus Hutschachteln hinweg bat sie Pippa: »Wärst du so freundlich?«

Meine Ururgroßmutter lächelte wie eine Katze vor einem Töpfchen Sahne und schloss die Augen. Einen Moment lang passierte überhaupt nichts, dann schien sich in der Erde tief unter uns etwas zu lösen. Der Staub auf der Straße kräuselte sich, rauschte in einer plötzlichen Böe an den Fenstern des Wagens vorbei. Aus dem Augenwinkel sah ich, wie der Taxameter beschleunigte. Dann fiel mein Blick auf mein Handydisplay, auf dem die Minuten mit einem Mal wie Sekunden dahinrasten.

Tatsächlich hatte sich das Taxi inzwischen wieder in Bewegung gesetzt und nahm nun immer mehr Fahrt auf, bis wir schließlich kurz darauf Sacré-Cœur erreichten.

Der Fahrer kassierte ein fürstliches Honorar und entschuldigte sich für die Unannehmlichkeiten. Er wirkte reichlich genervt. Wie jemand, der gerade über eine Stunde im Stau gestanden hatte.

»Hat er denn gar nicht gemerkt, dass du die Zeit vorgespult hast?«, fragte ich Pippa, während wir ihren Schrankkoffer in einer der abgelegeneren Seitengassen durch eine extrabreite Kanalöffnung bugsierten. Es war Millimeterarbeit und uns allen stand der Schweiß auf der Stirn.

»Er ist kein Zeitloser«, antwortete Pippa und stemmte sich gegen ihren Koffer. »Er wird sich höchstens gewundert haben, dass die Warterei sich nicht gar so sehr hingezogen hat, wie er erwartet hatte. Mist!«

Nun hatte sich der Koffer doch verkantet.

»Komm mal hier rüber, Ophelia«, sagte Tante Blanche. »Wir müssen ihn etwas zu mir ziehen.«

Gemeinsam zerrten wir an dem Ungetüm, das sich nicht mehr von der Stelle rührte. Auch der Knoten in meinem Kopf hatte sich noch immer nicht gelöst.

»Aber jetzt geht meine Uhr wieder normal«, murmelte ich. »Laut ihr haben wir trotzdem über eine Stunde hierher gebraucht. Ist die Welle nicht auf jeden Fall weg?«

Tante Blanche schüttelte den Kopf. »Pippa hat nur den Teil des Zeitstroms manipuliert, der sich in unserer unmittelbaren

Umgebung befand. Das bedeutet nicht, dass auch die übrigen Ströme schneller geflossen sind. Lass dich nicht von Uhren aus dem Konzept bringen. Sie sind dazu da, Zeit zu messen, aber sie zeigen sie nicht wirklich an, verstehst du?«

»Nein«, sagte ich.

»Könntet ihr eure Philosophiestunde vielleicht auf später verlegen?«, rief Onkel Jacques, der sich bereits im Kanal befand, um die Gepäckstücke entgegenzunehmen, von irgendwo unterhalb des Schrankkoffers. »Mein Rücken ist leider nicht mehr das, was er mal war.«

»Äh, klar.« Ich konzentrierte mich wieder darauf, die verhakten Kofferecken zu befreien.

Auch Pippa verdoppelte ihre Anstrengungen noch einmal, indem sie sich mit ihrem gesamten Körpergewicht gegen das Monstrum warf, was vielleicht ein bisschen zu viel des Guten war. Denn der Koffer löste sich nun zwar, sauste allerdings auch ein ganzes Stück in die Tiefe.

Wir hörten Onkel Jacques ächzen.

»'tschuldigung!«, flötete Pippa und wandte sich Tante Blanches Hutschachteln zu.

Als wir alles ein paar Minuten später durch die Katakomben schleppten, konnte ich trotzdem nicht länger an mich halten.

»Hättet ihr die Zeit nicht auch vorspulen können, als wir uns neulich auf dem Weg zur Metro so beeilen mussten?«, fragte ich Tante Blanche. »Und außerdem, könnte man nicht alternativ diese perfekte Welle später kommen lassen?«

»*Les temps* zu beeinflussen ist kein Kinderspiel«, erklärte Tante

Blanche. »Die großen Ströme kann man nicht allein mit den Kräften von einem oder zwei Zeitlosen umlenken. Mit Jacques' und meinen geht das schon gar nicht. Wir sind inzwischen zu alt, es würde uns zu viel Energie kosten, die Zeit zu verändern. Je mehr Lebenszeit ein Zeitloser bereits verbraucht hat, umso schwächer wird er. Die ersten drei Jahre, nachdem unsere Gabe erwacht ist, sind die machtvollsten, Ophelia. Danach entscheidet die verbleibende Lebenszeit über unsere Stärke.«

»Also ...«, murmelte ich.

»Also nutze deine Kräfte weise.«

Wir kletterten einen weiteren Schacht hinab, an dessen Grund zum Glück zwei große Handkarren bereitstanden, in denen wir die schwersten Gepäckstücke von nun an hinter uns herziehen konnten.

»Ist Pippa deshalb zu euch gezogen?«, fragte ich. »Und er auch? Leander? Um euch zu unterstützen, weil eure Kräfte nachlassen?«

Dass der Rattendieb uns nicht bei unserer Odyssee zu den Strömen half, ärgerte mich noch immer. Schließlich war auch er ein Zeitloser und ein paar Hände mehr hätten wir gut gebrauchen können. Doch angeblich hatte er noch etwas in Paris zu erledigen und würde uns am Ableger treffen – hatte Tante Blanche gesagt. Abgesehen von unserer kurzen Begegnung auf dem Flur war mir der Typ nämlich in den vergangenen drei Tagen kein einziges Mal mehr über den Weg gelaufen.

»Ja«, antwortete Pippa, während Onkel Jacques gleichzeitig etwas brummte, das verdächtig nach einem »Schön wär's« klang.

Als wir den Strom schließlich erreichten, überwältigte mich

sein Anblick aufs Neue. Obwohl ich mich mittlerweile an den allgegenwärtigen Staub gewöhnt hatte und seine schimmernd-knisternden Flocken mir längst nicht mehr solche Angst einjagten wie noch vor ein paar Tagen, war es mit *les temps* etwas ganz anderes. Die Breite des Flusses war noch schockierender als in meiner Erinnerung, das Rauschen der vorbeiwalzenden Körnchen ließ mich erschaudern und der modrige Geruch machte mich ein bisschen schwindelig.

Vorsichtig näherte ich mich dem Ufer.

Da war er also, der ultimative Strom aus Staub: *les temps*.

Groß und weit und tief. Wellen aus silbrigen Körnchen. Schimmernde Stromschnellen. Wirbelnde Spinnweben.

Die Barken lagen an einem schmalen Steg vertäut, genau wie wir sie zurückgelassen hatten. Da war das nussfarbene Boot, in dem mein Großonkel und meine Großtante mich hergebracht hatten, und neben ihm erwartete uns ein baugleiches Modell aus hellerem Holz. Hinter den beiden erspähte ich außerdem ein etwas kleineres, schwarzes Bötchen, das windschnittiger als seine Geschwister aussah, als könnte man in ihm gar ein Rennen bestreiten. Es beherbergte bereits eine abgewetzte Reisetasche sowie deren Besitzer.

Leander sprang an Land, kaum dass wir um die Ecke gebogen waren, und verlud mühelos unsere Koffer und Kisten. Auch heute trug er wieder ein ausgeleiertes T-Shirt zu seiner Jeans, doch darüber hatte er eine Sweatshirtjacke gezogen. In Kombination mit seinem militärischen Haarschnitt gab sie ihm einen irgendwie zwielichtigen Touch.

Er würdigte mich kaum eines Blickes.

»Hat alles geklappt?«, erkundigte sich Tante Blanche.

Leander nickte. »So weit ist alles in Ordnung, wir können die Stadt eine Weile sich selbst überlassen.« Jack lugte aus einer Tasche seiner Jacke und schnupperte zustimmend.

»Was musstest du denn machen?«, fragte ich.

»Die Zeitströme überprüfen«, erklärte Leander knapp und beendete das Gespräch, noch bevor es überhaupt begonnen hatte, indem er sich demonstrativ zum Fluss umwandte. Mein Mund klappte auf und wieder zu. Dann drehte auch ich ihm den Rücken zu. Na gut, dann eben nicht.

»Sollen wir an Bord gehen?«, fragte ich stattdessen meine Tante. Diese warf einen Blick auf ihre Armbanduhr.

»Oh, ja, es wird sogar höchste Zeit«, sagte sie. Erst jetzt, da ich neben ihr stand, erkannte ich, dass die Uhr weder über Zahlen noch über Zeiger verfügte. An ihrer Stelle befand sich ein Netz aus silbrigen Linien, die über das Ziffernblatt krochen. Eine von ihnen glomm ein wenig heller als die übrigen. War das unsere Welle?

Onkel Jacques und Tante Blanche bestiegen das nussfarbene Boot, Pippa, ihr Schrankkoffer und ich sollten das hellere nehmen und Leander kletterte allein in seine Rennbarke. Wir lösten die Taue, doch die drei Barken dümpelten weiterhin in ihrem improvisierten Hafen.

»Ist er eigentlich immer so?«, flüsterte ich Pippa zu, während wir warteten. Mit dem Kinn ruckte ich in Leanders Richtung. Ich war mir noch nicht sicher, was ich von ihm halten sollte. Für Jungs, die, bloß weil sie gut aussahen, glaubten, noch nicht einmal die einfachsten Regeln der Höflichkeit einhalten zu müssen, hatte ich allerdings nicht gerade viel übrig. Ehrlich gesagt, hatte ich mir sogar fest vorgenommen, auf keinen Fall jemals auf so einen Typen hereinzufallen. Onkel Jacques hatte nämlich recht, ich war zu vernünftig für mein Alter. Und jemanden zweimal hintereinander einfach so stehen zu lassen, war ganz und gar nicht höflich, oder?

Pippa spielte mit einer Strähne ihrer blonden Mähne, wickelte sie um ihren Finger und ließ sie wieder los. »Ein komischer Junge, ich weiß«, stimmte sie mir zu. »Bleibt am liebsten für sich. Aber er –«

In diesem Moment kam die Welle.

Von einer Sekunde zur nächsten verwandelten sich *les temps* in ein tobendes Chaos. Genau wie vor wenigen Tagen in Berlin peitschten die Fluten auch heute auf, rissen an unseren Barken und schleuderten uns umher. Ich klammerte mich an die Bank, während das Tosen um mich herum alles andere übertönte: Pippas Worte, meinen Herzschlag, sogar meine Gedanken. Und noch immer schwoll der Lärm weiter an, brachte meine Trommelfelle zum Vibrieren.

Unser Boot schaukelte derweil heftig, drohte beinahe zu kentern. Staub und Spinnweben klatschten mir ins Gesicht. Ich schloss die Augen, hielt den Atem an, während sich meine Hände so fest um das Holz unter mir schlossen, dass mein geprelltes Handgelenk erneut zu schmerzen begann. Der Fahrtwind riss an meinen Haaren, als wir dahinschossen, ließ meinen Zopf flattern und zerrte an der Kapuze meines Parkas.

Und dann, dann wurde der Sturm schwächer. Mein Pony legte sich wieder über meine Stirn. Das Schaukeln ließ nach. Der Lärm ebbte ab.

Ich blinzelte.

Les temps hatten sich so plötzlich wieder beruhigt, wie sie aufgebraust waren, und unsere Barke sauste nun auf ihnen dahin. Gleich neben uns fuhren Onkel Jacques und Tante Blanche, ein ganzes Stück vor uns glitt Leanders dunkle Barke durch die Fluten. Er hatte sich zurückgelehnt, mit der einen Hand bediente er ein Ruder, die andere hing über die Außenwand seines Gefährts hinaus, die Fingerspitzen strichen sacht über die Fluten.

Ich wandte mich erneut an meine Ururgroßmutter. »Äh, was wolltest du gerade sagen? Was ist mit Leander?«

Pippa wirkte grün um die Nase herum. »W…wie bitte?«, fragte sie. »Moment, ich … entschuldige, auch nach all den Jahren habe ich mich noch immer nicht daran gewöhnt, dass … Oje!« Sie beugte sich würgend über Bord.

Fünf Minuten später klammerte sie sich zitternd an das Ruder der Barke, kaute einen Reisekaugummi und atmete so flach, dass ich sie lieber nicht noch einmal ansprach. Nebenan hatten Tante Blanche und Onkel Jacques ein Kartenspiel ausgepackt und schienen darum zu pokern, wer das Steuer übernehmen musste. Nun gut.

Eine Weile lang beschäftigte ich mich mit meinem Handy, dessen Internetverbindung hier unten allerdings leider verrücktzuspielen schien (genau wie die Zeitanzeige). Dann beobachtete ich Leanders Hinterkopf und seine Hand, die noch immer die

Oberfläche der Fluten streifte. Nachdem unsere Reise von Berlin nach Paris so unglaublich kurz gewesen war, standen die Chancen nicht schlecht, dass wir auch Rom erreichen würden, bevor ich mich langweilte, oder?

Außerdem reiste ich gerade auf einem gigantischen Fluss aus Zeit durch ein geheimes Höhlensystem und das war wohl nichts, an dem ich allzu schnell das Interesse verlieren würde. Ich starrte in die rauschenden Fluten. Grausilbrige Flocken wirbelten um uns herum und tanzten über das Holz der Barken, bauschten sich zu Wellenkämmen und wattigen Wogen auf. Ein bisschen war es, als würden wir eine Gewitterwolke befahren.

Tatsächlich zuckte gerade jetzt etwas unter der Oberfläche, nur wenige Meter von unserem Boot entfernt. Es war jedoch kein Blitz, eher ein Schatten … Ein Schatten, der unter all dem Staub dunkel flimmerte.

Das flackernde Etwas kam näher.

Gab es *Fische* in den Fluten? Nein, das hier war kein richtiger Fluss, es war die Zeit selbst. Wer oder was konnte also darin unterwegs sein?

»P…Pippa?«, stammelte ich, den Blick noch immer fest auf den merkwürdigen Schatten gerichtet, der sich weiter auf uns zuschob.

Meine Ururgroßmutter stöhnte leise. »Ja? Weißt du, ich vertrage das Reisen auf *les temps* nicht so gut, deshalb –«

Jetzt hatte das Ding uns beinahe erreicht.

»Ist das hier normal?« Meine Stimme klang offenbar so schrill, dass Tante Blanche ihr Kartenspiel unterbrach.

»Was denn, Ophelia?«, fragte sie.

Ehe ich antworten konnte, rammte der Schatten die Barke, so heftig, dass ich das Gleichgewicht verlor. Ich kippte einfach vornüber, noch bevor ich wusste, wie mir geschah. Mit dem Gesicht voran mitten in die staubigen Wogen.

Sofort drangen mir die Körnchen in Nase und Mund, bissen mir in die Augen, verhinderten, dass ich atmen konnte, und legten sich unter meinen Gaumen und auf meine Zunge. Ich versuchte zu husten, doch dadurch wurde es nur schlimmer. Mit den Armen ruderte ich durch die Wogen, setzte alles daran, irgendwo Halt zu finden.

Meine Beine befanden sich noch in der Barke, ich spürte, dass jemand meine Knöchel hielt und sich bemühte, mich zurück ins Boot zu ziehen. Gleichzeitig schien der Sog der Fluten mit jedem Herzschlag stärker zu werden, mich immer weiter hinabzuziehen.

Es war unmöglich, etwas zu erkennen. Grau verschleierte meinen Blick. Doch der Schatten war noch in der Nähe: Etwas Scharfes kratzte über meine Wange. Und ein kleiner, rechteckiger Gegenstand glitt aus meiner Jackentasche, rutschte ein Stück an meiner Seite entlang und schließlich davon. Ich versuchte, mein Handy zu retten, aber noch immer fast blind griff ich daneben.

So ein Mist!

Meine Lungen schrien nach Sauerstoff. Ich blinzelte in die Finsternis, schlug nach dem Schatten oder den Wellen. Oder beidem. Meine Panik wurde immer mächtiger, ließ das Herz in meiner Brust flattern. Dabei wusste ich doch, ich durfte nicht den

Kopf verlieren, ich musste mich beruhigen, mich auf irgendeine Überlebensregel besinnen.

Aber was konnte in dieser Situation schon helfen? Aus eigener Kraft würde ich es nicht zurück an die Oberfläche schaffen, der Sog war viel zu heftig. Und außerdem war mir bereits schwummrig, das Rauschen der Fluten hörte ich nur noch wie aus großer Ferne. Wenn ich nicht rasch wieder Luft holen könnte, dann …

Hände packten mich, umfassten meine Taille und Schultern, rissen mich mit einem Ruck in die Höhe.

Ich hustete, versuchte, den Staub aus Mund und Nase zu bekommen, während ich gleichzeitig gierig nach Sauerstoff schnappte, davon noch mehr husten musste und dann tief einatmete. Nie hatte sich ein simpler Atemzug besser angefühlt. Die Luft schmeckte frisch und kühl. Köstlich.

Staub sickerte derweil in Rinnsalen aus meinen Haaren und über meine Wangen. Ich rieb ihn mir aus den Augen.

»Geht es wieder?«, fragte Leander. Er stand mit einem Bein in seiner Rennbarke und mit dem anderen in unserer. Seine Hände hielten meine linke Schulter, zu meiner Rechten entdeckte ich Tante Blanche, die meinen Ellenbogen umklammerte.

Ich nickte, ohne die Fluten aus den Augen zu lassen. Doch von dem merkwürdigen Schatten war nichts mehr zu sehen. »Was war das?«, murmelte ich heiser, weil da immer noch ein paar Flocken in meinem Hals kratzten.

»Verdammt knapp, würde ich sagen«, meinte Pippa irgendwo hinter mir. Sie klang erschöpft und ein wenig aufgelöst.

»Nein, ich meine im Strom. Das, was uns gerammt hat. Was war *das*?«

»*Gerammt?*«, echote Leander. Auch sein Blick suchte nun die Wogen ab.

»Ja, wie ein großer Fisch oder so.«

»Aber nichts und niemand lebt in *les temps*«, erklärte Pippa.

Leander klopfte unterdessen gedankenverloren ein wenig Staub von meiner Schulter, dann ließ er mich wieder los. »Du musst dich geirrt haben.«

»Du hast dich zu weit vorgelehnt und das Gleichgewicht verloren, junge Dame«, befand Tante Blanche. »Sei von jetzt an ein bisschen vorsichtiger, ja? *Les temps* können gefährlich sein. Das hier ist keine Spazierfahrt auf einem braven Flüsschen, ich dachte, das wäre dir klar. Es gibt Stromschnellen und Untiefen. Manchmal entstehen sie wie aus dem Nichts.«

»Aber …« Ich betastete meine Wange, meine Fingerspitzen glitten über einen Kratzer in der Haut. Er konnte nicht sehr tief sein, denn er blutete nicht. Das Ding war kaum der Rede wert. Doch es war da und ich wurde das Gefühl nicht los, dass man so etwas nicht von einer staubigen Stromschnelle bekam. Oder etwa doch? »Ich dachte, da wäre ein Schatten gewesen«, nuschelte ich. »Ich dachte, ich hätte etwas gesehen.«

»Wenn du etwas sehen willst, dann schau lieber mal in diese Richtung«, schaltete sich Onkel Jacques ein, der die dritte Barke so herangesteuert hatte, dass Tante Blanche zurückklettern konnte. Er deutete nach vorne. »Wir sind fast da.«

Ich wandte den Kopf und musste gleich noch einmal husten.

Noch ein ganzes Stück von uns entfernt, aber rasch näher kommend, spalteten sich *les temps* an einem gewaltigen Felsmassiv, auf dem etwas thronte, das ich mir selbst in einem total abgedrehten Traum nicht hätte vorstellen können. Es war ein Gebäude, groß wie ein Wolkenkratzer, ausladend wie ein Herrenhaus, bewachsen mit Türmchen und Erkern wie ein Märchenschloss, durchzogen von Säulen und Arkadengängen wie ein antiker Tempel und umgeben von wattigen Staubwolken, als wäre dies der Himmel und kein Ort tief unter den Fundamenten Roms.

Es wuchs aus dem Felsen in die Höhe und verschwand irgendwo in der Decke der Höhle, wo sich Treppen und Hängebrücken zwischen den Türmen spannten. Unzählige Lichter schimmerten uns aus Fensterhöhlen und Wintergärten entgegen und tauchten die Ströme in ein silbriges Glitzern. Der Anlegesteg ging in eine breite, von Fackeln erleuchtete Freitreppe über, gesäumt von Büsten und flankiert von Männern, die eine Art dunkelblaue Uniform trugen.

»Darf ich vorstellen: *Rocher de bronze*, eherner Fels und Heimstatt der Zeitlosen. Oder kurz: der *Bernsteinpalast*«, erklärte Onkel Jacques feierlich und Pippa fügte ganz unzeremoniell hinzu: »Manche von uns nennen ihn auch einfach *alter Kasten*.«

Zweiter Teil
Im Bernsteinpalast

5

Die Marmorstufen waren ausgetreten. Viele Füße mussten viele Jahre damit verbracht haben, jegliche Kanten in weiche Rundungen zu verwandeln. Wir stiegen an den Wachen vorbei (die uns glücklicherweise unser Gepäck abnahmen) und hinauf zu einem doppelflügeligen Portal.

Im nächsten Moment betraten wir eine Art Eingangshalle, in der sich bereits eine ganze Menge Leute tummelten. In ihrem Zentrum befand sich eine gigantische Sanduhr aus schimmerndem Glas, doch obwohl sich in ihrer oberen Kammer reichlich funkelnder Sand türmte, rieselte nichts davon nach unten. Nur ein einzelnes Sandkorn hing mitten in der Luft, als wäre es im Fall eingefroren worden.

»Das ist die Immeruhr«, erklärte mir Tante Blanche im Vorbeigehen. »Sie steht für immer still, weil die Ströme so um den Palast herumgelenkt wurden, dass an diesem Ort schon seit Langem keinerlei Zeit mehr vergeht. Spürst du es?«

»Äh«, sagte ich. Mir war nicht klar, worauf sie hinauswollte. Ich fühlte mich jedenfalls nicht anders als noch vor fünf Minuten. Hatten meine Zellen wirklich gerade aufgehört zu altern? Bloß, weil ich über eine Schwelle getreten war? Das erschien mir vollkommen absurd.

»Na ja, das kommt bestimmt noch.« Tante Blanche zuckte mit den Schultern und zog mich weiter.

Wir umrundeten die Sanduhr und wanderten nun an einer großen Weltkarte entlang, die in den Boden eingelassen war. Wie auf Tante Blanches Armbanduhr bildeten auch hier silberne Linien ein Spinnennetz, das sich über das Mosaik von Ländern und Kontinenten schlängelte und ständig in Bewegung zu sein schien. Daneben saßen einige Männer und Frauen in den gleichen Outfits, die auch die Wachen an der Treppe getragen hatten (an den Revers ihrer Uniformen entdeckte ich Anstecker in Form von kleinen silbernen Sanduhren), und tippten etwas in die Laptops auf ihren Schößen, einige sprachen leise in Headsets. Es sah so aus, als würden sie die Ströme von hier aus überwachen, und ich wäre gerne stehen geblieben, um ihnen dabei über die Schulter zu sehen.

Doch Tante Blanche hatte es wieder einmal ziemlich eilig. Rasch schob sie sich an einem missmutig dreinblickenden kleinen Mann vorbei, der eine Hand zwischen die Knöpfe seiner Anzugweste geschoben hatte, während er mit der anderen Onkel Jacques begrüßte. Hinter mir wechselte Pippa ein paar hastige Worte mit einem Mädchen, das sich nach unserer Reise erkundigte (»Na ja, mein Magen, du weißt ja … Aber davon abgesehen war es ein Klacks«, sagte Pippa und das Mädchen fragte: »Wirklich? Und *les temps*?« – »Was soll damit gewesen sein?«). Dann hatten wir auch schon das Ende der Halle erreicht und mir fiel auf, dass sich die anderen Zeitlosen ebenfalls in diese Richtung bewegten.

Auf eine weitere Flügeltür zu.

Diese war nicht ganz so imposant wie das Hauptportal, doch dafür führte sie uns in einen riesigen Theatersaal. Rote Samtvorhänge hingen in eleganter Raffung vor der Bühne, an den übrigen Wänden klebten golden verzierte Logen wie Schwalbennester und im Parkettraum erleuchteten Kerzen eine ganze Reihe von runden Tischen, um die sich Stühle scharten. Viele Plätze waren bereits besetzt, auch in den Logen saßen schon Zeitlose an gedeckten Tafeln. Tante Blanche steuerte auf einen der Tische gleich an der unteren Bühnenkante zu.

Wir setzten uns, wobei Onkel Jacques es sich nicht nehmen ließ, Tante Blanche den Stuhl heranzuschieben. Anschließend machte er es sich neben ihr bequem. Zu meiner Linken entfaltete Pippa unterdessen eine große Stoffserviette.

Ich verdrehte den Hals zum Orchestergraben in meinem Rücken. »Wird man von hier aus denn etwas sehen können?«

»Vom Büfett?«, fragte Pippa.

Onkel Jacques lächelte. »Dies ist zwar ein Theater«, sagte er. »Aber auch der einzige Raum innerhalb des Palastes, in dem alle Bewohner gemeinsam Platz haben. Er wird deshalb schon lange für die Mahlzeiten genutzt.«

»Und außerdem befinden wir uns unmittelbar unter dem Kolosseum. Wir Zeitlosen haben wohl eine Schwäche für die große Bühne«, meinte Tante Blanche. »Wobei dieser Ort hier tatsächlich noch älter als das Amphitheater der Römer ist, auch wenn es nach Jahrtausenden des An- und Umbauens vielleicht nicht danach aussieht.« Sie griff nun ebenfalls nach ihrer Serviette. »Hoffentlich gibt es diese gefüllten Nudeln. Hach, wenn ich eine Sache nennen müsste, die mir in Paris fehlt …«

»Mhm«, machte ich und ließ meinen Blick fort von Besteck und Gläsern durch den Saal schweifen.

Nach Essen war mir momentan ja so gar nicht zumute, dafür war ich viel zu fasziniert von den anderen Zeitlosen – von überhaupt allem hier. Schon seit ich einen Fuß über die Schwelle gesetzt hatte, schossen mir gefühlt hundert Fragen pro Minute durch den Kopf, mit denen ich Onkel Jacques unbedingt löchern musste. Doch vorerst konnte ich nur schauen und staunen. Ein geheimer Palast unter den Grundmauern Roms! Und noch dazu voller Menschen, die bereits wer weiß wie lange hier unten lebten, durch eine Zeitschlaufe verborgen vor dem Rest der Welt!

Die Leute sahen dafür allerdings überraschend normal aus. Viele von ihnen trugen Jeans, manche aber auch Anzüge oder Cocktailkleider. Die meisten mussten um die dreißig Jahre alt sein. Doch mir war inzwischen klar, dass das vermutlich nur äußerlich stimmte. Ich beobachtete eine auffallend schöne Frau dabei, wie sie einen maisgelben Wimpel an der Balustrade ihrer Loge befestigte. Sie hatte dunkles Haar und aus dem Augenwinkel hatte ich für einen kurzen Moment geglaubt … Natürlich! Irgendwo hier musste ja auch Grete stecken, vor lauter Aufregung hatte ich es beinahe vergessen. Irgendwo in diesem Raum war meine Schwester!

Nur am Rande registrierte ich, dass Tante Blanche ebenfalls

einen Wimpel aus ihrer Handtasche hervorkramte und an unseren Tisch hängte. Ein dunkelblaues, knittriges Exemplar.

»Es gibt vier Bernsteinlinien, also vier große Familien von Zeitlosen«, erklärte Onkel Jacques, obwohl ich zur Abwechslung noch gar nicht danach gefragt hatte. »Wir Pendulettes gehören zu den Janviers, unsere Farbe ist Schieferblau.«

»Okay«, murmelte ich. Ich suchte noch immer nach meiner Schwester, doch plötzlich sprangen mir, zwischen maisgelben und burgunderroten Wimpeln, noch eine ganze Menge weiterer schieferblauer Stoffstücke ins Auge. »Dann bin ich also mit all diesen Leuten verwandt? Auch mit *ihm*?« Ich deutete auf den griesgrämigen kleinen Mann, dem wir bereits im Foyer begegnet waren. Er saß jetzt in einer besonders prächtigen, über und über in Blau gehüllten Loge.

»Oh ja«, sagte Tante Blanche. »Das ist sogar einer deiner berühmtesten Vorfahren. Er hat früher über Frankreich geherrscht, doch leider stieg ihm die Macht irgendwann zu Kopf, und als man ihn vor etwa zweihundert Jahren schließlich auf eine Insel verbannte, ist er stattdessen lieber hierhergekommen.«

Mir blieb keine Zeit, um aus der Fassung zu geraten, weil meine Großtante mir offenbar weismachen wollte, dass das dort der echte Napoleon Bonaparte sein sollte, denn in diesem Augenblick fand ich endlich Grete und das allein war schon genug, um mich ganz und gar durcheinanderzubringen.

Ich sprang auf, ohne darüber nachzudenken, und war bereits mehrere Schritte in ihre Richtung gelaufen, als Onkel Jacques mich einholte und vorsichtig meinen Ellenbogen berührte.

»Nicht jetzt. Das wäre sehr unpassend. Warte bis nach dem Essen, ja?«, raunte er mir zu, während er mich zu unserem Tisch zurückbugsierte.

»Aber«, stammelte ich, »warum ist sie dort oben?«

Unmittelbar über der Flügeltür, durch die wir hereingekommen waren, hing die größte und schönste der Theaterlogen, ihre Goldverzierungen waren die prunkvollsten und über dem Thron in der Mitte spannte sich ein sternendurchwirkter Baldachin. Links und rechts davon standen jeweils zwei geschnitzte Sessel. Und aus einem davon betrachtete Grete uns, das einfache Volk, mit einem feinen Lächeln. Ich konnte den Blick nicht von meiner Schwester wenden, die mit ihrem dunkelgrünen Strickkleid und dem geflochtenen Zopf aussah wie immer und zugleich wie eine Fremde wirkte. Ob sie mich in der Menge entdecken würde?

Nein, es hielt mich nicht länger auf meinem Stuhl. Ich stand wieder auf, winkte, um auf mich aufmerksam zu machen, doch sie reagierte nicht. »Grete!«, rief ich mit belegter Stimme, während das Gemurmel im Saal abebbte.

»Psst«, machte Tante Blanche, doch ich ignorierte sie.

Es war mir egal, dass neben meiner Schwester nun ein Junge mit dunklen Haaren und Nerdbrille Platz nahm und dass es Leander war, der sich gerade auf der anderen Seite des Throns niederließ. Genauso egal war mir, dass Pippa mir zuraunte, das Mädchen mit den asiatischen Gesichtszügen, das nun den vierten Sessel für sich beanspruchte, sei eine gewisse Sybilla Cho. Onkel Jacques' geflüsterte Vermutung, der Thron selbst würde heute wohl wieder einmal leer bleiben, weil der Herr der Zeit zu viel zu tun hätte, um mit uns zu Abend zu essen, interessierte mich erst recht nicht.

Alles, woran ich denken konnte, war meine Schwester.

Das letzte Mal hatten wir einander an Weihnachten getroffen, zu Hause in Berlin. Sie hatte französisches Gebäck mitgebracht, wir hatten unter dem Weihnachtsbaum gesessen und Lars geholfen, seine neue Ritterburg aufzubauen. Das alles erschien mir mittlerweile wie eine andere Welt. Damals hatte ich noch nichts von Staub oder Zeitlosen geahnt, doch Grete musste die Wahrheit bereits gekannt haben. Vermutlich war sie am Tag vor Heiligabend schnurstracks von diesem Palast aus mit einer Barke zu uns herübergeschippert. Und ich hatte nicht einmal den blassesten Schimmer gehabt! Ein mulmiges Gefühl breitete sich in meiner Magengrube aus.

»Grete«, wiederholte ich leise und da, endlich, wandte sie den Kopf und nickte mir zu. Ganz kurz nur, dann ließ sie den Blick schon wieder weiterschweifen. Mich hier zu sehen, schien sie nicht sonderlich zu überraschen. Oder zu freuen. Ihr Ausdruck blieb unergründlich, wie der der Mona Lisa. Ich schluckte. Meine Knie gaben unter mir nach und ich sank auf meinen Stuhl.

Pippa drückte mir ein Glas Wasser in die Hand. »Trink erst einmal einen Schluck«, wisperte sie. »Da kommt Präsident Pan, gleich wird das Büfett eröffnet.«

Ich nippte an meinem Mineralwasser, doch das hohle Gefühl in meinem Innern konnte es nicht vertreiben. Noch immer konnte ich nicht anders, als zu Grete in ihrer Prunkloge hinaufzustarren. Inzwischen war dort eine weitere Person aufgetaucht:

ein Mann, schätzungsweise um die fünfzig, sein Kiefer war auffallend breit, die Nase lang. Er trug die Uniform der Garde, doch seine Version wirkte kostbarer und wurde von einer stattlichen Anzahl von Streifen sowie einem funkelnden Orden geschmückt.

Zuerst dachte ich, er würde sich auf den Thron setzen. Doch er zog sich lediglich einen schlichten Schemel heran und quetschte sich ganz an den Rand der herrschaftlichen Tafel. Wie auf ein geheimes Zeichen hin erhoben alle Zeitlosen im Saal gleichzeitig mit ihm ihre Gläser. Der Präsident prostete uns zu, dann noch einmal nur in Richtung der schönen Frau mit dem maisgelben Wimpel. Im selben Augenblick glitt der Vorhang vor der Bühne lautlos zur Seite und enthüllte Platten und Schüsseln voller Speisen. Stühle wurden gerückt, sofort bildeten sich lange Schlangen zu beiden Seiten des Orchestergrabens.

»Ja, sie haben die Nudeln! Sie haben die Nudeln!«, freute sich Tante Blanche, die sich ziemlich verrenkt hatte, um dies in Erfahrung zu bringen. »Los, stellen wir uns an.«

»Ich habe keinen Hunger«, nuschelte ich in mein Wasserglas. Aber gegen die Pendulettes hatte ich keine Chance.

»Papperlapapp«, sagte Tante Blanche, während Pippa mich bereits untergehakt hatte und mit sich zum Bühnenaufgang schleifte.

Wir mussten eine halbe Ewigkeit lang warten, bis wir an der Reihe waren. Doch die Zeitlosen schienen daran gewöhnt zu sein und nutzten die Gelegenheit für ein Pläuschchen. Onkel Jacques zum Beispiel unterhielt sich angeregt mit der rothaarigen Dame vor uns, die mir von irgendwoher bekannt vorkam und mit einem merkwürdigen Akzent sprach. Überhaupt schienen die Zeitlosen hier in Rom zwar aus aller Herren Länder zu stammen, doch ihre Verkehrssprache hatte, wie Tante Blanche mir bereits gestern Abend erklärt hatte, irgendwann von Altgriechisch zu Französisch gewechselt – wie es eine Weile lang an vielen Höfen Europas Trend gewesen war – und war dann, zum Glück für mich, dabei geblieben.

Die rothaarige Dame fragte Onkel Jacques nach unserer Reise und wollte ebenfalls wissen, ob die Zeitströme normal gewesen wären. Onkel Jacques sagte, es hätte glücklicherweise keinerlei Zwischenfälle gegeben. Ich zupfte eine letzte Fluse aus meinem Haar …

Tatsächlich waren merkwürdige Stromschnellen und unerwartete Untiefen in den Strömen sogar das Top-Gesprächsthema um uns herum. Hinter mir erzählte ein beleibter Mann jedenfalls ausführlich von der außerplanmäßigen Welle, die ihn und seine Frau vor zwei Wochen beinahe nach Australien anstatt zu einem Fußballspiel in Mailand befördert hatte. »Zum Glück beginnt nun das Bernsteinturnier und unsere jungen Talente nehmen sich der Sache an«, sagte er schließlich.

Ein älterer Herr mit bunter Fliege murmelte derweil leise und wohl mehr zu sich selbst als zu jemand Bestimmtem: »Man könnte fast meinen, dass es wieder losgeht. Staubanomalien, wohin man auch blickt. Genau wie damals vor acht oder neun Jahren, als dieser Zeiter, wie hieß er noch gleich … Pendulette? Siegfried oder Silas …«

Ich holte tief Luft. »Simon Pendulette?«

»Ja, richtig, das war sein Name. Danke, junges Fräulein.«

»Dann kannten Sie meinen Vater also?«

Der Alte hob die Brauen, schien mich erst jetzt wirklich anzusehen. »Also das habe ich nicht gesagt. Nein, selbstverständlich wäre ich nie …« Er fuhr sich durch das spärliche Haar und sah aus irgendeinem Grund plötzlich so aus, als hätte er sich am liebsten auf die Zunge gebissen. »Ach, eigentlich bin ich gar nicht so hungrig, ich denke, ich werde dann mal …«, nuschelte er, machte auf dem Absatz kehrt und scherte aus der Schlange aus.

»Aber wieso gehen Sie denn jetzt weg?«, rief ich ihm nach und zog damit die Aufmerksamkeit von Pippa, Onkel Jacques und Tante Blanche wieder auf mich, die sich allesamt so angeregt mit ihren Freunden unterhalten hatten, dass ihnen wohl entgangen war, was ich herausgefunden hatte. »Warten Sie doch!«

»Eben erst angekommen und schon schlägst du die Leute in die Flucht?« Pippa grinste. »Das ist unsere Familie!«

Der alte Mann verließ nun den Theatersaal, so hastig, dass er dabei mehrere Leute anrempelte. Gerade so, als fürchtete er, jeden Moment bei etwas Verbotenem erwischt zu werden.

Unterdessen lächelte ich in mich hinein, fühlte mich plötzlich so beschwingt wie lange nicht mehr. Es stimmte also doch! Irgendeine Rolle musste Papa in dieser Welt gespielt haben, sonst hätte dieser Typ nicht so merkwürdig reagiert. Was hatte er noch gesagt? Staubanomalien wie damals? In jedem Fall war es die erste wirkliche Spur überhaupt!

Eine kleine Weile später legte ich ein paar von Tante Blanches Lieblingsnudeln auf meinen Teller, garnierte das Ganze mit zwei

Salatblättern und kehrte zu unserem Tisch zurück (zu Hause ernährte ich mich ja größtenteils von diesen bunten Cornflakesringen, aber die gab es hier nicht – zumindest nicht zum Abendessen).

Auch Grete in ihrer Loge aß bereits und ich vermutete, dass man ihr etwas zu essen heraufgebracht hatte, denn ich hatte sie in keiner der beiden Schlangen stehen sehen. Und Leander stocherte ebenfalls in etwas herum, das Pasta hätte sein können. Dabei schien er außerdem wieder einmal äußerst darauf bedacht, bloß niemanden anzuschauen.

Sybilla Cho neben ihm versuchte wohl, mit ihm zu plaudern, doch als er sie nicht beachtete, schnipste sie kurzerhand neben seiner Schläfe, bis er den Kopf zu ihr umwandte. Auch eine Taktik. Ich schmunzelte.

Obwohl die gefüllten Nudeln wirklich köstlich schmeckten, konnte ich das Ende des Essens kaum abwarten. Während Tante Blanche und Onkel Jacques in Pasta und Tiramisu schwelgten und Pippa irgendeine verworrene Geschichte über die angeblichen Séancen mit Madame Rosé zum Besten gab, der ich nur mit halbem Ohr zuhörte, ließ ich Grete nicht aus den Augen.

Gefühlte Stunden vergingen, ehe Präsident Pan die Tafel schließlich mit einem Wink aufhob. Sofort sprang ich auf.

»Ich muss zu Grete«, sagte ich.

»Natürlich.« Tante Blanche nickte. »Am besten versuchst du, sie auf dem Weg zum Musiksalon im dritten Stock abzupassen. Wolferl wird dort heute Abend ein kleines Hauskonzert geben und deine Schwester ist ein großer Fan.«

»Wolferl?«, fragte ich.

»Wolfgang Amadeus«, präzisierte Pippa.

»Mozart«, ergänzte Onkel Jacques.

Ich schnaubte. »Nun hört schon auf, mich andauernd zu veralbern.«

Meine Verwandten tauschten einen Blick, der ganz und gar nicht so wirkte, als würden sie mir Blödsinn erzählen. Aber ich hatte jetzt wirklich keine Zeit für so etwas.

Während die meisten Zeitlosen noch damit beschäftigt waren, ihre Servietten zusammenzulegen und ihre Stühle wieder an die Tische zu schieben, hastete ich bereits quer durch den Saal und den hinteren Teil der Eingangshalle, wo ich eine breite Eichentreppe entdeckte.

Der dritte Stock war leicht zu finden, der Musiksalon eher weniger. Die Türen sahen mehr oder minder alle gleich aus: dunkles Holz mit Messingklinken. Der Marmorboden hallte unter meinen Schritten. Niemand sonst war auf diesem Gang unterwegs. Hatte ich mich etwa doch bei den Etagen verzählt?

Ich fürchtete schon, mich verlaufen zu haben, als Grete plötzlich nur wenige Meter von mir entfernt hinter einem Wandvorhang hervortrat. Mit drei großen Schritten war ich bei ihr.

»Hallo«, sagte ich.

Wieder nickte sie mir zu, in ihren blauen Augen lag ein Funkeln, das ich nicht so recht einordnen konnte. Sie verschränkte die Arme vor der Brust. »Hallo, Ophelia.«

Während die meisten Zeitlosen noch damit beschäftigt waren, ihre Servietten zusammenzulegen und ihre Stühle wieder an die Tische zu schieben, verließ Leander bereits die Präsidentenloge. Er wusste, dass er jetzt besser schnell sein sollte, denn er war dieses Mal sogar mehrere Wochen fort gewesen. Natürlich würden sie ihn belagern, natürlich brannten sie darauf, ihn mit Fragen zu löchern. Er verübelte es ihnen nicht und ihm war klar, dass er sich unhöflich und egoistisch verhielt, indem er einfach davonlief, aber …

Leander rannte beinahe zum Aufzug hinter der Bühne, mit dem normalerweise das Essen des Caterers in den Palast hinabbefördert wurde, und fuhr nach oben. Das dauerte eine ganze Weile, doch allein das Sirren des metallenen Gefährts, das ihn mit jeder Sekunde weiter von den anderen fortbrachte, ließ ihn freier atmen. Schließlich öffneten sich die Türen mit einem leisen *Ping*. Ein kühler Wind wehte ihm etwas Staub ins Gesicht, als er in das nächtliche Kolosseum hinaus und zurück in die Zeit trat.

Um ihn vor den zahllosen Touristen verborgen zu halten, die das alte Amphitheater im Herzen Roms tagtäglich besuchten, hatten die Zeitlosen den Aufzug in einem künstlichen Pfeiler innerhalb der Katakomben im Zentrum des runden Baus untergebracht. Leander hatte daher noch eine kleine Kletterpartie vor sich bis zu seinem Lieblingsplatz, hoch oben auf den Ruinen der ehemaligen Ränge.

Es war natürlich unvernünftig, die Zeitlosigkeit so häufig zu verlassen. Auf die Dauer würde es ihn zu viel Lebenszeit kosten. Doch das kümmerte ihn momentan wenig. Über versteckte Stufen und Leitern arbeitete er sich bis zum obersten Mauerkranz vor. Dort ließ er die Beine über die Kante baumeln und legte den Kopf in den Nacken, um die Sterne zu betrachten.

Da war er also wieder, dieser gähnende Abgrund am Rande seines Bewusstseins. Zum ersten Mal gespürt hatte er ihn, als er noch ein Kind gewesen war. Damals in Schweden, als er noch im Waisenhaus gelebt und nicht das Geringste von seiner Fähigkeit, die Zeit zu lenken, geahnt hatte. Er hatte nur gewusst, dass er von dort fortmusste. Dass er nicht dort hingehörte, dass er anders war als seine Freunde.

Noch heute ging es ihm so. Sobald er den Palast verließ, wünschte er sich zurück hinter die schützenden Ströme der Zeit. Doch wenn er dann zurückkehrte, verwunderte es ihn jedes Mal aufs Neue, wie wenig er mit den anderen Zeitlosen gemein hatte. Was ihn wiederum forttrieb. Es war idiotisch, da war nichts, wonach er hätte suchen können. Oder?

Er ärgerte sich noch immer über sich selbst, als plötzlich neben ihm etwas raschelte. Halb erwartete er, es wäre Scarlett, die ihm nach hier oben gefolgt war. Aber die Ursache des Geräuschs entpuppte sich nicht als Ratte, sondern als dunkler Kapuzenumhang, dessen Saum über den porösen Stein schleifte.

Der Herr der Zeit ächzte, als er sich neben Leander niederließ. Sein Bart schimmerte silbrig im Mondlicht. Eine Weile lang saßen sie einfach nur da, schweigend. Genau wie früher. Schulter an Schulter starrten sie in die Dunkelheit, während von irgendwo jenseits der uralten Mauern Verkehrslärm zu ihnen heraufdrang. Dazwischen mischten sich Fetzen von Musik und das Gelächter von Menschen, die noch nie in ihrem Leben einen Gedanken an Ströme aus Staub verschwendet hatten. Irgendwo musste eine Party im Gange sein, ganz in der Nähe und zugleich unendlich weit entfernt. In einer anderen Galaxie.

Warum musste die Welt eigentlich immer so verdammt laut sein? Laut und unerreichbar.

Wieder einmal wirbelte Mariana durch seine Erinnerungen, das Mädchen im Waisenhaus, das für ihn wie eine Schwester gewesen war. Auch sie war so oft viel zu laut gewesen, hatte ihn zum Lachen gebracht, wenn er allein im Schlafsaal gehockt und sich vor dem, was er sah, gefürchtet hatte. Ob es ein paralleles Universum gab, in dem sie ein glücklicheres Leben hätte führen können? Eines, in dem sie nicht so früh hätte sterben müssen?

»Du bist einsam«, sagte der Herr der Zeit schließlich.

Leander spürte, wie er nickte.

Die knotigen Finger des Herrn der Zeit spielten derweil mit der Totenuhr, die nun leise zu ticken begann. *Tick-Tick, Tick-Tick, Tick-Tick*, hallte es durch das Rund des Amphitheaters. »Morgen ist es so weit. Bist du bereit?«

Leander antwortete nicht gleich. Er dachte an Darius, Grete, Sybilla und all die anderen, daran, wie wenig ihm der Sinn nach diesem Wettkampf stand. Dennoch war das Bernsteinturnier das, was er wollte. Trotz allem war da Marianas leise Stimme in seinem Hinterkopf, die ihm aus dem Abgrund heraus zurief, dass er haargenau für diesen Kampf geboren worden war. Er atmete aus.

»Ja«, sagte er dann. »Ja, ich bin so weit.«

Denn immerhin bestand die Chance, dass man als Herr der Zeit so banale, menschliche Dinge wie das Problem mit dem Alleinsein einfach vergaß, oder?

Das hoffte er jedenfalls.

Grete hatte sich nicht verändert. Kein einziges Härchen stand von ihrem akkurat geflochtenen Zopf ab und ihre schmalen Augenbrauen hatten wie eh und je diesen Schwung, der ihrem Gesicht einen leicht spöttischen Ausdruck verlieh.

Ich machte noch einen Schritt auf sie zu, dem Impuls folgend, sie zu umarmen. Doch sie regte sich nicht und so hielt ich auf halbem Weg inne, trat stattdessen von einem Fuß auf den anderen. »Das mit dem französischen Musikgymnasium war ja wohl eine dicke, fette Lüge«, sagte ich schließlich und versuchte mich an einem Grinsen.

Grete zuckte mit den Schultern. »Wir konnten dir ja schlecht die Wahrheit erzählen. Mama wusste natürlich, dass mehr dahintersteckt. Papa muss ihr gegenüber früher schon einmal etwas angedeutet haben, sonst hätte sie die Pendulettes ja auch kaum angerufen. Aber … nun, du hättest es doch sowieso nicht verstanden.«

»Also warst du die ganze Zeit über … *hier*?«

»Klar. Ich musste schließlich meine Kräfte trainieren.« Noch immer verzog sie keine Miene.

»Toll, das ist wirklich toll«, murmelte ich. »Und uns erzählst du was von Geigenunterricht und den besten Lehrern der Welt und –«

»Deshalb brauchst du doch nicht gleich wütend zu werden. Ich habe hier wirklich die besten Lehrer der Welt und mich auch musikalisch enorm verbessert. Du solltest mir mal wieder beim Spielen zuhören. Wie wäre es jetzt gleich?« Sie deutete auf den Gang hinter mir. »Ich wollte sowieso zu Wolferl.«

Ich starrte sie an. »Mein ganzes Leben wurde gerade auf den Kopf gestellt und du willst, dass ich dir als Erstes beim *Geigespielen* zuhöre?«

Grete blinzelte. »War nur so eine Idee. Wir können es auch lassen. Dann sehen wir uns bestimmt in den nächsten Tagen.«

Sie machte nun tatsächlich Anstalten, sich an mir vorbeizuschieben. Verdammt, warum war es mit uns stets so schwierig?

»Warte«, bat ich Grete und schloss für einen Moment die Augen, auch um die Tränen zurückzudrängen, die mich plötzlich überkamen. Ich war mir so sicher gewesen, dass diese Zeitlosen-Geschichte alles verändert hätte. Endlich, endlich hatten meine Schwester und ich etwas gemeinsam, zählte das denn gar nichts? Leise, weil ich nicht wusste, ob ich die Antwort wirklich hören wollte, fragte ich: »Freust du dich überhaupt, mich zu sehen?«

Grete legte den Kopf schief. »Sicher«, sagte sie. »Du bist meine Schwester. Ich … bin bloß immer noch überrascht. Ich hätte nie gedacht, dass du auch … Verstehst du, normalerweise überspringt die Gabe ein paar Generationen. Das kam alles sehr unerwartet. Niemand hat auch nur im Traum daran gedacht, dass du ebenfalls eine Zeitlose sein könntest.«

»Und das stört dich jetzt, oder was?«

Grete schien einen Moment zu überlegen. »Ein bisschen vielleicht. Aber nicht sehr.«

Ich schnaubte. Dass meine Schwester keinen Wert auf meine Anwesenheit legte, war natürlich nichts Neues. Allerdings tat es trotzdem erschreckend weh, dass sie es so offen zugab. Sie war schon immer eigenbrötlerisch gewesen. *Wie nicht von dieser Welt*, hatte Mama früher manchmal gesagt.

Wenn unser Vater uns damals vor dem Einschlafen Märchen erzählt hatte, war Grete immer Rapunzel gewesen, eine Prinzessin, die ganz allein in einem hohen Turm lebte. Papa hatte mir einmal verraten, dass er sich nicht sicher wäre, ob sie ihre Haare wohl lang genug wachsen lassen würde, damit eines Tages jemand zu ihr heraufklettern konnte. Abgesehen von mir natürlich, denn ich hatte in unseren Geschichten am liebsten die Rolle einer mutigen Hexe auf einem fliegenden Besen gespielt, mit dem ich bis zu Rapunzels Turmfenster fliegen konnte.

Doch offenbar war ich niemals dort oben angekommen.

»Ich habe mich ganz sicher nicht darum gerissen hierherzukommen«, sagte ich. »Ich wäre gerne in Berlin geblieben und noch lieber würde ich mich am Samstag mit Anna auf den Weg an die Ostsee machen. Aber leider habe ich plötzlich überall Staub gesehen. Als Tante Blanche auftauchte und …« Ich ballte die Hände zu Fäusten. »Dann haben wir eben beide diese komische Gabe, na und? Weißt du was, ich glaube, das alles hier ergibt einen Sinn. Ich glaube, wir könnten endlich herausfinden, was wirklich mit Papa passiert ist. Es gibt nämlich einen Zusammenhang. Ich habe vorhin gehört, wie ein alter Mann –«

»Nein«, sagte Grete. »Hör auf damit.«

»Nein?«

»Mir war klar, dass du wieder damit anfangen würdest, sobald du auch nur eine Sekunde der Zeitlosigkeit geatmet hättest. Aber das ist Blödsinn. Es war ein Unfall. Papa ist tot. Das müssen wir akzeptieren.«

»Es war kein Unfall!«, rief ich. »Ich habe es selbst gesehen!« Meine Stimme war mit jedem Wort lauter geworden. Ich musste mich zusammenreißen, um nicht zu schreien. Und schon wieder waren da die dummen Tränen. »Die Leute hier wissen etwas darüber, okay? Sie verheimlichen etwas. Keine Ahnung warum, aber du und ich, wir könnten es herausfinden. Das ist unsere Chance, endlich –«

»Nein! Papa war kein Zeitloser – ich habe es überprüft. Als ich herkam, hatte ich auch die kindische Hoffnung, dass alles nur eine Verwechslung war. Dass Papa vielleicht nicht gestorben, sondern nur in den Bernsteinpalast gezogen wäre. Aber das ist Unsinn, glaub mir.«

»Du hast es überprüft?«

»Natürlich.« Sie sagte es mit dem gleichen Gesichtsausdruck, mit dem sie Mama, als wir klein waren, immer gepetzt hatte, wenn ich etwas ausgefressen hatte.

»Nun.« Ich atmete aus. »Trotzdem hatte Papa irgendetwas mit den Zeitlosen zu tun. Ich weiß es einfach.«

Grete seufzte. »Lass es endlich gut sein. Es ist jetzt acht Jahre her. Hör einfach auf, deswegen durchzudrehen und dich wichtigzumachen! Konzentriere dich lieber auf das Hier und Jetzt, dein Leben als Zeitlose. Damit hast du sicher vorerst genug zu tun.«

Ich schnappte nach Luft. »Du denkst, dass ich mich *wichtigmachen* will? Wirklich? *Ich mache mich nicht wichtig!* Ich –« Ich presste die Kiefer aufeinander. »Es geht mir um Papa! Und außerdem kann ich das Ganze ja wohl leider immer noch etwas besser einschätzen als du.« Ich deutete auf meine Schulter, wo sich die Narbe unter dem Stoff meines Shirts verbarg. »Ich war nämlich zufällig *dabei*. Wenn ich also sage, dass ich eine Verbindung entdeck–«

»Ja, ja, ich weiß«, zischte Grete. »Du saßt mit im Auto. Du saßt mit im Auto und ich nicht.« Sie schubste mich beinahe, so forsch drängelte sie sich nun an mir vorbei. »Aber das heißt nicht, dass wir dir jeden Blödsinn glauben müssen. Fliegende Bäume, ein angreifender Zaun! Du bist zu alt für diese Märchen, Ophelia.«

»Nun, was wir all die Jahre dachten, das auf dieser Welt möglich ist, und was es tatsächlich ist, sind offensichtlich zwei sehr verschiedene Dinge. Ich meine, an einem Ort wie diesem sollte uns das doch wohl spätestens klar werden, oder? Grete?«, rief ich, doch meine Schwester hastete bereits davon und tat so, als würde sie mich nicht mehr hören. »Grete!«, versuchte ich es noch einmal.

Im gleichen Augenblick verschwand sie um die nächste Ecke und ließ mich einfach so in diesem dämlichen Marmorflur zurück. Außerhalb der Zeit und weit weg von zu Hause.

6

Wenn ich als Kind früher auf Papas Schoß geklettert war, hatte er stets gleich gerochen: nach Tinte und der Linde in unserem Garten. Es war ebenjener Geruch, der mir als letztes Überbleibsel meines Traums in der Nase hing, als ich am nächsten Morgen davon erwachte, dass Pippa meine Sachen durchwühlte. Jener Geruch, den ich schon beinahe vergessen hatte. Es machte mich glücklich und traurig zugleich, dass mein Unterbewusstsein anscheinend beschlossen hatte, auch diese Erinnerung noch einmal aufzufrischen. Zeitlos zu sein, förderte mehr Dinge in meinem Innersten zutage, als ich erwartet hatte.

Ich blinzelte.

Und war mit einem Schlag hellwach.

Pippa hatte den Inhalt meines Rucksacks am Fußende des Klappsofas, auf dem ich geschlafen hatte, auf den Boden gekippt. Nun hielt sie ein Kleidungsstück nach dem anderen in die Höhe, schüttelte den Kopf und ließ es wieder fallen. Das Palast-Apartment der Pendulettes war nicht gerade groß und die Unordnung, die meine Ururgroßmutter nun auf den wenigen Quadratmetern des Wohnzimmers veranstaltete, machte es nicht unbedingt gemütlicher. Abgesehen davon war mir schleierhaft, was sie zwischen meinen Klamotten zu finden hoffte.

»Äh, Pippa?« Ich setzte mich abrupt auf. »Was machst du denn da?«

»Du brauchst ein Kleid«, sagte sie. »Versteh mich bitte nicht falsch, deine Shirts sind cool, aber … ein Ballkleid wäre angebrachter.«

Ich schnaubte. »Du dachtest, ich hätte vielleicht zufällig eine bodenlange Robe in meinem Wanderrucksack dabei?«

Pippa, die heute ein pink-schwarzes Ensemble mit Petticoatrock trug, strich ihre Netzstrumpfhose glatt. »Ich hatte es gehofft«, sagte sie. »Wegen des Bernsteinturniers … Du weißt schon, die Eröffnungsfeier.« Sie überlegte einen Moment lang. »Meine Sachen werden zu kurz für dich sein … Aber vielleicht können wir ja improvisieren. Was ist denn das Schickste, das du dabeihast?«

Ich schnappte mir das bemalte Sweatshirt, von dem Pippa schließlich selbst behauptet hatte, es wäre schick.

Doch heute verdrehte sie nur die Augen.

Nach dem Frühstück (Grete hatte wieder in ihrer Loge gethront und so getan, als wäre ich Luft) führte meine Ururgroßmutter mich durch ein Labyrinth aus Räumen, Treppenhäusern und Korridoren. Die Zeitlosen hatten sich hier unten so ziemlich jeden Luxus gegönnt, den man sich vorstellen konnte: Zum Beispiel gab es ein Kino, einen Spa-Bereich mit Saunen und Pools, eine Bowlingbahn, eine Kaffeebar, eine stehende Welle, auf der man surfen konnte, einen Flugsimulator und ganz unten in den Kellergewölben sogar eine Indoor-Skiabfahrt.

Der Palast musste für all das im Laufe seiner Existenz immer wieder erweitert und umgebaut worden sein, sodass nun an den unmöglichsten Stellen Flure oder Wendeltreppen abzweigten und man vermutlich Jahre brauchte, um sich so selbstverständlich in diesem Gemäuer zurechtzufinden, wie Pippa es tat. Zum Glück war Zeit hier unten das geringste Problem.

Auch ich spürte mittlerweile die Zeitlosigkeit dieses Ortes mit jeder Faser meines Körpers. Es war nicht nur die Tatsache, dass es hier drinnen kein einziges Staubkorn gab, die mich immer wieder darauf hinwies. Und auch nicht die Armbanduhr an meinem Handgelenk, die seit gestern Abend stillstand. Nein, etwas in mir selbst war anders, seit ich die ausgetretenen Stufen zum Hauptportal hinaufgestiegen war. Es hatte ein paar Stunden gedauert, bis ich es bemerkt hatte, doch nun ließ es sich nicht mehr ignorieren: Mein Herzschlag hatte ausgesetzt. Nicht vollkommen, aber beinahe.

Ich atmete noch. Ich aß, ich trank, ich schlief. Doch mein Herz schien immer langsamer zu werden. Als zögerte es, als wartete es mit jedem nächsten Schlag darauf, dass ich zurück in die Zeit trat. Ob es bald ganz stehen bleiben würde? Ich musste mich jedenfalls erst noch daran gewöhnen, es nur noch alle paar Minuten oder Stunden in meiner Brust pumpen zu fühlen und dennoch quicklebendig zu sein.

Genauso, wie ich übrigens dringend aufhören musste, mich vor den Statuen und Gemälden zu erschrecken, die überall im

Palast zu finden waren. Gerade eben erst war ich schon wieder völlig grundlos zusammengezuckt, als Pippa und ich um eine Ecke gebogen waren und ein mehrköpfiges Ungeheuer aus Granit uns plötzlich den Weg versperrt hatte. Der Kunstgeschmack der Zeitlosen war wirklich ... besonders.

»Ja, ich weiß, die Sammlung des Präsidenten ist ein wenig ausufernd«, meinte Pippa, während wir über Hälse und Köpfe kletterten. »Aber er liebt dieses Zeug und es sind einige sehr wertvolle Stücke dabei, die sich seit der Antike in seinem Besitz befinden. Außerdem, irgendwie geben sie dem Palast doch auch etwas Wohnliches, findest du nicht?«

Ich betrachtete einen Wandteppich voller hässlicher Monsterfische, die nach einer Barke schnappten. »Na ja«, sagte ich. »Wohnlich, geisterbahnmäßig, wie auch immer.«

Wenig später trafen wir auf zwei ältere Damen in Tennisröckchen, die offenbar auf dem Weg zu einem Match waren. »Habt ihr Leander Andersen heute schon gesehen?«, rief eine von ihnen uns im Vorbeigehen zu.

»Leider nicht«, entgegnete Pippa.

»War der Junge nicht zuletzt bei euch in Paris?«, erkundigte sich die andere. »Wo kann er sich nur schon wieder herumtreiben?«

Wir zuckten mit den Schultern und setzten unsere Tour durch den Bernsteinpalast fort. Auch ich hielt dabei Ausschau nach jemandem: Immer wieder sah ich mich verstohlen nach dem alten Mann mit der bunten Fliege um, der gestern Abend meinen Vater erwähnt hatte. Leider trafen wir auch ihn nicht, obwohl wir gefühlt jeden einzelnen Gang dieses gigantischen Gebäudes durchstreiften. Und so ganz hatte ich den Sinn unseres Vorhabens sowieso noch immer nicht verstanden.

»Warum müssen wir mir noch mal unbedingt ein Kleid besorgen?«, fragte ich daher nach einer Weile. Die Wendeltreppe, die wir nun hinaufstiegen, schraubte sich so endlos um die eigene Achse, dass mir davon langsam, aber sicher schwindelig wurde.

»Weil heute Abend die Eröffnungsfeier des Bernsteinturniers stattfindet. Die vier Linien der Zeitlosen tragen das Turnier nur alle paar Jahrhunderte untereinander aus und die Kandidatin der Janviers wird nun mal auch noch deine eigene Schwester sein. Eine gute Gelegenheit, sich ein wenig aufzuhübschen«, sagte Pippa.

Ich seufzte. Genau das Gleiche hatte sie mir bereits heute Morgen erklärt. »Aber ... abgesehen davon, dass es Grete vermutlich herzlich egal sein wird, was ich anhabe«, begann ich und schluckte, denn Grete war es womöglich sogar egal, ob ich dabei war oder nicht. »Wenn ich es richtig verstanden habe, wird sie antreten, um, äh, *Herrin der Zeit* zu werden, und deshalb doch sowieso genug damit zu tun haben, irgendwelche komischen Zeitlosenaufgaben zu bewältigen, oder?«

Ich hatte keine konkrete Vorstellung davon, welche Fähigkeiten jemand unter Beweis stellen musste, der angeblich die Seelen der Toten zurück zur Quelle der Zeitströme schippern sollte. Noch weniger wollte mir übrigens in den Kopf, was genau an diesem Job so super sein sollte. Trotzdem war ich mir sicher, dass Grete sich voll und ganz darauf konzentrieren würde. Selbst wenn ich nackt oder in einem Dinosaurierkostüm im Publikum auftauchen würde. Denn wenn Grete sich etwas in den Kopf setzte …

»Alle werden sich heute Abend herausputzen«, sagte Pippa, als wäre das ein Argument. »Und ich will nun mal, dass meine Ururenkelin hübsch aussieht.«

Ich seufzte erneut. »Das ist lieb von dir, aber … ich bin einfach kein Fan von Kleidern, okay?« Ich war der Typ Mädchen, der im Pfadfindercamp durch den Schlamm robbte, um beim Geländespiel die gegnerische Fahne zu erbeuten. Der Typ, der beim Klamottenkauf darauf achtete, dass die Sachen sich mit einem Klettergurt vertrugen. Und Jeans waren doch sowieso viel lässiger und cooler als –

»Ja, ich denke, wir sind in diesem Punkt verschiedener Meinung«, sagte Pippa und strahlte mich an. »Und außerdem sind wir da.«

»Toll.«

Pippa klopfte an eine mit einem geschnitzten Blütenmuster verzierte Tür und drückte kurz darauf die zierliche Elfenbeinklinke herunter.

Als Erstes sah ich die Saphire.

Der gesamte Raum war voll davon, sie prangten auf Tischchen und Vasen, den Armlehnen von Stühlen und den Bezügen von Kissen. Alles schimmerte und glitzerte in einem leuchtenden Blau. Am strahlendsten war allerdings die Decke des Raumes, die über und über mit ihnen besetzt war. Meine Augen brauchten einen Moment, um sich an diese unerwartete Pracht zu gewöhnen – und die junge Frau auf einem der Sofas zu entdecken. Ihr blaues Seidenkleid war die perfekte Tarnung.

»Hallo, Helena!«, grüßte Pippa. »Das ist Ophelia, unser jüngster Familienzuwachs. Wir wollten dich fragen, ob du ihr vielleicht für heute Abend ein Kleid leihen würdest. Ihr müsstet in etwa die gleiche Größe haben.«

Die blaue Helena nickte mir zu. Ihr dunkles Haar türmte sich auf ihrem Kopf zu einem kunstvollen Lockenturm und mir wurde klar, dass sie diejenige gewesen war, die ich gestern beim Abendessen dabei beobachtet hatte, wie sie einen Wimpel über eine Balkonbrüstung gehängt hatte.

»Äh, hi«, sagte ich. »Das mit dem Ballkleid muss echt nicht sein, vielen Dank.«

Doch Helena war bereits aufgesprungen. Sie umrundete mich, betrachtete mich einen Moment lang mit schief gelegtem Kopf, dann klatschte sie in die Hände und verschwand in einem Nebenzimmer.

»Na gut, aber … haben Sie denn auch etwas mit langen Ärmeln?«, rief ich ihr hinterher. Zu Pippa sagte ich: »Ich ziehe nichts an, bei dem man meine Narbe sieht.«

Pippa lächelte mich bloß weiterhin an. Weil ich auch von Helena keine Antwort erhielt, machte ich einen vorsichtigen Schritt in Richtung Nachbarzimmer, doch Pippa legte eine Hand auf meinen Arm und hielt mich zurück.

»Sie hat dich bestimmt gehört«, erklärte sie leise. »Aber Helena spricht … niemals. Schon seit langer, langer Zeit nicht mehr. Weißt du, früher war sie eine Prinzessin. Im alten Griechenland verehrte man sie für ihre Schönheit und Anmut. Doch sie wurde sehr krank und wäre gestorben, wenn Präsident Pan sie nicht gefunden und in buchstäblich letzter Sekunde hierhergebracht und dadurch gerettet hätte. Nur eine einzelne Sekunde ihrer Lebenszeit ist noch übrig. Sie wird die Zeitlosigkeit nie wieder verlassen können.«

»Oh.« Der Gedanke, für immer in einem Gebäude festzusitzen, sei es auch so prachtvoll und wundersam wie dieses, machte mich traurig. Nicht mehr in der Natur unterwegs sein zu können, nie wieder eine Wiese unter meinen Füßen zu spüren …

»Ja«, sagte Pippa. »Aber heute hat sie gute Laune. Heute Abend wird die Garde die Zeitlosigkeit ausnahmsweise ein ganz kleines bisschen weiter ausdehnen. Nur für ein oder zwei Stunden. Dann kann sie den echten Himmel sehen.« Pippa deutete auf die Saphirdecke über unseren Köpfen.

»Und woher wisst ihr, dass es so knapp war? In letzter Sekunde, meine ich?«

»Nun –«

In diesem Moment kam Helena zurück. Über dem Arm trug sie einen ganzen Haufen Abendkleider: Wolken von Tüll und Taft, garniert mit Edelsteinen, Puffärmeln, Schleppen und raffinierten Ausschnitten. Oje.

Nacheinander steckten die beiden mich in ein Outfit nach dem anderen, bis ich mich schließlich für ein schlichtes, asymmetrisches Modell (Ärmel nur auf einer Seite) in eng anliegendem Schwarz entschied, in dem ich mir wider Erwarten sogar ganz gut gefiel. Es betonte meinen Hals und ließ mich irgendwie erwachsener aussehen. Erwachsen und selbstbewusst. Ja, doch, für einen kletterfreien Abend würde es sich in diesem Ding aushalten lassen.

Ich hatte allerdings bisher noch nicht einmal ein Viertel des Haufens anprobiert und Pippa und Helena wirkten deswegen nun ernstlich enttäuscht. Doch da ich schließlich zugestimmt hatte, ein Ballkleid zu tragen, hatte Pippa keine Argumente, mich weiterhin wie eine menschliche Puppe in eine Robe nach der anderen zu stecken. Sie schmollte ein wenig, als wir uns kurz darauf erneut durch die Tiefen des Palastes arbeiteten.

Vielleicht verpassten wir deshalb den richtigen Abzweig im fünften Stock und fanden uns plötzlich auf einer Art Galerie wieder, die von mehreren Gardisten bewacht wurde. Zuerst dachte ich, sie wollten verhindern, dass jemand durch die Eichentür am Ende des Wandelganges schlüpfte, die von einem schlichten Messingschild als Zugang zum »Club der 27er« markiert wurde (was auch immer das sein sollte). Doch dann erkannte ich, dass die Wachen vor dem Abgang einer schmalen Wendeltreppe postiert waren, die in einen weiten Raum unterhalb der Galerie führte.

»Huch, falsch abgebogen«, murmelte Pippa und wollte mich wieder fortziehen.

Aber ich trat bereits näher an die Balustrade heran und beugte mich darüber. Sofort stieg mir der Geruch von altem Papier in die Nase – er allein hätte genügt, um zu erkennen, was sich dort unten ausbreitete: Es war eine Bibliothek! Unter mir fächerte sie sich als ein Labyrinth aus Bücherregalen auf, die nicht nur sämtliche Wände bedeckten, sondern quasi jeden Quadratzentimeter auszufüllen schienen. Lediglich schmale Durchgänge ermöglichten es einem, sich zwischen den schwer beladenen Borden zu bewegen. Überall gab es hohe Leitern, die man verschieben konnte, und dazwischen Stehpulte mit kleinen Leselampen. Die Bücher selbst waren abgegriffen, wirkten zerfleddert und kostbar zugleich.

In einer Ecke, der einzigen Stelle im ganzen Raum, die genügend Platz für einen Tisch und mehrere Stühle bot, entdeckte ich die Kandidaten des Bernsteinturniers: Grete und Leander, dieser Darius mit der Nerdbrille und natürlich auch Sybilla Cho beugten sich über ein paar vergilbte Karten und unterhielten sich leise über irgendetwas, das sie darauf gefunden hatten.

Offenbar versuchte Leander sich gerade an einer ziemlich komplizierten Erklärung, wieder einmal, ohne die anderen wirklich anzusehen. Und Grete schien die Einzige zu sein, die ihm konzentriert zuhörte. Darius hingegen spielte mit einem Kugelschreiber und Sybilla Chos Blick streifte ruhelos umher. Tatsächlich bemerkte sie uns im nächsten Moment und nickte Pippa und mir kaum merklich zu.

Die Kandidaten bildeten eine Insel in einem Meer aus Tausenden von Büchern. Mindestens.

»Wahnsinn«, begann ich. »Was –?«

»Sch«, machte einer der Gardisten und Pippa flüsterte hastig: »Das ist das Bernsteinarchiv. Hier lagert alles Wissen über die Zeitströme, das wir im Laufe der letzten zweitausend Jahre angesammelt haben.« Sie deutete auf ein Regal voller bröseliger Schriftrollen. »Und natürlich die Aufzeichnungen über unsere

Familien. Stammbäume und Informationen über jeden einzelnen unserer Vorfahren, Zeitloser oder nicht.«

»Cool«, entfuhr es mir erneut viel zu laut. Ich erntete einen weiteren strengen Blick von einem der Wachmänner. Er trug einen gezwirbelten Schnurrbart von der Größe eines Handfegers und erweckte den beunruhigenden Eindruck, als entstammte er einer Zeit, in der man kurzen Prozess mit Störenfrieden gemacht hatte. »Und, äh, braucht man eine Art Ausweis, um sich dort mal ein wenig umzusehen?«, wisperte ich.

»Nein«, sagte Pippa leise. »Außer Präsident Pan und den vier Kandidaten des Turniers haben ausschließlich Mitglieder der Garde Zugang zu den Unterlagen. Weißt du, die meisten Sachen sind schon ziemlich alt und würden bald komplett zerfallen, wenn jeder von uns darin herumblättern dürfte.«

»Aber gibt es denn keine Ausnahmen? Wenn man zum Beispiel nur kurz mal eine einzige Person nachschlagen möchte?«

»Nein, keine Ausnahmen.« Pippa seufzte.

Der Schnurrbart-Typ, der mich noch immer missbilligend betrachtete, seit ich es gewagt hatte zu sprechen, nickte zustimmend. Wieder versuchte Pippa, mich mit sich fortzuzerren, und wieder entwand ich mich ihrem Griff. Diese Unterlagen waren einfach zu spannend. Hatte Grete hier »überprüft«, was mit Papa geschehen war?

»Was, öhm, muss man denn eigentlich tun, um in die Garde aufgenommen zu werden?«, erkundigte ich mich nun scheinbar beiläufig. Mein Blick klebte an den gammeligen Schriftrollen.

»Zwanzig Jahre lang die Ströme unterhalb Roms in Ordnung

halten. Zeitschlaufen ausbügeln, Untiefen vermeiden, Stromschnellen auflösen. Kurzum: sich würdig erweisen«, sagte der griesgrämige Wachmann. »Und jetzt weg hier.«

»Vielleicht könnte ich ja –«

»Das hier ist kein Spielplatz für Zeitlosen-Neulinge.« Er rümpfte den Schnurrbart. »Die Kandidaten brauchen Ruhe. Sie müssen sich konzentrieren, ihre Aufgabe ist viel zu wichtig und zu gefährlich.«

»Ach, wenn Sie mich nur mal ganz kurz nach da unten lassen würden –«

Unglücklicherweise brachte ich das Fass damit wohl endgültig zum Überlaufen. »Ihr habt jetzt noch genau drei Sekunden, um zu verschwinden, bevor ich euch dabei helfe«, erklärte der Kerl gefährlich leise. »Eins –«

»Komm schon«, zischte Pippa und umklammerte mein Handgelenk. »Es gibt in diesem Palast nicht viele Regeln. Aber Präsident Pan sieht es gar nicht gerne, wenn jemand die Ruhe dieses Ortes stört. Das Bernsteinarchiv ist ihm heilig, denn, nun ja, das da unten ist immerhin das Vermächtnis unserer Vorfahren.«

Ja, dachte ich, während ich meiner Ururgroßmutter nun doch zähneknirschend folgte.

Deshalb war es ja so interessant.

Ich konnte einfach nicht anders, als am Nachmittag noch einmal loszuziehen. Dieses Mal begab ich mich allein auf eine Erkundungstour durch den Palast. Pippa und Tante Blanche, die in unserem Apartment über einer Partie Scrabble saßen, wollten mich zwar dazu überreden mitzumachen, aber Gesellschaftsspiele reizten mich momentan nun einmal herzlich wenig.

Nicht, wenn mich so viele Wunder umgaben!

Natürlich dauerte es nicht lange, bis ich mich hoffnungslos verirrt hatte. Ich hatte zwar versucht, mir heute Vormittag die Korridore und Treppenhäuser zu merken, die zwischen den Räumen der Pendulettes und dem Bernsteinarchiv lagen, doch leider sah vieles hier unten haargenau gleich aus. Sogar die Monsterstatuen, von denen mir nun schon wieder eine den Weg inmitten eines schummrigen Gangs versperrte! Das Ding erinnerte an ein Tiefseeungeheuer, blind und voller spitzer Zähne an den unmöglichsten Stellen. Gab es überhaupt Lebewesen, die *dort* ein zusätzliches Maul besaßen? Igitt!

Die Zeitlosen sollten vielleicht mal darüber nachdenken, Karten an ihre neuen Mitglieder auszugeben, fand ich. Faltpläne, wie man sie hoch über unseren Köpfen an die Touristen verkaufte. Nur, dass darauf dann eben keine Sehenswürdigkeiten, sondern Flure und steinerne Gruselfische mit zu vielen Zähnen verzeichnet wären.

Allerdings, wenn ich mir dieses Vieh recht besah … Irgendwie kam es mir doch bekannt vor! Ich schob mich an dem hässlichen Standbild vorbei und setzte meinen Weg den Gang hinunter fort. Tatsächlich erwarteten mich hinter der nächsten Ecke ein paar altmodische Münztelefone, die ich wiedererkannte. Ja, so falsch war ich hier gar nicht …

Doch als ich schließlich vorsichtig um die Ecke der Empore spähte, war dort leider alles wie gehabt: Der blöde Wachmann stand noch immer auf seinem Posten und schaute finster drein. Und zwischen den Streben der Balustrade hindurch erspähte ich Grete und Leander, die in irgendwelchen samtgebundenen Büchern aus dem Mittelalter oder so blätterten. Wobei Leander von einer ganzen Horde von Gardisten belagert wurde, die sich in seiner Nähe herumdrückten und anscheinend darauf lauerten, dass er das nächste Mal von den Seiten aufblickte.

Auch ich wartete noch ein wenig, verbarg mich eine Weile lang im Schatten der Statue eines Riesenkraken und hoffte darauf, dass es bald einen Wachwechsel gab. Schließlich musste der Miesepeter, der zwischen mir und den Aufzeichnungen über Papa stand, doch sicher irgendwann mal Feierabend machen, um seinen Schnurrbart zu kämmen oder so.

Dummerweise regte sich rein gar nichts und irgendwann gab ich es dann doch auf und beschloss stattdessen, einen Ausflug in die Zeit zu unternehmen. Dieser Palast war natürlich ganz nett und auch auf seine Art faszinierend, aber … noch faszinierender waren meine Fähigkeiten als Zeitlose, die ich hier drinnen in der Zeitlosigkeit leider nicht benutzen konnte. Faszinierend und nach wie vor unglaublich! Irgendwie drängte es mich, mich erneut zu vergewissern, dass ich sie tatsächlich besaß.

Ich machte mich also auf den Weg Richtung Erdgeschoss, wo ich dann doch noch einmal in der Eingangshalle hängen blieb und das schwebende Sandkorn beobachtete. Natürlich bewegte es sich keinen Millimeter in seinem Gefängnis aus schimmerndem Glas. Dennoch fiel es mir schwer, den Blick davon loszureißen. Wie konnte etwas so Winziges, etwas so Stilles, Unscheinbares, wie konnte dieser Staubpartikel der Inbegriff der Zeitlosigkeit sein? Wie konnte es überhaupt einen Ort geben, an dem Herzen einfach aufhörten zu schlagen?

Anna würde mich jedenfalls sofort in eine Klinik einweisen lassen, wenn ich ihr davon erzählte. Oder hatte jemand das möglicherweise bereits getan? Lag ich vielleicht schon längst irgendwo in einem Krankenhaus, weil mein Fahrradunfall doch heftiger gewesen war, als mein komatöses Hirn es sich jetzt zusammenfantasierte? War das Ganze hier womöglich nicht mehr als ein Fiebertraum? Die Zeitlosen, der Bernsteinpalast, ihr seltsames Turnier –

»Wie ich höre, hat man dir für heute Abend ein Kleid aufgeschwatzt?«, fragte in diesem Moment jemand direkt hinter mir.

Ich wirbelte herum.

»Entschuldige, ich wollte dich nicht erschrecken«, sagte Onkel Jacques.

»Schon gut, ich war in Gedanken.«

»Mhm.« Mein Großonkel bedachte mich mit einem milden Lächeln. »Was würdest du von einer Trainingsrunde an den Ufern von *les temps* halten?«

Ich seufzte. Onkel Jacques kannte mich anscheinend bereits besser, als ich angenommen hatte. »Das ist genau das, was ich jetzt brauche«, sagte ich und verbannte im selben Augenblick alle Zweifel an meinem geistigen und physischen Zustand in den hintersten Winkel meines Gehirns.

Onkel Jacques bot mir einen Arm, dann deutete er auf die Flügel des Portals. »Darf ich bitten?«

Ich hakte mich bei ihm unter. »Mit dem größten Vergnügen«, sagte ich, während wieder einmal tausendundeine Frage durch meine Gedanken purzelten. »Bei diesem Turnier«, begann ich daher, noch während wir durch die Halle schritten, »was müssen die Kandidaten da eigentlich genau machen?«

7

Für die Feierlichkeiten hatte die Garde ein Netz aus Staub erschaffen, das sich an diesem Abend über dem Kolosseum in den Himmel Roms wölbte wie eine silbrig glitzernde Kuppel. Hölzerne Tribünen füllten das Rund des Bauwerkes und die Zeitlosen hatten es sich in den atemberaubendsten Kleidern und Anzügen darauf bequem gemacht. Edelsteine funkelten mit teuren Stoffen und raffinierten Frisuren um die Wette. Herren trugen Zylinder und edelstes Schuhwerk.

Onkel Jacques, Tante Blanche, Pippa und ich suchten uns einen Platz bei den übrigen Janviers (zum Glück ein ganzes Stück entfernt vom vermeintlichen Napoleon, der sich heute mit einem Mann unterhielt, der ein überzeugendes Michael-Jackson-Double abgegeben hätte), von dem aus wir eine gute Sicht auf die im Zentrum des Theaters errichtete Bühne und den dahinter in die Höhe ragenden steinernen Thron hatten. Rechts von uns saßen die Juillets, die ihre maisgelben Fahnen schwenkten, links von uns leuchteten die burgunderroten Wimpel der Octobres.

Mir fiel auf, dass viele Zeitlose unablässig nach oben durch die Maschen des Zeitnetzes spähten. Als wollten sie sich den Anblick der Sterne und das Gefühl von Weite über ihren Köpfen für immer einprägen. Vermutlich waren es vor allem diejenigen, die ihren goldenen Käfig unter der Erde schon seit langer Zeit nicht mehr verlassen hatten. Einige erschraken jedenfalls furchtbar, als plötzlich ein Hubschrauber über uns hinwegdonnerte (seine Scheinwerfer prallten von der Kuppel aus Staub ab, er entdeckte uns wohl nicht).

Onkel Jacques hatte mir erzählt, dass das letzte Bernsteinturnier vor rund dreihundert Jahren abgehalten worden war, weil es immer nur dann stattfand, wenn der amtierende Herr der Zeit zu alt wurde und außerdem alle vier Zeitlosenlinien ein neues Mitglied hervorgebracht hatten. Denn schließlich wollte jede Linie einen Kandidaten mit möglichst viel verbleibender Lebenszeit ins Rennen schicken, einen Kandidaten nämlich, dessen Kräfte noch stark waren und der sein Amt darüber hinaus auch einigermaßen lange würde bekleiden können. Wir waren also hier, um jemanden zu finden, der die nächsten etwa dreihundert Jahre lang … *Seelen einsammelte*? Ein historischer Augenblick, sozusagen.

Der Herr der Zeit selbst war dann allerdings keine so imposante Erscheinung, wie ich erwartet hatte. Ganz eingehüllt in einen schwarzen Kapuzenmantel, aus dem lediglich sein langer Bart hervorlugte, bestieg er schließlich seinen Thron. In einer Hand hielt er ein metallisches Gebilde, das ich trotz der Entfernung als Taschenuhr identifizierte. Sein Gesicht lag im Schatten der Kapuze und es hätte mich nicht gewundert, wenn es ein blanker Schädel gewesen wäre, der sich unter dem Stoff verbarg. Doch kaum hatte er Platz genommen, schlug der Herr der Zeit seine Kapuze zurück und zum Vorschein kam das faltige, unspektakuläre Gesicht eines alten Mannes. Gütig blickte er auf uns, seine Untertanen, hinab.

Ja, doch, der Typ sah eigentlich sogar ganz nett aus. Gar nicht wie jemand, der pausenlos von einem sterbenden Menschen zum nächsten hastete, um Seelen zu holen und zu der nicht weit von Rom entfernt liegenden Quelle der Zeit zu bringen, damit die Toten nicht auf ewig hier auf Erden herumirren mussten. (So wie Gespenster, oder was? Na ja, so langsam schockte mich echt nichts mehr.)

Onkel Jacques war heute Nachmittag nicht müde geworden zu betonen, wie wichtig diese Aufgabe wäre und was für eine Ehre Grete zuteilwurde, weil die Janviers sie für sich ins Rennen schickten. Doch ich konnte mir nicht wirklich vorstellen, wie meine Schwester in einem solchen Umhang herumgeisterte. Das würde bestimmt nicht so leicht mit ihren Geigenstunden zu vereinbaren sein. Selbst wenn sie als Herrin der Zeit über *les temps* und die Zeitlosen herrschen und angeblich über die Gabe verfügen würde, sich mithilfe ihrer goldenen Totenuhr nach Belieben durch Vergangenheit, Gegenwart und Zukunft zu bewegen (sonst schaffte man diese ganze Seelensammelei vermutlich sowieso nicht). Nun ja, zum Glück war all das nicht mein Problem.

Außerdem fand ich, dass ich mir in letzter Zeit schon genug Gedanken um die ungeheuerlichsten Dinge gemacht hatte. Ich beschloss daher, Gretes ambitioniert bis wahnsinnig erscheinende Berufspläne vorerst außer Acht zu lassen. Es war, wie

Onkel Jacques gesagt hatte, ich neigte dazu, viel zu viel zu grübeln … und diese funkelnde Staubkuppel erschien mir, in der Tat, der geeignete Anlass, um mal wieder eine kleine Pause davon einzulegen.

Ich lehnte mich also in meinem schicken Kleidchen zurück, genoss die Atmosphäre und wartete darauf, dass das Spektakel anfing. Was es schließlich auch tat, und zwar mit einem Flügel, der auf die Bühne gerollt wurde. Es folgte ein Mann in schwarzem Anzug und Hemd. Während er zu seinem Instrument schritt, wurden die Zeitlosen mit einem Schlag mucksmäuschenstill.

»Wolferl hat extra für heute Abend etwas komponiert«, wisperte Pippa mir kaum hörbar zu. »Es heißt, er arbeite seit den 1920ern an seiner *Bernsteinsinfonie*, und weder auf seinen Tourneen, die er alle paar Jahre unter falschem Namen unternimmt, noch im Palast hat bisher je jemand eine Note davon gehört.«

Der Mann legte die Finger auf die Tasten.

Nun hielt auch ich den Atem an. Mozart! War dieser Mann mit dem dunkelblonden Pferdeschwanz und den buschigen Brauen wirklich –

Die ersten Töne schwebten durch das nächtliche Kolosseum. Leise, zögerlich bahnten sie sich ihren Weg und ließen zugleich alles andere in den Hintergrund treten. Die Melodie war zart, beinahe unscheinbar. Mozarts Hände glitten wie im Traum dahin, entlockten dem Flügel einen Klang, so rein und friedlich, dass ich unwillkürlich die Augen schloss.

Ich hatte das Gefühl, die Melodie würde über meine Haut streicheln, auch dann noch, als sie langsam anschwoll, die Töne in immer neuen Variationen miteinander zu tanzen begannen. Nach einer Weile war das uralte Amphitheater erfüllt von diesem Klang, der wie ein Zauber bis in jeden Winkel des Gemäuers und tief in die Seelen der Zuhörer drang. Es war eine Musik, wie ich sie noch nie gehört hatte. Eine Musik, die Zeit und Raum und Ewigkeit in Noten und Tastenanschläge goss.

Als die letzten Takte verklungen waren, herrschte noch einen Augenblick lang atemlose Stille, dann brandete Applaus auf. Die Zeitlosen jubelten, nicht wenige wischten sich Tränen aus den Augen. Auch ich klatschte begeistert, obwohl klassische Musik normalerweise eher weniger mein Fall war.

Mozart verbeugte sich und verließ die Bühne, der Flügel verschwand in einer Versenkung irgendwo in den Katakomben des Kolosseums. Stattdessen erschien nun Präsident Pan, groß und hager wie eine Krähe. Er trug wieder seine Gardeuniform mit dem Orden und das grau melierte Haar umkränzte seinen Kopf in gegelten Locken.

»Willkommen!«, rief er und breitete die Arme aus. »Willkommen, meine Lieben, zu diesem epochalen Ereignis! Nach langer, langer Zeit ist es nun wieder so weit: Unser geschätzter Herr der Zeit wird in den Ruhestand gehen und uns kommt die große Ehre zu, seinen Nachfolger oder seine Nachfolgerin auszuwählen.«

An dieser Stelle applaudierten die Zeitlosen erneut. »Die vier Kandidatinnen und Kandidaten der ehrwürdigen Bernsteinlinien haben sich zum Teil seit Jahrzehnten auf diesen Tag vorbereitet«, fuhr Präsident Pan fort. »Schon jetzt sind wir stolz auf jeden von ihnen: Darius Salvatore, Grete Pendulette, Leander Andersen und Sybilla Cho! Wer auch immer am Ende den Sieg davontragen wird, ich mache mir keine Sorgen, weder um die Zukunft der Zeitlosen noch um die Seelen der Toten. Jede Familie entsendet einen absolut würdigen Nachkommen in diesen Wettstreit und ich fühle mich geehrt, heute Abend gemeinsam mit ihnen hier stehen zu dürfen.«

Ein paar Zeitlose aus den hinteren Reihen ließen nun ein Johlen hören. Der Präsident wartete einen Augenblick, bis sie verstummten und er weitersprechen konnte. »Die Zeiten sind freilich nicht so einfach dieser Tage«, erklärte er nun ernst. »Besonders in den letzten Wochen haben sich Anomalien in unseren geliebten Strömen gehäuft und noch tappen wir, wie ihr wisst, im Dunkeln, was die Ursache dafür betrifft. Tatsächlich sind manche Ungereimtheiten sogar den Zeitern aufgefallen, sie schreiben bereits in ihren Zeitungen darüber. Wir müssen daher schleunigst etwas unternehmen, wenn wir unsere Welt weiterhin geheim halten wollen.«

Ein zustimmendes Raunen ging nun durch die Reihen, hier und dort erhob sich Getuschel und ich dachte nicht zum ersten Mal an die seltsamen Aussetzer der Turmuhren überall auf der Welt … Doch Pan ließ uns nicht genügend Zeit, um uns zu sorgen: »Umso mehr freue ich mich deshalb, dass wir nun endlich vier unserer begabtesten Zeitlosen entsenden können, damit sie nicht nur ihr Können unter Beweis stellen, sondern auch unseren gegenwärtigen Problemen auf den Grund gehen«, sagte er. »Ich bin mir jedenfalls sicher, dass unsere jungen Talente die Zeit schon bald wieder unter unsere Kontrolle bringen werden.« Er räusperte sich. »Möge das Bernsteinturnier also beginnen!«

Wieder klatschten wir, der Präsident trat nun an den Rand der Bühne und gab den Blick auf den Herrn der Zeit frei. Dieser erhob sich schwerfällig von seinem Thron. Die Totenuhr in seiner Hand schimmerte im Licht der Sterne, als er den Arm langsam über seinen Kopf streckte und etwas in einer Sprache sagte, die ich noch nie gehört hatte. Sie klang archaisch, mächtig trotz der brüchigen Stimme des alten Mannes. Und während er sprach, wurde das Ticken der Uhr in seiner Hand lauter und lauter, hallte von den kreisrunden Wänden des Kolosseums wider und brachte etwas in meiner Magengrube zum Vibrieren. Auch der Herr der Zeit selbst wirkte mit einem Mal größer als zuvor. Größer, als ein normaler Mensch es hätte sein dürfen. Jetzt verwandelte sich das Ticken in Paukenschläge und ein jeder von ihnen ließ mich erzittern.

Das Zeitnetz über unseren Köpfen flackerte auf, drohte für den Bruchteil einer Sekunde zu erlöschen. Mit einem ohrenbetäubenden Knall sprang der Deckel der Totenuhr auf und ein Feuerball schoss aus ihrem Innern hervor, stieg zuerst in die Höhe und sank dann langsam auf die Bühne herab, wo das Ding schließlich etwa einen Meter über dem Boden in der Luft verharrte.

Das Gesicht des Präsidenten leuchtete orange im Schein der Feuerkugel, als er wieder das Wort ergriff und feierlich verkündete: »Für die Octobres: Darius Salvatore!«

Die Octobres jubelten, als der Junge mit der Nerdbrille aus einem Tor zwischen den Rängen trat. Mit entschlossenen Schritten stieg er die Stufen zur Bühne empor, stellte sich genau hinter den Feuerball und hielt die Hände über die Flammen. Der Präsident reichte ihm ein Messer mit geschmiedetem Griff.

Wieder sagte der Herr der Zeit etwas in seiner vergessenen Sprache und der Junge antwortete: »Möge die Zeit mir gehorchen wie ich ihr.« Dann schnitt er sich in den Zeigefinger, ein Blutstropfen fiel zischend ins Feuer. Die Kugel pulsierte einen Moment lang wie ein schlagendes Herz.

Als Nächste war Grete an der Reihe. Kaum hatte der Präsident sie aufgerufen, gerieten die Zeitlosen auf unserer Tribüne außer Rand und Band, sie klatschten und stampften mit den Füßen, genau wie zuvor die Octobres. Nicht einmal Tante Blanche schien es nun noch auf ihrem Sitz zu halten und auch ich konnte nicht anders, als meine Schwester anzufeuern. Grete stolzierte nach vorn. Ihr perfekter Zopf schwang sacht hin und her, als sie ihr Blut in die Flammen tropfen ließ.

Auch Leander schien kein bisschen nervös zu sein, doch als er vortrat, jubelte niemand, denn er war der letzte und einzige Avril. Onkel Jacques zufolge hatten die Zeitlosen sogar lange gedacht, die gesamte Linie wäre ausgestorben, bevor man Leander in einem Kinderheim irgendwo hoch im Norden Europas entdeckt hatte.

»Möge die Zeit mir gehorchen wie ich ihr«, sagte Leander jetzt und zog die Klinge ohne zu zögern über seine Haut. Auf seinem Gesicht spiegelte sich das Zucken des Feuers. Für einen Moment stahl sich ein zufriedenes Lächeln auf seine sonst so ernsten Züge, als er die Hand zur Faust ballte und das Blut zwischen seinen Fingern hervorquoll.

Zuletzt rief Präsident Pan: »Für die Juillets: Sybilla Cho.«

Die Juillets schwenkten ihre Fahnen, ein paar von ihnen stimmten gar ein kleines Liedchen an. Alle Augen richteten sich auf das vierte Tor zwischen den Tribünen.

Doch dort war niemand zu sehen.

»Für die Juillets: Sybilla Cho!«, wiederholte Präsident Pan nach einer Weile. Und schließlich ein drittes Mal: »Für die Juillets: SYBILLA CHO!«

Nichts.

Das Lied der Juillets verstummte endgültig. Die Zeitlosen begannen, miteinander zu tuscheln. Jemand rief: »Sybilla? Schatz?« Einer der Gardisten öffnete das vierte Tor.

Niemand wartete dahinter.

Auf der Tribüne der Juillets wurden nun Handys gezückt. Drei Dutzend Zeitlose wählten gleichzeitig Sybillas Nummer, während die Garde ausschwärmte, um den Palast zu durchsuchen.

Auch wir halfen mit, Pippa und ich spähten unter jeden einzelnen der Ränge und kletterten sogar unter die Bühne. Onkel Jacques und Tante Blanche überprüften derweil viele Stockwerke unter unseren Füßen unser Apartment, genau wie viele andere Zeitlose, die aufbrachen, um in ihren Zimmern und den anderen Palastbereichen nachzusehen. Vergeblich.

Sybilla Cho war verschwunden.

War sie etwa abgereist? Hatte sie es sich spontan anders überlegt?

Als wir es eine knappe Stunde später schließlich aufgaben und alle wieder auf ihren Plätzen im Kolosseum saßen, war Präsident Pan jedenfalls vor lauter Sorge grau im Gesicht. Eine Weile lang stand er unschlüssig auf der Bühne, dann räusperte er sich.

»Nun, die Regeln sind eindeutig. Das Bernsteinturnier darf nur ausgetragen werden, wenn vier Kandidatinnen oder Kandidaten daran teilnehmen.« Er wandte sich an die maisgelb beflaggten Zeitlosen zu unserer Rechten. »Wäre vielleicht jemand anderes von euch bereit –«, begann er, doch die Stimme des Herrn der Zeit schnitt ihm das Wort ab.

Denn dieser hielt nun erneut die Totenuhr in die Höhe und rief: »Ebenfalls für die Janviers: Ophelia Pendulette!«

Pippa kreischte auf und umarmte mich. Auch die anderen Janviers um uns herum brachen in regelrechten Jubel aus. Ich hingegen saß einfach nur da und rührte mich nicht vom Fleck.

Das musste ein Irrtum sein. Ich?! Wo, bitte, steckte diese Sybilla Cho?

Hände klopften mir auf die Schultern, versuchten, mich in eine stehende Position zu ziehen. Von überallher hörte ich meinen Namen, manche schrien, andere flüsterten ihn. Vorn auf der Bühne verzog Grete das Gesicht und ich – ich konnte die ganze Zeit über nur eines denken: *Nein. Nein, auf keinen Fall.*

»Es tut mir leid«, sagte ich. »Aber das geht nicht.«

Niemand nahm davon Notiz. Die Janviers applaudierten weiterhin, die Juillets protestierten lautstark. Und Präsident Pan rief mich nun ebenfalls offiziell auf.

Das alles war zu viel. Viel zu viel.

Ich hatte in den vergangenen paar Tagen derart Unmögliches erlebt, ich konnte nicht auch noch an diesem merkwürdigen Wettkampf teilnehmen. Irgendwo war schließlich einmal eine Grenze erreicht.

Ich ging nach vorn, um den Leuten genau das zu sagen. Dass ich verzichtete und sie sich jemand anderen würden suchen müssen. Dass Sybilla Cho sicher jeden Moment doch noch auftauchen würde. Sie war schließlich noch am Vormittag in der Bibliothek gewesen und –

Verdammt, ich wollte doch nicht Herrin der Zeit werden!

Präsident Pan streckte mir den kunstvoll verzierten Griff des Messers entgegen, aber ich schüttelte den Kopf. »Ich habe quasi gerade erst erfahren, dass ich eine Zeitlose bin«, erklärte ich. Endlich wurde es auf den Tribünen etwas ruhiger. »Ich kann nicht an diesem Turnier teilnehmen, ich verstehe ja noch nicht einmal so ganz, worum es dabei gehen soll.«

Noch immer hielt der Präsident mir das Messer unter die Nase. »Das tut nichts zur Sache. Du wurdest auserwählt, also ist es deine Pflicht.«

»Nein, danke.« Ein paar vereinzelte Juillets klatschten und ich machte Anstalten, wieder von der Bühne zu klettern. Unterdessen begann der Herr der Zeit zu sprechen, erneut waren es fremdartige Worte, doch diese Mal verstand ich sie auf wundersame Weise.

»Ophelia! Bitte warte!«, sagte er und ich blieb doch noch einmal stehen. »Das alles mag für dich jetzt noch keinen Sinn ergeben. Aber dieser Kampf ist dir vorherbestimmt seit dem Tag, an dem das Eichenblatt auf eure Windschutzscheibe fiel.«

Ich wandte mich zu ihm um. Woher wusste er, dass ausgerechnet ein unscheinbares Eichenblatt das Letzte war, an das ich mich erinnerte, bevor der Unfall geschehen war? Einen endlosen Augenblick lang hatte es auf unserer Scheibe gelegen, während der Baum vor dem Auto schwebte. Ich hatte noch nie jemandem von diesem Blatt erzählt.

Der Herr der Zeit lächelte traurig. »Bitte«, sagte er noch einmal so leise, dass nur ich es hören konnte. »Du musst mir vertrauen.«

»Aber ich möchte nicht dreihundert Jahre lang … dieses Seelending machen, sie in diese Quelle der Zeit bringen«, murmelte ich.

Der Herr der Zeit nickte. »Ich weiß«, sagte er. »Trotzdem ist es dein Schicksal, dich in diesem Wettkampf zu bewähren. Es ist deine Chance, das Geheimnis zu lüften, Ophelia. Du solltest sie nutzen.«

»Meine Chance?« Ich trat von einem Fuß auf den anderen. Stimmte das? War dies hier wirklich die Gelegenheit, nach der ich gesucht hatte? Mein Plan war eigentlich gewesen, mich heute Nacht noch einmal zum Bernsteinarchiv zu schleichen. Vielleicht wurde es ja nicht rund um die Uhr bewacht. Allerdings, als Kandidatin würde der blöde Wachmann mich natürlich so oder so vorbeilassen müssen. Ob er wollte oder nicht.

Außerdem sollten die Turnierteilnehmer, wenn ich Pan vorhin richtig verstanden hatte, dafür sorgen, dass die merkwürdigen Zeitanomalien aufhörten und … Hatte der Mann mit der Fliege gestern Abend nicht im Gespräch über ebendiese plötzlich meinen Vater erwähnt? Weil es damals, als Papa irgendetwas mit den Zeitlosen zu schaffen gehabt hatte, schon einmal passiert war?

Ja, vielleicht wäre das hier tatsächlich eine Chance, endlich an Informationen zu kommen. Wer die Zeit wieder unter Kontrolle bringen wollte, würde dazu früher oder später wohl herausfinden müssen, was sie durcheinanderbrachte. Warum sich die Vorfälle wiederholten. Und bestimmt auch, warum und wie ein Zeiter aus der Linie der Janviers damals darin verwickelt gewesen sein könnte.

Mir wurde heiß und kalt zugleich.

Andererseits flatterte mein Innerstes nämlich vor Angst, allein bei dem Gedanken, mich in diesen Wettkampf zu begeben, von dem ich noch nicht einmal eine konkrete Vorstellung hatte. Als wäre ich Rotkäppchen, das in einen Wald voller unbekannter Wölfe hineinstolpern sollte.

Verflixt, ich hatte keinen Schimmer, wie man die Zeit richtig manipulierte, geschweige denn größere Probleme mit ihr löste. Das war mir erst heute Nachmittag wieder allzu klar geworden, als sich *les temps* unter meinen Fingerspitzen zuerst kein bisschen und dann viel zu heftig geregt hatten. Ich war doch noch viel zu neu hier, viel zu unerfahren, oder? Das Ganze konnte doch nur peinlich werden. Jedenfalls bezweifelte ich sehr, dass die Stärke meiner gerade erst erwachten Kräfte diesen kompletten Mangel an Erfahrung wirklich wettmachen konnte. Gewinnen würde ich sicher nicht …

Sehr langsam ging ich nun auf den Feuerball zu, als würde ein unsichtbares Band mich plötzlich dorthin ziehen. Die Flammen in seinem Innern loderten und knisterten. Erst jetzt, aus der Nähe, erkannte ich die Schlieren aus Staub, die auf der Oberfläche ihre Bahnen zogen …

Pan reichte mir das Messer, das sich in meiner Hand warm und ein wenig rutschig anfühlte.

»Möge die Zeit mir gehorchen wie ich ihr«, hörte ich mich selbst sagen. Meine Stimme schien von weit her zu kommen. Schmerz durchzuckte mich, kurz und scharf, als die Klinge durch mein Fleisch glitt. Mein Blut perlte in die Kugel. Ich fühlte das Pulsieren des Feuerballs in jeder Faser meines Körpers und für den Bruchteil einer Sekunde sah ich es wieder vor mir: das Eichenblatt auf unserer Windschutzscheibe, kurz bevor die Hölle losgebrochen war. Dann schloss ich die Augen und atmete aus.

Ich, Ophelia Pendulette, normales Mädchen aus Berlin und neuerdings zufällig auch Zeitlose, hatte mich entschieden, als Kandidatin des Bernsteinturniers anzutreten, um vielleicht sogar Herrin der Zeit selbst zu werden.

Offenbar war ich nun komplett verrückt geworden.

Auch an diesem Abend hätte Leander sich am liebsten wieder so rasch wie möglich davongestohlen. Aber heute gelang es ihm nicht. Nachdem der Herr der Zeit mitsamt der Totenuhr und ihrem Feuer verschwunden war, sollte die Party im Theatersaal des Palastes fortgesetzt werden. Die Zeitlosen strömten bereits in diese Richtung und eigentlich hatte Leander gedacht, das Chaos des Aufbruchs würde ihm die ideale Gelegenheit bieten, sich unbemerkt in sein Zimmer zu verkrümeln.

Doch dann stand plötzlich Präsident Pan neben ihm im Gedränge und sagte: »Auf ein Wort in meinem Büro, ja?«

Pans Arbeitszimmer befand sich in einem der ältesten Flügel des Palastes. Es war nicht sonderlich groß, außer einem Schreibtisch, der über und über von Briefen und Karten bedeckt wurde, gab es nur einen schmalen Schrank und zwei Sessel. An der Wand hing ein Gemälde, das die Zeitlosen bei einem Festbankett vor einigen Hundert Jahren zeigte. Im Vordergrund saß die schöne Helena und prostete jemandem zu, den Leander nicht kannte.

»Bitte«, sagte der Präsident und Leander setzte sich. Pan bot ihm einen Scotch an, den er jedoch ablehnte. »Ich dachte, du hättest mir vielleicht etwas zu sagen?«, fragte er schließlich.

Leander zuckte mit den Schultern. »Ich wüsste nicht, was.«

»Nicht?« Pan nahm einen Schluck aus seinem Glas, dann räusperte er sich. »Mein Lieber«, begann er sanft, »auf dir lastet selbstverständlich ein ganz schöner Druck wegen des Turniers und deshalb möchte ich dir sagen: Auch wenn einige von uns erwarten, dass du gewinnst, nimm dir das nicht zu sehr zu Herzen. Du wirst dein Bestes geben, wie alle anderen auch, und am Ende sehen wir dann weiter, in Ordnung?«

Leander betrachtete die sorgenvolle Miene des Präsidenten. Sie irritierte ihn und … irgendetwas daran machte ihn auch wütend.

»Da ist wirklich nichts«, versicherte er Pan noch einmal. »Und bestimmt haben Sie genug zu tun, also …«

Der Präsident hob beschwichtigend die Hände. »Nun gut«, sagte er, jetzt wieder in gewohnt sachlichem Tonfall. »Es geht natürlich um Sybilla Cho. Wir müssen alles daransetzen, diese Sache aufzuklären und sie zu finden. Niemand hatte erwartet, dass sie nicht rechtzeitig zur Eröffnungsfeier von ihrem Stadtbummel zurück sein könnte, und ich hätte gerne deine Einschätzung. Ist es möglich, dass wir vom Schlimmsten ausgehen müssen?«

»Na ja«, murmelte Leander. Er hasste es, darum gebeten zu werden. Auch wenn es Pan persönlich war. »Heute Vormittag im Archiv –«

Es klopfte und Horatio, Pans rechte Hand, trat ein. Der Hauptmann der Garde hatte die Statur eines Büffels und schien, wie stets, kurz davor, seine Uniform zu sprengen. »Es gibt ein Problem«, erklärte er. Sein Gesicht hätte einem Rind ebenfalls alle Ehre gemacht.

»Ein Problem? Welcher Art?«

»Der Stundenatlas zeigt eine Anomalie, die über das Übliche hinausgeht. Es fing schon während der Feierlichkeiten an und ich habe umgehend eine Einheit entsandt, um die Lage wieder unter Kontrolle zu bringen. Doch noch ist dies bedauerlicherweise nicht gelungen«, berichtete er.

»In welchem Quadranten ist die Anomalie aufgetreten?«

»Sieben. Genauer gesagt, mitten in St. Petersburg. *Les temps* sind noch nicht betroffen, doch die kleineren Zuflüsse geraten zunehmend ins Stocken, sodass die Zeit in der Nähe des Newaufers immer wieder für einige Sekunden stehen bleibt, bevor sie ruckartig wieder anläuft. Ich befürchte, wenn wir die Lage nicht rasch in den Griff bekommen, könnte es zu ersten Auswirkungen auf den öffentlichen Nahverkehr kommen. Vermutlich werden die Medien der Zeiter bald darauf aufmerksam werden.«

Pan seufzte. »Danke. Ich komme gleich nach unten, um mir die Sache selbst anzusehen.«

Horatio nickte knapp, dann verließ er das Arbeitszimmer.

Einen Moment lang betrachtete der Präsident das Gemälde über seinem Schreibtisch. »Das ist nun schon der dritte Vorfall innerhalb eines Monats. Was ist nur plötzlich mit den Strömen los?«, murmelte er und mit einem Mal sah man ihm die mehr als zweitausend Jahre, die er bereits auf dieser Erde wandelte, doch an. »Sie geben einfach nicht auf.«

Leander, der schließlich gerade erst Wochen damit verbracht hatte, *les temps* in Paris zu beobachten, ohne zu irgendeinem Ergebnis zu kommen, hatte sich das Gleiche gefragt. Erst gestern, als es beinahe so ausgesehen hatte, als wäre eine der Barken der Pendulettes …

»*Sie?*«, echote er nun.

»Wer?«, fragte Pan zurück.

»Haben Sie nicht gerade gesagt: *Sie* würden einfach nicht –«

»Entschuldige, ich war wohl kurzzeitig mit den Gedanken woanders. Wo waren wir noch gleich?«, erkundigte sich Pan. Sein Präsidenten-Lächeln war zurückgekehrt. Er hatte alles im Griff.

Leander seufzte. »Heute früh sah es mit einem Mal nicht mehr gut für Sybilla aus. Möglich, dass sie inzwischen … dass ihr etwas zugestoßen ist. Gibt es denn mittlerweile Rückmeldungen aus den umliegenden Krankenhäusern?«

»Bisher ist niemand dort aufgetaucht, auf den ihre Beschreibung passen könnte.« Pan wiegte den Kopf hin und her. »Du meinst also, es ist vom Schlimmsten auszugehen?«

»Wir sollten auf jeden Fall weiter nach ihr suchen. Manchmal ändern sich die Dinge.« Leander widerstand dem Drang aufzuspringen.

»Ja, in der Tat, das tun sie«, pflichtete Pan ihm bei. Er stützte die Ellenbogen auf der glänzenden Platte zwischen ihnen ab und beugte sich ein wenig vor. »Weißt du, ich frage mich, ob wir es verantworten können, dass jemand so Unerfahrenes wie dieses Janvier-Mädchen sich derart in Gefahr begibt. Wie lange weiß sie von ihrer Gabe? Seit drei Tagen?«

»Der Herr der Zeit hat ihren Namen genannt und sie hat den Eid geleistet«, sagte Leander. Ein bisschen beneidete er den Präsidenten ja um diesen Schreibtisch, in dem alles seinen Platz hatte. In dem jedes Problem in der passenden Schublade verstaut werden und Stromanomalien gleich neben neuen Turnierteilnehmerinnen untergebracht werden konnten. Er atmete aus. »Egal, ob wir es verantworten können oder nicht, es gibt kein Zurück mehr.«

»Natürlich nicht«, bestätigte Pan. »Trotzdem würde ich auch gerne wissen, was du bei Ophelia Pendulette siehst? Damit wir uns, nun ja, darauf einstellen können.«

»Nichts«, sagte Leander schnell. »Ich habe es bisher vermieden.«

Der Präsident wirkte überrascht. »Wirklich? Seid ihr zwei nicht sogar zusammen hergereist? Und du hast nicht einmal aus Versehen einen kurzen Blick erhascht? Gar nichts? Auch nicht vorhin, als sie nach vorn kam?«

Leander zögerte einen Moment, dann sah er dem Präsidenten in die Augen. »Doch«, sagte er schließlich. Weil es keinen Zweck hatte, es zu verheimlichen. Weil es sein Fluch war, immer und überall Blicke zu erhaschen, die er gar nicht erhaschen wollte.

Pan nickte. »Verstehe.«

8

Auf leisen Sohlen schlich ich mich zur Tür. Es war stockdunkel im Apartment der Pendulettes und bis zum Frühstück würde es noch einige Stunden dauern. Doch ich hatte mich bereits viel zu lange von einer Seite auf die andere gewälzt, ohne einschlafen zu können. Die Luft im Zimmer war stickig und zu warm und meine Gedanken fuhren Achterbahn. Sobald ich die Augen schloss, tauchten immer wieder die gleichen Bilder in meinem Kopf auf. Ströme aus Staub. Der Feuerball. Die jubelnden Janviers auf ihrer Tribüne. Gretes Gesichtsausdruck, als der Herr der Zeit meinen Namen genannt hatte.

Ich drückte die Klinke herunter und schob mich auf den spärlich beleuchteten Flur hinaus. Mein Finger schmerzte, wo ich mich geschnitten hatte. Noch immer konnte ich nicht glauben, dass ich es wirklich getan hatte. Überhaupt, mein komplettes Leben war mir in den letzten Tagen entglitten. Ich hatte alles, was ich kannte, über den Haufen geworfen. Einfach so. Für eine Chance. Für Papa. Nur dafür war ich meinen Verwandten nach Paris und nach Rom gefolgt und hatte nun sogar obendrein zugestimmt, an diesem ominösen Wettkampf teilzunehmen!

Auch jetzt noch fühlte ich mich deswegen ein wenig benebelt und mir wurde übel bei dem Gedanken daran, welche unbekannten Aufgaben wohl vor mir liegen würden. Aber gleichzeitig kribbelte mein Magen auch vor lauter Aufregung, bald die Antworten zu bekommen, nach denen ich suchte.

Nein, ich bereute meine Entscheidung nicht. Nicht, wenn sie dabei half, Grete und mir selbst zu beweisen, dass ich keine verrückte Spinnerin war. Nicht, wenn dadurch endlich die Wahrheit ans Licht käme.

Trotzdem konnte ich nicht schlafen. Ich brauchte dringend frische Luft und vielleicht wären auch die gewaltigen Fluten von *les temps* nötig, um mich von meinen Grübeleien abzulenken …

Bei Nacht sahen die Statuen der Kunstsammlung des Präsidenten übrigens noch eine Spur gruseliger aus. Klauen und Reißzähne und schuppige Schwänze von Seeungeheuern warfen unheimliche Schatten. Eine Gänsehaut kroch mir über den Nacken, obwohl die Korridore nicht gerade menschenleer waren. Wie die Pendulettes schienen auch andere Zeitlose ihren geregelten Schlafrhythmus im Laufe der Jahre verloren zu haben. Zum Beispiel begegnete ich ein paar joggenden Octobres, die mir zur Turnierteilnahme gratulierten. Und in einer Nische im ersten Stock saßen die beiden alten Damen, die gestern Tennis gespielt und nach Leander gesucht hatten, nun über einer Partie Schach.

Ich hatte noch immer ein paar Probleme, mich im Gewirr der Treppenhäuser zurechtzufinden, doch schließlich betrat ich die Eingangshalle. Auch jetzt (um drei Uhr morgens, wenn man nach der Zeit in der Stadt über unseren Köpfen ging) war eine ganze

Reihe von Gardisten dort, um den Stundenatlas zu überwachen. Die größte Gruppe stand am nördlichen Rand der großen Weltkarte und starrte auf einen Punkt irgendwo in Russland.

»Das war knapp«, murmelte einer von ihnen, als ich vorbeiging.

Ich umrundete die Immeruhr, dann drückte ich den rechten der beiden Portalflügel gerade so weit auf, dass ich hindurchschlüpfen konnte. Die Luft war eine Wohltat.

Immer zwei Stufen auf einmal nehmend, hastete ich die Freitreppe hinunter zum Anlegesteg. Das Gefühl, wieder in die Zeit zurückzukehren, überwältigte mich auch jetzt wieder. In der einen Sekunde befand ich mich noch in der Zeitlosigkeit des Palastes, spürte kaum noch einen Herzschlag in meiner Brust. In der nächsten ließ ich die letzte Stufe hinter mir und tauchte zurück ins Leben, das auf meiner Haut prickelte und mir das Atmen mit einem Mal wieder so viel leichter machte.

Ich wanderte am Ufer entlang. *Les temps* rauschten und bauschten sich genau wie am Nachmittag, als ich mit Onkel Jacques hergekommen war. Mit der Schuhspitze berührte ich einen Wellenkamm und beobachtete, wie ein feines Rinnsal aus Staub an den Rändern meiner Sohle entlangkroch, sich über die Schnürsenkel schlängelte und um meinen Knöchel wand. Die Zeit kitzelte mich ein wenig und ich ging in die Hocke, zupfte mit Daumen und Zeigefinger an den silbrigen Flocken, die sich zwischen meinen Fingern aufspannen ließen wie ein Gummiband. Fasziniert spielte ich mit den staubigen Fäden, die ein Eigenleben zu führen schienen, bald hierhin, bald dorthin strebten.

Bis mich schließlich jemand aus meinen Gedanken riss.

»Ophelia«, sagte der Herr der Zeit leise.

Ich wirbelte herum, doch hinter mir war niemand.

Der Herr der Zeit lachte.

Endlich wurde mir klar, von wo das Geräusch kommen musste. Ich schnippte die Rinnsale von meinem Schuh zurück in den großen Strom und erhob mich.

Die Barke des Herrn der Zeit trieb nur wenige Meter vom Ufer entfernt. Er stand aufrecht darin, eingehüllt in seinen Umhang, der noch ein wenig unförmiger wirkte als bei der Zeremonie im Kolosseum. So, als befände sich weit mehr unter dem dunklen Stoff als bloß der Körpers eines mageren, alten Mannes. Von Nahem sah sein Gesicht furchtbar knittrig aus, unter den Augen hingen Tränensäcke.

»Hallo«, sagte ich.

»Du kannst nicht schlafen.«

Es war keine Frage, sondern eine Feststellung. Trotzdem nickte ich. »Ich …«, begann ich und schob die Hände in meine Hosentaschen. Dann sprudelte es aus mir heraus: »Danke, dass Sie mir helfen wollen. Sie sind der Erste, dem etwas daran zu liegen scheint, dass ich herausfinde, was damals passiert ist. Allerdings kann ich auf keinen Fall Ihre Nachfolgerin werden. Ist das okay? Also, wenn ich mitmache, aber dabei nicht unbedingt versuche, zu gewin–«

»Sch«, machte der Herr der Zeit und wiegte etwas unter seinem Umhang hin und her.

»Haben Sie da gerade etwa eine …«, stammelte ich.

»Ich bin auf dem Weg zur Quelle der Zeit.« Er flüsterte jetzt wie jemand, der sein schlummerndes Baby nicht aufwecken wollte. Unsere Mutter hatte früher so mit Grete und mir gesprochen, wenn Lars beim Trinken an ihrer Brust eingeschlafen war.

»Woher wissen Sie von dem Eichenblatt? Haben Sie meinen Vater damals auch …«, ich schluckte, *»geholt?«*

Ich hatte die Stimme nun ebenfalls zu einem Wispern herabgesenkt. Mein Blick klebte noch immer an der Stelle, an der ich die Arme des Herrn der Zeit unter seinem Umhang vermutete. Doch es war unmöglich, irgendwelche Einzelheiten zu erkennen.

»Ophelia Pendulette, eine große Aufgabe liegt vor dir. Vielleicht die größte, der sich je eine Zeitlose stellen musste. Bist du bereit, es zu versuchen?«, fragte der Herr der Zeit, anstatt mir zu antworten.

»Wie gesagt, ich möchte meine Chance nutzen, aber das heißt ja nicht automatisch –«

»Ich möchte wissen, ob du bereit bist.«

»Natürlich nicht«, entfuhr es mir. »Aber das ist sowieso unwichtig. Ich war auch damals nicht bereit, als dieser Baum umstürzte und direkt in unsere Windschutzscheibe krachte. Und trotzdem ist es passiert, oder?« Ich schnaubte. »Obwohl, so war es ja auch eigentlich gar nicht. Schließlich fallen Bäume in Unwettern normalerweise einfach um und schweben nicht mehrere Minuten in der Luft herum, um auf ein bestimmtes Auto zu warten.«

»Nein«, sagte der Herr der Zeit. »Das tun sie für gewöhnlich nicht.« Etwas unter seinem Umhang zuckte. »Ich mische mich niemals in die Geschicke der Lebenden ein, Ophelia Pendulette. Aber ich wünsche dir viel Glück.« Er nickte mir zu. Wie auf ein geheimes Zeichen hin setzte die Barke sich in Bewegung.

»Nein!«, rief ich. »Warten Sie! Ich meine, könnten Sie mir nicht einfach sagen, was an diesem Abend –« Ich rannte neben der Barke her, die rasch Geschwindigkeit aufnahm. »Oder mir vielleicht wenigstens einen Tipp geben, wonach ich suchen muss?«

Der Herr der Zeit hatte den Blick nach vorn auf die Fluten gerichtet und beachtete mich nicht mehr.

»Herr der Zeit!«, versuchte ich es noch einmal. »Wohin ist Sybilla Cho verschwunden? Es geht ihr doch … Sie hatte doch keinen Unfall oder so?«

Aber es hatte keinen Sinn mehr. Die Ströme selbst waren inzwischen ebenfalls in Unruhe geraten. Eine unsichtbare Böe peitschte über sie hinweg, Wellen platschten gegen den Rumpf der Barke und katapultierten sie mit einem Zischen davon.

Außer Atem stemmte ich die Hände in die Seiten und sah dem alten Mann nach, auch dann noch, als die Zeit ihn längst fortgetragen hatte.

Als ich schließlich in den Palast zurückkehrte, ging es mir dennoch etwas besser. Obwohl die Unterhaltung mit dem Herrn der Zeit mir keinerlei neue Erkenntnisse gebracht hatte, war zumindest der tosende Gedankensturm in meinem Kopf ein wenig abgeflaut. Und außerdem ahnte ich doch bereits, wo ich einen Hinweis auf Papa würde finden können. Weshalb zögerte ich also überhaupt noch? Ich hatte mir acht Jahre lang das Hirn zermartert, es war an der Zeit, zu handeln und voranzukommen.

Wieder suchte ich mir meinen Weg durch Gänge und Treppenhäuser. Wenig später staunte ich darüber, dass der Wachmann mit dem Schnauzbart erstens schon wieder oder immer noch an seinem Posten stand (allerdings war er um diese Zeit das einzige Gardemitglied auf der Empore) und zweitens tatsächlich die Dreistigkeit besaß, mir erneut den Weg in die Bibliothek zu versperren. Breitschultrig baute er sich vor mir auf, die Arme vor der Brust verschränkt, und musterte mich von oben herab.

»Ich bin jetzt eine Kandidatin des Bernsteinturniers«, erinnerte ich ihn. »Also …«

»Bedaure.« Er lächelte für meinen Geschmack etwas zu schadenfroh. »Aber das Archiv ist derzeit geschlossen.«

»Weil?«

»Weil dies nun mal die Regeln sind.« Sein Schnauzbart kräuselte sich spöttisch. »Komm morgen wieder.«

»Ach, wirklich? Da ich als nachnominierte Wettkampfteilnehmerin einiges aufzuholen habe, nehme ich an, dass man für mich wohl eine Ausnahme machen wird, damit ich mir ein paar, äh, Karten und Bücher ansehen kann. Es ist schließlich im Interesse aller, dass wir die Zeit wieder in Ordnung bringen«, sagte ich und versuchte, mich an ihm vorbeizudrängeln.

Leider war der Kerl größer und um einiges stärker als ich und darüber hinaus nicht willens, sich geschlagen zu geben. Blitzschnell brachte er seinen Körper wieder zwischen mich und den Treppenabgang.

Ich ballte die Hände zu Fäusten. Plötzlich war ich wirklich wütend. Wütend und zu allem bereit … Das letzte Mal, als ich so drauf gewesen war, hatten ein paar Angestellte der Stadtverwaltung versucht, dem kleinen Waldstück neben unserem Schulhof mithilfe von mehreren Kettensägen den Garaus zu machen. Beinahe einen ganzen Tag lang hatten Anna, ich und der Rest der Umwelt-AG die Typen an ihrer Arbeit gehindert, waren ihnen immer wieder in den Weg getreten. Diese Aktion hatte uns natürlich einigen Ärger eingebracht. Doch Mama hatte es zum Glück nur als endgültigen Beweis dafür gesehen, dass mein Vater mir nicht nur sein Lächeln vererbt hatte, sondern auch die Ambition, eine unverbesserliche Weltverbesserin zu sein. Koste es, was es wolle.

»Na gut«, murmelte ich, ließ die Schultern hängen und tat so, als würde ich klein beigeben. »Dann also morgen.«

Ich taperte ein paar Schritte Richtung Gang, bevor ich plötzlich herumfuhr und lossprintete. Mit einem Hechtsprung überwand ich das Geländer, und zwar ein ganzes Stück neben dem Treppenabgang und seinem verdatterten Bewacher. Mit den Händen klammerte ich mich an der Brüstung fest, während meine Füße nach der oberen Kante eines Bücherregals tasteten. Mein letzter Ausflug in die Kletterhalle war sowieso schon viel zu lange her …

»Das darfst du nicht!«, rief der Wachmann. Sein hochrotes Gesicht tauchte über mir auf und er besprenkelte mich mit Spucke, als er nun schrie: »Ophelia Pendulette! Komm sofort zurück!«

»Bitte«, stieß ich zwischen zusammengebissenen Zähnen hervor. »Sie stören die Ruhe dieses Ortes. Dem Präsidenten ist dieses Archiv heilig!«

Mein geprelltes Handgelenk schmerzte noch immer ein wenig, lange würde ich mich nicht mehr halten können. Doch in diesem Moment fanden meine Füße eines der Bücherborde. Der Rest war ein Kinderspiel. Flink wie ein Eichhörnchen hangelte ich mich von Brett zu Brett, schon erreichte ich den Boden.

»D…das ist gegen die Regeln!«, rief der Wachmann über mir zornig. »Ich werde Verstärkung holen und dann … dann sorge ich dafür, dass man dich des Palastes verweist!«

Es klang wie eine leere Drohung. Und selbst wenn es das nicht war, mich zog es bereits unaufhaltsam tiefer in das Gewirr der Regalreihen.

Der Raum war um diese Uhrzeit nur spärlich beleuchtet, also schaltete ich im Vorbeigehen ein paar der Leselampen an den Stehpulten ein, bis sich ein schummriges Licht im Labyrinth des Archivs ausbreitete. Ich fragte mich, nach welchem System die Dokumente hier unten wohl geordnet waren. Schließlich begann ich meine Suche bei einem Schrank voller Schriftrollen, indem ich einfach die erstbeste herauszog und entrollte.

Es handelte sich um ein uraltes Schriftstück, verfasst in einer Sprache, die ich für Altgriechisch hielt. Also vollkommen unverständlich für mich. Aber das Bild oben links in der Ecke zeigte eine Art Gott auf einer Wolke. Unter ihm befanden sich vier Menschen, gezeichnet mit archaischen Strichen, die in einem gigantischen Stundenglas standen und ihre Hände in eine sich kringelnde und bauschende Masse hinabsenkten. Ich nahm daher an, dass der Text irgendetwas über die Anfänge der Zeitlosen erzählte. Auch interessant.

Aber deswegen war ich nicht hier.

Vorsichtig rollte ich das Ding wieder zusammen und legte es zurück. Selbst wenn Zeit in diesen Hallen keine wirkliche Rolle spielte, würde es definitiv zu lange dauern, wenn ich mich von hier aus durch mehr als zweitausend Jahre Aufzeichnungen arbeitete. Also ging ich weiter und hielt dabei Ausschau nach moderner wirkenden Dokumenten, die ich nach einer Weile auch fand: Genau am anderen Ende der Bibliothek, gleich unter der Empore (die nun verlassen war, weil der Schnauzbärtige wohl immer noch unterwegs war, um seine Kollegen zu holen), stand ein Karteischrank voller handgroßer Schubladen. Diese waren nicht nur farblich nach den vier Bernsteinlinien sortiert, sondern darüber hinaus auch alphabetisch, und wirkten, als wären sie maximal vor ein paar Jahrzehnten eingerichtet worden.

Bingo!

Mein Blick strich über die schieferblauen Schubfächer der Janviers bis zum P wie Pendulette. Ich zog an dem kleinen Knauf, im nächsten Moment blätterte ich mich bereits durch die Familien Paschmann und Pasquale. Danach kamen die Pendulettes, deren erste Mitglieder bereits im 16. Jahrhundert verzeichnet worden waren.

Und dann fand ich Papa.

Simon Pendulette, stand in nüchterner Handschrift auf der Karte, *geboren am 15. März 1974 in Paris, gestorben am 23. Januar 2010 in Berlin. Weiteres unter P17/03 und Xk83 (Verschlusssache!).*

Das war alles.

Trotzdem stiegen mir für einen Moment die Tränen in die Augen. Ich hatte es gewusst! Es gab hier unten also noch mehr Unterlagen über meinen Vater. Jetzt musste ich bloß noch herausfinden, wofür diese seltsamen Kürzel standen, und dann –

Ich zuckte zusammen, als sich plötzlich unmittelbar neben mir eine Tür öffnete, die ich bis dahin überhaupt nicht bemerkt hatte. Eine schmale Metalltür, so unauffällig zwischen Karteischränken und Bücherregalen eingelassen, dass man sie nur allzu leicht übersah …

Statt meines bärtigen Freundes und einer Horde Gardisten kam jedoch Präsident Pan persönlich zum Vorschein, und statt meiner Wenigkeit schien er überdies jemand anderen erwartet zu haben.

»Horatio, endl–«, begann er nämlich, brach dann jedoch ab. Eine Spur zu hastig warf er die Tür hinter sich ins Schloss, fuhr erneut zu mir herum und für einen winzigen Augenblick wirkte er ziemlich verärgert. Doch fast sofort hatte er sich wieder gefangen.

Ich wich einen Schritt vor ihm zurück, während Pan sich nun an einem Lächeln versuchte. »Ophelia!«, sagte er. »Was tust du denn hier?«

»Ich, äh, dachte mir, ich nutze besser jede Gelegenheit, um mich auf den Wettkampf vorzubereiten«, erklärte ich und trat von einem Fuß auf den anderen. Nun meldete sich mein Gewissen doch mit leisem Stimmchen in meinem Hinterkopf. »Ich weiß, das ist eigentlich nicht erlaubt, aber … Die anderen hatten schließlich viel mehr Gelegenheiten, sich einzulesen.«

Pan musterte mich noch immer aufmerksam. Auch er schien sich eindeutig nicht wohl bei dieser Begegnung zu fühlen. »Wäre es dann nicht sinnvoller, sich ein paar der Stromkarten anzusehen, anstatt die Familienkartei durchzugehen?« Er hob die Brauen.

»Ja, vermutlich schon.« Mit der Hüfte versetzte ich der Schublade einen kleinen Schubs, sodass sie zurück in den Schrank fuhr. »Ich habe leider noch Schwierigkeiten, mich hier drinnen zu orientieren, und … außerdem war ich neugierig.«

»Neugierig«, murmelte Pan. »Soso, und was hast du herausgefunden auf deiner kleinen, verbotenen Detektivtour?« Es sollte wohl beiläufig klingen.

»Nichts Wichtiges.« Ich blinzelte. »Ich wollte nur nachsehen, ob mein Vater auch verzeichnet wurde.«

»Und?«

»Wurde er.«

»Natürlich.« Pan nickte. »Ich möchte dir trotzdem vorschlagen, jetzt schlafen zu gehen. Das Archiv steht den Kandidaten nur tagsüber zur Verfügung. Außerdem wird man euch morgen über den Ablauf des Wettkampfes in Kenntnis setzen. Da solltest du besser wach und ausgeruht sein, findest du nicht?«

»Mhm«, machte ich vage, wandte mich aber dennoch zum Gehen.

Ich konnte es schon jetzt kaum erwarten, wieder herzukommen und nach dieser Verschlussakte zu suchen.

Um die Einzelheiten des Turniers mit uns zu besprechen, brachte Onkel Jacques, der mit unserer finalen Vorbereitung betraut worden war, uns am nächsten Tag in eine Fußgängerzone mitten in Rom. Es war ein ungewöhnlich warmer Herbstnachmittag und wir schlenderten eine Weile zwischen Cafés und Geschäften die Straße entlang. Grete nahm Onkel Jacques, schon seit wir das Kolosseum verlassen hatten, in Beschlag, indem sie ihm das Neuste über ein paar gemeinsame Bekannte erzählte, von denen ich noch nie gehört hatte. Leander bretterte unterdessen ein Stück vor uns auf einem Skateboard dahin, während ich neben dem Nerdjungen ging, der für die Octobres antreten sollte.

»Nettes Shirt«, sagte Darius und deutete auf mein Longsleeve, auf dem stand: *All we have is now.* »Das würde ich so zwar nicht unbedingt unterschreiben, aber, doch, gefällt mir.«

»Danke.«

Er selbst trug ein gestreiftes Hemd zu einer Chinohose und Anzugschuhen, das Leder seiner Umhängetasche hatte die gleiche Farbe wie sein Brillengestell. Außerdem betrachtete auch er auffällig häufig den Himmel über uns.

»Du kommst nicht oft aus dem Palast raus, oder?«, fragte ich.

Darius schüttelte den Kopf. »Merkt man das?«

»Ein bisschen. Hast du Angst, älter zu werden?« Ich schätzte ihn auf maximal neunzehn oder zwanzig Jahre, sein Gesicht war etwas gröber geschnitten als das von Leander, aber dennoch hübsch. Es hatte einen spitzbübischen Zug um den Mund herum. Einen von der Sorte, die niemals ganz verschwand.

»Nein, wir altern nicht, solange wir uns nicht länger als ein paar Wochen in die Welt begeben«, erklärte Darius. »Genauso, wie der Körper eine Weile braucht, um sich an die Zeitlosigkeit anzupassen und Herzschlag und Stoffwechsel herunterzufahren, dauert es auch, alles wieder anlaufen zu lassen. Und zwar abhängig davon, wie lange man vorher in der Zeitlosigkeit war.« Er verschränkte die Hände hinter dem Nacken.

»Solange ich nicht für mehr als ungefähr drei Wochen oder so in der Zeit bin, werde ich also immer so aussehen wie jetzt. Aber ich war in den vergangenen Jahrzehnten trotzdem nicht viel draußen, weil die Lebenszeit sehr wohl weiter abläuft, sobald wir einen Fuß in die Zeit setzen. Seit ich wusste, dass ich einer der Kandidaten des nächsten Bernsteinturniers sein würde, war ich also lieber etwas sparsamer mit dem, was ich noch übrig habe. Wenn man all das hier auf sich nimmt, um Herr der Zeit zu werden, dann will man es auch möglichst lange bleiben, oder?« Er lachte.

»Du wusstest seit *Jahrzehnten* von deiner Nominierung?«

»Seit den späten Sechzigern.«

»Wow!«, entfuhr es mir. Trotz meiner rekordverdächtig jungen Ururgroßmutter fiel es mir noch immer schwer, in den Dimensionen der Zeitlosen zu denken. »Dann wurdest du also … wann geboren?«, stammelte ich und befürchtete gleich darauf, dass das für jemanden wie ihn vielleicht eine unhöfliche Frage sein könnte.

»1830, hier in Bella Italia«, sagte Darius jedoch ohne Umschweife. »Grete und du, ihr seid so etwas wie unsere Nesthäkchen. Wir haben sehr lange darauf gewartet, dass ihr zu uns stoßen würdet. Also Grete«, korrigierte er sich. »Das mit dir ist ja eine eher unerwartete Entwicklung.« Plötzlich sog er scharf die Luft ein. »Oje, das Ding kann einem schon ein bisschen leidtun, was?«

Leander trieb sein Skateboard gerade eine Treppe hinunter. Das Geräusch, mit dem die Unterseite über die Stufen ratschte, klang ziemlich unschön. Doch Leander schien zum einen keinerlei Mühe zu haben, sich trotz der halsbrecherischen Fahrt auf dem Brett zu halten, und zum anderen war es ihm offensichtlich total egal, ob das Board und er selbst die Aktion in einem Stück überstanden oder nicht.

»Und er?«, fragte ich.

»Wie alt er ist, meinst du? Sein exaktes Geburtsdatum kennt keiner. Wir haben ihn 1923 in einem Waisenhaus entdeckt und da muss er so um die zwölf gewesen sein.«

Mein Blick wanderte von Leanders Kapuzenpullover zu Darius' Hemd. So wie diese beiden Jungs sich verhielten, wie sie sich kleideten und sprachen, wäre ich nie auf die Idee gekommen, sie könnten aus einer anderen Zeit stammen. Tatsächlich machten sogar die meisten Zeitlosen im Bernsteinpalast einen durch und durch modernen Eindruck.

Darius, der meine Gedanken erriet, grinste. »Wir sind sehr wohl in der Lage, mit der Zeit zu gehen. Stell dir vor, ich habe sogar ein Smartphone und kann eine Pizza bestellen. Obwohl ich natürlich auch noch fechten und reiten gelernt habe. Aber … genug von Geburtsdaten und Zahlen. Für uns Zeitlose haben sie sowieso keine Bedeutung. Erzähl mir lieber etwas über dich. Was ist deine Spezialität?«

»Meine Spezialität?«

Wollte er wissen, was ich so in meiner Freizeit machte? Dass ich nicht übel an einer Kletterwand war? Dass die Anzeige wegen Behinderung von Baumschnittarbeiten noch lief? Oder, dass ich heute Nacht verbotenerweise ins Bernsteinarchiv gehechtet und am Ende von Präsident Pan dabei erwischt worden war, wie ich nach Hinweisen auf Papas Tod suchte? Nein, ich kannte diesen Typen kaum, da erzählte ich ihm doch nicht gleich meine ganze Lebensgeschichte.

Auch wir stiegen nun die Treppe hinab. Unten umkreiste Leander einen Springbrunnen, während er auf uns wartete.

»Na ja, was kannst du am besten? Die Zeit anhalten? Sie zurückspulen? Knüpfst du auch diese komplizierten Schlaufen wie deine Schwester?«, präzisierte Darius seine Frage.

Mir wurde wieder ein bisschen schlecht, wie immer, wenn die Sprache auf das Turnier und die uns bevorstehenden Aufgaben kam. »Och, ich … äh …«, stotterte ich. Das, was ich auf dem Dach des *Hôtel de la Pendulette* getan hatte, war vermutlich keine besondere Leistung für jemanden wie Darius, oder? »Also eigentlich …«

»Okay, okay, schon gut.« Er hob die Hände, als wollte er sich ergeben. »Das verstehe ich. Willst es geheim halten. Dich kennt schließlich noch keiner hier und das ist dein großer Vorteil. Klug von dir, auf naiv und unerfahren zu machen. Meine Tricks verrate ich ja auch nicht.« Er zwinkerte mir zu.

Tricks? Nein, ich würde wohl wirklich nicht den Hauch einer Chance bei diesem Wettbewerb haben. Egal, der Sieg interessierte mich schließlich ohnehin nicht. Ich probierte es daher nun mit einem unverbindlichen, ein wenig geheimnisvollen Lächeln.

»Dann lassen wir uns am besten beide überraschen«, sagte ich.

Darius lachte, während ich Onkel Jacques' Blick auffing. Offenbar hatte er den letzten Teil unserer Unterhaltung mitbekommen, doch ich war mir nicht sicher, ob er sich deshalb Sorgen machte oder bloß genervt von Gretes Klatschgeschichten war.

In der Nähe des Springbrunnens gab es eine kleine Gelateria und wir hatten Glück, noch einen freien Platz in der Sonne zu erwischen. Es kam mir komisch vor, etwas so Banales zu tun, wie Eis essen zu gehen – wie jeder andere Mensch auch. Die Normalität traf mich mit einer Wucht, die ich nicht erwartet hatte. Aber gleichzeitig beruhigte es mich auch, mich wieder auf gewohnterem Terrain zu bewegen, und ich wurde das Gefühl nicht los, dass Onkel Jacques genau das beabsichtigt hatte. Außerdem schien ihn die Aussicht auf den Springbrunnen unheimlich zu begeistern …

»Die erste Runde des Wettkampfes wird hier in Rom stattfinden«, erklärte er, nachdem wir bestellt hatten. »Ihr werdet vor einem ausgewählten Publikum aus Zeitlosen mehreren Herausforderungen begegnen und dafür von ihnen bewertet werden. Punkte gibt es nicht nur für euer Geschick im Umgang mit den Strömen, sondern auch dafür, dass ihr euch möglichst unauffällig verhaltet. Die Zeiter sollen schließlich nichts mitbekommen. So beweist ihr euer Können, bevor man euch aussendet, die Zeit wieder in Ordnung zu bringen.«

»Und die zweite Runde?«, wollte Grete wissen. »Wofür gibt es da dann die Punkte?«

»Das erfahrt ihr später. Die zweite Runde wird selbstverständlich vollkommen anders als die erste sein. Genauso wie übrigens die dritte. Der Präsident wird euch zu gegebener Zeit darüber unterrichten«, sagte Onkel Jacques.

»Gibt es denn schon einen Plan? Ich meine, haben wir irgendwelche Hinweise darauf, was genau mit den Strömen nicht stimmt?«, fragte ich und blickte gespannt von einem zum anderen.

»Na ja«, sagte Grete. »Wir wissen immerhin, dass bereits mehrfach die großen Zeitfälle betroffen waren.«

»Die großen *was*?«

»Ansonsten scheinen die Anomalien allerdings keinerlei Muster zu folgen«, ergänzte Darius.

»Neuerdings werden, wie du weißt, offenbar auch Barken angegriffen«, murmelte Leander.

»Nun.« Onkel Jacques räusperte sich. »Die erste Aufgabe jedenfalls erwartet euch in exakt einer Woche. Das Training beginnt noch heute und ihr könnt mich natürlich jederzeit ansprechen, wenn ihr –«

Die Kellnerin kam mit unseren Eisbechern, stolperte allerdings auf den letzten Metern über Leanders Skateboard. Das Tablett geriet aus dem Gleichgewicht, begann zu kippen und fror dann mit einem Mal mitten in der Luft ein. So, wie alles und jeder um uns herum. Als hätte jemand den Pause-Knopf gedrückt, waren die übrigen Café-Gäste erstarrt. Löffel schwebten in der Luft auf dem Weg zu Mündern, eine Frau im Businesskostüm hing halb sitzend, halb stehend über ihrem Stuhl. Ach ja, und mit einem Schlag war es mucksmäuschenstill geworden.

Darius griff ohne Umschweife mit beiden Händen nach dem stürzenden Tablett und Onkel Jacques sagte: »Gut gemacht, Grete.«

Grete? Wie hatte sie das hinbekommen? Ich runzelte die Stirn. Sie hatte sich doch überhaupt nicht bewegt, oder? Meine Schwester blinzelte und ließ die Zeit weiterlaufen, als wäre das alles gar nichts. Die Geschäftsfrau setzte sich, die anderen Gäste schleckten weiter ihre Eiscreme und an unserem Tisch sah es schlicht so aus, als hätte Darius extrem gute Reflexe.

»Huch, danke«, stammelte die Kellnerin. »Das war knapp.«

»Kein Problem.« Darius lächelte und die Kellnerin errötete.

Ich nahm meinen Erdbeerbecher entgegen. Er war schwer beladen mit Eiskugeln und Fruchtstücken und schmeckte fantastisch. So gut, dass er mich beinahe über meine Ängste bezüglich meiner mangelnden Fähigkeiten hinweggetröstet hätte. Leider schienen meine Konkurrenten ganz wild darauf zu sein, wieder zum Thema zurückzukehren.

»Was empfiehlst du uns denn, besonders zu üben?«, wollte Darius wissen. »Und wann erfahren wir die konkreten Aufgabenstellungen?«

»Darf man bei einer Schleife doppelte Wiederholungen einbauen?«, fragte Grete. »Wie ist es mit Turbostopps? Hat schon mal jemand einen Rückwärtsflip im Turnier probiert?«

Onkel Jacques erklärte ihnen geduldig eine ganze Reihe von Dingen, die ich nicht einmal ansatzweise verstand.

Leander stocherte derweil in seinem Vanilleeis herum und fütterte Jack, der auf seiner Schulter saß, mit einer Waffel. Ich beobachtete ihn dabei, wie er das Gebäck in kleine Stücke zerbröselte und der Ratte eines nach dem anderen anreichte. Das Tattoo auf seinem Unterarm hob sich dabei dunkel von seiner hellen Haut ab. Waren das Ranken? Oder ein Netz aus Strömen? Und was sollten die kleinen Symbole dazwischen bedeuten? Leander, der meinen Blick bemerkte, drehte seinen Arm von mir weg. Okay, einen Versuch würde ich noch starten. Wenn er mich wieder abblitzen ließ, war es das.

»Willst du ihm die auch noch geben?«, fragte ich und hielt Leander die Waffel aus meinem Eis hin.

»Ihr«, sagte er. »Scarlett ist ein Mädchen. Amerikanerin, um genau zu sein. Und manchmal ein bisschen schwierig.« Aber er nahm die Waffel. »Danke.«

»Also hast du sie nach Scarlett O'Hara aus *Vom Winde verweht* benannt?«

Er nickte. »Keine klassische Schönheit, aber sie schafft es immer wieder, mich um den Finger zu wickeln.«

»Ich finde, sie sieht trotzdem aus wie ein Jack. Guck dir bloß mal ihre Lippen an.«

Leanders Mundwinkel zuckten. »Jetzt, wo du es sagst …«

»Ihr fehlen bloß noch ein paar Goldzähne und Dreadlocks, oder?«

»Mhm.« Er schmunzelte und wir aßen weiter unser Eis.

Noch immer hatte Leander mich übrigens kein einziges Mal angesehen und ich fragte mich langsam, aber sicher, worin genau sein Problem bestand. Zumindest das Reden funktionierte ja offensichtlich doch. War er am Ende schlicht schüchtern?

Etwa eine halbe Stunde später erschien mir dann allerdings auch diese Erklärung nicht mehr sehr wahrscheinlich. Onkel Jacques wollte sich während einer ersten Trainingseinheit im Kolosseum ein Bild von unserem Können machen und Grete und Darius löcherten ihn auf dem Weg dorthin weiter mit den kompliziertesten Fragen. Ich trottete hinter den dreien her, ohne weiter auf ihre Unterhaltung zu achten. Schon bald würde Darius also erfahren, was für eine Niete ich wirklich war … Aber danach wartete wenigstens die Bibliothek auf mich und vielleicht würde ich ja heute sogar herausfinden, wo die Verschlusssachen aufbewahrt wurden!

Zuerst fuhr Leander wieder voraus, doch kurz vor dem Ziel schien er es sich plötzlich anders zu überlegen und fiel zu mir zurück. Als er auf meiner Höhe war, ließ er das Skateboard mit der gleichen Brutalität, die er auch auf der Treppe an den Tag gelegt hatte, in seine Hand springen und klemmte es sich unter den Arm.

»Hey.«

Ich wandte den Kopf und hätte vor Schreck beinahe gleich wieder weggesehen. Der Blick seiner grauen Augen war so intensiv, dass es beinahe wehtat.

»Ophelia.« Auf seinem Gesicht lag ein Ausdruck, der mich an eine Wunde erinnerte. Er blinzelte nicht. »Ich wollte nur … Wenn es etwas bringen würde, würde ich dir empfehlen abzuhauen«, sagte er schließlich langsam, als würde er jedes Wort genau abwägen.

Ich hob die Brauen. »Wie meinst du das? *Wenn es etwas bringen würde?*«

»So, wie ich es sage.« Sein Blick durchbohrte mich noch immer und ich musste mich dazu zwingen, ihm nicht auszuweichen. Anscheinend gab es bei Leander nichts dazwischen. Entweder er schaute einen überhaupt nicht an oder gleich bis auf den Grund der Seele. Was schade war, denn es waren ziemlich hübsche Augen, die er da besaß, wie ich nun irrelevanterweise feststellte. Ein Jammer, dass er sie die meiste Zeit über versteckte.

»Du denkst also, ich sollte von hier verschwinden, aber ...«

»Aber das würde auch nichts ändern«, beendete er den Satz für mich.

»Oh, also das ist ja ein super Rat. Wirklich, wahnsinnig hilfreich.«

Er schnaubte. »Ich weiß, dass er scheiße ist. Aber ... Scarlett und ich fanden, du solltest es wenigstens erfahren.«

»Was denn?«

»Dass du ...« Nun war doch wieder er derjenige, der zuerst wegsah. »Ach, vergiss es«, brummte er und knallte das Board so heftig auf den Asphalt, dass ich zusammenzuckte. Einen Herzschlag später fuhr er bereits in halsbrecherischem Tempo zurück in die Richtung, aus der wir gerade erst gekommen waren.

Verwirrt sah ich ihm nach. Da hatten weder Schüchternheit noch Arroganz in seinem Blick gelegen. Eher eine Mischung aus Sorge und ... *Wut*?

Was stimmte bloß nicht mit diesem Typen?

»Mach dir nichts draus«, sagte Darius, der anscheinend schon wieder meine Gedanken erriet. Ich hatte gar nicht gemerkt, wie er zu uns gestoßen war. »Leander war schon immer ein komischer Kauz, vermutlich wegen seiner Gabe. Muss ja auch echt bescheuert sein, wenn man sieht, wie lange die Leute noch zu leben haben. Und dann nerven ihn auch noch alle und fragen ihn ständig nach ihrer Lebenszeit.« Er zuckte mit den Schultern. Dann musterte er mich wieder. »Dass er freiwillig mit dir gesprochen hat, ist allerdings ungewöhnlich. Ich schätze, du bist für die eine oder andere Überraschung gut, nicht wahr, kleine Ophelia?« Er grinste mich an.

»Leander *sieht*, wann die Menschen sterben?«, fragte ich ungläubig.

Doch Darius grinste nun noch eine Spur breiter. »Joa«, machte er und kratzte sich am Hinterkopf. »So was in der Art.«

9

Der Tag der ersten Runde kam viel zu schnell. Ich hatte die ganze Woche über jeden Vormittag mit Onkel Jacques trainiert und auch noch an den Abenden Extraeinheiten eingelegt. Bis zur Erschöpfung hatten wir geübt, doch ich war und blieb eine komplette Anfängerin. Da tröstete es mich auch kaum, dass ich bei meinen nachmittäglichen Archivbesuchen endlich das System der Akten verstanden und gestern P17/03, einen schmalen Ordner über Papa, entdeckt hatte.

Darin war sein Stammbaum eingeklebt und außerdem sein Lebensweg von der Schulzeit über seine Reisen, sein Studium bis hin zu seinem Job bei Amnesty International nachgezeichnet gewesen. Sogar ein Hochzeitsfoto von ihm und Mama hatten die Zeitlosen abgeheftet. Doch nichts davon hatte mir irgendwelche neuen Erkenntnisse gebracht. Und wo die Verschlusssachen aufbewahrt wurden, hatte ich noch immer nicht herausbekommen.

Als Pippa mich an diesem Morgen weckte, wäre ich jedenfalls am liebsten liegen geblieben. Vor aller Augen mein mangelndes Können zu demonstrieren, war nichts, auf das ich scharf war. Aber natürlich hatte ich zugestimmt, bei diesem Turnier anzutreten, also schwang ich schließlich doch die Beine von meiner Schlafcouch, um mich meinem Schicksal zu stellen.

Überall im Palast herrschte große Aufregung. Die Mitglieder der Bernsteinlinien begrüßten uns bereits beim Frühstück mit gemalten Plakaten und Spruchbändern, die uns aus jedem Winkel des Theatersaals entgegenleuchteten. Nur die Juillets waren noch immer eingeschnappt, dass keiner ihrer Kandidaten hatte einspringen dürfen, und ignorierten den Trubel geflissentlich. Von Sybilla Cho fehlte weiterhin jede Spur.

Leider hatte ich mich überdies noch immer nicht daran gewöhnt, in der Präsidentenloge zu essen. Man saß dort oben viel zu sehr auf dem Präsentierteller und unterhalten konnte man sich bei der Sitzordnung auch nicht wirklich. Leander, neben dem man mich platziert hatte, starrte die meiste Zeit über schweigend auf seinen Teller (ich war in den vergangenen Tagen schon ein paarmal kurz davor gewesen, wie Sybilla vor seinem Gesicht herumzuschnipsen).

An diesem Morgen schätzte ich es allerdings durchaus, meine Ruhe zu haben und mir wenigstens keine Kommentare meiner Verwandten anhören zu müssen, weil ich keinen Bissen herunterbekam. So konnte ich ausgiebig Panik schieben und mich auf meine große Blamage vorbereiten.

Grete, Darius und Leander hatten natürlich längst mitgekriegt, wie schwer mir der Umgang mit der Zeit noch fiel. Während die drei unter Onkel Jacques' Anleitungen die kompliziertesten Knoten in die Ströme hineingebastelt hatten (Grete konnte ernsthaft den Himmel über dem Kolosseum in eine Tages- und eine

Nachtseite unterteilen und von einer Hälfte in die andere hüpfen), waren mir die einfachsten Dinge missglückt. Noch immer kostete es mich all meine Konzentration, die Zeit lediglich für wenige Minuten anzuhalten.

Da half es auch nicht, dass mich kurz vor unserem Aufbruch in die Stadt ein ganzer Haufen Janviers umarmte und mir Glück wünschte.

Die Abordnung aus Zeitlosen, die uns zur ersten Runde begleiten sollte, bestand aus etwa vierzig Personen: Abgesandte der Familien und eine ganze Reihe von Gardisten, die ihre Uniform durch ein etwas unscheinbareres Modell ausgetauscht hatten, das eher einem Anzug glich.

Getarnt als Reisegruppe verließen wir schließlich das Kolosseum und bahnten uns einen Weg durch die Gassen Roms. Weder Grete noch Darius oder Leander wirkten sonderlich aufgeregt. Ich hingegen vergrub lieber die Hände in den Taschen meiner Cargohose, damit niemand sah, wie sie zitterten.

Onkel Jacques, der die Gruppe wieder einmal anführte, manövrierte uns durch die Stadt, die auch heute von Touristen überschwemmt wurde. Nach einer Weile erreichten wir eine Piazza, in deren Zentrum ein gewaltiger Springbrunnen thronte. Es war einer dieser typischen Plätze, an denen man wunderbar Eis essen oder einen Kaffee trinken konnte. Onkel Jacques zwinkerte mir zu.

Die Zeitlosen verteilten sich unauffällig auf die Cafés, ein paar begannen, die umstehenden Gebäude zu fotografieren oder Selfies vor dem Brunnen zu machen, in dessen Mitte mehrere steinerne Löwen hockten, die Wasser in alle Himmelsrichtungen spuckten. Darius, Grete, Leander und ich traten an den Rand des Bassins, wo Onkel Jacques uns die erste Aufgabe erklären sollte. Leider hatte ich Probleme, ihm zu folgen, weil mich gleichzeitig etwas aus einer Unterhaltung nur wenige Meter von uns entfernt aufhorchen ließ. Während sie vorgaben, die Architektur eines Stadthauses zu bewundern, sagte Pippa dort nämlich gerade zu der rothaarigen Frau, die ich aus der Essensschlange von meinem ersten Abend im Palast wiedererkannte: »Nein, nein, die beiden sind Schwestern. Sie ist ebenfalls eine Tochter meines Urenkels.«

Und ihre Freundin entgegnete: »Ach, von Simon? Wirklich? Weißt du, man kann ja über Simon Pendulette sagen, was man will, aber ich vermisse ihn. Schade, dass er keiner von uns war. Es war immer lustig, wenn er zu Besuch kam. Blöd nur, dass ihm schließlich diese komischen Anomalien auf Schritt und Tritt gefolgt sind.«

»Pssst«, machte Pippa. Doch es war bereits zu spät, ich hatte alles mitbekommen und vor Schreck beinahe vergessen, weiterzuatmen.

»Alles verstanden?«, fragte Onkel Jacques.

Ich schluckte. »Äh, entschuldige, aber …«, stammelte ich.

»Wir sollen die Zeit anhalten und unter den Fontänen des Springbrunnens durchlaufen, ohne nass zu werden. Und ohne dass es jemand mitbekommt, natürlich«, fasste Grete für mich mit einem Augenrollen zusammen. Es nervte sie wohl, dass ich nicht nur zwei linke Hände im Umgang mit der Zeit hatte, sondern es zudem noch nicht einmal schaffte, richtig zuzuhören.

»Alles klar«, nuschelte ich. »Wer fängt an?«

»Ich«, sagte Grete, die plötzlich links anstatt rechts von mir stand.

»Du …«, begann ich.

Sie lächelte fein.

»War supereinfach.« Auch Darius hatte auf wundersame Weise den Platz gewechselt, während ich bloß einmal geblinzelt hatte – wenn überhaupt.

Onkel Jacques nickte. »Wunderbar. Leander? Du bist der Nächste.«

Leander stieg auf den Rand des steinernen Beckens, schloss für einen Moment die Augen und hob dann sehr langsam die Hände über den Kopf. Im selben Augenblick hielt die Zeit an: Die Menschen auf dem Platz erstarrten und selbst die Wassertropfen der Fontänen blieben einfach so in der Luft hängen, die Strahlen, die aus den Schnauzen der Löwen quollen, ragten reglos in die Höhe. Wieder senkte sich diese unheimliche Stille über uns, während sich feine Rinnsale aus Staub um Leanders Handgelenke wanden und zwischen seinen Fingern hindurchglitten.

»Niemand hat etwas davon gesagt, dass wir andere mitnehmen sollen«, beschwerte sich Darius leise bei Onkel Jacques, doch der zuckte bloß mit den Schultern.

»Es gibt dafür weder Extrapunkte noch einen Abzug«, flüsterte er.

Grete schnaubte dennoch und verschränkte die Arme vor der Brust. Leander hingegen schien von alledem nichts mitzubekommen. Er balancierte durch das Becken und schlängelte sich zwischen den scharfkantigen Tropfen hindurch. Die unbewegte Wasseroberfläche trug sein Gewicht mühelos. Sie war wie gefroren, er musste die Zeit bis hin zum kleinsten Molekül angehalten haben. Schon brachte er das letzte Stück hinter sich, während ich mir fieberhaft alles ins Gedächtnis zu rufen versuchte, was Onkel Jacques mir über Zeitstopps beigebracht hatte. Ob ich es wohl hinbekommen würde? Auf dem Dach des Hotels und beim Training war es mir gelungen, wenn ich also …

Leander sprang vom Beckenrand. Wie in Zeitlupe ließ er die Arme wieder sinken und ganz kurz, lediglich für die Dauer eines Wimpernschlags, kam mir etwas an dieser Geste seltsam bekannt vor. So, als hätte ich genau diese Art von Bewegung vor langer Zeit schon einmal gesehen. Nicht in den letzten Tagen, sondern irgendwann früher, als ich noch ein Kind gewesen war.

Die staubigen Ströme glitten lautlos zurück in ihre gewohnten Bahnen, das Wasser begann wieder zu plätschern, die Menschen um uns her bewegten sich weiter, als wäre nichts geschehen, und ich, ich schüttelte den Kopf, um alle merkwürdigen Gedanken daraus zu verbannen und mich stattdessen auf das Wesentliche zu fokussieren.

Onkel Jacques klopfte mir aufmunternd auf die Schulter, ich trat einen Schritt näher an den Brunnen heran und atmete ein paarmal tief ein und aus. Weil ich nicht wusste, wie lange ich brauchen würde, verzichtete ich vorerst darauf, auf den Rand zu klettern. Ich wollte schließlich kein unnötiges Aufsehen erregen. Stattdessen konzentrierte ich mich auf die feinen Staubadern unter meinen Schuhsohlen.

Immerhin fiel es mir nach beinahe zwei Wochen als Zeitlose schon leichter, die Ströme zu spüren, ihr zartes Sickern, das kaum hörbare Geräusch feiner Körnchen, die über Kopfsteinpflaster glitten. Und irgendwo tief unter mir das Donnern von *les temps*, die sich durch das Erdreich unter der Stadt fraßen. Ja, die Zeit umgab mich jetzt, hüllte mich ein wie ein flirrender Kokon. Ich streckte die Arme aus und betrachtete meine Fingerspitzen, zwischen denen sie sich in silbrigen Spinnenfäden spannte.

Was war es, das genau diesen Moment ausmachte?

Der Lärm der echten Touristengruppe, die sich gerade auf den Platz ergoss? Meine Angst zu versagen? Mein Blick fiel auf Grete. Genau wie alle anderen beobachtete auch sie mich gebannt. Doch auf ihrem Gesicht lag noch etwas anderes als Neugierde, wie ich mich anstellen würde. Zu meiner Überraschung waren es weder Überheblichkeit noch die Hoffnung, dass ich scheitern oder zumindest weniger Punkte bekommen würde als sie selbst. Tatsächlich war da eine Weichheit, die ich niemals erwartet hätte. Beinahe so, als drückte sie mir die Daumen, als Schwester. Ein warmes Gefühl breitete sich in meiner Brust aus.

Ohne noch weiter darüber nachzudenken, hob ich die Hände über den Kopf, spürte, wie ich dabei am Gefüge der Zeit zerrte, wie die Ströme sich plötzlich lockerten und um mich kringelten, erwartungsvoll, was ich ihnen wohl als Nächstes befehlen würde. Wieder gefror die Welt binnen eines einzelnen Herzschlags.

Vorsichtig setzte ich einen Fuß auf die zu Klingen geschliffenen Wellen des Brunnenwassers. Es war, als liefe ich über Glas. Geduckt, um den in der Luft schwebenden Tropfen auszuweichen, arbeitete ich mich voran, hastete unter den Wasser speienden Löwenmäulern hindurch. Darius hatte recht gehabt, es war wirklich einfach! Für jeden, der auch nur ein paar Wochen mehr Übung als ich hatte, musste diese Aufgabe geradezu lächerlich sein.

Schon hatte ich die Hälfte des Beckens geschafft!

Zur Belohnung gestattete ich mir einen zweiten Blick auf Gretes nun zwar erstarrte, doch noch immer ungewöhnlich freundliche Miene, als …

… es plötzlich passierte.

Ohne Vorwarnung verwandelten sich die Zeitströme in etwas Flutschiges, Eigenwilliges, das meinen Händen entglitt, ohne dass ich das Geringste dagegen tun konnte. Immer mehr Staub bauschte sich zu meinen Knöcheln, wallte durch das Bassin und mit einem Mal war da noch etwas anderes, etwas, das nach meinem linken Fuß schnappte. Oder bildete ich mir das nur ein? Ich machte einen Schritt nach hinten, stolperte über eine steinerne Raubtierpfote, taumelte.

Überall auf dem Platz hatten sich die Rinnsale aus Staub jetzt verändert, waren angeschwollen und peitschten durch die Luft, als würde ein unsichtbarer Sturm sie vor sich hertreiben.

Wieder war da irgendetwas an meinen Füßen. Ich hechtete in Richtung Beckenrand und kletterte heraus, wobei ich gegen ein paar der eingefrorenen Wassertropfen stieß, die daraufhin auf meinen Schultern zerplatzten. Doch das war mir inzwischen schon fast egal, denn meine gesamte Aufmerksamkeit wurde nun von der Turban tragenden Gestalt in Anspruch genommen, die sich jetzt aus der erstarrten Menschenmenge löste und kurz darauf tief über den Brunnenrand lehnte.

»T…Tante Blanche?«, stammelte ich. »Wieso kannst du dich bewegen? Was habe ich falsch gemacht?«

Ich hatte in der vergangenen Woche so ziemlich jeden Fehler begangen, den man sich im Umgang mit der Zeit vorstellen konnte, aber ein solches Chaos hatte ich dabei noch nie verursacht.

»Du hast mich versehentlich mitgenommen«, keuchte Tante Blanche. »Zum Glück, würde ich sagen.« Ihre Arme steckten mittlerweile bis zu den Schultern in den Staubmassen, die sich unterhalb der Fontänen gesammelt hatten, und sie beugte sich noch ein Stückchen weiter vor. »Das hier ist aber nicht deine Schuld.«

»Nicht?«

Meine Großtante antwortete nicht. Noch immer tat sie irgendetwas mit der Zeit und anscheinend war es etwas sehr Anstrengendes: Schweißperlen sickerten ihre Schläfen hinunter, ihre Wangen hatten die Farbe einer reifen Tomate angenommen.

»Kann ich …«, murmelte ich. »Brauchst du Hilfe?«

»Schon gut«, keuchte Tante Blanche. Schwerfällig lehnte sie sich wieder nach hinten, der Sturm hatte sich von einer Sekunde zur nächsten gelegt. Mit dem Handrücken wischte sie sich über die Stirn und stupste die Ströme dabei sachte wieder an. Die Zeit glitt zurück in ihren Fluss.

»Oh, du hast ein paar Tropfen abbekommen«, sagte Darius

und deutete auf meine Schultern. »Aber ansonsten scheint es geklappt zu haben, was?« Er grinste mich wieder einmal an. Tatsächlich applaudierten mir ein paar der Janviers verhalten.

»Na ja, also –«, begann ich.

»Sie war wirklich gut«, bestätigte Tante Blanche. Auf ihrem Gesicht lag dieser Ausdruck, der normalerweise für Parodien der Queen reserviert war.

»Gut, dann kann es ja weitergehen«, sagte Onkel Jacques.

»Äh …«

Die Zeitlosen leerten bereits ihre Espressotässchen, verstauten ihre Kameras und machten sich zum Aufbruch bereit. Offenbar mussten wir uns beeilen, um rechtzeitig zur zweiten Aufgabe zu kommen.

Auch diese kriegte ich übrigens eine gute halbe Stunde später zu meiner Überraschung einigermaßen hin: Sie bestand darin, die Zeit am Petersdom genau im richtigen Moment ein wenig zurückzuspulen und erneut ablaufen zu lassen und das Glockengeläut zur vollen Stunde so um einen zusätzlichen Schlag zu ergänzen.

Da die Zeit in der Nähe alter Kirchen sowieso recht träge zu fließen schien, war dieses Unterfangen leichter als gedacht. Mein Glockenschlag reihte sich zwar nicht ganz so elegant hinter die anderen wie der von Grete oder Leander, aber Darius hatte es etwas zu gut gemeint und versehentlich drei Schläge hinzugefügt, sodass ich wohl vergleichsweise gut abschnitt. Außerdem kam es zu keinem weiteren merkwürdigen Zwischenfall wie am Springbrunnen und das erleichterte mich am meisten.

Natürlich hatte ich versucht, mich während unserer Wanderung durch die Stadt zu Tante Blanche durchzuschlagen, um sie noch einmal auf den Vorfall anzusprechen. Doch irgendwie hatte ich sie nirgends mehr entdecken können.

Als wir nun vom Petersplatz durch die prunkvollen Vatikanischen Museen zur Sixtinischen Kapelle liefen, wo die dritte und letzte Aufgabe des Tages uns erwarten sollte, gelang es mir dafür allerdings, mich in einer Treppenflucht neben Pippa und ihre Freundin zu quetschen.

»Hi«, sagte ich. »Ich habe heute Vormittag zufällig gehört –«

»Ja«, sagte die rothaarige Frau und strahlte mich an. »Ich bin es.« Sie warf ihre Lockenpracht zurück. »Willst du ein Foto?«

Ich blinzelte. »V…von Ihnen?«, fragte ich. »Jetzt?«

»Wir können gerne eins zusammen machen. Ich signiere es dir auch.«

»Also eigentlich …«

»Elizabeth, ich glaube, es geht ihr nicht um deinen Film«, schaltete sich Pippa ein. »Was gibt es denn, Ophelia?«

»Sie kannten meinen Vater«, sagte ich zu Elizabeth. »Sie meinten, Sie würden ihn vermissen und dass er zu Besuch gekommen sei und –«

»Also, du hast meinen Film wirklich *noch nie* gesehen?« Sie spitzte die Lippen. »Wie schade«, sagte sie. »Ich bin nämlich zufällig die erste Zeitlose, die sich selbst in einer Verfilmung ihres Lebens gespielt hat. Hollywood hat mich geliebt!«

Ich zuckte mit den Schultern. »Es tut mir leid.«

»Nun, ich kann dir die DVD ausleihen.«

»Elizabeth.« Pippa legte ihr eine Hand auf den Arm. »Ophelia, ich habe dir schon mehrfach erklärt, dass dein Vater kein Zeitloser war«, wandte sie sich wieder an mich. »Er hätte ja nicht einmal erfahren dürfen, dass es uns gibt.«

»Aber er wusste es trotzdem«, sagte ich und Elizabeth nickte.

»Ja«, bestätigte sie. »Abgesehen davon: *Er* kannte meinen Film. Und meinen Titel. Meine Verdienste um England.« Sie zupfte am steifen Kragen ihres Kleides.

»Ich werde ihn mir auf jeden Fall ansehen«, versprach ich, was sie ein wenig zu beschwichtigen schien. »Mein Vater war also sogar mal im Bernsteinpalast?«

»Nein, er konnte die Zeit schließlich nicht verlassen. Doch er schrieb uns, verabredete sich mit mir und meinen Freunden außerhalb der Zeitlosigkeit und wollte alles Mögliche wissen. Über die Ströme und das Ende der Zeit. Hach, ein netter Mann, dein Vater, und so gut aussehend! Überhaupt hat er sich sehr für die Legenden unserer Abstammung interessiert. Wenn nur nicht plötzlich überall in seiner Nähe diese Vorfälle –«

Pippa sog scharf die Luft ein. »Wir sollten die Vergangenheit wirklich ruhen lassen, Elizabeth. Ihr habt ihm damals Dinge erzählt, die niemals für seine Ohren bestimmt waren, und damit alle in Gefahr gebracht«, mahnte sie und zu meiner Enttäuschung nickte Elizabeth schuldbewusst.

»Ja, du hast natürlich recht«, murmelte sie. »Obwohl deine Visionen von Madame Rosé uns ja in den Siebzigern auch in die eine oder andere *Situation* gebracht haben, meine liebe Pippa.«

»Also das ist ja wohl ein ganz anderes Thema.«

»Die Anomalien waren damals jedenfalls viel schwächer als jetzt«, überlegte Elizabeth. »Und irgendwann haben sie dann auch einfach wieder aufgehört. Ich glaube, das war kurz bevor der arme Simon diesen Unfall –«

»Elizabeth, ich bitte dich!«, rief Pippa und packte ihre Freundin so unsanft am Arm, dass diese erschrocken die Augen aufriss.

Auch mir reichte es inzwischen. »Wieso ist das alles so ein großes Geheimnis?«, schnaubte ich. »Warum spricht niemand über Papa? Habt ihr vor irgendetwas Angst?«

»Unsinn!«, rief Pippa eine Spur zu hastig.

Elizabeth presste die Lippen aufeinander.

Und meine Ururgroßmutter gab mir plötzlich einen kleinen Schubs, der mich durch den nächsten Torbogen taumeln ließ. Mitten hinein in die Sixtinische Kapelle!

Normalerweise hätte es hier natürlich nur so von Besuchern wimmeln müssen. Aber irgendwie hatten die Zeitlosen es wohl arrangiert, dass wir auf wundersame Weise ganz allein waren. Unsere Schritte hallten vom buntgemusterten Marmorboden wider, das Tonnengewölbe über unseren Köpfen spannte sich viel höher, als ich erwartet hatte, und es roch nach der Erinnerung an Jahrhunderte und einer längst verflogenen Prise Weihrauch.

Am meisten beeindruckten mich aber die Farben, die uns plötzlich aus jedem Winkel entgegenleuchteten. Noch nie hatte ich etwas so Prachtvolles wie diese Bilder gesehen. Es waren diese Farben, die mich für einen Augenblick schwindelig machten, bevor ich mich wieder daran erinnerte, was ich gerade hatte sagen wollen.

»Welche Legenden waren das denn, nach denen mein Vater sich erkundigt hat? Könnt ihr mir nicht wenigstens das verraten?«, flüsterte ich. Onkel Jacques fuchtelte derweil mit den Armen in der Luft herum, um mich zu sich und den anderen Kandidaten in die Mitte des lang gezogenen Baus zu winken. Doch ich ignorierte ihn. »*Ich* darf doch bestimmt davon wissen, oder?«, versuchte ich es weiter. »Ich bin schließlich eine Zeitlose, wie ihr.«

»Selbstverständlich«, sagte Elizabeth und sogar Pippa nickte nun widerwillig. »Der Sage nach stammen die Bernsteinlinien vom Gott Chronos ab. Hast du schon einmal von ihm gehört?«

»Griechische Mythologie?«, riet ich und dachte an die Schriftrolle, die ich mir bei meinem ersten Ausflug ins Archiv angesehen hatte.

»Genau«, sagte Elizabeth. »Chronos war der Gott der Zeit und es heißt, neben seinen Götterkindern habe er auch mit einer Menschenfrau Nachkommen gezeugt. Vier, um genau zu sein: zwei Söhne und zwei Töchter, die die Fähigkeit hatten, den Zeitfluss zu verlassen und zu lenken. Diese vier, deren Namen nicht mehr überliefert sind, wohl aber die Monate ihrer Geburten, waren die Urahnen der Bernsteinlinien. Doch keiner von ihnen ist heute noch am Leben. Eines Tages verschwanden die Kinder des Chronos, obwohl … Manche unter uns verfechten ja die wilde Theorie, dass Präsident Pan der Letzte von ihnen ist. Aber ich fürchte, dafür ist nicht einmal er alt genug.«

»Ophelia!« Onkel Jacques verlor die Geduld. »Komm, es ist an der Zeit.«

Auch die anderen Zeitlosen starrten mich inzwischen erwartungsvoll an.

Mist! »Ich … wir unterhalten uns nachher noch, ja?«, murmelte ich. Elizabeth nickte und ich verließ die beiden, um mich der nächsten Aufgabe zu stellen.

An der Stirnseite der Kapelle prangte ein gigantisches Gemälde voller nackter Menschen auf strahlend blauem Grund. In der Mitte zeigte es eine Jesusfigur, die über die Menschen zu richten schien, sodass manche in den Himmel kamen und andere in die Hölle. Auch dieses Bild war so gewaltig, dass es mir schwerfiel, den Blick davon zu wenden.

Doch Onkel Jacques deutete auf ein anderes Fresko an der Decke, direkt über unseren Köpfen. *»Die Erschaffung Adams«*, sagte er. »Ihr steht unter einem der berühmtesten Werke Michelangelos. Seht ihr, wie es tagsüber beleuchtet wird?«

Tatsächlich fiel das Licht durch knapp unter der Decke eingelassene Fenster herein. Es erhellte auch dieses spezielle Gemälde, das einen Mann auf einer Wiese zeigte, der seinen Zeigefinger ausstreckte und damit fast den eines zweiten, älteren Mannes in einer Art schwebender Schale berührte. Ich erkannte das Motiv von den Postkarten und Tassen wieder, die sie überall in der Stadt verkauften.

»In Wahrheit hat man die Fenster zum Schutz der Farben verdunkelt und dort oben strahlen nun Lampen, die wie Sonnenlicht aussehen sollen«, erklärte Onkel Jacques weiter. »Aber natürlich werden sie irgendwann gegen Abend ausgeschaltet und ich möchte, dass ihr uns diesen Effekt zeigt.« Er räusperte sich. »Die dritte Aufgabe besteht darin, die Ströme so zu überlagern, dass Adam in Dunkelheit gehüllt wird. Alles klar? Dann Manege frei!«

Na toll! Mit Zeitschlaufen hatte ich bisher die größten Probleme gehabt. Und ausgerechnet jetzt war ich diejenige, die beginnen sollte. Aber gut, es half natürlich nichts, ich musste es versuchen.

Ich stellte mich genau unter die Mitte des Freskos. Einen Moment lang besah ich mir den nackten Adam, wie er ein wenig gelangweilt darauf wartete, dass der Allmächtige ihm Leben einhauchte. Mhm … Nachts würde das Gewölbe in kompletter Finsternis liegen, oder? Dann konnte man hier drinnen wahrscheinlich nicht einmal mehr die Hand vor Augen erkennen.

Dunkelheit. Schwärze. Nacht.

Ich schloss die Augen, streckte erneut die Fingerspitzen nach den Strömen aus, spürte, wie sie mich umflossen, und zupfte vorsichtig an ihren staubigen Schlieren. Ja, jetzt hatte ich das Gefühl, die Dunkelheit näher zu mir zu ziehen. An langen Fäden zerrte ich sie herbei, bis sie schließlich meine Haut streifte.

Grete neben mir kicherte verhalten.

Ich blinzelte und … sah überhaupt nichts. Okay, die Schlaufe war viel zu groß geraten. Der gesamte Raum war stockfinster. Ob es wenigstens einen halben Punkt gab, weil man Adam ja immerhin auch nicht mehr erkennen konnte?

Ich seufzte, schickte mich an, die Ströme wieder loszulassen, doch irgendwie hatten sie sich um meine Handgelenke verknotet und wollten und wollten sich nicht lösen. Bitte nicht schon wieder!

Mist, Mist, Doppelmist!

Egal, wie verzweifelt ich daran riss: Die Staubfäden zogen sich nur enger um meine Gelenke und schnürten mir das Blut ab. Schließlich waren es fremde Hände, die mir mit geübten Bewegungen die Ströme abnahmen. Mit einem Schlag wurde es wieder hell um uns herum.

Vor mir stand Onkel Jacques, ließ die Zeit zurückgleiten und schenkte mir trotz allem ein aufmunterndes Lächeln. »Das lernst du schon noch«, sagte er.

Bei unserer Rückkehr in den Palast erwartete uns bereits Präsident Pan. Während die Abordnung aus Zeitlosen, die uns durch die Stadt begleitet und Jury gespielt hatte, sich zerstreute, führte Onkel Jacques Leander, Darius, Grete und mich in einen Raum, der Spiegelsaal genannt wurde. Pan, den seine Lebenszeit schon seit Langem in den schützenden Mauern festhielt, lehnte an einem offenen Kamin am Ende des Saals. Seine Gestalt und die Flammen verhundertfachten sich in den Spiegeln an Wänden und Decke. Er hatte uns den Rücken zugewandt und starrte auf die knisternden Holzscheite, doch als wir näher kamen, wandte er sich schließlich um.

»Gut gemacht«, sagte er. »Von euch allen.«

Ich spürte, wie mir Röte ins Gesicht schoss. Mein Fehler in der Sixtinischen Kapelle hatte mich einen ganzen Haufen Punkte gekostet, sodass ich momentan den letzten Platz hinter Darius belegte. Wahrscheinlich verbreitete sich der Tratsch darüber in ebendiesem Moment wie ein Lauffeuer über Gänge und Treppenhäuser.

»Wir tun nur unsere Pflicht«, erklärte Grete.

Der Präsident nickte. »Ich weiß und das macht mich stolz.« Er wischte einen Fussel von seiner ansonsten tadellosen Uniform. »Diese erste Runde war wichtig, um den Bernsteinlinien zu zeigen, wie sehr ihr euch für unsere Sache ins Zeug legt und über welch großartiges Geschick ihr im Umgang mit den Strömen verfügt.«

Ich wurde, falls möglich, noch eine Spur röter. Oh, ja, sooo geschickt hatte ich mich angestellt. Herrje, ich musste dringend hier raus, nicht nur, um Pippa und diesen rothaarigen Filmstar zu suchen und weiter wegen der alten Legenden zu löchern …

»Doch gleichzeitig waren das heute natürlich lediglich Fingerübungen, die kaum dazu geeignet sind, über eine so verantwortungsvolle Aufgabe wie die Herrschaft über die Zeit zu entscheiden. Das versteht ihr bestimmt«, fuhr Pan fort. »Die zweite Runde des Wettkampfes ist daher weitaus wichtiger. Es ist dabei nicht nur Brauch, dass die Bewerber eine traditionelle Aufgabe erfüllen, sondern auch, dass sie etwas für unsere Gemeinschaft tun.« Nacheinander sah Pan jedem von uns in die Augen, dann senkte er die Stimme und sagte: »Und dieses Mal muss ich noch mehr von euch verlangen und euch darum bitten, noch heute Abend zu beginnen.«

»Wir sind bereit«, verkündete Darius, während Leander einen leisen Seufzer ausstieß und Grete enthusiastisch nickte.

Da lächelte Präsident Pan plötzlich, was seine hageren Züge merkwürdig verzerrte. Vielleicht, weil dieses Gesicht einfach nicht dazu gemacht war, sich zu freuen, überlegte ich. Es war dazu da, das Leben der Zeitlosen in ihrem Palast am Laufen zu halten, die Garde und die Ströme zu beaufsichtigen und zu befehligen. Mir wurde klar, dass der Präsident es gewohnt war, Entscheidungen zu treffen, und nicht, zufrieden zu sein. Selbst hinter diesem seltenen Lächeln konnte er seine Sorgen nicht verbergen.

»Schicken Sie uns sofort los, weil es heute schon wieder passiert ist?«, fragte ich. »Hat sich die Lage, äh, verschlimmert?«

Die Köpfe der anderen wirbelten zu mir herum.

Pan musterte mich, aufmerksamer jetzt. Überraschung flackerte in seinem Blick, Überraschung und etwas anderes, das ich nicht so recht einordnen konnte. Haargenau so hatte er mich auch neulich angesehen, als wir uns mitten in der Nacht im Archiv begegnet waren.

»Ja«, bestätigte er schließlich. »Genau darum geht es, Ophelia. Du bist erstaunlich gut informiert …«

Onkel Jacques räusperte sich.

Da wandte sich Pan wieder an alle und erklärte: »Vor wenigen Stunden hat es New York getroffen. Der dortige Zeitfall tobt und im Central Park wurden seltsame Gestalten gesichtet. Indianer aus dem 17. Jahrhundert, heißt es. Wir müssen so schnell wie möglich handeln.«

Er legte die Handflächen gegeneinander und stützte das Kinn einen Augenblick lang auf seine Fingerkuppen. »Außerdem kam Blanche heute Mittag zu mir und hat mir von dem Zwischenfall bei Ophelias Zeitstopp am Löwenbrunnen berichtet. Die Sache duldet keinen Aufschub mehr. Normalerweise würde man euch mindestens zwei oder drei Wochen für die Vorbereitung geben.

Aber … ich fürchte, meine Garde kann die Probleme nicht mehr lange vertuschen. Wir brauchen also dringend eure Hilfe. Die Merkwürdigkeiten häufen sich, Sybilla Cho ist immer noch spurlos verschwunden …«

»Von was für einem Zwischenfall am Brunnen spricht er?«, wollte Grete von mir wissen.

Ich versuchte, es ihr zu erklären, doch so richtig wusste ich ja selbst nicht, was geschehen war. »Ich dachte zuerst, es läge daran, dass ich einen Fehler gemacht hätte, aber Tante Blanche meinte, es sei nicht meine Schuld gewesen«, schloss ich.

Onkel Jacques nickte. »Deswegen also die Tropfen«, murmelte er.

»Die zweite Aufgabe«, begann Darius derweil. »Was müssen wir dabei denn sonst noch machen? Ich meine den traditionellen Teil.«

»Nun«, sagte Pan. »Abgesehen von der Suche nach der Ursache der Anomalien ist es vorgesehen, dass ihr euch auf die Reise zu den großen Zeitfällen macht. Es gibt insgesamt fünf auf der Welt, Orte, an denen *les temps* ihr Bett verlassen und in ungeahnte Tiefen stürzen. Und seit jeher erhalten die Anwärter auf den Thron des Herrn der Zeit den Auftrag, aus jedem dieser Zeitfälle eine einzelne Sekunde herauszulösen und ein paar davon später an anderer Stelle wieder einzufügen, damit die Ströme hier bei uns in ihrem Geflecht um den Bernsteinpalast gehalten werden können. Eure Barke steht schon bereit, und wenn ihr das Risiko eingehen wollt, die Ströme trotz allem zu befahren, möchte ich euch bitten, gleich aufzubrechen.«

»Also, nur damit ich es richtig verstehe: Es gibt *Wasserfälle* aus Zeit?«, erkundigte ich mich.

Präsident Pan nickte.

»Wir zeigen dir die Dinger«, sagte Darius.

Onkel Jacques erklärte: »Zeitfälle und -sprünge sind die einzigen Orte auf der Welt, an denen wir *les temps* nicht kontrollieren können – normalerweise.«

»Ich dachte wirklich, uns bliebe noch etwas mehr Zeit«, murmelte Leander und seufzte.

Anscheinend machte ihn die plötzliche Eile nicht gerade glücklich.

Dritter Teil

Sekundenjagd

10

»Grete«, sagte ich. »Wie bist du eigentlich auf die Idee gekommen, ausgerechnet Herrin der Zeit werden zu wollen?«

Meine Schwester, die im Bug der geräumigen Reisebarke saß, hob eine Augenbraue. »Soll das ein Witz sein? Verstehst du überhaupt, was für eine Ehre diese Aufgabe ist? Außerdem bin ich nicht *auf die Idee gekommen*, ich wurde auserwählt. Das hier ist mir seit meiner Geburt vorherbestimmt gewesen.«

Ich zuckte mit den Schultern. »Ich meine ja nur, du wolltest doch immer die Musik zu deinem Beruf machen.«

Grete nickte. »Klar. Bevor ich wusste, dass ich eine Zeitlose und zu Höherem berufen bin, schon. Darius und Leander und sogar Sybilla hatten selbstverständlich viel mehr Zeit, um sich vorzubereiten, aber ich habe Talent, weißt du? Ich könnte es schaffen.«

»Also ist es eine Frage des Ehrgeizes?« Ich betrachtete ihre makellose Flechtfrisur.

»Es wäre jedenfalls eine Sensation, wenn ich gewänne. Und davon abgesehen: Stell dir mal vor, als Herrin der Zeit würde ich durch die Zeit reisen und alle großen Meister persönlich treffen können. Wie könnte ich das also nicht wollen?«

»Na ja, du müsstest auch diese Seelen-Sache machen.«

»Sicher. Weißt du, ich lebe schon eine Weile im Bernsteinpalast. Ich hatte durchaus Gelegenheit, mir das Ganze durch den Kopf gehen zu lassen«, sagte sie spitz.

»Okay, okay, ist ja gut.« Ich hatte die Zeit unserer Überfahrt nutzen wollen, um ein wenig mehr über meine drei Weggefährten herauszufinden. Aber gut, vielleicht war es der falsche Weg, so mit der Tür ins Haus zu fallen. Und Grete kannte ich ja auch eigentlich bereits besser, als mir selbst manchmal lieb war.

Ich stand auf und ging zu den beiden Jungs hinüber. Sie hatten eine Karte voller silbriger Linien auf den Planken des Decks ausgebreitet und diskutierten über eine Schlaufe, die sich irgendwo in der Mitte des Knäuels gebildet hatte.

»Das ist in Deutschland«, sagte Darius gerade. Zwischen ihnen lag eine halb leer gegessene Tüte Chips mit Barbecue-Geschmack, deren Krümel sich ebenfalls auf der Karte verteilten.

»Berlin«, meinte Leander und schob ein altmodisches Handy mit Antenne zurück in seine Hosentasche. »Pan sagt, kurz nachdem wir abgelegt haben, kam die Nachricht. Die Schleife hatte sich wohl schon gegen Mittag in einem Museum gebildet und eine Schulklasse schaffte es nicht mehr rechtzeitig raus. Die Kinder mussten fünf Mal hintereinander die gleiche langweilige Führung über sich ergehen lassen, bevor die Garde sie befreien konnte.«

»Meine Güte«, murmelte ich. »Sollen wir unseren Kurs ändern und nachsehen, was passiert ist?«

Ich dachte an Anna und meine Familie, die dank meines

verlorenen Smartphones wohl schon länger vergeblich auf eine Textnachricht von mir warteten. Allerdings fragte ich mich auch, was ich ihnen hätte schreiben können, das nicht vollkommen abgedreht geklungen hätte …

»Das wird nicht nötig sein. Pans Leute haben das im Griff. Sie haben *les temps* beruhigt und wahrscheinlich längst eine unserer zahllosen Firmen eingeschaltet, die den Zeitern den Zwischenfall nun als bizarren Werbegag oder so verkauft«, sagte Darius. »Nein, wir bleiben bei unserem Plan und fahren nach New York. Dort sieht es weitaus ernster aus.«

New York! Ich lehnte mich gegen die Reling. Allein in den letzten Tagen hatte ich mehr von der Welt gesehen als in meinem bisherigen Leben zusammen (wir machten nämlich eigentlich immer bloß Urlaub an der Ostsee). Nun also auch noch Amerika – und nicht nur das!

Für unsere Reise hatte Präsident Pan uns eine Barke von der Größe einer kleinen Jacht zur Verfügung gestellt. Das Teil trug den mit goldenen Lettern an die Bordwand gepinselten Namen *Hora* und war klobiger als die Ruderboote, auf denen ich die Ströme bisher befahren hatte. Es lag deutlich ruhiger im Staub, würde allerdings wohl auch ein wenig länger für die vor uns liegenden Strecken brauchen. Aber dafür besaß jeder von uns vieren unter Deck eine kleine Kabine und es gab sowohl eine Kombüse als auch ein winziges Badezimmer.

Auf der Jagd nach Sekunden und der Ursache für die Anomalien fuhren wir nun also allein um die Welt! Nur wir vier, in geheimer Mission! Zwar bedauerte ich es immer noch, keine

Gelegenheit mehr bekommen zu haben, Pippa und ihre Freundin weiter auszuquetschen, aber das hier klang definitiv nach einem echten Abenteuer. Und außerdem: Papa hatte sich schließlich ebenfalls stets in der Nähe der Zeit-Probleme aufgehalten, oder?

Aufregung prickelte in meiner Magengrube, auch ein paar Stunden später noch, als Darius und Grete sich hingelegt hatten. Leander hatte das Ruder übernommen und navigierte uns über einen Strom irgendwo unterhalb des Atlantiks. Ich hätte ebenfalls schlafen gehen können, doch stattdessen unterstützte ich ihn lieber dabei, die Ströme zu beobachten und nach Unregelmäßigkeiten abzusuchen.

Die meiste Zeit über klebte mein Blick regelrecht an den aufpeitschenden Spinnweben. Ich rechnete damit, dass von einer Sekunde zur nächsten ein neuer Sturm heraufziehen könnte. Allerdings gab es neben der Suche nach unerklärlichen Böen und Stromschnellen, die uns zum Kentern bringen konnten, und meiner generellen Abenteuerlust noch mehr, das mich vom Schlafen abhielt.

Irgendwann nahm ich meinen Mut zusammen. »Stimmt es wirklich, dass du sehen kannst, wie lange ein Mensch noch leben wird?«, fragte ich Leander.

Er antwortete nicht sofort. Beide beobachteten wir die sich kräuselnden grauen Wellen.

»Ich glaube, dass es für mich auf dieser Welt keinen anderen Platz gibt als den des Herrn der Zeit«, sagte er nach einer Weile. Offenbar hatte er Gretes und meine Unterhaltung mitbekommen.

»Das ist es doch, was dich eigentlich interessiert, oder? Wie man so bescheuert sein kann, dieses Turnier gewinnen zu wollen?«

»Na ja …« Wieso war er plötzlich so zornig?

Von der Seite sah ich, wie sich seine Nasenflügel blähten. In seinem Gesicht war keine Spur mehr von dem Typen zu entdecken, mit dem ich noch vor einer Woche über den Namen seiner Ratte gescherzt hatte.

»Ich kann dir nicht helfen, okay?«, sagte er. »Davon abgesehen, niemand hat dich dazu gezwungen, hier mitzumachen. Du hättest deine Nominierung nicht annehmen müssen, Ophelia.«

»Nein«, murmelte ich. »Doch … es ist kompliziert. Aber selbst wenn ich es nicht getan hätte und stattdessen einfach wieder nach Hause gefahren wäre, es hätte sowieso nichts geändert. Hat mir neulich erst jemand erklärt und ist dann einfach abgehauen.«

Leanders Kiefer mahlten aufeinander. Er starrte weiterhin auf die Fluten hinaus, bis ich mich schließlich räusperte und kaum hörbar fragte: »Du siehst meinen Tod voraus, oder?«

Ich erschrak selbst über meine Worte. Darüber, wie ruhig ich sie ausgesprochen hatte. Wie sachlich sie in meinem Kopf Form angenommen hatten, von meiner Zunge gebildet worden und schließlich über meine Lippen gekommen waren.

Leander atmete aus. Seine Hände begannen mechanisch damit, die Stromkarte auseinander- und wieder zusammenzufalten. »Nein«, flüsterte er dann. »Doch. Was ich sehe, ist … ebenfalls kompliziert.«

»Aber du vermeidest es deshalb, mich anzusehen, stimmt's?«

»Ich schaue so gut wie nie *irgendwen* an.«

»Weil alle eines Tages sterben müssen? Denkst du etwa, es lohnt sich nicht, die Leute vorher kennenzulernen?«

Sein Kopf schnellte herum. Obwohl der Tunnel, durch den *les temps* uns gerade trugen, ziemlich schummrig war, spürte ich, wie sein Blick mich wieder einmal durchbohrte.

»Du weißt nichts über mich, Ophelia Pendulette«, sagte er gefährlich leise.

»Gleichfalls, Leander Andersen.«

Er öffnete den Mund, als wollte er widersprechen. Aber dann stieß er sich doch nur von der Brüstung ab, machte das Steuer fest und anschließend Anstalten, durch die Luke ins Innere des Schiffs herabzusteigen und zu verschwinden. Wieder einmal. Allerdings … nach ein paar Schritten hielt er inne und wandte sich wieder zu mir um. »Ich … habe einfach die Erfahrung gemacht, dass niemand das, was ich sehe, wirklich erfahren sollte, okay?«

Ich presste die Lippen aufeinander. Einerseits verstand ich, was er meinte. Natürlich. Den Zeitpunkt des eigenen Todes zu kennen, stürzte die meisten Leute vermutlich in ziemlichen … *Stress*? Und so eine Nachricht zu überbringen, war sicher keine Freude. Andererseits nervte es mich, dass Leander mal mit mir sprach, dann wieder nicht, mal kryptische Andeutungen machte und schon im nächsten Augenblick wieder davonlief. Ich trat auf ihn zu und reckte das Kinn.

»Wieso hast du dann überhaupt versucht, mich zu warnen?«, fragte ich.

Er zuckte mit den Schultern. »Ist doch egal, oder?«, murmelte er, und obwohl er einen ganzen Kopf größer als ich war, sah er plötzlich so verloren aus, dass ich unwillkürlich einen weiteren Schritt auf ihn zu machte. Ich stand nun direkt vor ihm, ein wenig zu nah vielleicht, aber es war mir nicht unangenehm. Eher im Gegenteil …

»Du verstehst nicht –«, begann er, brach jedoch gleich wieder ab, denn in diesem Moment erschien Darius' Kopf an Deck.

Sein Haar stand verwuschelt in alle Richtungen und die Brille saß ihm ein wenig schief auf der Nase. Er musterte uns aufmerksam.

»Ups«, machte er und kletterte über den Rand der Luke. »Da schmiedet doch wohl niemand geheime Pläne, um sich gegen uns übrige Kandidaten zu verbrüdern?«

»Pläne?«, echote ich, während Leander unauffällig ein Stück zurückwich.

»Verbotene Absprachen.« Darius fuchtelte mit dem Zeigefinger in der Luft herum. »Das solltet ihr echt lassen, Leute. Dieser Wettkampf hat Regeln.«

Leander verzog das Gesicht. »Darius«, seufzte er.

»Keine Sorge, von mir wird der Palast natürlich nichts erfahren«, fuhr Darius fort und grinste. »Sollte ich allerdings den Eindruck gewinnen, ihr spielt unfair und sorgt womöglich dafür, dass ich schlecht dastehe …«

»Willst du uns etwa erpressen?«, fragte Leander.

»Was?« Darius lachte. »Mann, das war doch nur ein Witz! Ich wollte bloß anbieten, die nächste Wache zu übernehmen. Und ihr könntet versuchen, noch ein wenig zu schlafen. Morgen wird ein wichtiger Tag. Also, marsch, in die Kojen mit euch.«

Wir erreichten New York gegen 7.30 Uhr Ortszeit. Die restliche Fahrt war problemlos verlaufen und die strahlende Herbstsonne begrüßte uns, als wir inmitten des Central Parks aus einem verborgenen Tunnel kletterten. Eine ganze Reihe von Joggern war bereits unterwegs, doch keiner von ihnen schien sich über vier Teenager zu wundern, die unter einem Busch hervorkrochen.

Ich klopfte mir ein paar Erdkrumen von der Jeans und legte für einen Augenblick den Kopf in den Nacken. Um uns her wucherten Blätter in allen möglichen Grün-, Gelb- und Orangeschattierungen, dahinter erhoben sich gigantische Hochhäuser in den Himmel, allerdings nicht ganz so hoch, wie ich sie mir vorgestellt hatte. Gedämpfter Verkehrslärm drang durch die Kronen der Bäume, doch rein gar nichts deutete auf die Indianer hin, die man hier gestern angeblich gesichtet hatte. Wir hatten daher die Order bekommen, uns zunächst den Zeitfall selbst vorzunehmen.

»Immer wieder beeindruckend, nicht wahr?«, sagte Darius, der sich ebenfalls für einen Moment staunend umgesehen hatte.

Wir setzten uns in Bewegung.

Jeder von uns trug einen Rucksack aus schwarzem Nylon, der unter anderem mit einem speziell gepanzerten und gepolsterten Fach ausgestattet war. In diesem befanden sich, mit Schlaufen befestigt, die gläsernen Phiolen, in denen wir unsere erbeuteten Sekunden transportieren sollten. Darius und Grete allerdings zückten bereits nach ein paar Minuten die ersten kleinen Glaskolben, noch ehe wir den Park überhaupt verlassen hatten.

»Ich dachte, der Zeitfall wäre an der Wall Street«, sagte ich.

Darius hatte den Korken aus der Phiole entfernt und bewegte das Ding in Schlangenlinien über seinem Kopf hin und her. Dann verschloss er es sorgfältig und schrieb mit einem Filzstift Ort, Datum und Uhrzeit auf das Etikett. Grete tat es ihm nach, als wäre es das Selbstverständlichste auf der Welt. Auch Leander würdigte die ganze Aktion keines Blickes (nur die Jogger guckten jetzt doch ein bisschen komisch).

»Leute, hab ich irgendwas nicht mitgekriegt?«, versuchte ich es noch einmal.

Darius hatte die Phiole inzwischen wieder in ihrem Spezialfach verstaut und klopfte nun von außen darauf. »Alte Zeitlosentradition«, erklärte er. »Wir verkorken ein wenig Luft von jedem Ort zu jeder Zeit, zu der wir ihn besuchen. Die Probe nehmen wir dann mit für unsere Sammlung.«

»Äh …«

»Du würdest staunen, wie unterschiedlich zum Beispiel Berlin im Laufe der Jahrhunderte gerochen hat«, sagte Grete und schüttelte den Glaskolben voller Luft ein wenig hin und her. »Auf diese Weise können wir uns später leichter an unsere Reisen erinnern. Es ist wie ein Souvenir, verstehst du? Die Zeitlosen haben das schon gemacht, lange bevor es Fotos oder Sammeltassen gab. Eines Tages werde ich mich vielleicht fragen, wie noch gleich der Duft des 21. Jahrhunderts gewesen ist.«

Ich blinzelte, starrte meine Schwester an, während mir gleichzeitig ein bisschen schwindelig wurde. Sie plante also wirklich, als Zeitlose weitaus länger zu leben als normale Menschen. Mir war selbst nicht klar, warum mich das noch verwunderte, nachdem ich Darius und Leander, Pippa und Mozart und all die anderen kennengelernt hatte. Vielleicht, weil es mir noch immer vollkommen surreal erschien?

Wenn sich Grete früher, als wir klein waren, mal wieder in Rapunzel verwandelt hatte, hatte sich die Geschichte in unserem Spiel manchmal mit der von Dornröschen vermischt. Dann war Grete in ihrem Turm in einen hundertjährigen Schlaf gefallen, aus dem sie niemand wecken durfte, während ich als Hexe auf meinem Besen um die Turmspitze kreiste, um über sie zu wachen.

Natürlich hatte Grete schon damals niemanden gebraucht, der auf sie aufpasste. Sie hatte einfach nur hundert Jahre lang Ruhe vor ihrer kleinen Schwester haben wollen und mir war klar, dass sich das bis heute nicht geändert hatte. Grete kam bestens klar in dieser absurden Welt aus Zeit und Staub. Sie sammelte einfach ein bisschen Luft ein und hörte sich dann und wann in einem unterirdischen Palast das neuste Werk eines Komponisten an, den der Großteil der Menschheit für tot hielt. In hundert oder zweihundert Jahren würde sie vielleicht wieder einmal hierherkommen und sich darüber wundern, wie anders die Zukunft roch …

Und ich? War ich ebenfalls zu solch einem Leben bereit? Würde ich die Schule schmeißen und in Rom bleiben? Bisher hatte ich immer geplant, eines Tages für eine große Zeitung über wichtige Dinge zu berichten. Oder, so wie Papa, für eine Menschenrechtsorganisation zu arbeiten. Ich hatte mir vorgestellt, nach dem Abitur vielleicht für ein Jahr nach Indien zu gehen, um als Freiwillige in den Slums zu helfen. Irgendetwas zu tun, das die Welt ein wenig besser machte. Ließe sich das überhaupt mit meinem neuen Leben in einer Welt voller Zeitmagie vereinbaren? Einem Leben in einem unterirdischen Palast, möglicherweise sogar als Herrin der Zeit?

Nein, den Posten würde ich ja sowieso nicht bekommen und überhaupt, erst einmal musste ich doch ohnehin herausfinden, was mit Papa passiert war. Das war jetzt das Allerwichtigste. Danach konnte ich mir immer noch Gedanken um den Rest machen.

Herrje, in meinem Kopf drehte sich alles.

Wir wanderten an einem See entlang und verließen den Park schließlich in südlicher Richtung. An einem Wagen kauften wir uns Kaffee zum Mitnehmen, dann stiegen wir in eine U-Bahn zum berühmten Finanzviertel Manhattans.

Obwohl die an einen antiken Tempel erinnernde Fassade der New Yorker Börse und das Gewirr von Taxen, die unablässig Geschäftsmänner und -frauen mit Aktentaschen ausspuckten, mich wirklich faszinierten, war das alles gar nichts im Vergleich zum Zeitfall.

»Wow!«, entfuhr es auch Grete.

»Wie kann es sein, dass *das* niemand bemerkt?«, fragte ich.

Der Wolkenkratzer vor uns war hoch. Verdammt hoch. Unzählige Stockwerke stapelten sich aufeinander, Fenster über Fenster über Fenster bis hinauf zum Dach, das wirklich an den Himmel zu stoßen schien. Und von diesem Dach walzte ein dicker Seitenarm von *les temps* in die Tiefe. Der Strom aus Staub schob sich einfach über die Dachkante hinaus, grausilbrig und massiv, fast genauso breit wie das Gebäude selbst. Das Geräusch, mit dem er etliche Meter darunter auf die Straße niederdonnerte, hätte ohrenbetäubend sein müssen, doch das war es nicht. Man hörte nämlich nicht das Geringste von diesen gewaltigen Fluten.

Trotzdem flirrte überall in der Luft um uns her ein feiner Nebel aus aufgepeitschtem Staub. Generell kamen mir auch die allgegenwärtigen Rinnsale in diesem Teil der Stadt unruhiger vor, so, als würden sie schneller fließen als anderswo auf der Welt.

Doch außer uns vieren beachtete niemand dieses immense Naturschauspiel. Während wir am Fuße des Zeitfalls stehen geblieben waren und beobachteten, wie die gestürzten Staubmassen irgendwo in der Kanalisation unter Manhattan verschwanden, liefen die Menschen einfach so durch das Ungetüm hindurch. Sie zuckten nicht einmal zusammen, wenn der Staub auf ihre Köpfe und Schultern prasselte, nahmen nicht die geringste Notiz von seiner Existenz, weil sie im Gegensatz zu uns natürlich ständig von der Zeit umgeben waren. Aber manche von ihnen wirkten plötzlich ziemlich gestresst.

»Krass«, murmelte ich.

»Im Moment sieht alles so weit gut aus. Keine Anomalie, oder?«, meinte meine Schwester.

Die Jungs schüttelten die Köpfe. Also konnte er losgehen, der traditionelle Teil dieser Runde.

Ein Pförtner bewachte den Eingang des Gebäudes, Leander zückte eine Art Ausweis und wir durften durchgehen. Mit dem Fahrstuhl fuhren wir ganz nach oben und betraten ein paar Minuten später das Flachdach des Wolkenkratzers. Von überallher kroch Staub hier herauf, an der Fassade, durch Lüftungsschlitze und Schornsteine. Er quoll sogar aus Ritzen im Beton und alle Körnchen strebten schließlich auf die gleiche Dachkante zu, um sich dort zu diesem gigantischen Zeitfall zu vereinen, der mich immer noch ziemlich aus der Fassung brachte.

Darius deutete auf etwas inmitten der Massen. »Seht ihr die leuchtenden Dinger dort? Das sind freie Sekunden. Zeit, die sich irgendwann einmal aus dem Strom gelöst hat und verloren gegangen sein muss. Die müssen wir uns schnappen.«

Ich kniff die Augen zusammen und entdeckte tatsächlich ein paar glimmende Staubkörner, die sich über die Kante in die Tiefe stürzten. Vorsichtig watete ich ein Stück durch die Fluten, blieb dann aber stehen, als ich spürte, wie der Sog des Zeitfalls an meinen Knöcheln zu zerren begann. »Und wie funktioniert das?«

»Ja, wie?«, fragte auch Grete.

Leander hatte inzwischen eine der Phiolen aus seinem Rucksack gekramt und hielt sie in der Hand. »Wir müssen natürlich hinterher«, sagte er und überholte mich mit langen Schritten, lief einfach an mir vorbei, stand nun bereits bis zu den Knien im

Staub, kurz darauf bis zur Hüfte. Und dann sprang er kopfüber vom Dach.

Ich schrie auf, ohne etwas dagegen tun zu können.

»Ich bin sicher, er weiß, was er tut«, meinte Grete, doch ich hatte das Gefühl, sie sagte es hauptsächlich, um sich selbst zu beruhigen.

»Sieht das für die Zeiter jetzt nicht aus, als wäre er ein Selbstmörder?«, überlegte ich. *War* das nicht sogar so etwas in der Art?

Darius zuckte mit den Schultern. »Nicht, solange der Strom ihn komplett umschließt, denke ich.«

»Mhm.« Ich starrte noch immer zweifelnd auf die gräulichen Fluten, während Grete neben mir plötzlich die Schultern straffte und ihren Zopf nach hinten warf.

»Gut«, sagte sie, »ich versuche es.«

Entschlossen trat sie näher an die Dachkante, kontrollierte noch einmal die Riemen ihres Rucksacks, dann machte sie einen Satz in die Tiefe und war plötzlich verschwunden. Beinahe hätte ich wieder geschrien. Darius trat neben mich.

»Keine Sorge«, sagte er. »Bei so viel Staub um einen herum kann ein Zeitloser gar nicht tief fallen. Du schaffst das schon, Ophelia.« Er reichte mir eine Phiole. »Ladies first.«

Ich starrte ihn an. Sollte ich es wirklich tun? Das hier war ja wohl eine ganz andere Nummer als die Balustrade über dem Bernsteinarchiv. Verdammt, das war ein Hochhaus! Es wäre lebensmüde, da ohne Sicherung einfach hinunterzuspringen. Anderseits hatte sich selbst Grete getraut, die normalerweise schon auf einer Leiter Höhenangst bekam … Wahrscheinlich würde der Staub mich schon halten, auch wenn ich keinen Schimmer hatte, wie. Oder?

Darius nickte mir zu.

Ich atmete aus. *Normales Mädchen, Zeitlose und Kandidatin des ehrwürdigen Bernsteinturniers*, sagte ich mir in Gedanken vor. Also gut.

Meine Hand schloss sich um den schmalen Glaskolben. Dann schob ich langsam einen Fuß vor den anderen. Der Sog wurde mit jedem Schritt stärker. Der Staub zerrte an meinen Hosenbeinen, schon bald konnte ich mich kaum noch aufrecht halten. Ich erreichte die Dachkante, jedenfalls vermutete ich das, weil ich mit einem Mal nichts mehr unter meinen Zehen spürte. Und der Strom drängte mich weiter voran. Für einen Augenblick ruderte ich noch mit den Armen in der Luft, versuchte, das Gleichgewicht zu halten, dann kippte ich vornüber.

Die Welt um mich herum verwandelte sich in nichts als Staub. Graue Schlieren waren alles, was ich sah. Alles, was ich fühlte. Alles, was ich atmete.

Ich hustete, weil mir Flusen in Mund und Nase drangen. Viel zu viele Flusen und viel zu wenig Sauerstoff … Außerdem nahm ich an, dass ich gerade vom Dach eines Hochhauses stürzte. Mein Körper fühlte sich allerdings seltsam schwerelos an, als wäre er in einer Art Wolke gefangen. Wo war überhaupt oben und wo unten?

Eine Weile lang hing ich inmitten dieses dunstigen Etwas und wartete einfach nur darauf, dass es vorbei war. Die Panik, die mich schon bei unserer Überfahrt von Paris nach Rom befallen hatte, als ich kopfüber in *les temps* geraten war, hatte mich auch jetzt fest in ihrer Hand. Ich wollte hier raus. Ich wollte zurück an die frische Luft. Ich –

Da huschte ein leuchtender Punkt so nah an meinem Gesicht vorbei, dass ich für einen Augenblick vergaß, mich zu fürchten. Das Ding war wunderschön, es sah aus wie eine Sternschnuppe. Oder war es eine winzige Fee? Wenn es doch nur mal für einen Moment stillhalten würde!

Ich versuchte, mich aufzurichten, was nicht wirklich funktionierte inmitten der Ströme. Dennoch fand ich ein wenig Halt. Meine Füße hatten sich scheinbar in einer der Strömungen verfangen, während meine Hände sich mit den Staubmassen verflochten. Vorsichtig zog ich an einem der Fäden, der sich um mein linkes Handgelenk gewunden hatte. Er hielt, auch, als ich fester zerrte, mich probehalber daranhängte. Sehr gut. Ich schloss die Augen und zählte bis drei.

Dann kletterte ich los. Wie eine Spinne im Netz krabbelte ich ein Stück durch den Strom, den Blick auf die leuchtende Staubkugel von der Größe einer Murmel gerichtet, die vor mir schwebte. Sie tanzte durch die Strömungen, schwankte mal zur einen, mal zur anderen Seite, hüpfte plötzlich wie ein Flummi auf und ab. Doch ich ließ das Ding nicht entkommen. Immer näher arbeitete ich mich an die Sekunde heran, öffnete den Korken der Phiole und – schloss sie ein.

Der Glaskolben leuchtete von innen heraus, eine Art schimmernder Kristall flatterte darin herum. Zufrieden schob ich das Fläschchen in meine Hosentasche. Das war viel leichter gewesen, als ich erwartet hatte. Es war … wie klettern!

Andere Sekunden zogen nun an mir vorbei und zeigten mir den Weg. Ich folgte ihnen und konnte unter mir bereits verschwommen den Asphalt erkennen, als …

… mich jemand bei den Schultern packte.

Verdammt! Nicht schon wieder ein Angriff! Mir wurde mit einem Schlag kalt.

»Ophelia?«, nuschelte der Jemand erschreckend nahe an meinem Ohr. »Bist du das?«

Ich fuhr herum. »Grete?«

Meine Schwester klammerte sich an mich. Sie hielt die Augen fest geschlossen und zitterte am ganzen Körper. »I…ich hab's nicht geschafft«, stammelte sie. »Bring mich hier raus, ja? Bitte, Ophelia, ich weiß nicht –« Sie hustete.

»Keine Angst«, sagte ich und zog sie auf meinen Rücken. Zum Glück umgab uns noch immer dieser Hauch von Schwerelosigkeit, sodass ich sie problemlos tragen konnte, auch als wir kurz darauf in einen Wirbel gerieten, der uns in Richtung Straße schleuderte. Schließlich taumelten wir Seite an Seite aus dem Zeitfall heraus.

Leander wartete bereits, an die Wand eines der gegenüberliegenden Häuser gelehnt, und verstaute etwas Leuchtendes in seinem Rucksack. »Alles klar?«, fragte er. Sein Blick streifte mich, flüchtig zwar nur, aber er tat es. »Seid ihr in Ordnung?«

Ich klopfte mir den Staub aus Kleidern und Haaren. »Sicher«, sagte ich und zeigte ihm meine gefangene Sekunde, woraufhin er mich sogar für etwa eine Millisekunde anlächelte.

»Ich hätte wirklich nie gedacht, dass du …«, murmelte er.

»Dass sie so ein Naturtalent ist?«, unterbrach Darius ihn. Auch er war inzwischen aus dem Zeitfall geklettert.

»Na ja, sie hat schließlich überhaupt keine Übung.« Leander starrte jetzt wieder auf einen Punkt irgendwo neben meinem Gesicht.

Grete seufzte. »Dann bin ich also die Einzige, der die Biester entwischt sind? Hast du etwa auch eine gefangen?«, wollte sie von Darius wissen.

Der grinste in die Runde. »Sagen wir einfach, ich bin zufrieden – wenn ich jetzt noch einen Hotdog bekomme.«

»Gute Idee«, stimmte ich ihm zu. Auch ich war mit einem Mal furchtbar hungrig. Die Kletterpartie durch den Zeitfall war trotz allem anstrengend gewesen. Jeder Muskel in meinem Körper begann nun zu schmerzen und ich war plötzlich so müde wie noch nie in meinem Leben. Dabei war ich doch höchstens fünf Minuten in diesem Ding unterwegs gewesen! Doch offenbar kostete die Jagd nach Sekunden mehr von unseren Zeitlosenkräften, als man meinen mochte.

Leander gähnte ausgiebig und Grete sah ebenfalls so aus, als würde sie jeden Augenblick im Stehen einschlafen. Sie machte sich nicht einmal die Mühe, die losen Haarsträhnen zurück in ihren Zopf zu stecken, sondern schlurfte bloß neben uns die Straße entlang.

»Beim nächsten Mal kriegst du bestimmt eine«, versuchte ich sie zu trösten, doch sie beachtete mich nicht. Stattdessen warf sie einen besorgten Blick über die Schulter, wie um sicherzugehen, dass der Zeitfall uns nicht verfolgte.

Ich hingegen hatte nun überhaupt keine Angst mehr. Ich hatte es geschafft! Entgegen allen Erwartungen! Darius hielt mich für begabt und sogar Leander war überrascht gewesen, obwohl er doch angeblich so viel mehr sah und wusste als andere Menschen. Vielleicht waren seine Vorhersagen in Bezug auf mich ja gar nicht so zuverlässig, wie er dachte?

Darius bekam seinen Hotdog übrigens nicht. Stattdessen kehrten wir schließlich in einem Café ein, in dem es Bagels mit Cream Cheese und kleine Pancakes gab. Darius und Leander machten sich einen Spaß daraus, die Zeit immer wieder zurückzuspulen, sobald sie aufgegessen hatten, um sich mit einer weiteren Portion zu versorgen. Ich kicherte, weil Darius erst bei der dritten Runde auffiel, dass die Rühreier in seiner Bestellung angebrannt waren (er hatte vorher einfach zu gierig gegessen, um es zu bemerken).

Nur Grete sah noch immer recht mitgenommen aus und starrte bedröppelt auf ihren Double Chocolate Muffin. Sie hatte versucht, uns dazu zu überreden, es sie noch einmal probieren zu lassen. Doch Darius und Leander waren in diesem Punkt unerbittlich gewesen: Ein zweiter Anlauf wäre nicht nur gegen die Regeln gewesen, sondern in so kurzem Abstand zum ersten viel zu anstrengend und gefährlich.

Der eine Abstieg durch den Zeitfall hatte jeden von uns bereits an seine Grenzen gebracht. Meiner Schwester blieb also nichts anderes übrig, als sich mit dieser Niederlage abzufinden (einer ihrer ersten überhaupt). Sie tat mir leid, aber ich wusste, dass ich ihr nicht wirklich helfen konnte.

Irgendwann holte Leander die Karte wieder hervor und entfaltete sie auf dem krümeligen Tisch. »Also gut«, sagte er. »In den letzten Tagen gab es vor allem unerklärliche Zeitschleifen. Indianer im Central Park, die Schulklasse im Museum in Berlin. Und vor einer Woche ist in London schon wieder die Uhr von Big Ben rückwärtsgelaufen.«

»Es passiert wirklich häufig in der Nähe von Zeitfällen«, murmelte Grete. »London, New York … Wie ist die Lage bei den drei anderen großen Fällen?«

»Noch scheint dort alles in Ordnung zu sein«, sagte Leander. »Aber das muss nichts heißen. Wir konnten gerade ja auch durch den amerikanischen Zeitfall klettern. Die Probleme hier sind offenbar genauso rasch wieder verschwunden, wie sie aufgetaucht waren.«

»Mhm«, machte Darius.

»Vielleicht wäre es trotzdem gut, auch die anderen Fälle zu überprüfen. Irgendwo müssen wir ja anfangen«, schlug ich vor. »Ich meine, die Tradition will doch sowieso, dass wir diese Sekunden einsammeln.« Zu meiner Überraschung konnte ich es kaum abwarten, mich das nächste Mal von einem Hochhaus zu stürzen.

»Die Anomalien scheinen tatsächlich am wahrscheinlichsten bei den Zeitfällen aufzutauchen«, fand auch Leander. »Welche Route nehmen wir denn dann? Zuerst in die Wüste oder –«

Leanders Uralt-Handy gab ein dramatisches Piepsen von sich und auch Darius zückte plötzlich ein Tablet und platzierte es mitten auf der Karte, noch während Leander die Nachricht las.

Ich starrte auf den Bildschirm, über den ein Livebericht von CNN flackerte. Die Kamera fing gerade eine Wiese ein, über die sich tatsächlich eine Horde ziemlich authentisch wirkender Indianer pirschte. Während im Hintergrund eine etwa aus dem 19. Jahrhundert stammende Kutsche vorbeifuhr!

Der Nachrichtensprecher mutmaßte über eine bizarre Form von Flashmob – wir wussten es besser.

»Es ist also doch noch nicht vorbei«, knurrte Darius.

Auf einmal ging alles sehr schnell: Leander faltete die Karte zusammen und verstaute sie wieder, Grete und Darius bezahlten unser Frühstück und ich behielt die Indianer auf dem Tablet im Auge, deren Tomahawks und Speere selbst im Video gefährlich aussahen. Jetzt kam sogar ein Büffel ins Bild, dicht gefolgt von Damen in Reifröcken und – einem Grizzlybären, der eindeutig den Schuh eines Joggers im Maul trug!

Verdammt.

Wir spulten die Zeit vor, sodass uns die U-Bahn bereits wenige Minuten später am Rande des Central Parks absetzte. Dort wimmelte es bereits von Einsatzwagen der Polizei und Feuerwehr. Kamerateams aller möglichen Sender hatten sich vor den Zugängen des Parks postiert, der inzwischen abgeriegelt worden war.

Die Männer, die die Absperrungen bewachten, trugen dunkle Anzüge mit silbrigen Sanduhransteckern. Sie winkten uns zu sich, kaum dass sie uns erblickten. »Hier herüber! Schnell!«, rief einer von ihnen, dessen Schnauzbart ich überall wiedererkannt hätte.

Auch heute wirkte der Kerl miesepetrig wie eh und je. Doch zur Abwechslung schien ihn mein Auftauchen nicht komplett auf die Palme zu bringen. Stattdessen ignorierte er mich einfach, während er den anderen erklärte, was geschehen war.

»Wir dachten, wir hätten alles wieder in den Griff bekommen«, sagte er. »Bis in die Nacht hinein haben wir die Ströme entwirrt und Indianer und Büffel zurück in ihre Zeit geschickt. Doch nun hat sich plötzlich wieder ein Knoten gebildet und … jetzt sind es sogar mehrere Jahrhunderte, die sich überlagern.«

Hinter ihm donnerten nun zwei Oldtimer vorbei, die sich ein Rennen lieferten. Einer der Indianer floh vor den Höllenmaschinen direkt auf uns zu, doch die Kamerateams schienen ihm nicht weniger Angst zu machen als die röhrenden Motoren. Verwirrt taumelte er an uns vorbei und prallte gegen einen blonden Jungen, der ebenfalls gerade ein Video vom Chaos im Park drehte und sich nach dem ersten Schreck sichtlich über die Großaufnahme von dem Typen mit dem Federschmuck freute. Er strahlte über das sommersprossige Gesicht, während der Indianer in Schockstarre verfiel. Das Handy und der grüne Parka des Jungen schienen das Fass für ihn endgültig zum Überlaufen zu bringen. Mit weit aufgerissenen Augen stand er da, beide Hände umklammerten den Tomahawk an seinem Gürtel so fest, dass die Knöchel bleich hervortraten.

Einer der Gardisten näherte sich dem Indianer und berührte ihn vorsichtig am Ellenbogen. »Kommen Sie«, sagte er sanft und führte ihn zu uns. »Meine jungen Kolleginnen und Kollegen werden Sie wieder nach Hause bringen.«

Ich nahm an, dass der Ärmste kein Wort verstanden hatte. Er schlotterte nun vor Angst, obwohl ich ihn mit meinem beruhigendsten Lächeln empfing und Grete sofort nach den Staubfäden zu seinen Füßen griff.

»Okay«, murmelte Darius derweil und rollte die Ärmel seines Pullovers nach oben. »Dann zeigen wir mal, was wir können!«

»Viel Glück«, wünschte der Wachmann jedem außer mir.

Einen Wimpernschlag später stürzten wir uns bereits ins Getümmel.

11

Leander kämpfte sich durch das Gewirr von Strömen. Noch nie hatte er einen derart komplizierten Zeitknoten gesehen! Er watete durch einen Seitenarm von *les temps*, der vor ein paar Stunden noch friedlich unter dem Park dahingeplätschert war, nun jedoch nicht nur oberirdisch verlief, sondern sich noch dazu in einen reißenden Bach verwandelt hatte. Leander hatte einige Mühe, ihn zu durchqueren, doch schließlich gelang es ihm. Eilig kletterte er auf einen Baum und ließ sich kurz darauf auf eine vorbeipreschende Kutsche fallen.

Seine Knie schlugen hart auf das Dach, der altmodisch gekleidete Mann auf dem Bock fluchte, die Pferde scheuten. Doch Leander klammerte sich mit aller Kraft an das ruckelnde Gefährt. Um seinen linken Knöchel hatte er eines der Staubrinnsale geschlungen, das er nun mit sich zerrte. Er spürte, dass es eigentlich zu anstrengend für ihn war. Nach dem Ausflug in den Zeitfall hätte sein Körper Ruhe gebraucht, seine Fähigkeiten mussten sich erst wieder regenerieren. Aber was blieb ihm für eine Wahl?

Pans Männer hatten das Problem eingekesselt, sie hielten den

Zeitknoten in der Mitte des Parks fest und strafften die daraus hervorquellenden Zeitenden Stück für Stück. Doch das allein würde nicht reichen. *Les temps* waren verrückt geworden, Vergangenheit und Gegenwart überlagerten sich weiterhin und noch immer stolperten Menschen und Tiere in das New York des 21. Jahrhunderts, die hier definitiv nicht hergehörten.

Auch Darius, Grete und Ophelia hatten alle Hände voll zu tun. Jeder von ihnen hatte sich eine andere fransige Zeitschlaufe geschnappt, um sie zu entwirren. Während Leander über das Kutschendach nach vorn robbte, um die Zügel zu ergattern, sauste Darius in einem der Oldtimer an ihm vorbei. Grete pirschte mit dem jagenden Indianerstamm durchs Unterholz und Ophelia sollte die flanierenden Damen aus dem frühen 19. Jahrhundert an den Rand einer großen Wiese führen.

Der Kutscher fluchte noch immer und schlug nun um sich. Er verfehlte Leander nur knapp mit seinem rechten Haken.

»Überfall! Überfall!«, brüllte der Mann. Aus dem Innern der Kutsche drang Kinderweinen.

»Bleiben Sie ruhig!«, rief Leander auf Englisch und ließ sich neben den Kerl auf den Kutschbock gleiten. »Ich versichere Ihnen, meine Absichten sind edel!« Er versuchte, ihm die Zügel aus der Hand zu reißen, um sie durch eine weitere Zeitschlaufe zu lenken.

Allerdings gab der Kutscher nicht so schnell auf. »Zu Hilfe! Überfall!«, schrie er noch einmal aus Leibeskräften und hielt die Zügel außerhalb von Leanders Reichweite. Dann blitzte zwischen ihnen plötzlich eine Klinge auf.

»Machen Sie keinen Blödsinn! Ich bitte Sie, wenn Sie mir nur für einen Moment …«

»Elender Lump! Ich verhandele nicht mit Wegelagerern.«

»Wie gesagt, ich bin kein –«

»Ha!«

Leander verfluchte sich dafür, dass er dem Typen nicht einfach eine reingehauen hatte, als noch Gelegenheit dazu gewesen war. Im letzten Moment duckte er sich nun zur Seite weg und der Dolch verfehlte seine Brust. Zwar schaffte Leander es so, dem tödlichen Stich auszuweichen, doch dafür verlor er auch das Gleichgewicht, weil die Kutsche im gleichen Augenblick in eine scharfe Linkskurve gelenkt wurde. Er war wohl nicht der erste »Wegelagerer«, mit dem dieser Kerl es aufnahm.

Und der Plan des Kutschers ging auf: Leander stürzte vom Kutschbock, konnte sich nur knapp seitlich an einer Kante festhalten, während seine Füße über den Weg schleiften.

»Ich will Sie doch nur zurück in Ihre Zeit bringen, Mann!«, stieß er zwischen zusammengebissenen Zähnen hervor. Aber der Kutscher hörte ihm nicht zu, sondern trieb die Pferde zu noch höherer Geschwindigkeit an. Schon schwang er wieder seinen Dolch, dieses Mal zielte er auf Leanders Hände. Verdammter Idiot!

Noch immer zerrte Leander einen Teil des Zeitstroms hinter sich her, es machte ihn so schwindelig, dass er nicht mehr klar denken konnte. Er war sich nicht sicher, wie lange er noch das Bewusstsein behalten würde. Nur ein Herzschlag blieb ihm, um zu entscheiden, was schlimmer wäre: loszulassen und bei voller Fahrt in den Kies zu stürzen oder der Schnitt. Oder –

Der Kutscher stieß einen kurzen Schrei aus, dann ließ er die Klinge niederfahren.

Leander schloss die Augen. Machte sich bereit.

Ein dumpfes Geräusch erklang. Etwas Metallenes landete scheppernd irgendwo hinter ihm im Kies.

Er blinzelte.

Mit einem Mal hing der Kutscher merkwürdig schlaff auf seinem Sitz, in sich zusammengesunken, der Kopf baumelte ihm auf der Brust. Leander nahm noch einmal alle Kraft zusammen, schaffte es irgendwie, sich wieder hochzuziehen. Dann griff er nach den Zügeln und lenkte die Kutsche in eine weitere Linkskurve, um die Schlaufe zu entwirren.

Noch immer weinte im Inneren des Gefährts ein Kind. Das Geheule nervte ihn und außerdem … erinnerte es Leander an früher, an kalte Nächte in Waisenhausschlafsälen, in denen er sich vor Schatten und Staub gefürchtet hatte.

»Alles wird gut. Keine Angst, dir passiert nichts, okay? Wir fahren nur ein bisschen schneller als sonst!«, rief er, während er den bewusstlosen Kutscher ein Stück zur Seite schob, damit er besser manövrieren konnte. Dabei entdeckte er einen flachen Stein, der den Typen am Schädel getroffen haben musste.

Leander sah sich um, bis sein Blick plötzlich dem von Ophelia begegnete. Sie stand ein ganzes Stück entfernt auf einer Wiese und beobachtete ihn, während eine Frau mit Sonnenhut und Spitzenhandschuhen sich neben ihr gerade ganz furchtbar darüber aufregte, dass sie es wagte, mit Steinen nach Kutschern zu werfen. Doch Ophelia beachtete sie nicht, sondern hob bloß eine

Augenbraue. Mehrere Haarsträhnen hatten sich aus ihrem Pferdeschwanz gelöst und ringelten sich im Wind und in ihren Augen blitzte es, als gäbe es da etwas Wildes, Rebellisches in ihr, das nur dann und wann aufflackerte.

»Danke«, formte Leander lautlos. Nicht zum ersten Mal seit ihrer Abreise aus Rom wurde ihm klar, dass er dieses Mädchen wohl unterschätzt hatte.

Jetzt grinste Ophelia und nickte ihm zu. Dann raffte sie ein paar Staubrinnsale zusammen und stapfte unter den Protesten der Dame davon.

Den größten Teil unserer Reise nach London (welches wir als unser nächstes Ziel auserkoren hatten, weil die Turmuhren dort noch immer rückwärtsgingen) verschlief ich. Das Chaos im Central Park war episch gewesen und ich erinnerte mich nicht einmal mehr daran, wie lange wir damit zugebracht hatten, die Ströme zu ordnen. Es war schon dunkel gewesen, als wir schließlich zu unserer Barke zurückgekehrt waren, und nun war ich müde. So, so müde!

Meine Kabine im Bauch der *Hora* hatte die gefühlte Größe eines Schuhkartons, eigentlich bestand sie lediglich aus einer Art Nische, die von einem Vorhang verschlossen wurde. Gerade so breit wie die Matratze darin. Doch noch nie war mir ein Ort auf dieser Welt so unfassbar gemütlich vorgekommen. Ich kuschelte mich unter eine weiche Decke, während das Schiff sachte hin und her schaukelte. Sogar die gedämpften Stimmen von Grete und Darius, die in der nur wenige Meter entfernten Kombüse herumwerkelten, hatten etwas Einlullendes …

Als ich Stunden später wieder an Deck kam, lagen wir bereits mitten in London vor Anker, und zwar nicht, wie ich erwartet hatte, in einem weiteren unterirdischen Hafen. Die *Hora* schaukelte stattdessen auf den Wellen der Themse. Nicht weit entfernt reckten sich die Houses of Parliament in den spätnachmittäglichen Himmel und tatsächlich machte der Minutenzeiger von Big Ben gerade einen Satz in die falsche Richtung. Im gleichen Moment flatterten mehrere Tauben so tief über uns hinweg, dass ich den Kopf einziehen musste. Wasser klatschte in regelmäßigen Abständen von außen gegen die Bordwand. *Wasser!*

Ich sah mich weiter um. Grete und Leander waren nirgendwo zu entdecken, aber Darius saß in der Sonne, hatte eine Wolldecke um seine Schultern geschlungen und las in einem alten Buch. Der abgegriffene Einband passte nicht so recht zu Darius' quietschgrünem Polohemd mit aufgestelltem Kragen. *In 80 Tagen um die Welt*, entzifferte ich den Titel. Darius schmökerte darin, als wäre es das Normalste auf der Welt, nachdem man gerade inmitten von New York drei Jahrhunderte entwirrt hatte. Mit den Fingerspitzen zwirbelte er das Bändchen eines vergilbten Lesezeichens, das mit getrockneten Blüten beklebt war.

»Was ist passiert?«, fragte ich und gähnte. »Ist alles in Ordnung?«

Darius ließ das Buch sinken. »Ich weiß, dass es altmodisch ist, aber beim Lesen bevorzuge ich es noch immer, echtes Papier in den Händen zu halten, so wie ich es schon vor hundert Jahren gemacht habe. Genauso, wie ich übrigens immer noch Briefe verschicke, die ich mit Füllfeder und Tinte schreibe. Sorry, meine Selbsthilfegruppe war nicht online und da bin ich rückfällig geworden.«

»Oh ja, waaaaahnsinnig überholt und peinlich, du musst natürlich dringend davon loskommen. Aber es geht um *das.*« Ich hob die Arme über den Kopf. »Wie sind wir denn hier gelandet? Ich meine, das sind nicht *les temps*. Das ist ein echter Fluss.«

»Jein. Manchmal vermischen sich die Ströme. Wenn du genau guckst, erkennst du es.«

Ich beugte mich über die Reling und betrachtete das Wasser. Es war grau, aber eindeutig flüssig. Flusswasser, ein bisschen schmutzig vielleicht, aber … Doch, ja, da flimmerte Staub zwischen den Wellen. Flocken und Spinnweben trieben an uns vorbei und schienen eine Art Netz zu bilden, knapp unter der Wasseroberfläche. Beinahe unsichtbar, man bemerkte es wirklich nur, wenn man ganz genau hinsah. Eigenartig.

»Schlafen die anderen noch?«, erkundigte ich mich weiter. Eine Windböe ließ mich frösteln.

Darius hatte sich bereits wieder in seine Lektüre vertieft und antwortete nicht. Ich ließ mich neben ihn auf die Planken gleiten und seufzte. »Gibst du mir ein Stück ab?«

»Mhm?«

Ich zupfte an der karierten Wolldecke. Jetzt klappte Darius das Buch endgültig zu. Er musterte mich einen Moment lang, dann nickte er und legte die Decke um meine Schultern. Erst da wurde mir bewusst, wie dicht ich neben ihm saß, der Geruch seines Deos stieg mir in die Nase und ich rückte wieder ein kleines bisschen von ihm ab.

»Ich kann nicht glauben, dass wir das geschafft haben«, sagte ich nach einer Weile. Noch weniger wollte mir allerdings in den Kopf, weshalb wir trotz all unserer Anstrengungen in New York keinen einzigen Hinweis auf die Ursache der Anomalien gefunden hatten. »Wie ist so etwas möglich? Wie konnte sich die Zeit überhaupt so krass verknoten?«

»*Das*«, meinte Darius, »ist nach wie vor die große Frage. Bisher kam es, wie du sicher weißt, nur zwei Mal in der Geschichte zu derartigen Problemen. Einmal vor ein paar Jahren, aber das waren leichtere Anomalien, die von selbst wieder aufhörten. Und dann natürlich damals, zur Zeit der Kinder des Chronos. Bevor die ersten Zeitlosen *les temps* in ihre geregelten Bahnen lenken konnten.«

»Chronos«, flüsterte ich. Es kam mir so vor, als wäre es mindestens eine Woche her, dass Pippa und Elizabeth mir von den Urahnen der Bernsteinlinien und den Nachforschungen meines Vaters erzählt hatten. Dabei war das erst vorgestern gewesen … Und natürlich wollte ich dieses Thema noch immer nur allzu gerne vertiefen. »Was genau taten die vier Kinder dieses Zeitgottes eigentlich? Kannst du mir die alten Legenden erzählen? Bitte, Darius, das wäre toll!«

Er rückte seine Brille zurecht und betrachtete mich über ihren Rand hinweg. Mein Interesse schien ihn zu erstaunen. »Ach, davon ist doch so gut wie nichts mehr bekannt.« Er winkte ab. »Das meiste haben deine Verwandten dir bestimmt längst berichtet. Aber … ich verstehe, dass du nicht genug darüber hören kannst. So geht es allen Janviers.« Er lächelte schief. »Nur, weil du eine mickrige Sekunde eingesammelt und deine erste Zeitschlaufe gelöst hast, brauchst du nicht gleich größenwahnsinnig zu werden, kleine Ophelia.«

Ich runzelte die Stirn. »Du vergisst wohl, dass ich erst seit Kurzem eine von euch bin und man mir so gut wie nichts über die Bernsteinlinien erklärt hat. Vor zwei Wochen bin ich noch in Berlin zur Schule gegangen und plötzlich kann ich die Zeit manipulieren und soll an diesem Turnier teilnehmen. Ich finde, ein paar mehr Infos über diesen ganzen Zeitlosenkram stehen mir da durchaus zu, *kleiner* Darius.«

»Touché.« Er nickte. »Also gut, dann wollen wir dich mal aufklären«, begann er. »Es heißt, wir Zeitlosen stammen von den vier Kindern des Chronos ab, von seinen Töchtern Janvier und Avril und seinen Söhnen Juillet und Octobre. Das sind natürlich nicht ihre richtigen Namen, die wurden leider nicht überliefert. Aber auf jeden Fall gab es wohl diese vier Kinder, die halb göttlich, halb menschlich waren und die Zeit beherrschen konnten.« Er seufzte. »Und keines von ihnen war darin so begnadet wie Janvier. Ihre Kraft war schier unerschöpflich. Schon als kleines Mädchen konnte sie ganz allein die mächtigsten Ströme von *les temps* umlenken. Sie war so unglaublich toll, dass sie angeblich sogar Zuckerwatte anstatt –«

»Ach komm, verarsch mich nicht!«

»Okay, okay. Zusammengefasst lässt sich sagen, dass Janvier

eine in übertriebenem Maße talentierte Zeitlose war. Und das traf sich gut, weil die Ströme damals nämlich noch echt chaotisch verliefen. Überall auf der Welt verging die Zeit unterschiedlich schnell und die Zeiter hatten große Probleme damit, sie zu messen. Sie konnten sich eigentlich nur am Stand der Sonne orientieren. Außerdem traten immer wieder heftige Anomalien auf. Zum Glück gelang es den Kindern des Chronos schließlich, Ordnung in die Zeit zu bringen. Janvier, die von den vieren die meiste Arbeit gemacht und die schwierigsten Aufgaben bewältigt hatte, wählten die Geschwister anschließend dazu aus, die Ströme im Auge zu behalten und die Seelen der Toten, die beim Herumirren zwischen Zeit und Raum für noch mehr Durcheinander gesorgt hatten, fortan sicher in die Quelle der Zeit zu bringen.«

»Dann war diese Janvier also die erste Herrin der Zeit«, sagte ich.

Darius nickte. »Ja, Ophelia, und du bist eine ihrer Nachfahrinnen.« Er schlug sich mit gespielter Überraschung die Hand vor den Mund. »Und stell dir vor: Vor ihrem Tod ließ die gute Janvier einen Teil ihrer Kräfte in der Totenuhr zurück, die seitdem jedem Herrn der Zeit besondere Fähigkeiten verleiht und die Zeit für ihn zu einem Kreis macht, in dem alles bereits geschehen ist, noch geschehen wird oder gerade in diesem Augenblick geschieht. Wenn du also gewinnen solltest, könntest du in ihre Fußstapfen treten, Ophelia! Du bist ebenfalls eine begabte Janvier! Vielleicht ist das deine Bestimmung!« Er seufzte theatralisch. »Du meine Güte, was mache ich hier eigentlich? Wie konnte ich nur glauben, überhaupt eine Chance gegen dich zu haben? Aber jetzt ist mir endlich alles klar. Das hat doch keinen Zweck mehr, ich sollte mich sofort in die Themse stürzen.«

Er schüttelte die Decke ab und sprang auf. »Ja, ich werde meinem Leiden ein Ende setzen. Jetzt sofort.« Er schwang ein Bein über die Reling.

»Ist ja gut, ist ja gut!« Ich unterdrückte ein Kichern, während ich ebenfalls aufstand. »Ich kannte die Geschichte wirklich nicht. Und ich bilde mir bestimmt nichts auf diesen Abstammungskram ein.«

»Würdest du mir mein Buch reichen? Ich möchte es mit in den Tod nehmen.«

Seufzend klaubte ich *In 80 Tagen um die Welt* von den Planken und hielt es ihm unter die Nase.

»Danke, dass du es mir erzählt hast«, sagte ich, obwohl mir noch immer schleierhaft war, weshalb diese Geschichte für Papa hätte interessant sein sollen. »Willst du nicht wenigstens noch zu Ende lesen, bevor du stirbst?« Darius presste das Buch inzwischen melodramatisch an sein Herz. Jetzt musste ich doch ein wenig lachen. »Brauchst du noch etwas mehr Publikum? Soll ich die anderen wecken, damit sie verhindern, dass du dich umbringst?«

»Oh, die anderen haben diesen Schritt längst vor mir getan.« Er deutete auf das Wasser. »Haben einfach keinen Sinn mehr in ihren Leben gesehen, jetzt, wo du mit dabei bist.«

»Haha.«

»Nein, mal im Ernst«, sagte er. »Leander und Grete sind schon losgezogen, um den Zeitfall unter die Lupe zu nehmen. Er bockt ein wenig, aber wir wollten dich noch etwas schlafen lassen, nach all der Anstrengung.«

»Wie bitte?« Sie waren schon weg? Ohne mich? Einfach zurückgelassen worden zu sein, fuchste mich mehr, als ich erwartet hatte. »Und du bist mein Babysitter oder was?«

»Na ja.« Darius verstaute das Buch in seiner Umhängetasche. »So langsam sollten wir uns wohl auch auf den Weg machen.«

»Wieso sagst du mir das eigentlich erst jetzt? Wir hätten doch schon vor zehn Minuten losgekonnt«, stammelte ich. Plötzlich hatte ich es eilig. Es war schließlich gut möglich, dass Grete und Leander gerade einen entscheidenden Hinweis fanden. Oder zumindest unsere Hilfe benötigten.

Darius zuckte mit den Schultern. »Sei doch froh, dass wir ein bisschen mehr Erholung als die anderen hatten. Denk an die nächsten Punkte!«

Ich schnaubte. Dass Darius nicht vollkommen uneigennützig auf mich gewartet hatte, überraschte mich nicht. Ohne weitere Zeit zu verschwenden, stieg ich auf die Brüstung. Unter mir tanzten Staubfäden zwischen den Wellen. »Man springt wieder einfach, oder?«

Darius lachte. »Wenn du unbedingt noch eine Runde schwimmen willst. Aber das hier ist nicht der Zeitfall. Wir können dorthin ganz klassisch zu Fuß gehen. Alte Schule, sozusagen.«

Der Londoner Zeitfall befand sich am Piccadilly Circus, also inmitten einer der belebtesten Straßenkreuzungen im Herzen der

Stadt. Genau wie an der Wall Street ging es auch hier auffallend hektisch zu. Momentan herrschte außerdem Feierabendverkehr, und während sich Autos und Busse durch einen Stau quälten, eilten Männer, Frauen und Kinder zwischen den Wagen hindurch, quetschten sich auf Fahrrädern daran vorbei oder schleppten schwere Einkaufstaschen über die Bürgersteige.

Die Sonne hatte sich inzwischen irgendwo im diesigen Himmel verkrochen. Es sah nach Regen aus, als wollte der Zeitfall selbst die Tropfen aus den Wolkenbäuchen kitzeln. Wie ein Wirbelsturm schraubte er sich genau im Zentrum des Platzes in die Höhe. Lautlos kreiselte er um sich selbst und ein schwarzes Denkmal (einen Brunnen oder so), auf dessen Spitze eine Engelsfigur balancierte. Hier und da streifte er einen der Doppeldeckerbusse, die viel zu dicht an ihm vorbeischaukelten.

Trotz allem regte sich keines der Bonbonpapierchen im Rinnstein und nicht einmal eine einzige Haarsträhne der Dame im Businesskostüm, die so nah an dem Wirbelsturm vorbeiging, dass es sie unter gewöhnlichen Umständen von den Füßen hätte reißen müssen. Der Zeitfall war dort und zugleich war er es nicht. Er brach mitten aus dem Asphalt hervor und wirkte doch nur wie ein flüchtiger Traum. Wo man Tosen erwartete, herrschte Stille inmitten des Lärms der Metropole.

Doch auch wenn niemand außer uns ihn bemerkte, es *gab* diesen Zeitfall. Da war dieser Sog, der von ihm ausging und vielleicht nicht meine Haut streifte, aber dafür an etwas in meinem Innern zerrte und riss, so heftig, dass jeder Zweifel an seiner Existenz schon einen Herzschlag später verschwunden war.

Darius und ich näherten uns dem Ungetüm, hielten dabei Ausschau nach Grete und Leander und nach allem, was uns sonst noch drohen mochte: Taxen, die uns überfahren konnten, zum Beispiel, oder Indianern und Kutschen auf Abwegen. Man konnte schließlich nie wissen …

Tatsächlich spürte ich dieses Mal, dass etwas nicht stimmte, noch bevor mir die erste Merkwürdigkeit ins Auge fiel. Plötzlich war da so ein Kribbeln in meinem Nacken, es fühlte sich an, als würden sich die feinen Härchen dort alle gleichzeitig aufstellen und einmal um die eigene Achse drehen, genau wie der Zeitfall vor uns. Nur dass dieser plötzlich –

»Leander!«, rief Darius, winkte und zog mich mit sich zwischen zwei Bussen hindurch.

Jetzt entdeckte auch ich die hochgewachsene Gestalt im Kapuzenpullover, die am Rande des Zeitfalls auf einem alten Skateboard herumbalancierte und so aussah, als übte sie irgendeinen Trick (was vermutlich sogar der Fall war).

Wir erreichten Leander gerade in dem Augenblick, als Gretes hochroter Kopf inmitten des Wirbelsturms auftauchte, dann ihre linke Hand, die Faust um etwas Glimmendes in einer Phiole geschlossen. Triumphierend wollte sie aus den Fluten klettern, doch da geschah es. Ihr Lächeln erlosch schlagartig.

Erst jetzt, aus der Nähe, erkannte ich es: Der Wirbelsturm aus Staub hatte ganz plötzlich angehalten, war für den Bruchteil einer Sekunde eingefroren, nur um sich nun erneut in Bewegung zu setzen.

Dieses Mal in die entgegengesetzte Richtung!

Grete lächelte wieder, dann verschwand ihre Faust in den Fluten, ihr Kopf zog sich zurück, Leander machte noch einmal den gleichen Trick, nur verkehrt herum, was mich verwirrte, weil das Skateboard erst in die Höhe sprang und dann den Schwung dazu holte. Noch verwirrender war allerdings, dass sich meine Füße gegen meinen Willen nach hinten schoben. Ohne etwas dagegen tun zu können, begann ich *rückwärtszugehen*!

Verdammt. Ich wollte etwas sagen, aber auch das ging nicht. Darius und ich glitten wieder durch den Verkehr, der mit einem Mal ebenfalls verkehrt herum fuhr.

»!rednaeL«, rief Darius.

Schon standen wir wieder am Rande des Platzes, genau an der Stelle, von der aus wir den Zeitfall eine Weile lang beobachtet hatten. Selbst das Atmen fühlte sich irgendwie falsch herum an. Nicht ein und aus, sondern aus und wieder ein, was natürlich egal war und dennoch …

Wir mussten der Sache ins Auge sehen: Die Zeit lief rückwärts. *Scheiße*, wollte ich sagen und konnte es nicht. Nicht einmal blinzeln funktionierte in dem Moment, in dem ich es versuchte. Unterdessen krochen um mich herum Autos und Busse rückwärts durch den Stau, Einkaufstaschen wurden zu Geschäften zurückgeschleppt und ein Kaugummi sprang einem Mädchen vom Gehweg in den Mund hinauf, wo sie ihn von einer Wange in die andere schob. Uh, wie eklig! Doch niemand konnte die Ärmste darauf aufmerksam machen. Wir alle waren gefangen in unserer unmittelbaren Vergangenheit, bewegten uns in der falschen Richtung durch die Zeit.

Eine Welle der Panik überflutete mich. Ich konnte mich nicht zu Darius umdrehen, ich konnte die Ströme nicht beeinflussen. Ich konnte nur dastehen und es mit ansehen, darauf warten, dass meine Füße mich rückwärts durch die Stadt und zur *Hora* zurück tragen würden. So ein Mist!

Ich fragte mich, ob die Zeiter es auch bemerkten? Ob das Mädchen ahnte, dass der Kaugummi bereits im Schmutz geklebt hatte? Ob sich die Taxifahrer wunderten, dass ihre Uhren beständig geringere Preise anzeigten?

Meine Augen blinzelten, betrachteten wieder den Zeitfall und die Menschen um uns her. Ich hatte all das erst vor wenigen Minuten gesehen. Auch den blonden Jungen, etwas jünger als ich, der einen kleinen Film zu drehen schien. Doch vorhin war mir nicht aufgefallen, dass er gar kein vollkommen Unbekannter war. Ja, diese blonden Locken, die Sommersprossen auf den Wangen, sogar der dunkelgrüne Parka mit den abgewetzten Ärmeln: Ich war dem Typen schon einmal begegnet, es war …

… derselbe Junge, dem wir gestern am Rande des Zeitknotens im Central Park über den Weg gelaufen waren! Der die Großaufnahme von dem fliehenden Indianer gemacht hatte!

Das konnte kein Zufall sein.

Ich hätte gern scharf die Luft eingesogen, noch lieber wäre ich zu diesem Kerl hinübergelaufen und hätte ihn angesprochen. Wer war er? Vielleicht ein gut getarnter Gardist? Doch in New York hatte niemand der anderen Zeitlosen den Eindruck erweckt, ihn zu kennen. Nein, sie hatten ihm genauso viel Beachtung geschenkt wie den übrigen Passanten, den Zeitern …

Ganz von selbst glitt mein Blick weiter. Der Junge verschwand aus meinem Sichtfeld. Erneut setzten sich meine Füße in Bewegung, machten Anstalten, den Platz zu verlassen.

Da gewann ich plötzlich die Kontrolle zurück.

Wieder war der Zeitfall für einen Augenblick eingefroren, genauso wie Menschen, Autos, Busse und die ganze Welt um mich herum – jedenfalls beinahe.

Sofort stürzte Darius auf den Wirbelsturm zu, aus dem meine Schwester nun endlich herausklettern konnte. Ich hingegen wandte mich nach links. Hastig bahnte ich mir einen Weg zu der Stelle, an der ich den blonden Jungen entdeckt hatte. Doch als ich dort ankam, war er nirgendwo mehr zu sehen. Nirgends auf dem Bürgersteig und auch nicht in der schmalen Seitenstraße, die nur ein paar Meter entfernt zwischen zwei Theatern verschwand.

Die Zeit ruckelte, setzte sich für den Bruchteil einer Sekunde in Bewegung. Ein alter Mann mit Gehstock machte neben mir einen Schritt nach vorn und prallte gegen meine Schulter. Autsch! Ich taumelte ein Stück von ihm weg, doch er war bereits wieder erstarrt. Noch immer suchte ich die Menge vergeblich nach einem grünen Parka und hellen Locken ab. Wo war der Kerl abgeblieben? Hatte ich ihn mir am Ende etwa nur eingebildet?

»Ophelia?«, rief Darius irgendwo hinter mir. »Ud tskcets ow?« Er räusperte sich. »Wo steckst du? Ophelia?«

»Hier!« Es hatte wohl keinen Sinn mehr, länger nach dem Jungen Ausschau zu halten – er war fort. Ich rannte nun ebenfalls in die Mitte des Platzes.

Grete verstaute gerade ihre erbeutete Sekunde, während Darius seine Brille zurechtrückte und großspurig verkündete: »Ab jetzt übernehme ich. Aber haltet euch bitte bereit, falls ich doch ein wenig Hilfe brauchen sollte.«

Leander ächzte. Er hatte aufgehört, mit seinem Skateboard zu spielen. Stattdessen hielt er die Arme hoch über den Kopf erhoben, seine Hände krallten sich in armdicke Ströme aus Staub, die sich aus dem Zeitfall gelöst haben mussten. Es kostete ihn offenbar einiges an Kraft, die Dinger festzuhalten. Auf seiner Stirn glänzten feine Schweißperlen.

»Machst du Witze? Weg da! Bringt euch in Sicherheit. Ich habe keine Ahnung, wie lange ich ihn noch so halten kann«, zischte er zwischen zusammengebissenen Zähnen hindurch. »Ich muss etwas unternehmen und es könnte hässlich werden.«

Darius runzelte die Stirn. »Also ich denke, es ist unfair, wenn du das hier ganz alleine machst. Wir alle wollen schließlich beweisen –«

Leander gab einen merkwürdig gequälten Laut von sich. Die Ströme ruckelten wieder, glitten ihm aus den Fingern. Er versuchte nachzufassen, doch der Zeitfall bäumte sich auf wie ein wildes Tier, wand sich von einer Seite zur anderen und riss an seinen Fesseln.

»Weg!«, schrie Leander. »Ich muss es jetzt tun!«

Grete war bereits irgendwo inmitten des Verkehrs verschwunden und auch Darius kehrte diesem Monster von einem Zeitfall nun widerwillig den Rücken. Mit langen Schritten eilte er zwischen zwei Omnibussen hindurch. Es gab keinen Grund, noch länger zu warten. Ich wollte ihm folgen, doch da entdeckte ich aus dem Augenwinkel das winzige weiße Fellbündel, das sich ausgerechnet in diesem Moment aus der Tasche von Leanders Sweatshirt auf die Straße fallen ließ. In Zickzacklinien lief es auf den zitternden Wirbelsturm zu.

»Jack!«, rief ich.

Die Ratte schnupperte an einem Sandwichkrümel unmittelbar neben den flatternden Spinnweben.

Leander verzog das Gesicht und schloss die Augen. Mittlerweile zitterte er genauso heftig wie der Sturm. »Hau endlich ab, Ophelia!«, knirschte er.

»Aber deine Ratte …«

Leander antwortete nicht. Er schien all seine Konzentration dafür zu brauchen, den verdammten Sturm in Schach zu halten.

Jack knabberte derweil genüsslich an dem Krumen. Seine Barthaare zuckten im unsichtbaren Hauch des Zeitfalls. Ich fluchte, dann hechtete ich auf den kleinen Ausreißer zu, schnappte mir den seidigen Körper samt seiner Beute und stopfte ihn in Windeseile in meine Jackentasche. Schon wollte ich mich ebenfalls davonmachen, doch da entglitten die Ströme endgültig Leanders Griff.

Der Sturm, der bisher so stumm gewesen war, dass er mir beinahe surreal vorgekommen war, heulte auf. Ein hoher, wütender Ton, der die Stille durchschnitt und mir eine Gänsehaut über den Rücken jagte. Staub peitschte und stob in alle Richtungen, klatschte mir ins Gesicht und umhüllte mich binnen eines Atemzugs.

Etwas riss mich von den Füßen.

Ich sah noch, wie Leander seine Hände in komplizierten Schleifen aufeinander zubewegte und dann in sich zusammensackte. Zum zweiten Mal innerhalb weniger Tage war da dieses merkwürdige Gefühl eines Déjà-vus, als ich beobachtete, wie Leanders Arme sich herabsenkten und er die Zeit wieder in ihren Fluss entließ. Doch heute war es mehr als nur eine Ahnung, die mich beschlich, mehr als ein ungutes Gefühl irgendwo in meiner Magengegend. Während ich fiel und die Fluten meinen Blick verschleierten, während Staub in jede Pore meines Körpers drang, perlte aus den Tiefen meines Gedächtnisses eine Erinnerung hervor, deren Existenz ich nicht einmal erahnt hatte.

Eine Erinnerung, die viele Jahre geschlummert und nur auf eine Gelegenheit gewartet hatte, sich wieder in mein Bewusstsein zu schleichen.

12

»Ophelia Pendulette!«

Ich blinzelte. Regen tröpfelte von der Schirmmütze eines Gardisten auf meine Wangen. Es handelte sich um Horatio, einen der ranghöchsten Offiziere der Garde. Er war groß, bullig und hielt sich auffallend gerade. Obwohl es wie aus Eimern geschüttet haben musste, saß seine Uniform tadellos, genauso wie die feuchten Wellen silbergrauen Haares, die seine eine Spur zu grobschlächtigen Züge umrahmten und die gezackte Narbe, die sich über seine Schläfe zog, fast vollständig verdeckten.

»Mademoiselle Pendulette.« Er ging neben mir in die Hocke.

»Was ist passiert?«, nuschelte ich. Mir wurde klar, dass ich auf dem Boden lag, und außerdem war mir entsetzlich kalt. Ja, da war kaum noch Gefühl in meinen Fingern und ich schlotterte so heftig, dass meine Zähne aufeinanderschlugen. Ich versuchte, mich aufzusetzen, doch mir war zu schwindelig. Etwas Kleines zitterte noch ein wenig schneller als ich in meiner rechten Jackentasche.

Vorsichtig tastete ich nach Jack. Sein Fell war klitschnass. Er fiepte leise, als ich ihn berührte, und ich kraulte ihn hinter den

Ohren, während Horatio die Hand ausstreckte, um mir aufzuhelfen.

Endlich gelang es mir, mich in eine halbwegs aufrechte Position zu bringen. Ich erkannte die Häuser um mich herum wieder – das hier war immer noch London. »Der Zeitfall«, murmelte ich. »Er hat sich plötzlich in die falsche Richtung bewegt und dann hat Leander ihn angehalten und –«

»Er hat es geschafft, keine Sorge.«

Mir fiel auf, dass Horatio mich genauso aufmerksam musterte, wie Präsident Pan es kurz vor unserer Abreise getan hatte. Außerdem lag da etwas Lauerndes in seinem Blick. Aber vielleicht bildete ich mir das auch nur ein?

Ich sah mich nach dem tobenden Ungetüm um und fand es einige Meter schräg hinter mir, noch immer wild, doch wieder richtig herum um seine eigene Achse wirbelnd. Etwa zwanzig Zeitlose umringten es.

»Als wir eintrafen, herrschte furchtbares Chaos«, sagte Horatio. »Die Zeit befand sich zum Glück wieder in ihrer gewohnten Bahn, aber die Auswirkungen der Anomalie waren heftig. Zeiter irrten umher, einer ihrer Busse war von einer Stromschnelle erfasst und gegen eine Hauswand geschleudert worden. Die BBC will natürlich über den rätselhaften Unfall berichten. Seit Stunden versuchen wir, alles zu vertuschen.«

»Stunden?«, fragte ich.

Horatio nickte. »Es ist wirklich übel. Noch übler als die Sache im Central Park. Dieses Mal sind sogar mehrere Minuten einfach abhandengekommen, was ganz London in ein nur schwer erklärbares Verkehrschaos gestürzt hat.« Er schüttelte den Kopf. »Eine unserer Tiefbaufirmen gibt gerade eine Pressekonferenz und versucht, die Leute mit einer Geschichte über gekappte Stromleitungen und verdrehte Ampelschaltungen zu beschwichtigen. Hoffen wir, dass sie sich damit zufriedengeben. Etwas in dieser Größenordnung mussten wir noch nie vor den Zeitern verbergen. Ihre Uhren spielen vollkommen verrückt.« Er massierte seine Nasenwurzel mit Daumen und Zeigefinger. »Und dann sind vor etwa drei Minuten auch noch Monsieur Andersen und Sie gleich neben einem der Kamerateams wieder aufgetaucht. Das hat dem Ganzen natürlich noch die Krone aufgesetzt. Vor den Augen der Zeiter einfach so aus dem Nichts zu erscheinen! Mir ist bewusst, dass Sie beide nichts dafür können, aber das war wirklich denkbar schlechtes Timing, meine Liebe.«

»Wie meinen Sie das?« Ich rieb mir den Hinterkopf, an dem sich eine Beule bildete, wo ich auf dem Asphalt aufgeschlagen sein musste. »Aus dem *Nichts*?«

Erneut blickte ich mich um und entdeckte Leanders reglose Gestalt etwa zehn Meter von mir entfernt. Ein anderer Gardist schob ihm gerade eine zusammengeknüllte Jacke unter den Kopf, während ein paar seiner als Polizisten getarnten Kollegen die Presse vom Piccadilly Circus verscheuchten. Im Gegensatz zu mir war Leander immer noch bewusstlos.

»Wir nehmen an, dass Sie sich recht nahe beim Zeitfall befanden, als es geschah. Er muss Sie und Monsieur Andersen erfasst, mit sich gerissen und dabei irgendwie ein Stück durch die Zeit katapultiert haben. Genauer gesagt: etwa drei Stunden in die

Zukunft. Uns interessiert natürlich vor allem, ob Sie etwas Auffälliges bemerkt haben.«

»Äh, also … die Zeit lief rückwärts und da war so ein blonder Junge mit einer Handykamera und, äh, ach ja, einem Mädchen ist ein Kaugummi wieder in den Mund gehüpft …«, stammelte ich, noch immer viel zu verwirrt, um einen klaren Gedanken zu fassen. Erst jetzt registrierte ich, dass es bereits dämmerte. »Drei Stunden *in die Zukunft*?«

Horatio zuckte mit den Schultern. »Das kann schon einmal vorkommen. Sie haben Glück gehabt, dass es nur ein paar Stunden waren, würde ich sagen. Da wir nicht wussten, ob und wann Sie beide wieder auftauchen würden, haben wir Ihre Schwester und Monsieur Salvatore allerdings bereits zum afrikanischen Zeitfall aufbrechen lassen, der leider in sich zusammengebrochen ist. Die Probleme wachsen uns in den letzten Tagen derart über den Kopf, dass wir keine Zeit verlieren durften. Ich denke jedoch, Sie können die beiden einholen, wenn Sie gleich morgen früh –«

»A…aber ich dachte, es wäre unmöglich, *durch* die Zeit zu reisen«, unterbrach ich ihn. »Jedenfalls, solange man nicht Herrin der Zeit ist und diese komische Totenuhr hat. Wie kann es denn sein, dass wir …«

Ich schob meinen Ärmel zurück und blickte auf meine Armbanduhr, doch die Zahlen darauf hatten sich in ein blinkendes Chaos aus Strichen und Punkten verwandelt. Offensichtlich waren die jüngsten Ereignisse auch für sie zu viel gewesen.

Horatio nickte. »Nun, Sie sind ja nicht gezielt irgendwohin

gereist, sondern von einer Anomalie der Ströme erfasst und fortkatapultiert worden«, erklärte er. »Das ist ein großer Unterschied, würde ich meinen, und darüber hinaus sehr gefährlich. Sie hätten wer weiß wann landen können!«

Ich wiegte den Kopf hin und her in dem Versuch, meine Gedanken zu ordnen und endlich diesen schrecklichen Schwindel zu vertreiben. Außerdem wurde ich das Gefühl nicht los, etwas Wichtiges gesehen oder gedacht zu haben, kurz bevor mich die Dunkelheit mit sich gerissen hatte …

Plötzlich gab Leanders Gestalt ein Stöhnen von sich. Aus dem Augenwinkel sah ich seine Arme und Beine zucken, doch auch er schien Probleme damit zu haben, sich aufzusetzen.

»Was Sie beide nun vor allem brauchen, ist Ruhe«, sagte Horatio. »Sie sollten die Nacht hier in London verbringen, während wir Ihnen eine weitere Barke organisieren. Einverstanden?«

Eine halbe Stunde später setzte man uns vor einem Hotel in Kensington ab, das sich im Besitz der Bernsteinlinien befand. Es war sehr viel schicker als das *Hôtel de la Pendulette*. Ein pompöses Gebäude, fast schon ein kleines Schlösschen. Aus dem Eingang ergoss sich ein sattroter, flauschiger Teppich auf den Bürgersteig und die Pagen daneben verzogen keine Miene, obwohl wir nass und schmutzig waren und Leander sich noch immer kaum auf den Beinen halten konnte, als wir der Limousine der Garde entstiegen.

Horatio hatte uns unterwegs ein paar Sandwiches gekauft, die wir verschlungen hatten, als wären wir kurz davor zu verhungern (ich hatte meine Portion so hastig verputzt, dass ich nicht einmal hätte sagen können, womit die Dinger belegt gewesen waren), und außerdem die Zimmer für uns reserviert.

Die Aussicht auf eine heiße Dusche und ein weiches Bett lockte mich tatsächlich sehr. Ich brauchte dringend eine Pause. Zeit, um nachzudenken und wieder einen klaren Kopf zu bekommen.

Doch gerade als ich die spiegelnde Marmorhalle des Hotels betreten wollte, sah ich ihn schon wieder: Dieses Mal schlenderte der Junge mit den blonden Locken nicht weit von uns den Gehweg entlang. Er hatte die Hände in den Taschen seines Parkas vergraben und wirkte tief in Gedanken. Gerade verschwand er um die nächste Ecke. Okay, jetzt oder nie.

Mitten auf dem flauschigen Teppich machte ich kehrt.

»Ophelia?«, erkundigte sich Leander mit noch immer zittriger Stimme. »Was ist los?«

»Ich komme gleich wieder!«, rief ich ihm über die Schulter zu, während ich bereits davonspurtete. Schon bog ich ebenfalls um die Häuserecke und sah gerade noch, wie der blonde Junge einen Park betrat. So schnell ich konnte, überquerte ich die Straße und folgte ihm in die Schatten der Bäume.

Laub raschelte unter meinen Füßen und der unbeleuchtete Weg war immer schwerer zu erkennen, je weiter ich mich von der Straße und ihren Laternen entfernte. Die Gestalt vor mir beschleunigte jetzt ihren Schritt, huschte bald hierhin, bald dorthin, inzwischen kaum mehr als ein Umriss in der Finsternis. Ob der Typ bemerkt hatte, dass ich ihm auf den Fersen war? Ich hatte mich nicht unbedingt um Unauffälligkeit bemüht … Darüber hinaus begann die Welt um mich her schon wieder besorgniserregend zu flimmern und zu schwanken, während Seitenstiche mich zum Anhalten zwangen. Verdammt! Ich schluckte, dann holte ich tief Luft.

»Hey!«, rief ich.

Die Gestalt zuckte zusammen und blieb ebenfalls stehen, drehte sich jedoch nicht zu mir um.

»Wer bist du?«, fragte ich zuerst auf Französisch, dann auf Englisch.

Er antwortete nicht, doch trotz der Dunkelheit konnte ich erkennen, wie die Schultern des Jungen bebten, als ränge er mit sich, ob er mit mir sprechen sollte oder nicht.

Ich biss die Zähne zusammen und taumelte ein paar Schritte auf ihn zu. »Du hast heute am Piccadilly Circus gefilmt«, keuchte ich.

Noch immer schwieg der Typ.

»Und gestern, in New York. Da habe ich dich auch gesehen.«

Für den Bruchteil einer Sekunde schien es, als würden die hellen Locken wippen, weil der Kopf darunter nickte. Dann verschwand die Gestalt so plötzlich zwischen den Bäumen, dass es mir beinahe wie Zauberei vorkam. Mit letzter Kraft setzte ich ihr noch einmal nach, doch es war zu spät. Ich konnte den Jungen nirgends mehr entdecken.

»Mit wem redest du da?«, hörte ich Leander kurz darauf hinter mir fragen. Mein Blick klebte noch einen Moment an der Stelle, an der der merkwürdige Junge zuletzt gestanden hatte. Dann wirbelte ich herum.

»Ich nehme an, mit jemandem, der sich gerade in Luft aufgelöst hat«, sagte ich. »Warte mal.«

Ich tastete nach den Strömen. Es war zu dunkel, um den Staub tatsächlich zu sehen. Aber ich spürte seine Anwesenheit, sobald ich mich auf ihn konzentrierte. Warum war ich nicht gleich darauf gekommen? Schon kringelte sich ein feines Rinnsal um die Kuppe meines Zeigefingers, schlängelte sich weiter hinauf und kitzelte mich am Handgelenk. Ich griff danach, wollte die Zeit mit einem Ruck dazu bringen, zu dem Punkt zurückzukehren, an dem der blonde Junge noch vor mir gestanden hatte, doch im gleichen Augenblick blieb mir die Luft weg. Vor meinen Augen wurde es noch eine Spur schwärzer, der Staub war plötzlich so glitschig wie eine Schlange. Ich keuchte.

»Wir«, murmelte Leander, »haben nicht mehr genug Kraft übrig, Ophelia.« Er schwankte jetzt so heftig, dass ich ihn kurzerhand beim Ellenbogen packte.

Na toll, da hätte ich meine neuen Fähigkeiten einmal wirklich gebrauchen können! Leander stützte sich nun schwer auf meine Schulter.

Ich seufzte. »Du hättest beim Hotel bleiben sollen.«

»Ja«, sagte er matt. »Aber ich dachte, du brauchst vielleicht Hilfe.«

»Ich brauche vor allem ein paar Antworten«, erwiderte ich, während auch meine Knie mit einem Mal drohten, unter mir nachzugeben. Der Zeitfall musste meine Kräfte komplett aufgesaugt haben.

Wir stolperten mehr durch den Park, als dass wir gingen. Der

Weg zum Hotel konnte nicht weit sein und doch erschien er plötzlich wie ein unüberwindbares Hindernis. Wie Ertrinkende, die sich auf eine Insel retteten, sanken wir schließlich auf eine Bank am Rande des Parks. Wir waren vielleicht hundert Meter gelaufen, aber so erschöpft, als hätten wir einen Marathon hinter uns. Das Spiel mit der Zeit war wirklich verdammt anstrengend.

Eine Weile lang legte ich den Kopf in den Nacken und schloss die Augen. Als ich sie wieder öffnete, saß Leander in einer ganz ähnlichen Pose neben mir. Sein Atem ging schnell und flach und in seinem verdreckten Sweatshirt sah er noch abgerissener aus als sonst. Seine Gesichtszüge wirkten zerbrechlich im Licht der Straßenlaternen, das sein Haar in einen silbrigen Schimmer tauchte, der nicht so recht zu einem Jungen in seinem Alter passen wollte. Aber in Wahrheit war er ja auch gar kein Junge von achtzehn Jahren, oder? Er war ein Zeitloser, und zwar einer mit einer düsteren Gabe obendrein.

Ein seltsamer Kerl, in dem zuweilen ein solcher Zorn auf alles und jeden zu brodeln schien, dass er sich wohl in mehr als zwei Jahrzehnten angesammelt haben musste. Wie konnte er gleichzeitig so wütend und so still sein? Und wieso hatte seine Anwesenheit trotz allem gerade eine so beruhigende Wirkung auf mich? Weil er gekommen war, um mir beizustehen, obwohl es ihm schlecht ging?

Mir war immer noch schwindelig und ich musste mich darauf konzentrieren, weiterzuatmen. Die Baumwipfel über unseren Köpfen rauschten derweil und fast kam es mir so vor, als wisperten sie mir zu, dass alles gut werden würde. In der Luft lag diese ganz eigene Art von Magie, die ich nur in der Gegenwart von Wurzeln und Blattwerk spürte.

»Ich mag Bäume«, murmelte ich irgendwann. »Ich habe letztes Jahr versucht, ein paar von ihnen zu retten.«

»Ehrlich?« Leander blinzelte jetzt und wandte den Kopf in meine Richtung. Es war einer der seltenen, verstörenden Momente, in denen er mich direkt ansah, aber dieses Mal schien er es gar nicht eilig damit zu haben, wieder wegzuschauen. »Hat es geklappt?«

Ich schüttelte den Kopf. »Leider nicht«, sagte ich und dann, noch ehe ich michs versah, erzählte ich ihm von der Protestaktion der Umwelt-AG, von den Polizisten, die Anna und mich schließlich hatten wegtragen müssen. Und sogar von jenem Sommer, in dem Papa und ich so viele Sonntagmorgen unter der Linde in unserem Garten verbracht hatten. Sonntagmorgen, an denen Mama noch geschlafen und Grete Grete-Sachen (wie Opern-CDs-Hören) gemacht hatte, während Papa und ich uns Geschichten darüber ausdachten, was Esmeralda (so hatten wir die Linde getauft) wohl alles in ihrem langen Baumleben erlebt haben mochte. Esmeralda war vermutlich schon da gewesen, bevor man unser Haus gebaut hatte. Und jetzt, da wir fortgezogen waren, sah sie wahrscheinlich einer neuen Generation von Kindern beim Spielen und Aufwachsen zu.

»Gehst du manchmal noch zu ihr?«, fragte Leander.

»Da wohnt inzwischen eine andere Familie.«

»Na und? Ihr seid trotzdem noch Freunde, Esmeralda und du, oder nicht?«

Ich seufzte. »Ja, ein paarmal habe ich mich nachts auf das Grundstück geschlichen. Aber ich … obwohl ich mich in der Gegenwart von Bäumen noch immer wohlfühle, sie erinnern mich auch daran, dass es ausgerechnet einer von ihnen war, der –«

Leander nickte. »Verstehe«, sagte er und betrachtete nun die Wipfel über uns. »Weißt du, ich glaube auch, dass Bäume eine Seele haben. Allerdings eine durch und durch friedliebende. Diese Eiche im Gewitter wollte sicher nicht, dass jemand zu Schaden kommt.« Er verschränkte die Arme hinter dem Kopf und es hätte ein wirklich tröstlicher Moment werden können. Bäume, Geschichten aus meiner Kindheit, Leander, der vielleicht doch gar nicht so unnahbar war, wie ich bisher angenommen hatte …

Doch leider waren es die verschränkten Arme, diese simple Geste, die mir wieder ins Gedächtnis rief, woran ich mich erst heute Nachmittag zum allerersten Mal seit acht Jahren erinnert hatte. Eine Geste, die jeglichen Gedanken an Esmeralda und ihre Verwandten fortwischte.

Eine Geste, die alles änderte.

»Du«, sagte ich langsam und musterte ihn mit zusammengekniffenen Augen, »warst dort.« Ich senkte meine Stimme zu einem Flüstern herab. Gleichzeitig brach etwas in meinem Innern einfach weg und ich stürzte in die Tiefe, befand mich von einem Herzschlag zum nächsten im freien Fall. »Damals, meine ich. *Damals.* Ich hatte es bloß vergessen.«

Leanders Pupillen verengten sich, doch er schwieg, regte sich nicht, während mir die Szenerie plötzlich wieder viel zu deutlich vor Augen stand.

Papa und ich auf dem Weg zum Schwimmtraining. Das Unwetter, die Straße, das Eichenblatt, das auf die Scheibe herabsegelt. Der Baum, der in der Luft schwebt. Papa lutscht ein Hustenbonbon, ich spiele mit einer Figur aus einem Überraschungsei. Es ist ein kleiner Dinosaurier und ich lasse ihn über die Lehne des Beifahrersitzes vor mir laufen.

Dann knallt es plötzlich. Es knallt so laut! Der Baum hat nur auf den richtigen Moment gewartet. Die Windschutzscheibe zersplittert, der Wagen bricht aus, ich werde nach vorn geschleudert und dann zur Seite, stoße mir den Ellenbogen, spüre, wie der Anschnallgurt mich hält. Ein Zaun greift uns an. Der Dino entgleitet meinen Fingern, verschwindet für immer. Und noch während ich herumgewirbelt werde und etwas Scharfes mir in die Schulter schneidet, sehe ich aus dem Augenwinkel die hochgewachsene Gestalt eines jungen Mannes am Straßenrand. Er hält die Arme auf merkwürdige Art und Weise über dem Kopf erhoben und senkt sie dann herab.

Es ist Leander, der die Zeit wieder in ihre Bahnen lenkt.

Jetzt kommt er zu uns herüber, klettert zwischen den Ästen des Baumes und den Resten des Autos hindurch, beugt sich über Papa. Dann sind auch schon die ersten Sirenen zu hören. Plötzlich ist Leander verschwunden und Papa …

Papa ist nur noch eine leere Hülle.

Ich schluckte. Mir war eiskalt.

Alles in mir schrie danach fortzulaufen. Fort von diesem Kerl neben mir auf der Bank, diesem Jungen, der überhaupt kein Junge war, sondern vermutlich irgendeine Art krankes Monster, das vielleicht sogar in diesem Augenblick dieselbe gammelige Sweatshirtjacke wie vor acht Jahren trug. Wie hatte ich mich nur mit ihm über Esmeralda unterhalten können? Kaum zu glauben, dass ich gerade noch …

Leander sah mich lediglich an, sagte nichts.

Und ich konnte nicht davonlaufen, weil ich mich ja schließlich überhaupt nur deswegen auf diesen ganzen Zeitlosen-Kram eingelassen hatte: um endlich die Wahrheit über damals herauszufinden – ob sie mir nun gefiel oder nicht.

Mein zweiter Impuls war, Leander anzuschreien oder zu schütteln oder beides. Doch nicht einmal dazu war ich in der Lage. Wie versteinert starrte ich ihn an.

Ich starrte und starrte und starrte.

Es raschelte, als Leander schließlich eine zerknautschte, komplett durchnässte Packung Taschentücher aus seiner Hosentasche hervorkramte und mir entgegenstreckte. Bis gerade war mir nicht einmal aufgefallen, dass ich heulte.

Endlich gelang es mir, mich zu regen. Ich wischte Rotz und Tränen an meinem Ärmel ab und verschränkte die Arme vor der Brust. Es dauerte einen Moment, bis die Worte den Weg über meine Lippen fanden.

»Was«, fragte ich schließlich tonlos, »hast du getan?«

Leander schien drauf und dran, die Taschentuchpackung ins Gebüsch neben uns zu schleudern, doch dann räusperte er sich nur. »Ich hatte nicht gedacht, dass du mich wiedererkennen würdest«, brach er sein Schweigen. »Du warst noch ein Kind und … Verdammt, du kannst mich kaum länger als ein paar Sekunden gesehen haben! Wie kann es da sein, dass du –«

»Was du getan hast«, wiederholte ich. »Sag es mir. Sofort. Wieso hast du die Zeit angehalten? Was sollte das?«

»Ich habe sie nicht angehalten, ich habe sie nur weiterlaufen lassen. Wenn schlimme Dinge geschehen, bringen sie den Zeitstrom manchmal zum Erzittern. Dann fließt er ein wenig langsamer als sonst und hin und wieder bleibt die Zeit sogar für einen Augenblick vollkommen stehen. Die Zeiter sagen dann später oft, etwas wäre ihnen wie in Zeitlupe vorgekommen. Wir wissen nicht genau, warum es so ist, aber man vermutet, dass die gewaltigen Kräfte, die zum Beispiel bei einem Zusammenstoß von zwei Gegenständen mit großer Geschwindigkeit freigesetzt werden, Auswirkungen auf *les temps* haben können«, sagte er.

In der Stimmung für wissenschaftliche Zusammenhänge des Zeitflusses war ich momentan nun wirklich nicht. Ich schnaubte. »Also, erstens klingt das nicht gerade logisch, weil die Zeit nämlich schon stillstand, bevor der Baum uns traf, und zweitens erklärt es immer noch nicht, *warum du dort warst*!«

»Sie wird sicher nicht schon vor dem Unfall angehalten haben –«

»Ja, klar, weil Bäume häufiger mal in der Luft herumschweben und darauf warten, sich auf vorbeifahrende Autos zu stürzen. So was passiert natürlich andauernd.«

Leander verzog keine Miene. »Ophelia«, sagte er ruhig. »Du

warst noch sehr jung und im Nachhinein erinnerst du dich wahrscheinlich ein wenig anders –«

»Ich erinnere mich an *dich*!«, rief ich schluchzend. »Du warst dort, als mein Vater starb. Du warst dort und hast es mir nicht erzählt, Leander. Und du hast irgendetwas mit ihm gemacht! Sag mir die Wahrheit, ich muss sie wissen.«

Leander blinzelte ein paarmal, dann nickte er langsam, richtete den Blick auf einen Punkt irgendwo in der Dunkelheit vor uns. »Der Herr der Zeit hat mich damals nach Berlin geschickt, um die Seele deines Vaters einzusammeln«, sagte er ausdruckslos. »Das war Teil meiner Vorbereitung als Kandidat des Bernsteinturniers. Bis auf dich mussten wir uns alle einem solchen Test unterziehen – Grete, Darius, Sybilla und ich. Wir mussten jeder eine Seele zur Quelle übersetzen. Der Herr der Zeit wollte sehen, ob wir das Zeug dazu haben, seine Aufgabe zu übernehmen. Es tut mir leid, dass ich ausgerechnet deinen – hey, was soll das? Wo willst du denn auf einmal hin?«

Ich war so plötzlich aufgesprungen, als hätte die schmiedeeiserne Bank unter mir zu glühen begonnen und mich verbrannt. Und was sich in meiner Brust ausbreitete, kam einer Brandwunde tatsächlich erschreckend nahe. Leanders Worte schienen etwas in meinem Innern verätzt zu haben und das Brennen war so schmerzhaft, dass ich nicht anders konnte, als nun doch davonzustürmen. Zitternd schwankte ich auf die Straße hinaus.

»Ich dachte, du wolltest, dass ich dir alles erzähle!«, rief Leander mir hinterher.

Ja, und gleichzeitig will ich, dass du wieder die Klappe hältst.

Ich hörte seine schlurfenden Schritte, unregelmäßig, stolpernd. Er fluchte und ich tat es ebenfalls, während ein einzelner, absurder, grauenhafter Gedanke in einer Dauerschleife durch mein Hirn spukte: *Leander hatte Papa getötet. Leander hatte Papa getötet.*

Ich stürzte auf das Hotel zu.

»Miss? Geht es Ihnen nicht gut?«, erkundigte sich einer der Portiers.

Leander hatte Papa getötet.

Wortlos schob ich mich durch die Drehtür und ließ mir von einem eleganten Rezeptionisten einen Zimmerschlüssel aushändigen.

»Ist alles in Ordnung?«, wollte auch dieser wissen. »Brauchen Sie Hilfe?«

Leander hatte Papa getötet. Meine Tränen tropften auf den Tresen.

»Belästigt Sie dieser Herr?«

»Sie hat gerade eine traurige Nachricht erhalten«, sagte Leander hinter mir. »Etwas Familiäres. Ich kümmere mich um sie.«

Ein weiterer Schlüssel klimperte, während ich den gläsernen Aufzug betrat und mit verschleiertem Blick nach dem richtigen Knopf für die fünfte Etage suchte. Ich fand ihn ein paar Sekunden zu spät, denn Leander schaffte es gerade noch, sich hineinzuschieben, bevor die ebenfalls gläsernen Türen sich schlossen.

Rasch wandte ich ihm den Rücken zu.

»Ich habe deinen Vater nicht umgebracht«, erriet er meine Gedankenschleife. »Sondern lediglich dafür gesorgt, dass seine

Seele es sicher auf die andere Seite schafft. Ich hätte den Unfall nicht verhindern können, aber ich habe mich gut um deinen Vater gekümmert. Als ich ihn übersetzte, war ich sehr vorsichtig, die Barke lag die ganze Zeit über vollkommen ruhig im Staub.«

Sollte mich das etwa trösten? Der Fahrstuhl surrte in die Höhe, passierte den ersten Stock, dann den zweiten. Ich schloss die Augen.

»Toll«, sagte ich mit bebender Stimme. »Du hast meinem Vater zwar die Seele geraubt, aber, hey, es war eine coole Bootsfahrt und du warst wahrscheinlich, wie immer, schlecht drauf und ein wenig wütend, während du die Barke ganz allein durch *les temps* manövriert hast. Wie der leibhaftige, wortkarge, beschissene Tod! Danke, da fühle ich mich gleich besser.«

»Ich habe seine Seele an einen sicheren Ort gebracht. Mehr stand nicht in meiner Macht. Es tut mir leid.«

Ich atmete aus.

Im Grunde ahnte ich, irgendwo in dem Teil meines Gehirns, der noch zu halbwegs logischen Gedanken fähig war, dass Leander vermutlich recht hatte. Dass er getan hatte, was getan werden musste, und dass ich mich gerade unfair und kindisch verhielt. Ich war nicht mehr acht Jahre alt und ich hatte außerdem wirklich viel Zeit damit verbracht zu akzeptieren, dass es ein Unfall gewesen war. Oder zumindest mit dem Versuch.

Doch ich wurde dieses verdammte Bild nicht mehr los. Diese Erinnerung daran, wie Leander sich über meinen Vater gebeugt hatte, der einen Herzschlag zuvor noch geatmet hatte. Daran, wie ich einen weiteren Herzschlag später allein im Wagen gesessen hatte, allein mit etwas, das nicht mehr Papa gewesen war. Leander hatte den Unterschied gemacht und dieses Wissen schien sich mit jedem Atemzug tiefer in mein Herz zu brennen. Es überlagerte jegliche Vernunft und ließ mich traurig und gemein werden.

Das Gefühl, meinen Vater verloren zu haben, war mit einem Mal wieder beinahe so frisch und scharfkantig wie am allerersten Tag. Und es drohte mich in den Wahnsinn zu treiben. Ich schluckte, kämpfte dagegen an, so gut ich konnte.

»Ich …«, stieß ich nach einer Weile hervor, »ich hasse es einfach, dass ihr Zeitlosen immer so tun müsst, als wäre das alles eine super Sache. Dass ihr sogar einen Wettkampf darum austragt, wer die nächsten paar Jahrhunderte die Menschen ins Jenseits befördern darf. Das zu tun ist keine Ehre, es ist grausam, okay? Der Tod ist scheiße.«

Ich fuhr mir noch einmal mit dem Ärmel über Augen und Nase, während der Aufzug ein leises *Ping* hören ließ und die Türen öffnete. Wir traten auf einen menschenleeren Flur hinaus. Meine Zimmernummer war die 507 und ich begann, die Türschilder danach abzusuchen.

»Natürlich ist der Tod scheiße. Was glaubst du, wem du das sagst?«, murmelte Leander. »Wenn es jemanden gibt, der weiß, *wie* scheiße, dann bin ich das. Aber so ist es nun einmal, Menschen sterben und wir können das nicht verhindern. Das Einzige, was wir tun können, ist, ihren Seelen den Übergang auf die andere Seite so angenehm wie möglich zu machen.«

»Ich weiß«, blaffte ich und frickelte den Schlüssel in die Tür unter den Messinglettern 507. »Nur war mein Vater für mich eben nicht irgendein Mensch. Niemand, der stirbt, ist das. Jeder ist irgendjemandes Jemand, der plötzlich für immer fort ist. Und das ist … *hart.*«

Leander seufzte. »Ja, ist es. Ich wünschte, ich könnte etwas daran ändern. Ich wünschte, es würde irgendetwas nutzen, dass ich mehr *sehe* als andere. Aber das tut es nun mal nicht. Egal, wie sehr ich es will. Niemand lebt ewig.«

Ich nickte. »Du hast recht, ich …« Ich drückte mir die Handballen gegen die Augen und rieb sie einen Moment lang hin und her. »Ich denke, ich … muss das alles erst einmal verdauen und …« Ich drehte mich zu ihm um. »Ganz so einfach ist das mit der Lebenszeit ja wohl auch nicht, oder? Jedenfalls gelten für manche Menschen andere Regeln als für die übrigen.« Dieses Mal wich Leander meinem Blick nicht aus. »Wie alt bist du zum Beispiel wirklich?«, fragte ich ihn. »Achtzehn? Achtzig? Achthundert?«

Er zuckte mit den Schultern. »Mein Geburtsjahr kenne ich nicht. Aber ich schätze, ich könnte die Hundert vor ein paar Jahren überschritten haben.«

Ich nickte erneut, obwohl ich nicht so recht wusste, ob ich das in Ordnung fand oder ihn dafür verurteilte. Dafür, dass er noch immer am Leben war und Papa nicht.

Leander duschte so heiß, wie er es ertragen konnte. Dann zog er die nagelneuen Klamotten an, die Horatio wohl irgendwie von Zauberhand für ihn organisiert und aufs Bett hatte legen lassen. Boxershorts, Jeans, T-Shirt, Socken und Pullover. Nichts Besonderes, aber alles trocken und sauber und in seiner Größe.

Eine knappe Stunde später fand er sich erneut auf dem Korridor wieder. Obwohl jede Faser seines Körpers förmlich um Schlaf bettelte, hatte er einfach keine Ruhe finden können. Er hatte ferngesehen, Scarlett mit den Erdnüssen aus der Minibar gefüttert und sich schließlich eine Weile lang hin und her gewälzt. Doch seine Gedanken kreisten noch immer und das Herz in seiner Brust schlug viel zu schnell, gerade so, als wollte es ihm die wohlverdiente Pause einfach nicht gönnen. Also wanderte er nun an geschlossenen Zimmertüren entlang, zweifelte an seiner Zurechnungsfähigkeit und lenkte seine Schritte plötzlich in eine Richtung, die er beinahe sein ganzes Leben gefürchtet hatte. Normalerweise zog es ihn fort von anderen Menschen, doch jetzt …

Er klopfte und erschrak selbst darüber.

Das Geräusch war unwirklich. Dumpf, wie in einem Traum. Schlief er am Ende doch? Ja, bestimmt war es ein Traum, denn nur dort machte man Dinge, die so dämlich waren wie das hier. Oder?

Es dauerte eine ganze Weile, bis die Tür mit der Nummer 507 sich einen Spaltbreit öffnete, und als sie es tat, wusste Leander nicht, was er sagen sollte. Er wusste ja, verdammt noch mal, nicht einmal, warum er überhaupt hergekommen war.

Ophelias Haar war feucht und zerzaust. Sie blinzelte in die Flurbeleuchtung. »Was ist?«, nuschelte sie.

Leander gestattete sich, sie anzusehen. Ophelias Gesicht war schmal, fast schon klein, die Brauen vorwitzig geschwungen, passend zu dem Grübchen neben ihrem linken Mundwinkel. Ihre Nase war noch immer gerötet vom Weinen. Aber Leanders Blick glitt natürlich zu den braunen Augen, deren Pupillen – nur für ihn sichtbar – in allen Farben des Regenbogens schimmerten. Bunt, jedoch umrahmt von einem dunklen Kranz, dessen Strahlen sich tiefer und tiefer in die Iris vorarbeiteten, jeden Tag ein bisschen weiter, bis sie schließlich alle Farben auslöschen würden und –

»Geht es um Grete?«, fragte Ophelia. »Ist alles in Ordnung mit ihr? Und mit *les temps*?«

Leander seufzte. »Ich wollte nur … Tut mir leid, dass ich es dir nicht früher gesagt habe.«

Sie öffnete die Tür noch ein Stück, sodass ihm nun der Geruch des Hotelduschgels zusammen mit einem Schwall feuchtwarmer Luft entgegenströmte. Ophelia trug ein ähnliches T-Shirt wie er – dunkelblau und schlicht –, nur dass sie es anscheinend als Nachthemd benutzte.

»Danke.« Sie nagte einen Moment lang an ihrer Unterlippe. »Ich habe nachgedacht und … Hältst du es für möglich, dass es eine Zeitanomalie war, die den Unfall verursacht hat? Ich meine, weil sie doch schon stillstand, bevor der Baum auf uns fiel. Das könnte doch sein, oder? Jedenfalls munkelt man, dass die Probleme mit *les temps* damals meinen Vater verfolgt hätten.«

»Du denkst, die Zeit selbst hätte versucht, deinen Vater umzubringen?«

»Nicht nur *versucht*, würde ich sagen«, schnaubte sie finster.

Leander schüttelte den Kopf. »Auch wenn es momentan so aussieht, die Ströme führen kein Eigenleben. Sie haben keinen Willen oder so«, erklärte er ihr. »Na gut, ich schätze, ich gehe dann mal schlafen.«

Sie nickte, blieb jedoch weiterhin in der Tür stehen, genau wie er. Erst jetzt fiel ihm auf, dass sie ihren linken Arm auffällig unauffällig an die Wand gepresst hielt.

»Die ist von dem Zaun, oder?«, fragte er schließlich und deutete auf die Narbe an ihrem Oberarm, die sie vor ihm zu verstecken versuchte.

»Zaun?« Sie hob die Brauen und griff an ihre Schulter.

»Als ihr von der Straße abkamt, müsst ihr ihn durchbrochen haben. Ein Teil davon hatte sich auf Höhe der Rückbank ins Wageninnere gebohrt und, na ja …«

Für einen winzigen Augenblick füllten sich Ophelias Augen erneut mit Tränen, doch dann blinzelte sie sie entschlossen fort.

»Verstehe. Ich dachte immer, es wäre die Scheibe gewesen«, sagte sie, trat von einem Fuß auf den anderen, zwang sich offensichtlich dazu, sich zusammenzureißen und ihn nicht erneut anzuschreien. Stattdessen musterte sie ihn, atmete sorgfältig ein und wieder aus. Dann fragte sie leise: »Was genau *siehst* du, Leander?«

Er presste die Lippen aufeinander. »Das ist wirklich kompliziert«, sagte er und machte nun doch einen Schritt zurück, wollte sich umdrehen und gehen.

Ja, er sollte abhauen. Jetzt sofort. Warum sauste er nicht auf seinem Skateboard durch die nächtliche Stadt und konzentrierte sich einzig und allein auf das Geräusch der Räder auf dem Asphalt, den Fahrtwind und das Rumpeln von Schlaglöchern, Stufen und Treppengeländern? Warum tat er nichts, was ihn ablenkte? Bei dem es zu gefährlich wäre, an irgendetwas anderes zu denken? Verflucht, warum ging er nicht endlich pennen?

»Ich weiß«, entgegnete Ophelia. »Aber du könntest es mir trotzdem erzählen, oder? Wir haben Zeit. Zur Not können wir sie sogar ein bisschen zurückdrehen. Also, sobald wir wieder dazu in der Lage sind.« Sie trat beiseite. »Ich muss endlich ein paar Dinge verstehen, wenn ich nicht verrückt werden will. Okay?«

»Ich denke nicht, dass …«, murmelte Leander, doch Ophelia war bereits im Zimmer verschwunden, die Tür stand offen.

Leander seufzte, dann trat er über die Schwelle.

Der Raum unterschied sich nicht im Geringsten von seinem Zimmer. Er ließ sich in einem der Sessel vor dem Fenster nieder. Ophelia wickelte sich eine Decke um die Schultern und hockte sich im Schneidersitz ans Fußende ihres Bettes, sodass sie einander gegenübersaßen. Dann stützte sie den Kopf in die Hände und wartete – wartete darauf, dass er so weit war.

Leander schwieg eine kleine Weile, nicht, weil er nicht wusste, wie er anfangen sollte, sondern weil er daran zweifelte, ob er es überhaupt tun sollte. Die Menschen verstanden es nicht, das wusste er doch. Er hatte es schon einige Male versucht und manche waren freundlich und bemüht oder gar voller Mitleid für ihn gewesen (was er am meisten gehasst hatte). Aber wirklich nachvollziehen, was es bedeutete, wie er zu sein, das konnte niemand. Höchstens vielleicht der Herr der Zeit und nicht einmal da war er sich sicher. Welchen Sinn sollte es also haben, ausgerechnet Ophelia davon zu erzählen? Sie war jung und unerfahren. Und trotzdem war er noch immer hier, zog es in Erwägung. Sie schien also zumindest irgendetwas an sich zu haben, das ihn davon abhielt fortzulaufen …

»Ich konnte es schon immer«, begann er schließlich. »Soweit ich mich zurückerinnere, habe ich mehr in den Augen der Menschen gesehen als andere. Als Kind dachte ich natürlich, es sei normal, all diese Farben zu bemerken: blaue Funken in den Wimpernkränzen von Babys, grünen Nebel im Blick der Erzieherin des Waisenhauses, in dem ich die ersten Jahre meines Lebens verbrachte. Da waren Regenbögen in den Augen der anderen Kinder, die sich bei einem meiner Bettnachbarn schwarz zu verfärben begannen, schon einige Wochen, bevor er an der Schwindsucht starb.

Ich war etwa sechs, vielleicht sieben Jahre alt, als ich begriff, dass es eine Art Hellsichtigkeit sein musste. Dass die vielen jungen Männer, die mit dunklen Augen an die Front des Ersten Weltkriegs fuhren, nie wieder zurückkehren würden. Lange bemühte ich mich, diese Gabe zu nutzen, indem ich die Leute warnte. Manche habe ich versucht zu beschützen, sobald ich merkte, dass ihre Lebenszeit knapper wurde, aber es war immer vergeblich.« Er musste sich räuspern. »Da war zum Beispiel dieses Mädchen, zwei oder drei Jahre älter als ich. Mariana, sie hat sich um mich gekümmert. Wir waren Freunde, sind zusammen aufgewachsen. Aber eines Tages veränderten sich ihre Augen ganz plötzlich und –«

Für einen Moment hatte er Marianas glockenhelles Lachen wieder viel zu deutlich im Ohr. Sie war so fröhlich gewesen, dass es ihr sogar dann und wann gelungen war, ihn damit anzustecken. Doch dann hatten die Schatten auch von ihr Besitz ergriffen und niemand hatte auf ihn hören wollen.

»Mit der Zeit habe ich jedenfalls gelernt, dass es besser ist, nichts zu sagen und mich von anderen fernzuhalten«, schloss er.

»Weil es zu hart ist«, flüsterte Ophelia.

Er nickte kaum merklich.

»Es tut mir leid, dass du sie verloren hast. Diese Mariana, meine ich.«

»Danke. Es ist … schon sehr lange her.«

»Trotzdem.«

Ihre Blicke trafen sich.

Ophelia schluckte. »Du siehst also wirklich, *wann* jemand sterben wird?«

»Ja«, sagte Leander und schüttelte gleichzeitig den Kopf. »Ich … kann kein Datum erkennen oder so. Ich sehe nicht, wie es geschehen wird. Da ist nur diese Finsternis, die mir zeigt, wie lange sie noch haben, ehe sie die Schwelle der Zeitströme überqueren werden, um in die große Quelle zurückzukehren.«

Ophelia wickelte die Decke fester um sich. »Und wenn du in einen Spiegel siehst, kannst du wahrscheinlich sogar –«

»Ich schaue niemals in einen Spiegel«, unterbrach er sie eine Spur heftiger als beabsichtigt.

Sie blinzelte. »Verstehe«, sagte sie dann, während sie mit einer Hand geistesabwesend über die Narbe an ihrem Arm fuhr. »Manche Dinge sollte man nicht ständig vor Augen haben müssen.«

Leander erwiderte nichts darauf. Mit einem Mal kam sie ihm so verloren vor, wie sie da vor ihm hockte in ihrem Kokon aus Decken und Kissen, das nasse Haar in Zotteln auf ihrer Stirn klebend. Verloren und stark zugleich. Vielleicht, weil auch sie es gewohnt war, mit etwas Schrecklichem allein klarkommen zu müssen?

Eine Weile war jeder in seinen eigenen Gedanken versunken, und als Leander wieder zu sprechen begann, war seine Stimme ein wenig eingerostet. »Ich sollte jetzt gehen«, sagte er kratzig. »Ich brauche dringend eine Mütze Schlaf.«

»In Ordnung.« Auch Ophelia unterdrückte nun ein Gähnen. Sie presste die Lippen aufeinander, schien mit sich zu ringen, bevor sie flüsterte: »Leander? Wie dunkel sind meine Augen bereits?«

»Nicht«, entfuhr es ihm.

Sie durchbohrte ihn mit ihrem Blick. »Sag mir, wie viel Zeit mir noch bleibt, bitte.«

Er stand auf, machte einen Schritt auf sie zu, legte vorsichtig eine Hand auf ihre Schulter. Die nackte Haut ihrer Halsbeuge unter seinem Daumen war ihm überdeutlich bewusst. Glatt und weich. Er spürte die Wärme, sogar das zarte Pulsieren ihres Blutes …

Hatte er überhaupt schon einmal einen Menschen auf diese Weise berührt? Vielleicht Mariana, damals in jenem Sommer, in dem er zehn oder elf Jahre alt gewesen war und sie unbedingt im Fluss schwimmen gehen wollte? Als er versucht hatte, sie aufzuhalten, sie angefleht hatte, nicht ins Wasser zu springen? Doch sie hatte einfach nicht auf ihn hören wollen und … natürlich wäre es so oder so geschehen. Auf die eine oder andere Weise – die Finsternis log niemals.

Damals war er machtlos gewesen.

Und jetzt war er es auch.

Leander ließ seine Hand noch einen kleinen Moment auf Ophelias Schulter ruhen. »Du hast noch einige Jahre«, sagte er schließlich. »Es … da sind Schatten, ja, aber es sind noch Schlieren. Außerdem bist du eine Zeitlose. Wenn es zu brenzlig wird, kannst du immer noch im Bernsteinpalast bleiben.«

»Wie die schöne Helena: für immer gefangen unter der Erde«, murmelte Ophelia und neigte den Kopf kaum merklich, doch gerade so weit, dass eine ihrer Haarsträhnen seinen Handrücken kitzelte.

Leander ließ sie los. »Mach dir keine Sorgen, du hast noch Zeit«, murmelte er, während er rückwärtstaumelte.

»Du musst deswegen nicht –«, begann sie.

»Ich weiß.« Er durchquerte das Zimmer trotzdem. »Aber ich bin müde.«

»Ach so, klar. Dann …« Sie sah enttäuscht aus. Mochte sie

seine Gesellschaft etwa? Obwohl er die Seele ihres Vaters fortgebracht und ihr von seiner Gabe und ihrer Dunkelheit erzählt hatte? Er tastete nach der Klinke. »Schlaf schön.«

»Gute Nacht«, sagte Ophelia noch.

Kurz darauf zog er die Tür hinter sich zu.

Draußen lehnte er den Kopf gegen die Wand und schloss die Augen.

Scheiße.

Jetzt war es also offiziell: Er war der größte Idiot dieser Erde. Ein Idiot und ein Lügner.

Selten hatte er so viel Finsternis gesehen. Und noch nie hatte sie sich so rasch tiefer in jemandes Blick hineingefressen. Aber das hätte er Ophelia niemals sagen können, niemals. Stattdessen hatte er sie sogar *berührt*!

Mit einem Mal machte ihm die Vorstellung, Ophelias Seele bald überzusetzen, eine Angst, von der er gedacht und gehofft hatte, sie nie wieder spüren zu müssen. Offenbar hatte er in all den Jahren überhaupt nichts dazugelernt. Idiot!

Der Zeitfall, dieser ganze verkorkste Abend, Ophelia … das alles war zu viel. Viel zu viel. Wo war eigentlich sein Skateboard abgeblieben? Hatte er es etwa am Piccadilly vergessen?

Leander stürzte den nächtlichen Korridor entlang, lief nun doch wieder davon. Lief davon, wie er es immer tat.

Mariana hatte ihn im Scherz manchmal Peter genannt. Wie Peter Pan aus der Geschichte, die man ihnen abends vorlas. Wie der Junge, der für immer davor floh, erwachsen zu werden. Weil Leander ständig so wunderliche Dinge über die Augen der Menschen und über Bäche aus Staub erzählt hatte. Weder Mariana noch er selbst hatten damals natürlich den blassesten Schimmer davon gehabt, wer oder was Leander in Wirklichkeit war. Doch alles in allem hatte wohl mehr Wahrheit in diesem Spitznamen gelegen, als ihnen beiden bewusst gewesen war …

Leander drückte viel zu oft auf den Knopf des Aufzugs, als käme das blöde Ding dadurch früher bei ihm an.

Er musste dringend hier raus. Raus und fort.

Heute Nacht brauchte er etwas, das schnell war. Schneller als ein albernes Skateboard. Ein Motorrad vielleicht. Oder, ja, am besten eine Rennbarke …

13

Am nächsten Morgen weckte mich ein Anruf der Rezeption mit der Nachricht, dass ein Wagen auf mich wartete. Da ich es zum Glück gewohnt war, spät dran zu sein, schlüpfte ich in Windeseile ins Bad und in die Klamotten, die Horatio organisiert hatte. Auf dem Weg nach unten unternahm ich noch einen Abstecher zum Frühstücksbüfett. Exakt sieben Minuten nach dem Weckruf erreichte ich schließlich die Lobby, ein wenig außer Atem zwar, aber dafür mit Taschen voller Brötchen und Obst (okay, am Büfett hatte ich die Zeit einmal kurz angehalten, um die Schokoladencreme zu verstreichen, aber echt nur für eine halbe Minute oder so).

Erwartet wurde ich von Horatio, der einen etwas gestressten Eindruck machte und kaum von seinem Tablet aufblickte.

»Guten Morgen, Mademoiselle Pendulette«, begrüßte er mich abwesend.

»Guten Morgen«, sagte ich. »Ist irgendetwas passiert?«

»Nun, es hat sich gerade herausgestellt, dass Monsieur Andersen bereits letzte Nacht abgereist ist. Eigentlich sollte ich Sie beide ja nur zu Ihrer Barke bringen, aber nun werde ich Sie selbstverständlich persönlich an Ihrem nächsten Ziel abliefern.«

»Äh … aber«, stammelte ich. Wieso hatte Leander das gemacht? War er ohne mich zum nächsten Zeitfall aufgebrochen? Oder hatte er sich etwa aus irgendwelchen unverständlichen Gründen komplett von diesem Wettkampf verabschiedet? War irgendetwas vorgefallen, nachdem wir uns letzte Nacht verabschiedet hatten? Er hatte doch eigentlich bloß schlafen gehen wollen …

Horatio geleitete mich zur Limousine. Unmöglich zu sagen, ob es derselbe Wagen war, der uns gestern Abend hergebracht hatte, oder ein anderer. Der Fahrer saß wieder verborgen hinter getönten Scheiben und Horatio und ich hatten auf den geräumigen Rückbänken mehr als genug Platz.

Während mein Begleiter weiterhin auf seinem Tablet herumtippte, aß ich eine Banane und ein Brötchen und versuchte noch immer zu verstehen, warum Leander einfach fortgegangen war.

Trotz dieser schrecklichen neuen Erinnerung in meinem Kopf hatte ich letzte Nacht nämlich das Gefühl gehabt, dass es da eine Verbindung zwischen uns gegeben hatte, dass wir möglicherweise auf dem Weg waren, so etwas wie Freunde zu werden. Trotz allem. Aber vielleicht hatte ich mir das auch nur eingebildet?

Ich hoffte jedenfalls, dass es ihm gut ging und er nicht mitten in der Nacht plötzlich auf irgendeine dumme –

»Noch mehr schlechte Nachrichten«, unterbrach Horatio meine Gedanken nach einer Weile und seufzte. »Monsieur Salvatore und die andere Mademoiselle Pendulette haben den Wüsten-Zeitfall noch immer nicht unter Kontrolle bringen können. Er bockt und fließt viel zu schnell.«

Ich schluckte den letzten Bissen meines Brötchens herunter. »Haben die Zeiter es schon bemerkt?«, fragte ich.

Er scrollte auf seinem Tablet hin und her. »Zum Glück liegt er dafür zu abgelegen«, sagte er. »Allerdings sind in seiner Umgebung bereits 15 Minuten abhandengekommen. Das ist eine Katastrophe!«

Grete brauchte mich! Ich biss mir auf die Unterlippe, bis ich Blut schmeckte. »Dann muss ich so schnell wie möglich dorthin, um zu helfen. Wie lange dauert es denn bis in die Sahara?«

»Vier, vielleicht viereinhalb Stunden, würde ich sagen. Die *Tiempo* ist ein wenig größer und behäbiger als die *Hora*«, erklärte Horatio.

Ich wiegte den Kopf hin und her. »Und was ist, wenn wir eine von diesen kleineren Rennbarken nehmen?«

»Nun, die sind leider immer bloß für eine Person ausgelegt …«

»Könnten Sie denn so ein Ding besorgen?«

»Schon, nur –«

»Super, vielen Dank.«

»Mademoiselle Pendulette, mit Verlaub, Sie sind noch neu in unserer Welt und wissen doch gar nicht, wie man navigiert.«

»Aber mit Kanus kenne ich mich super aus, damit fahre ich im Ferienlager ständig. Ein bisschen was habe ich mir außerdem schon von Leander abgeschaut und den Rest können Sie mir bestimmt erklären. Ich meine, wenn ich einmal die richtige Welle abgepasst habe, müsste es doch eigentlich ganz einfach sein, oder?«

Horatio schien alles andere als begeistert von dieser Idee, doch da sein Tablet inzwischen einen Nachrichtenton nach dem anderen ausstieß, kam es ihm wohl auch nicht ungelegen, dass ich auf seine Chauffeurdienste verzichten wollte. Schließlich nickte er, zückte ein Handy und begann, alles Notwendige in die Wege zu leiten.

Eine halbe Stunde später bestieg ich ein winziges Bötchen auf der Themse. Es war wirklich klein, eher ein Kajak als ein richtiges Boot. Ich musste beim Hinsetzen aufpassen, mein Gewicht nicht falsch zu verlagern. (Meine Kanu-Erfahrung kam mir nun tatsächlich zugute.) Flusswasser und Staub platschten gemeinsam gegen die schaukelnde Bordwand.

»Sind Sie wirklich ganz sicher?«, erkundigte sich Horatio unterdessen noch ein letztes Mal.

»Absolut.« Ich nickte. »Machen Sie sich keine Sorgen.«

Er seufzte und reichte mir einen schweren Kompass aus Messing, über dessen Ziffernblatt sich zahllose silbrige Linien schlängelten. Dann machte er sich daran, das Tau zu lösen.

»Okay, wir haben noch etwa dreißig Sekunden. Denken Sie daran, dass Sie auf keinen Fall Ihre Welle verlieren dürfen, egal, was geschieht. Lassen Sie den Navigator nicht aus den Augen, ja?« Auch das hatte er natürlich schon mehrfach erwähnt, doch ich tat ihm den Gefallen, es erneut zu versprechen.

Dann kam auch schon die Welle. Zuerst war es nur ein kaum wahrnehmbares Kräuseln auf der Wasseroberfläche. Schlieren aus Staub stiegen aus den Tiefen der Themse empor, sponnen sich zu einem Netz und leckten an der kleinen Barke, bis ein immer stärkerer Sog entstand, der mich schließlich fortriss.

»Viel Glück!«, rief Horatio mir noch hinterher, während die Rennbarke bereits davonsauste, pfeilschnell durch die Fluten stob.

Es dauerte kaum einen Atemzug, London zu verlassen und wieder in das unterirdische Netz der Ströme einzutauchen. In meinen Ohren lag ein Rauschen, meine Haare flatterten wild umher, als mein Haargummi davongerissen wurde, und ich hatte im wahrsten Sinne des Wortes alle Hände voll damit zu tun, weder Ruder noch Kompass zu verlieren.

Meine bisherigen Reisen über *les temps* kamen mir im Vergleich zu dieser halsbrecherischen Fahrt geradezu lächerlich vor. Selbst die stürmische und überstürzte Abreise aus Berlin wirkte dagegen nun wie ein Kaffeekränzchen auf einem Vergnügungsdampfer. Ja, so eine Rennbarke zu steuern war ganz anders, als ich erwartet hatte. Doch es gefiel mir. Es gefiel mir sehr.

Es war, als würde die Geschwindigkeit alles andere aus meinem Kopf wischen. Jedes ungute Gefühl, jede Angst, jede Sorge. Die Kompassanzeige leuchtete und glitzerte, eine dicke, blinkende Linie kroch von rechts unten nach schräg links oben über das Ziffernblatt und ich lenkte ein wenig bei, um ihr weiter zu folgen.

Natürlich steckte mir die vergangene Nacht noch in den Knochen. Die Erkenntnis, dass Leander die Seele meines Vaters fortgebracht hatte, nagte an mir. Genauso wie seine Vorahnung, dass mir nur noch ein paar Jahre Lebenszeit bleiben sollten. Aber jetzt gerade trat all das in den Hintergrund, wurde überlagert von etwas Stärkerem, Größerem. Es war das Gefühl, frei zu sein. Jetzt, in diesem Augenblick, weil ich stark genug war, es allein zu schaffen. Diese Überfahrt und auch meine Suche nach der Wahrheit über den Unfall.

Plötzlich durchzuckte mich ein Gedanke, als hätte die Geschwindigkeit den Nebel aus meinem Kopf fortgefegt, der bisher wie ein Schleier über allem gehangen hatte.

Während der Anomalien verschwand Zeit! Die Uhren liefen rückwärts, wenn sie verloren ging, und in der Wüste waren angeblich gerade 15 Minuten verpufft. Konnte es da nicht sein, dass etwas oder jemand sie *stahl*?

Mein Herz flatterte.

Vielleicht hatte Papa ja die gleiche Vermutung gehabt! War er womöglich sogar dem Übeltäter auf der Spur gewesen, als er den Anomalien folgte und die alten Legenden erforschte? Hatte er mit dem Leben bezahlt, weil er dem Dieb zu nahe gekommen war?

Ich schluckte.

War der blonde Junge gefährlich? Ich klammerte mich fester an das Ruder der Rennbarke und beschleunigte, bis die Welt um mich herum sich vollends auflöste und zu einem gräulichen Strudel verschwamm. Auch die Linien und Pfeile auf meinem Kompass bewegten sich nun schneller – so wie es aussah, würde ich bereits in weniger als einer Stunde am Ziel sein. Zumindest, wenn alles glattging – und das tat es zunächst auch.

Das Steuern einer Rennbarke ging mir leicht von der Hand, ich hatte keinerlei Probleme damit, der Welle zu folgen. Meine Reise in die Sahara wäre quasi ein Kinderspiel gewesen, wenn mich nicht kurz vor meiner Ankunft (ich befand mich bereits inmitten von Dünen auf einem oberirdisch verlaufenden Teil von *les temps*) etwas gerammt hätte. Ich befürchtete schon, die Rennbarke versehentlich auf eine Art Sandbank oder so gelenkt zu haben, als es erneut geschah: Etwas prallte gegen die Bordwand, irgendwo schräg unter mir. Und zwar so heftig, dass ich beinahe meine Welle verloren hätte.

Ich beugte mich über die grauen Wogen, versuchte, etwas in ihnen zu erkennen, aber außer Staub und Spinnweben konnte ich nichts entdecken. Dennoch erzitterte die Barke nur Sekunden später ein weiteres Mal. Irgendetwas unter der Oberfläche schien wieder und wieder gegen mein Gefährt zu schwimmen, in dem Versuch, mich aus meiner Fahrrinne zu drängen. Konnte das sein? Nun ja, das hier war zumindest nicht der erste Vorfall, bei dem ich das Gefühl hatte, etwas in den Strömen würde mich angreifen …

Ich zerrte mit aller Kraft am Ruder, um dagegenzusteuern. Wieder donnerte das Etwas gegen die Barke und das Holz unter mir gab ein unschönes Geräusch von sich. Staub peitschte mir ins Gesicht. Jetzt glitt ich tatsächlich ein Stück von der Welle herunter, sodass die Barke schräg im Strom lag. Ich hustete, rieb mir mit dem Ärmel über die Augen, gleichzeitig umklammerte ich krampfhaft Kompass und Ruder.

Also gut, der Übeltäter schien von rechts zu kommen und ich musste ihn irgendwie aufhalten, bevor er mich zum Kentern brachte. Hatte ich denn nichts bei mir, um ihm eins überzubraten? Eine von diesen großen Taschenlampen aus dem Pfadfinderlager wäre jetzt gut gewesen. Oder von mir aus ein Knüppel.

Oder ein Ruder.

Dann würde ich die Welle allerdings auf jeden Fall verlieren.

Ich nagte an meiner Unterlippe.

Und plötzlich war da ein Schatten im flirrenden Staub zu sehen. Ein schemenhafter Umriss aus Farben und Formen, der sich auf mich zubewegte.

Die Sammlung des Präsidenten im Bernsteinpalast fiel mir wieder ein: Statuen und Gemälde von Ungeheuern, die angeblich in den Strömen hausten. Kunstobjekte. Die Zeitlosen waren sich sicher, da lebte nichts innerhalb von *les temps*. Es mochte Menschen geben, die beinahe unsterblich waren und Möglichkeiten besaßen, mit der und durch die Zeit zu reisen, ja, sogar einen Herrn der Zeit, der Seelen sammelte. Aber Fabelwesen, die existierten nun wirklich nicht.

Mit ein wenig Fantasie hätte man in all dem Staub allerdings einen dunkelgrünen Parka und hellblonde Locken erkennen können … Aber das war natürlich ebenfalls Unsinn, oder?

Der Schatten kam unaufhaltsam näher.

Ich schluckte, machte mich bereit, zuzuschlagen und die Welle zu verlieren. Die Gestalt hatte mich nun beinahe erreicht, ich riss das Ruder in die Höhe, holte aus und zögerte dann doch einen Herzschlag zu lang. War das dort wirklich *er*?

Wieder erzitterte die Barke, sie glitt nun endgültig vom Kamm der Welle, sackte ein ganzes Stück weg und trudelte um die eigene Achse. Für einen Moment sah ich nichts als Staub.

Den Schatten hatte ich längst aus den Augen verloren, beinahe wäre mir sogar der Kompass in die Fluten gefallen. Vielleicht auch vor Schreck, weil mich plötzlich eine andere Barke überholte. Es war ebenfalls ein windschnittiges Modell, doch ein wenig größer als mein Gefährt, und an Bord befanden sich zwei vermummte Gestalten in dunklen Umhängen, so ähnlich wie der Herr der Zeit einen trug. In ihrer Mitte kniete ein Junge mit dunklem Haar und angsterfülltem Blick. Man hatte ihm die Hände auf dem Rücken gefesselt, in seinem Mund befand sich ein Knebel!

»Hey!«, rief ich. »Was –?«

Doch weiter kam ich nicht, denn in diesem Moment rammte das Etwas oder der Jemand in den Fluten mich erneut. Dieses Mal von der anderen Seite und noch eine Spur heftiger als zuvor.

Verdammt!

Wieder geriet meine Barke aus dem Gleichgewicht, schwankte, drohte unterzugehen und … schob sich schließlich zurück auf die Welle. Die andere Barke verschwand so rasch aus meinem Sichtfeld, wie sie aufgetaucht war.

Noch ehe ich so recht begriffen hatte, was geschehen war, sauste ich schon wieder dahin.

Auf direktem Weg zum Wüsten-Zeitfall, wie mein Kompass mir blinkend bestätigte. Und außerdem ohne den Hauch einer Ahnung, was das gerade gewesen war.

Die ganze Welt war ockerfarben.

Ich hatte mir die Wüste immer vor allem heiß vorgestellt. Glühender Sand, auf den die Sonne erbarmungslos herunterbrannte, und kein Schatten weit und breit, keine Chance, der Hitze zu entkommen. Falsch gelegen hatte ich damit nicht, es war echt verdammt heiß, besonders, sobald der Fahrtwind abflaute und ich meine Barke schließlich neben der *Hora* an Land zerrte. Ich vertäute die beiden Boote miteinander und stapfte ein paar Schritte durch den Sand. Erleichtert entdeckte ich auch Leanders Rennbarke, die nicht weit entfernt lag. Ihr schwarzer Lack glänzte in der Vormittagssonne und sah dabei aus, als wäre er kurz davor zu schmelzen.

Ich fühlte mich ebenfalls, als würde ich jeden Augenblick zerfließen. Es war so heiß, dass ich es nicht einmal wagte, meinen Pullover auszuziehen, aus Angst, mir die nackten Arme zu verbrennen. Nun ja, mit der Hitze hatte ich, wie gesagt, gerechnet. Was mich überraschte, war die Stille.

Kein Verkehrslärm, kein Vogelzwitschern, kein Wind, keine wispernden Wipfel. Nichts.

Nur schweigender Sand und mein eigener Atem.

Ich erklomm eine der Dünen, meine Füße sanken dabei immer wieder ein, sodass ich ziemlich aus der Puste war, als ich endlich oben ankam. Aber wenigstens hatte man von hier eine bessere Übersicht. Ich schirmte meine Augen mit einer Hand ab und sah mich um.

Der Himmel über mir war genauso weit und leer wie die Wüste selbst. Düne reihte sich an Düne, reihte sich an Düne. Doch einige Hundert Meter weit entfernt schien sich der Sand gräulich zu verfärben, kurz bevor er einen besonders hohen Hügel hinabwalzte. Das musste der Zeitfall sein, der dort glitzerte! Er war gewaltig!

Aber eine Anomalie erkannte ich nicht. Wobei es hier ja auch keine Doppeldeckerbusse gab, an deren Fahrtrichtung man sich hätte orientieren können. Und wo steckten überhaupt die anderen? Da waren Fußspuren im Sand. Menschen mussten hier erst vor Kurzem hin und her gelaufen sein.

»Grete?«, rief ich und erschrak darüber, wie laut meine Stimme das Nichts zerschnitt. »Hallo?«

Der Zeitfall zeigte sich unbeeindruckt. Genauso wie der Rest der Wüste. Ich drehte mich um die eigene Achse.

»Haaallooo!«, probierte ich es noch einmal. »Ist irgendjemand hier?«

Weder Sonne noch Sand noch Staub antworteten mir.

Aber schließlich regte sich doch etwas: An Bord der *Hora* wurde eine Luke geöffnet und Darius' Gesicht erschien.

»Na endlich!«, rief er und winkte. »Deine Schwester reißt uns gerade die Köpfe ab.«

»Was? Wieso das denn?«

»Kannst du einfach herkommen?«

»Klar.«

Als ich drei Minuten später ebenfalls in den Bauch der *Hora* hinabkletterte, war Grete offenbar noch immer dabei, Leander und Darius auszuschimpfen, die sandig und erschöpft an dem kleinen Esstisch in der Kombüse saßen.

»Dieser Wettkampf hat *Regeln*«, betonte sie, auch aus ihrer Kleidung rieselte es unablässig. »Regeln, die es nicht umsonst gibt. Ihr solltet disqualifiziert werden. Alle beide!«

»Also eigentlich habe ich euch gerade den Arsch gerettet«, verteidigte sich Leander. »Wenn ich nicht schon eher gekommen wäre und euch mit dem Zeitfall geholfen hätte, würdet ihr vermutlich immer noch bis zum Hals im Staub –«

»Wenn es dir nur darum gegangen wäre, uns zu helfen, hättest du ja wohl kaum einen Umweg über Rom machen und deine eigene Barke holen müssen«, fauchte Grete.

»Glaub mir, diese Nussschale, die ich in London gekapert habe, hätte es niemals hierher geschafft.«

»Ich werde jedenfalls Präsident Pan anrufen und ihm alles erzählen. Sobald wir endlich wieder Scheiß-Handyempfang haben.«

Okay, meine Schwester war wirklich wütend. Ich quetschte mich zu Darius und Leander auf die Bank, während Grete auf ihrem Smartphone herumtippte und es schüttelte, als hoffte sie, dass ein Mobilfunksignal herausfiele. »Blödes Mistding!«

»Was ist denn überhaupt passiert?«, erkundigte ich mich.

Grete schnaubte. »Das Übliche. Ich bin umzingelt von Unfähigkeit.« Unter ihren Augen prangten dunkle Ringe, sie musste total übernächtigt sein – und mit den Nerven am Ende.

»Weil?«, fragte ich vorsichtig.

»Ach! Vor allem habe ich keine Zeit für so etwas. Ich muss üben.« Sie knallte ihr Handy auf den Tisch und machte auf dem Absatz kehrt. »Diese Temperaturen sind übrigens die Hölle für meine Geige«, rief sie noch, dann warf sie die Tür hinter sich ins Schloss.

»Äh«, stammelte ich und wandte mich an die Jungs. »Was genau habe ich nicht mitbekommen?«

Darius wiegte den Kopf hin und her. »Deine Schwester hält uns für Idioten.«

»Dafür hält sie eigentlich die meisten Menschen.«

»Schon, aber … ich habe vielleicht wirklich etwas Dummes getan«, räumte Darius ein.

Ich hob die Brauen. »Ach ja?«

Darius deutete auf den geöffneten Rucksack auf seinem Schoß, den ich bisher überhaupt nicht bemerkt hatte. In den dafür vorgesehenen Halterungen steckten eine ganze Reihe von Glasröhrchen, einige davon fein säuberlich etikettiert mit Orts- und Datumsangaben. Sie mussten Teil dieser bizarren Luftsammlung sein. Doch daneben entdeckte ich nun auch neun oder zehn Kolben, in deren Inneren etwas flirrte und leuchtete: gesammelte Sekunden.

So viele?

»Wieso hast du …?«

Darius nahm seine Brille ab und polierte die Gläser mit einer Ecke seines Poloshirts. »Ich habe in New York ein bisschen mehr mitgehen lassen, als wir sollten«, gab er zu, ohne mich anzusehen. »Aber nur, weil ich Angst hatte, vielleicht bei einem anderen Zeitfall zu scheitern. Meine Familie erwartet von mir, dass ich gewinne, versteht ihr? Seit tausend Jahren war kein Octobre mehr Herr der Zeit und ich kann nicht als Versager nach Hause kommen. Darum dachte ich, ich sorge ein wenig vor.«

»Nun, das *ist* gegen die Regeln«, sagte ich. Interessanterweise wunderte es mich nicht, dass er geschummelt hatte.

Darius seufzte. »Ich weiß. Deshalb hatte ich auch ein echt schlechtes Gewissen und mir überlegt, die zusätzlichen Sekunden vielleicht doch lieber wieder verschwinden zu lassen. Na ja, und als ich dann heute Nacht gesehen habe, wie viel Panik Grete vor diesen Zeitfällen hat, habe ich ihr eben angeboten, mit ihr zu teilen.«

Ich schüttelte den Kopf. »So etwas würde sie nie machen.« Meine Schwester mochte ehrgeizig und zickig sein, nicht selten gemein. Aber sie würde niemals betrügen.

»Ja, das habe ich jetzt auch begriffen.« Er schob sich die Brille wieder auf die Nase. »Unglücklicherweise denkt sie nun obendrein, *ich* hätte das Chaos im Central Park verursacht, indem ich mehr Sekunden stibitzt habe als geplant.«

»Was natürlich Blödsinn ist«, meinte Leander und stand auf. »Ich setze mal Teewasser auf. Wir sollten an einem Ort wie diesem viel trinken und warme Flüssigkeiten sind dabei besser als kalte.«

So fürsorglich kannte man ihn gar nicht. Ich runzelte die Stirn, doch er machte sich bereits am Herd zu schaffen, während Darius den Reißverschluss seines Rucksacks wieder zuzog.

»Klar ist das Blödsinn«, pflichtete er Leander bei, unterdessen stimmte Grete nebenan irgendeine Sonate an und der Sand vor dem Fenster knisterte nun doch leise, als würde eine Windböe hindurchfahren.

»Ich habe da ja auch eher einen anderen Verdacht, was hinter den Zwischenfällen stecken könnte«, sagte ich und berichtete den beiden von meinen Beobachtungen: von dem Jungen mit den blonden Locken und den wiederholten Angriffen auf mich und meine Barke. Und natürlich von meinem Geistesblitz auf der Fahrt hierher. Leider hielten Leander und Darius auch diese Theorie, nämlich dass ein anderer Zeitloser für Chaos sorgte, weil er Zeit stahl, Filme davon drehte und obendrein in den Strömen herumschwamm, für wenig glaubwürdig.

»Warum sollte jemand so etwas tun?«, meinte Leander.

»Abgesehen davon, dass er dazu sehr, sehr mächtig sein müsste«, sagte Darius. »Außerdem kennen wir alle Mitglieder der Bernsteinlinien und mir fällt absolut niemand ein, auf den die Beschreibung deines Goldjungen passt. Dir?«

Leander überlegte einen Moment lang, dann schüttelte er den Kopf.

»Eingebildet habe ich mir den Typen jedenfalls nicht«, sagte ich und verschränkte die Arme vor der Brust. »Ach ja, und dann war da noch etwas Komisches vorhin. Mich hat eine Barke überholt und ich weiß auch nicht, ich glaube, die Leute darin haben jemanden entführt.«

Darius hob ungläubig eine Braue.

Leander schüttelte den Kopf. »Unmöglich«, sagte er. »So etwas machen Zeitlose nicht. Du musst dich getäuscht haben.«

Damit schien das Thema für die beiden genauso erledigt zu sein wie Gretes Schlussfolgerung, dass Darius an allem schuld sein könnte.

»Weil alle Zeitlosen zu perfekt sind, um kriminell zu werden?«, bohrte ich trotzdem weiter. »Ebenso wenig, wie sie Barken kapern oder beim Bernsteinturnier schummeln würden, oder was?«

»Das ist etwas anderes«, sagte Darius und Leander fragte: »Lieber Kräutertee oder rote Früchte?«

»Haben wir nichts Stärkeres?« Darius begann damit, Sand aus seinen Ohren zu pulen.

Ich schnaubte. Gut, ohne den Rausch der Geschwindigkeit kamen mir meine Überlegungen nun auch etwas löchrig vor. Wenn Papa wirklich einen Zeitdieb gejagt hatte, warum hatten die Anomalien dann nach seinem Tod einfach aufgehört? Und der blonde Junge konnte wohl auch schlecht gleichzeitig im Wüsten-Zeitfall und in den Strömen unter meiner Barke herumgegeistert sein. Nein, das passte alles nicht wirklich zusammen.

Trotzdem, dass Grete die beiden Jungs für Idioten hielt, konnte ich mit einem Mal ganz gut nachvollziehen. Wenigstens ein bisschen Verständnis hätten sie zeigen können! Ich stemmte die Hände in die Seiten.

»Was hast du eigentlich angestellt, dass Grete auch sauer auf dich ist?«, fragte ich Leander.

»Na ja, ich bin mitten in der Nacht abgehauen und habe ihre kleine Schwester allein in London zurückgelassen. Obwohl es natürlich meine Aufgabe gewesen wäre, sie sicher in die Wüste zu begleiten, nachdem Grete selbst fortmusste.«

»Echt?« Ich hob eine Augenbraue. »Die *arme* kleine Schwester!«

Er reichte mir einen dampfenden Becher und sah mir dabei kurz in die Augen. *Tut mir leid*, sagte sein Blick.

»Wenn man bedenkt, dass er trotzdem nur etwa eine Stunde vor dir hier war, hat es allerdings nicht sonderlich viel gebracht, oder?«, warf Darius ein und pustete auf seinen Tee.

»Wie gesagt, ich musste meine Barke noch abholen.« Das schlechte Gewissen mir gegenüber stand ihm zwar ins Gesicht geschrieben, doch er bemühte sich offensichtlich, es hinter einer Maske aus Gleichgültigkeit zu verbergen. »Ophelia hat es ja nun auch alleine hergeschafft, oder?«, murmelte er und hantierte erneut mit dem Teekessel herum. »Sogar in einer Rennbarke.«

Die angegriffen wurde, dachte ich und räusperte mich. »Schwache Ausrede. Ganz schwach. Hast du sonst noch irgendetwas zu deiner Verteidigung vorzubringen?«

»Ausgeprägter Fluchtinstinkt?« Er zuckte mit den Schultern.

Darius lachte. »Stimmt, du hast wirklich was von Bambi.«

»Na, also der Vergleich hinkt ja wohl«, beschwerte sich Leander mit gespielter Entrüstung.

Ich sagte nichts. Doch während ich mir die Zunge an meinem Tee verbrannte, pflichtete ich ihm in Gedanken bei. Dieses Bild passte tatsächlich überhaupt nicht. Leander war kein Rehkitz, das sich vor allem und jedem fürchtete.

Er war eher so etwas wie ein sehr seltenes Tier, das letzte und einzige seiner Art. Ein Drache vielleicht. Ein Drache, der sich und andere vor seinen schrecklichen Kräften beschützen wollte, stolz und traurig. Ich fand, dass er die selbst gewählte Einsamkeit nicht verdient hatte. Auch nicht, und vielleicht gerade nicht, nach allem, was er mir letzte Nacht erzählt hatte.

Außerdem hatten mich Drachen schon immer fasziniert.

14

Der Zeitfall verhielt sich vorbildlich, als wir an diesem Nachmittag hineinkletterten. Nichts lief aus dem Ruder. Keine Zwischenfälle, keine Zeitknoten, keine Indianer. Nichts. Grete, Darius und Leander hatten ganze Arbeit geleistet.

Und dieses Mal gelang es sogar jedem von uns, eine Sekunde zu erbeuten. Zumindest beim traditionellen Teil des Turniers kamen wir also weiter und was die simple Jagd nach Sekunden betraf, blieben uns damit nun lediglich noch zwei Zeitfälle übrig: Schanghai und die Antarktis.

Hätten wir Handyempfang gehabt, hätten wir uns natürlich bei Präsident Pan erkundigt, wie es an der Anomalienfront aussah. Doch leider funktionierten weder das Internet noch das Telefonieren an sich in dieser Einöde. Wir hatten also keinen blassen Schimmer, ob *les temps* den Rest der Welt bereits in den Untergang getrieben hatten oder nicht. Natürlich sorgten wir uns. Ich fragte mich, ob es meiner Familie und meinen Freunden in Berlin gut ging, und auch, ob die Pendulettes im Bernsteinpalast wohlauf waren oder Panik schoben, nachdem das Chaos der Ströme in den letzten 24 Stunden beständig zugenommen hatte.

Am liebsten wären wir sicherheitshalber nach Rom zurückgekehrt, um uns mit Pan und der Garde zu besprechen. Doch die Wellen gen Norden waren an diesem Ort leider genauso selten wie Schatten und so hatten wir am Ende doch beschlossen, uns zunächst auf den Weg zu Zeitfall Nummer vier zu machen. Laut unseren Karten würde die nächste Welle zum Südpol uns nämlich bereits gegen Mitternacht erreichen.

An Deck der *Hora* warteten wir darauf, dass sich endlich etwas bewegte.

»Nun also auch noch die Antarktis«, murmelte ich, während Grete schon einmal einen Stapel warmer Anoraks, Mützen und Schals verteilte. Stirnrunzelnd betrachtete ich die gefütterten Stiefel, die sie als Nächstes aus einer Truhe am Heck des Schiffes zutage förderte. Noch war es für mich beinahe unvorstellbar, dass mir je kalt genug sein sollte, all diese Klamotten zu tragen. Noch befanden wir uns schließlich inmitten der Sahara.

Selbstverständlich war es nicht mehr so unerträglich heiß wie tagsüber. Seit die Sonne untergegangen war, hatte es sich sogar deutlich abgekühlt, sodass wir nun in langen Hosen und Sweatshirts auf den Planken saßen (die beiden Rennbarken nahmen beinahe den gesamten Platz im Bauch des Schiffes ein). Aber der Gedanke an Schnee und Eis hatte momentan dennoch etwas durch und durch Surreales an sich. Wir würden wirklich von einem Extrem ins andere reisen. Von der Gluthitze ins ewige Eis!

Ein Prickeln breitete sich in meinem Innern aus. Ja, doch, irgendwie gefiel mir dieses Abenteuer trotz allem. »War jemand von euch schon einmal dort?«, erkundigte ich mich.

Darius, der sich nun ebenfalls neugierig über die Kiste mit der Ausrüstung beugte, schüttelte den Kopf, genauso wie meine Schwester. Leander hingegen ließ ein Brummen hören, das nach einem Ja klang.

Ich wandte mich zu ihm um.

Er hatte es sich im Bug, ein ganzes Stück entfernt von uns anderen, bequem gemacht, den Kopf auf die Reling gelegt und bisher schweigend den Sternenhimmel betrachtet. Jack, der auf seiner Schulter saß, schien ebenfalls hypnotisiert von den unzähligen Lichtern über uns (vielleicht sahen sie für ihn aber auch einfach nur aus wie Tausende und Abertausende Kekskrümel).

»Wie ist es dort?«, fragte ich.

»Kalt.«

»Ach was.« Im Näherkommen erkannte ich, dass Leander die Sterne gar nicht beobachtete, sondern die Augen geschlossen hatte.

»Schläfst du?«

»Ja.«

Ich ließ mich neben ihm nieder.

Leander rührte sich nicht, doch er schien zu bemerken, dass ich ihn ansah. »Hättest du gerne einen Reisebericht von mir?«, fragte er nach einer Weile.

»Na ja, ich …«

Ich betrachtete seine Wimpern, die halbmondförmige Schatten auf die Haut unter seinen Augen warfen. Für einen Jungen waren es ungewöhnlich lange Wimpern. Aber zu Leander passten sie. Ich wunderte mich über mich selbst. Nachdem ich herausgefunden hatte, dass er es gewesen war, der Papas Seele fortgebracht hatte, war ich mir zunächst sicher gewesen, ihn dafür zu hassen. Doch dann hatte er mir von seiner Gabe erzählt und … auch das hatte mich nicht abgeschreckt. Im Gegenteil, ich hatte sogar das Gefühl, noch nie jemanden getroffen zu haben, der besser verstehen konnte, was es bedeutete, jemanden zu verlieren. Außerdem war Leander nun plötzlich Teil jener Nacht vor acht Jahren und das hatte überraschenderweise etwas seltsam Tröstliches.

»Lieber würde ich eigentlich noch mal deine Version des Autounfalls hören«, sagte ich schließlich. »Vielleicht gibt es da ja ein Detail in deiner Erinnerung, das mich weiterbringen könnte.«

Leander seufzte. »Ophelia –«, begann er.

»Ich werde dich nicht wieder anschreien, versprochen. Ich will nur … sichergehen, dass ich wirklich die ganze Geschichte kenne, verstehst du?«

»Ja, schon«, murmelte er. »Ich fürchte allerdings, dass dies hier weder der richtige Ort noch der richtige Zeitpunkt für deine Nachforschungen ist.«

Mein Blick huschte zu Darius und Grete herüber, die gerade über die Notwendigkeit von Schneeschuhen diskutierten. Wollte Leander nicht, dass die beiden mitbekamen, was er wusste? Warum nicht? Wusste er etwa … *Brisantes*? Also war da doch noch mehr, als er mir gestern erzählt hatte! Ha!

»Okay«, raunte ich. »Wo und wann?«

Leander seufzte erneut. »So habe ich das nicht gemeint. Du bist auf der Suche nach einem Geheimnis, das es überhaupt nicht gibt. Aber …« Er schien einen Moment mit sich zu ringen, bevor er weitersprach. »Aber wenn es dir so wichtig ist, helfe ich dir. Sobald wir wieder im Bernsteinpalast sind, einverstanden?«

»Danke.« Ich lehnte mich ebenfalls gegen die Reling, den Kopf in den Nacken gelegt.

Der Himmel spannte sich hoch über uns wie ein glitzerndes, schwarzes Tuch. Für einen Augenblick schockierte es mich, dass es etwas gab, das noch älter war als die Wüste, in der wir uns befanden. Dann wischte ich diesen irrelevanten Gedanken fort.

»Also gut«, sagte ich. »Erzähl doch mal, wie war es sonst so am Südpol? Außer kalt, meine ich.«

Leanders Mundwinkel zuckten. »Es war auch ziemlich windig.«

Tatsächlich stürmte es gewaltig, als wir den antarktischen Zeitfall schließlich am Vormittag des folgenden Tages erreichten. Noch immer waren keinerlei Nachrichten aus Rom eingetroffen.

Die erste Hälfte der Überfahrt hatte ich mit einem Nickerchen in meiner Koje verbracht, die zweite damit, an Deck zu stehen und über immer größere Eisberge zu staunen. Schon bald hatte ich meine neuen Winterklamotten zu schätzen gelernt – vor allem den Schal, den ich mir vor Mund und Nase gebunden hatte, weil mir der Wind zu sehr ins Gesicht biss.

Les temps waren zunächst eine ganze Weile lang ober- und unterhalb des afrikanischen Kontinents verlaufen, bevor sie sich am Kap der Guten Hoffnung gegen Morgen ins Meer ergossen hatten. Die Welle hatte uns quer durch den Antarktischen Ozean getragen und anschließend auf einem staubigen Fluss mitten durch das Packeis geführt, das nun unter dem Rumpf der *Hora* knackte. Wir glitten an Gletschern und kargen Gebirgszügen vorbei. Dann und wann ließen diese ein leises Grollen hören, wenn der Sturm an Eis und Fels fraß, doch die meiste Zeit über schwiegen sie.

Es war eine andere Stille als die der Wüste. Unvollkommener. Wissender. Abwartend. Wie die Stille einer uralten Kathedrale.

Selbst in Staub und Spinnweben trieben hier und da Eisbrocken und begleiteten uns auf unserem Weg tiefer Richtung Süden. Ich atmete die Kälte und ließ meinen Blick in die Ferne schweifen, zu der Stelle, an der Schnee und Himmel miteinander verschmolzen. Es hätte mich nicht gewundert, wenn sie wirklich ineinander übergegangen wären, hier, so nahe am Ende der Welt …

Grete, die nicht weit von mir stand, seufzte leise, und als ich mich zu ihr umwandte, sah ich, dass sich die Finger in ihren Handschuhen bewegten, als spielte sie auf einer unsichtbaren Geige. Als drängte es sie, diesen wundersamen Ort mit einer Sinfonie zu untermalen. Doch dann donnerte irgendwo links von uns eine kleine Lawine in die Tiefe und ihre Augen weiteten sich, sodass ihre alte Angst vor dem Unbekannten wieder genug Platz darin hatte. Jene Angst, die sie schon als Kind davon abgehalten hatte, mit mir auf Bäume zu klettern. Meine Schwester schlang die Arme um ihren Oberkörper und die stumme Sinfonie blieb unvollendet.

Ich stellte mich neben Grete. »Ganz schön ungemütlich hier.«

Sie nickte. Ein paar Haarsträhnen hatten sich trotz Mütze und Kapuze aus ihrem Zopf gelöst und umflatterten ihr Gesicht in einem wilden Tanz. Dass sie sich Sorgen um mich gemacht hatte, weil ich den ganzen Weg in die Sahara allein hatte zurücklegen müssen, freute mich noch immer.

»Wollen wir lieber unter Deck gehen und uns ein wenig aufwärmen, bis wir da sind?«

Grete schüttelte den Kopf.

Aber sie rückte auch nicht von mir ab.

So froren wir gemeinsam eine weitere Viertelstunde, bis sich vor uns schließlich der Zeitfall aus dem Horizont schälte.

Die Jungs warfen den Anker, es knirschte, als sich die *Hora* ein Stück ins ewige Eis hineingrub. Darius sprang als Erster von Bord und wir anderen folgten ihm aufgeregt. Natürlich verkorkten er und Grete sofort wieder Luftproben für ihre komische Sammlung. Ich für meinen Teil bezweifelte allerdings, dass sich der Geruch dieses Ortes so sehr verändern konnte. Auch diese Wüste wirkte dermaßen aus der Zeit gefallen, dass ich mich beim Erklimmen des Hügels sogar kurz dabei erwischte, wie ich verstohlen auf meinen Herzschlag horchte – sicherheitshalber. Dann jedoch war ich dem Zeitfall so nah, dass in meinem Kopf einfach kein Platz mehr für etwas anderes war als dieses *Rauschen*.

Sämtliche anderen Zeitfälle, die wir bisher besucht hatten, waren geräuschlos gewesen.

Dieser nicht.

Vielleicht lag es an den Schneeflocken, die immer wieder zwischen dem Staub aufblitzten, während er sich von der

Gletscherkante vor uns in die Tiefe stürzte. Vielleicht lag es auch einfach nur daran, dass ich noch immer so gut wie keine Ahnung von der Welt der Zeitlosen hatte. Jedenfalls raschelte und knisterte und zischte dieser Zeitfall, was das Zeug hielt. Wie ein gigantisches, schlecht eingestelltes Radiosignal. Wie etwas Lebendiges.

Musste das so sein? Oder war hier schon wieder etwas nicht in Ordnung? Die anderen schienen nicht sonderlich überrascht.

»Also gut.« Darius hastete auf den Abgrund zu. »Wünscht mir Glück«, rief er noch, da sprang er bereits in die Fluten, ohne auch nur einen Wimpernschlag lang zu zögern.

Ich blinzelte. »Findet ihr es nicht auch ein bisschen komisch, wie eilig Darius es heute hat?«

»Vielleicht will er es einfach schnell hinter sich bringen, bevor er erfriert«, bibberte Grete. »Außerdem erwischen wir so vielleicht die Welle in zehn Minuten. Je schneller wir in die Zivilisation zurückkehren, umso besser, oder?«

»Mhm«, machte Leander. »Stimmt. Wahrscheinlich wartet man schon auf uns.«

Wir traten ebenfalls näher an die Gletscherkante heran und beugten uns ein wenig vor, um den Zeitfall zu beobachten. Darius' Gestalt war inmitten des rauschenden Staubs nicht auszumachen. Dafür entdeckte ich jedoch mehrere glimmende Sekunden, die in einem kleinen Pulk in die Tiefe segelten. Noch lange bevor sie den Boden erreichten, kletterte Darius bereits etliche Meter unter uns wieder aus dem Zeitfall. Er winkte uns zu und formte mit Daumen und Zeigefinger einen Kreis, das

Zeichen, das Taucher benutzten, um einander zu signalisieren, dass alles okay ist.

Na gut. Ich holte tief Luft.

Aus dem Augenwinkel bemerkte ich, wie Leander zuckte, als wollte er mich im letzten Moment zurückhalten. Doch er tat es nicht und ich hätte ihn wohl auch nicht gelassen. Mein Blick klebte noch immer an dem Grüppchen schillernder Sekunden und in meinen Adern pulsierte bereits das Jagdfieber. Ich sprang, als wäre es das Natürlichste auf der Welt, als hätte ich bereits mein gesamtes Leben mit Kletterpartien durch die wildesten Verknotungen der Zeit verbracht.

Die Fluten hießen mich knisternd willkommen, schon im nächsten Moment sah ich nichts mehr außer Staub und Schnee und dem fernen Glitzern der Sekunden irgendwo unter mir. Mit beiden Händen griff ich nach den Strömen und auch meine Füße begannen wie von selbst damit, nach Halt zu suchen. Die dicken Stiefel an meinen Füßen und die gefütterten Fäustlinge an meinen Händen machten die Sache zwar ein wenig komplizierter, als ich gehofft hatte, doch schon bald krabbelte ich kopfüber hinter meiner Beute her. Und der Schal vor meinem Gesicht war gar nicht mal so unpraktisch. Er hielt nämlich außer der Kälte auch einen Großteil der Staubkörner davon ab, sich ihren Weg in meinen Mund und meine Nase zu bahnen, und erleichterte mir das Atmen deutlich. Dass ich darauf nicht früher gekommen war …

Stück für Stück näherte ich mich den Sekunden, schob mich unaufhaltsam auf sie zu und war doch nicht schnell genug. Mich trennte nur noch eine Armeslänge von ihnen, ich hatte die Hände bereits ausgestreckt, als es geschah: Die Gruppe aus vier schimmernden Sekunden prallte auf die eisige Ebene und brachte sie zum Erzittern.

Plötzlich entglitt mir die Zeit. Die Ströme, an denen ich mich gerade noch entlanggehangelt hatte, begannen zu zucken und zu bocken. Dann kamen sie bedrohlich nahe, umschlangen meinen Körper und meinen Hals, nur um im nächsten Moment zischend und peitschend durch den Zeitfall zu schlagen.

Eine der staubigen Schlingen traf mich an der Schläfe, eine andere im Nacken. Mir wurde schwindelig, einen Herzschlag lang sah ich gar nichts mehr, dann nur noch Chaos und Staub. Die Sekunden waren verschwunden und ich stürzte das letzte Stück in die Tiefe.

Zum Glück war ich schon beinahe unten gewesen und so tat es zwar weh, als ich auf dem Eis landete, doch ich schaffte es, mich einigermaßen abzurollen.

Als ich schließlich fluchend auf die Beine kam, tobte um mich her ein Unwetter. Der Zeitfall war außer Rand und Band, er schien sich nicht entscheiden zu können, ob er sich weiterhin wie ein Wasserfall über die Gletscherkante schieben oder doch lieber als gigantischer Wirbelsturm in den Himmel schrauben sollte.

Hoch über mir erkannte ich Leanders und Gretes bleiche Gesichter. Ich wollte ihnen zurufen, dass ich unverletzt war, doch eine Mischung aus aufgepeitschtem Schnee und Staub verschluckte meine Worte, kaum dass sie meinen Mund verlassen hatten.

Dann entdeckte ich Darius neben mir. Er hielt die Arme vor der Brust verschränkt und betrachtete das Durcheinander. Wegen des Schneetreibens dachte ich zunächst, ich würde mich irren, und schaute noch einmal genauer hin, doch mein erster Eindruck hatte mich nicht getäuscht: Auf seinem Gesicht lag ein äußerst selbstzufriedenes kleines Lächeln.

Ich schob mich zwischen ihn und den tobenden Zeitfall und reckte das Kinn. »Das ist nicht dein Ernst, oder?«, rief ich. Hatte meine Schwester mit ihren Anschuldigungen doch recht gehabt? Hatte ich mich geirrt und Darius war der wahre Unruhestifter?

Er blinzelte, schien mich erst jetzt zu bemerken und das seltsame Lächeln zerknitterte, wurde mit einem Schlag schuldbewusst.

Na toll!

»Was –«, begann ich, doch Darius fiel mir ins Wort.

»Ich habe nur die Sekunden zurückgegeben, die ich gar nicht erst hätte stibitzen dürfen«, erklärte er. »Ich wollte mich nur an die Regeln halten, ehrlich.«

»Ja, klar.« Ich schnaubte. »Du hattest natürlich keine Ahnung, dass der Zeitfall dadurch außer Kontrolle geraten würde und wir anderen dann keine Chance mehr hätten, weitere Sekunden zu sammeln.« Wütend bohrte ich meinen behandschuhten Zeigefinger in seine Brust. »Deshalb bist du auch als Erster gesprungen.«

»Ich«, Darius wischte sich einige Schneeflocken von der Brille, »wollte es einfach nur hinter mich bringen, mehr nicht. Es ist natürlich schon etwas blöd, dass ich nun der Einzige bin, der eine Sekunde gefangen hat, aber so etwas passiert. Dieses Turnier ist eben kein Kinderspiel. Tut mir echt leid für euch.«

Ich hätte beinahe gelacht, weil es ihm so offenkundig überhaupt nicht leidtat. Außerdem war ich viel zu zornig, um mich weiter mit ihm zu befassen. Ich wandte mich wieder dem Zeitfall zu, hoffte, dass auch Leander und Grete erkannt hatten, dass es viel zu gefährlich sein würde, jetzt noch hineinzuklettern. Die beiden standen zum Glück noch immer dort oben und sahen zu uns hinunter. Leander hatte einen Arm ausgestreckt, um Grete davon abzuhalten, zu nah an die Kante zu treten. Meine Schwester rief irgendetwas, das ich nicht verstand.

Der Zeitfall selbst zischte noch immer bedrohlich, wirbelte bald hierhin, bald dorthin, bäumte sich auf wie ein verängstigtes Tier. Die überzähligen Sekunden schienen ihn vollkommen aus dem Takt gebracht zu haben. Ob er sich irgendwann wieder beruhigen würde? Und wenn ja, wann würde das sein? Würden wir doch noch unsere Chance bekommen? Und konnte ich eine zweite Runde innerhalb eines Tages kräftemäßig überhaupt schaffen?

Leider bezweifelte ich beides.

»Ich habe nur die Sekunden zurückgegeben, die ich gar nicht erst hätte stibitzen dürfen«, sagte Darius hinter mir noch einmal. »Ich wollte mich nur an die Regeln halten, ehrlich.«

»Ach, komm schon, verarsch mich nicht!«, brummte ich, ohne den Blick vom Zeitfall zu wenden. Denn irgendetwas hatte sich gerade darin bewegt. Oder war das eine optische Täuschung gewesen?

»Ich wollte es einfach nur hinter mich bringen, mehr nicht. Es ist natürlich schon etwas blöd, dass ich nun der Einzige bin, der eine Sekunde gefangen hat, aber so etwas passiert. Dieses Turnier ist eben kein Kinderspiel.«

Ich stutzte, weil das exakt der gleiche Wortlaut gewesen war, den er auch vorhin …

»Tut mir echt leid für euch.«

Oben auf dem Gletscher schien meine Schwester Anstalten zu machen, näher an die Kante zu treten, und Leander streckte nun erneut den Arm aus, um sie aufzuhalten.

»Ich habe nur die Sekunden zurückgegeben, die ich gar nicht erst hätte stibitzen dürfen. Ich wollte mich nur an die Regeln halten, ehrlich«, erklärte Darius schon wieder mit derselben falschen Reue wie vorhin. Ich fuhr herum, aber sein Blick war reglos auf einen Punkt gerichtet, an dem sich vermutlich vor noch gar nicht allzu langer Zeit mein Gesicht befunden hatte. Ja, jetzt zuckte er sogar kaum merklich zurück, als würde ihm jemand einen unsichtbaren Zeigefinger gegen die Brust rammen!

Was, bei allen Zeitströmen dieser Erde, ging hier bitte schön vor sich?

Ich wirbelte beinahe so schnell um meine eigene Achse, wie es der Zeitfall gerade tat, schaute mich in alle Richtungen um, auf der Suche nach einem Hinweis. War dies bloß eine zusätzliche Auswirkung von Darius' »unüberlegter« Sekundenrückgabe? Oder handelte es sich um eine weitere Zeitanomalie?

Was immer dies hier auch ausgelöst haben mochte, wir befanden uns definitiv inmitten einer Zeitschleife. Einer, die jeden von uns einzuschließen schien.

Jeden, außer *mich*.

An der Gletscherkante jedenfalls hielt Leander mal wieder meine Schwester zurück. Darius log derweil zum vierten Mal, was das Zeug hielt (und, ehrlich, er war von Mal zu Mal weniger überzeugend dabei). Da endlich entdeckte ich die Gestalt im Zeitfall, die sich aus den (inzwischen in einem immer wiederkehrenden Muster) peitschenden und bockenden Fluten wand.

Es war ein Junge, unter dessen Mütze hier und dort eine blonde Locke hervorlugte. Er klopfte sich den Schnee von seinem Parka, dann kam er mit raschen Schritten auf mich zu, ohne jedoch die silbrigen Ströme loszulassen, die er sich um die Handgelenke geknotet hatte. Das mussten die Enden der Zeitschleife sein.

Ich starrte ihn an.

Er war es zweifelsohne, ich erkannte die lange Nase und die Sommersprossen, sogar die abgewetzten dunkelgrünen Jackenärmel. Nur das doofe Handy zum Filmen fehlte. Mein Mund klappte auf und wieder zu.

Schon war der Typ bei mir.

»Ophelia Pendulette.« Er nickte mir zu.

»W…was?«, stammelte ich und wich ein Stück vor ihm zurück, sodass ich gegen Darius prallte, der davon allerdings nicht das Geringste mitzubekommen schien, sondern einfach weiter seinen Text aufsagte. Ich musterte den Typen mit zusammengekniffenen Augen, dann sprudelte es aus mir heraus: »Wer bist du? Was soll das hier?« Ich machte eine ausholende Bewegung, die den Zeitfall und die Zeitschleife einschließen sollte. Und vielleicht auch die ganze Welt. »*Wer bist du?*«

»Ich heiße Alexej«, sagte er auf Französisch, jedoch mit einem harten Akzent, der irgendwie osteuropäisch klang. »Ich würde gerne mit dir reden. Es ist wichtig. Und wir haben nicht viel Zeit. Komm mit.«

Mit diesen Worten ließ er mich stehen, rannte beinahe zum Fuße eines der umliegenden Hügel. Vielleicht weil es dort nicht ganz so sehr stürmte, sodass man weniger gegen den Wind anschreien musste? Er sah sich zu mir um. Erst vorletzte Nacht war der Kerl abgehauen, als ich versucht hatte, ihn zur Rede zu stellen – *und nun kam er freiwillig zu mir*? Der Junge, dessen Existenz Darius und Leander als pure Einbildung abgetan hatten.

Der Junge, der vielleicht ein Zeitdieb war.

Ich warf einen letzten Blick auf meine Schwester und Leander oben am Rande des Zeitfalls sowie auf den plappernden Darius. Dann straffte ich die Schultern und machte mich auf den Weg zu Alexej, dem mysteriösen Zeitlosen.

»Okay«, sagte ich, als ich ihn erreichte. »Was bist du?« Ich deutete auf die Zeitströme an seinen Handgelenken.

Doch anstatt zu antworten, blickte er sich rasch nach allen Seiten um, dann sah er mir in die Augen. »Du darfst niemandem von mir erzählen, alles klar?«

»Warum nicht?«

»Es wäre zu gefährlich«, sagte Alexej. Wieder spähte er an mir vorbei, gehetzt wie ein Tier auf der Flucht. Mir wurde klar, dass er mich nicht in den Schatten der Felswand gelockt hatte, weil ihm kalt war oder er mir etwas antun wollte, sondern weil sie zumindest etwas Sichtschutz bot.

Seine Schultern bebten. »Versprich es mir. *Bitte!*«

»In Ordnung.« Ich nickte. »Vor wem versteckst du dich?«

»Eigentlich dürfte ich überhaupt nicht mit dir sprechen. Sie ist der Meinung, wir sollten dich lieber nicht einweihen, aber ich hoffe –«

»Wer ist *sie*?«, fragte ich. »Und warum hast du mein Boot angegriffen? Was soll das mit den Anomalien? Du verursachst sie, oder?«

Er war einen halben Kopf kleiner als ich und auf jeden Fall jünger, das erkannte ich jetzt. So aus der Nähe betrachtet, schätzte ich ihn auf etwa vierzehn (wobei das Aussehen bei Zeitlosen natürlich überhaupt nichts aussagte).

»Hast du dich denn nie gefragt, warum Sybilla Cho nicht bei der Eröffnungsfeier des Bernsteinturniers aufgetaucht ist?«, fragte er.

»Natürlich habe ich das!« Ich atmete aus. »Wenn das hier eine echte Unterhaltung werden soll, musst du allerdings wenigstens ein paar meiner Fragen beantworten.«

»Ich weiß, ich … ich wünschte, ich könnte es. Aber …« Er zuckte zusammen.

Einen Herzschlag später knallte es irgendwo in der Nähe des Zeitfalls. Es war ein Geräusch wie berstendes Kristall. So ähnlich hörte es sich auch an, wenn zu Hause in Berlin die Altglascontainer an der Ecke geleert wurden. Doch abgesehen vom Lärm war alles wie zuvor: Der Zeitfall tobte, während meine Schwester und die Jungs in einer Zeitschleife feststeckten. Und mir fehlten noch immer etwa eine Million Antworten.

Alexej jedoch schien nun vollends in Panik zu geraten. Hektisch wickelte er die Enden der Zeitschlaufe noch ein wenig fester um seine Handgelenke, dann angelte er etwas aus der Tasche seines Parkas und streckte es mir entgegen.

Es war ein kleiner Stoffbeutel, fleckig und am oberen Ende mit einer Kordel verschlossen, nur wenige Gramm schwer. »Hier, nimm das«, sagte er. »Dein Vater hätte es so gewollt. Pass gut darauf auf. Zeig es niemandem! Schwör mir, dass du es geheim hältst, ja?«

Ich drehte das Beutelchen hin und her, wollte es öffnen, doch Alexejs Hand schnellte vor und hielt mich davon ab. »Nein! Steck ihn ein, mach schon, schnell!«, beschwor er mich. In seinen Augen glitzerte Angst und ich erschrak, als mir klar wurde, dass es Angst in ihrer reinsten Form war. Todesangst.

»Ich verspreche dir, dass ich ihn gut verwahren werde«, sagte ich und schob das Ding ohne weitere Umschweife in den Ärmel meines Anoraks. »Mach dir keine Sorgen, bei mir ist er sicher.«

Er nickte, schien für den Bruchteil einer Sekunde aufzuatmen. Ich wollte ihn gerade fragen, was er über Papa wusste, da krachte der Zeitfall erneut.

Alexej sprintete los, drehte sich auf halbem Wege noch einmal zu mir um. »Danke!«, rief er, während er geschickt die Enden der Zeitschlaufe losknotete. Dann verschwand er auch schon mit einem Hechtsprung inmitten der staubigen Fluten.

Mit weichen Knien taumelte ich zurück zu den anderen. *Wer, um alles in der Welt, war dieser Junge nur?*

»Tut mir echt leid für«, leierte Darius derweil immer noch, brach dann jedoch mitten im Satz ab. Unsicher blinzelte er mich an. »Was ist passiert?«

Das Knallen und Scheppern hatte aufgehört und auch sonst waren keine verdächtigen Gestalten mehr in den Strömen zu erkennen. Niemand schien herauszusteigen, um Alexej oder mich oder sonst wen zu ermorden oder dergleichen. Allerdings buckelte und peitschte der Zeitfall noch immer vor sich hin.

Ich zuckte mit den Schultern und tat so, als wäre ich gerade ebenfalls aus einer merkwürdigen Trance erwacht. Meine Verwirrtheit zumindest musste ich nicht spielen. »Ich glaube, das Biest spinnt jetzt komplett«, sagte ich schließlich. »Gut gemacht, Darius.«

Auch Grete und Leander waren alles andere als erfreut, als wir wenige Minuten später gemeinsam gegen die Anomalie kämpften. Wieder war es immens kraftraubend, die Knoten zu lösen, die sich im Inneren des Zeitfalls gebildet hatten. Außerdem versuchte Darius, den Helden zu spielen, indem er sich ganz allein die größten Verwerfungen vornahm, während er uns andere herumkommandierte. Am Ende mussten wir ihn erneut aus einer Schlaufe befreien, die ihn zwang, immer wieder die gleichen Worte zu rufen. (Witzigerweise lautete sein Text dieses Mal: »Kein Problem, jetzt hab ich's!« Haha!)

Als wir eine Stunde später endlich wieder alles in Ordnung gebracht hatten, war jedenfalls niemand mehr in der Lage, noch einmal in den Zeitfall zu steigen und nach Sekunden zu jagen. Vollkommen fertig schleppten wir uns zurück zur *Hora*, wo uns bereits ein aufgeregt piepsender, surrender Handychor erwartete.

Wenigstens die Funkflaute hatten wir überstanden.

Vierter Teil

Der Herr der Zeit

15

»Dem Chronos sei Dank!« Präsident Pan erwartete uns auf den Stufen des Palastes. Hätte seine Lebenszeit es erlaubt, wäre er uns vermutlich sogar entgegengelaufen, als wir die *Hora* in den frühen Morgenstunden nach einer, vor allem gegen Ende, recht wilden Überfahrt am Bernsteinpalast vertäuten. Doch so beschränkte Pan sich darauf, uns zu sich zu winken.

»Wir brauchen dringend eure Hilfe!«, rief er und natürlich wussten wir das längst.

Hastig sprinteten wir die Treppe hinauf und folgten ihm durch das Portal. Die Zeitlosigkeit zu betreten war merkwürdig. Dieses Mal verlangsamte sich mein Herzschlag, kaum dass ich die Schwelle überschritten hatte, sogar mein Atem beruhigte sich merklich. Aber meine Sorgen blieben.

Nachdem wir endlich wieder mit dem Internet verbunden gewesen waren, hatte nämlich eine ganze Flut von Nachrichten Leanders und Gretes Handys sowie Darius' Tablet überschwemmt: Innerhalb der letzten beiden Tage, in denen wir fernab von allem unsere Aufgaben in Wüste und ewigem Eis erledigt hatten, hatte sich die Lage nicht nur zugespitzt, sondern zu einer regelrechten Katastrophe ausgeweitet. So schlimm, dass die Auswirkungen nicht mehr länger vor den Zeitern verborgen werden konnten. So dramatisch, dass Präsident Pan bereits einen Suchtrupp nach uns ausgesandt hatte, dem wir schließlich inmitten des Antarktischen Ozeans begegnet waren.

Noch immer gab es auf allen Kontinenten Probleme mit *les temps*, doch seit gestern konzentrierten sich die Vorfälle besonders auf Rom: In den Fußgängerzonen ging immer wieder Zeit verloren, auf Autobahnen stand sie gar still. Heute Nachmittag hatten in einem Einkaufszentrum Hunderte Menschen in einer Zeitschlaufe festgesteckt und im Kolosseum hoch über unseren Köpfen trainierten irgendwelche versprengten Gladiatoren aus der Zeit Julius Caesars.

War das etwa alles das Werk dieses Alexejs?

Pan führte uns eiligen Schrittes durch die Eingangshalle, in der etliche Gardisten mit ernsten Mienen auf den Stundenatlas starrten, und hinauf in sein Büro. Überhaupt war die Stimmung innerhalb des Palastes gedrückt. Die wenigen Zeitlosen, denen wir auf dem Weg nach oben begegneten, nickten uns lediglich mit verkniffenen Mündern zu. Niemand spielte mehr auf den Fluren Federball oder Schach oder diskutierte gar über solche Nebensächlichkeiten wie die Frage, was es wohl zum Mittagessen geben würde.

»Ich habe jeden Zeitlosen losgeschickt, der diesen Ort noch verlassen kann«, erklärte Pan und setzte sich in den Sessel hinter seinem wuchtigen Schreibtisch. »Aber ihre Kräfte sind einfach zu schwach, um alles wieder in geordnete Bahnen zu lenken.«

»Wir kümmern uns darum«, sagte Leander, während Grete ein Gähnen unterdrückte.

»Das hoffe ich sehr.« Pan betrachtete einen Moment lang das Gemälde an der Wand, in dessen Vordergrund die schöne Helena abgebildet war. Er selbst sah nun noch müder aus als vor ein paar Tagen: Unter seinen Augen lagen Schatten und die Falte zwischen seinen Brauen hatte sich noch ein wenig tiefer in seine Stirn gegraben. Dennoch bedachte er uns nun mit einem schwachen Lächeln.

»Ich weiß euren Einsatz natürlich zu schätzen«, fuhr er fort. »Und es tut mir leid, dass das Bernsteinturnier so unplanmäßig verläuft. Eigentlich müsstet ihr jetzt in Schanghai sein und ein paar Sekunden aus dem dortigen Zeitfall fangen. Aber ich fürchte, wir sind dazu gezwungen, diesen Teil der Suche nach einem neuen Herrn der Zeit abzubrechen und euren Konkurrenzkampf vorerst hintenanzustellen.«

»Schon okay«, sagte Darius und räusperte sich. »Wir, äh, haben ja ohnehin ein paar Sekunden mehr als geplant.«

Ich fuhr zu ihm herum. »Ich dachte, die hättest du in der Antarktis wieder freigelassen?«

»Na ja.« Er kratzte sich am Hinterkopf. »Nicht alle.«

Pan blinzelte. »Ich verstehe nicht ganz«, sagte er und Darius setzte zu einer langen, umständlichen Erklärung an, bei der er sich mehrfach verhaspelte, bis der Präsident ihn schließlich mit einem Seufzen unterbrach.

»Unter normalen Umständen würde ich dich für diesen Regelverstoß disqualifizieren, Darius Salvatore. Aber angesichts der aktuellen Situation …« Er seufzte erneut. »Ich werde mich ohnehin mit dem Herrn der Zeit beraten, ob und wie wir den Wettbewerb weiter austragen können. Momentan haben wir weitaus drängendere Probleme. Die Regierung der Zeiter hat einen Krisenstab einberufen, Physiker und Astronomen nehmen die halbe Stadt auseinander, um eine Erklärung für die Zeitanomalien zu finden, und von der Presse will ich gar nicht erst anfangen.«

Er stand auf, umrundete den Schreibtisch und machte sich an dem Gemälde mit der schönen Helena zu schaffen. Kurz darauf schwang es zur Seite und die stählerne Tür eines Tresors kam zum Vorschein. »Wir sollten jedenfalls all eure erbeuteten Sekunden an einem sicheren Ort aufbewahren. Wenn ihr so freundlich wäret, eure Rucksäcke zu leeren?«

Wir taten, worum er uns gebeten hatte, und als alle Phiolen fortgeschlossen waren, kehrte sogar ein wenig Farbe auf die grauen Züge des Präsidenten zurück.

»Also gut«, sagte er schließlich. »Ruht euch ein paar Stunden aus, sammelt neue Kräfte und dann bitte, bitte, kümmert euch um die Päpste im Vatikan. Gleich mehrere sind dort aus ihren Epochen gefallen und wollen einfach nicht einsehen, dass die Inquisition vorüber ist.«

Die nächsten drei Tage durchlebte ich wie in Trance. Sie bestanden aus einer merkwürdigen, schier unendlichen Abfolge aus Kämpfen mit Zeitknoten und Phasen, in denen ich erschöpft auf mein Bett im Apartment der Pendulettes niedersank. Onkel Jacques und Tante Blanche waren nach Paris zurückgekehrt, um sich um die dortigen Probleme mit den Strömen zu kümmern. Also wohnte ich nur noch mit Pippa zusammen und hatte eines der Schlafzimmer für mich allein bekommen.

Auch am zweiten Abend löste ich wieder mit fahrigen Bewegungen die Kordel des kleinen Beutels, den Alexej mir überreicht hatte. Wie stets in den wenigen ruhigen Minuten, die mir blieben, zerbrach ich mir den Kopf über den Sinn seines Inhaltes.

Ein Schlüssel also. Dem massiven Bart nach zu urteilen, gehörte er zu einem altmodischen Schloss. Doch das silbrige Metall wirkte billig, eher von der Sorte, die diese kombinierten Schuster- und Schlosserläden verwendeten, wenn man seinen Wohnungsschlüssel nachmachen lassen wollte.

Ich stülpte den Beutel zum hundertsten Mal auf links, doch ansonsten befand sich rein gar nichts darin, kein Zettel, kein Hinweis, wozu er gehören sollte. Nichts.

Wieso hatte Alexej ihn mir gegeben? Was ließ sich damit öffnen? Und warum, um alles in der Welt, hätte Papa gewollt haben können, dass ich ihn bekäme?

Ich hätte ihn so gerne an ein paar Türen innerhalb des Palastes ausprobiert. Aber leider fehlte mir dazu die Zeit. Auch jetzt rief Pippa bereits wieder von nebenan, dass eine neue Verwirbelung in der Nähe des Forum Romanum nach meinen Fähigkeiten verlangte.

Also verstaute ich meinen mysteriösen Schatz in seinem Beutel und anschließend in meiner Hosentasche und erhob mich ächzend von der weichen Matratze. Auf dem Flur erwarteten mich schon Darius, Grete und Leander, die genauso fertig aussahen, wie ich mich fühlte. Doch es half alles nichts, die Zeit brauchte uns. (Vor allem übrigens Grete und mich, weil unsere Gaben erst vor Kurzem erwacht und damit noch am stärksten waren. Aber die Hilfe und Erfahrung der Jungs waren auch ganz okay.)

Inzwischen hatten wir uns in ein eingespieltes Team verwandelt. Meistens sorgte Grete mit ihren Turbostopps dafür, dass die Zeit anhielt und wir uns einen Überblick verschaffen konnten. Dann schnappten Darius und ich uns die Enden der Zeitschlaufen und begannen, sie zu entwirren. Und wenn es doch einmal brenzlig wurde, weil sich unerwartete Stromschnellen formten oder zum Beispiel eine fünfköpfige Familie samt Kinderwagen drohte, von einem buckelnden Staubfluss in ihre unmittelbare Vergangenheit katapultiert zu werden, dann sprang Leander ein.

Von uns vieren nahm er am wenigsten Rücksicht auf den Zustand seiner Kräfte. Mehr als einmal war er bereits bewusstlos zusammengebrochen, nachdem wir einen Dombaumeister zurück ins Mittelalter verfrachtet oder ein paar Zeiter aus einem Strudel aus Spinnweben gerettet hatten.

Darius und auch einige der übrigen Palastbewohner hielten ihn deshalb für schwach – ich hatte mitbekommen, wie sie hinter vorgehaltener Hand darüber tuschelten. Ich hingegen bewunderte Leanders bedingungslosen Einsatz, die Kompromisslosigkeit, mit der er sich jeder neuen Anomalie in den Weg stellte. Immer häufiger erwischte ich mich dabei, wie ich ihn anstarrte, wenn er mit eleganten Bewegungen ein Staubknäuel entknotete und sich dabei einzig und allein auf die Arbeit seiner Hände konzentrierte.

Wir alle hatten seit unserer Rückkehr in den Bernsteinpalast, bis auf die knappen Anweisungen, die wir uns bei unseren Einsätzen erteilten, leider kaum miteinander sprechen können. Zu sehr nahmen uns die Probleme mit *les temps* in Anspruch. Und in den seltenen Pausen strebten wir bloß noch so rasch wie möglich in unsere Betten. Jede Sekunde Schlaf war kostbar geworden.

Deshalb konnte ich es auch kaum glauben, als mich am Morgen des vierten Tages niemand weckte.

Tatsächlich erwachte ich sogar erst gegen Nachmittag aus einem etwa 14-stündigen komaähnlichen Zustand. So ausgeruht hatte ich mich lange nicht mehr gefühlt. Und auch nicht so verwirrt.

Ich fand Pippa und ihre Freundin Elizabeth im Wohnzimmer bei einer Tasse Tee. Die beiden hatten es sich auf dem Klappsofa bequem gemacht und strahlten mich an.

»Es hat aufgehört«, verkündete Pippa triumphierend. »Seit über zwölf Stunden gab es keine neuen Anomalien mehr!«

Wie bitte? Ich runzelte die Stirn. »Wie meinst du das?«

Sie zuckte mit den Schultern. »Anscheinend habt ihr es geschafft.«

»Aber«, stammelte ich, »wir konnten nie verhindern, dass Zeit verloren ging. Wir haben doch noch nicht einmal herausgefunden, warum die Probleme überhaupt –«

»Na und?«, lachte Elizabeth. »Ist doch egal! Genauso lief es auch vor ein paar Jahren ab. Eine Weile lang kam es immer wieder zu unerklärlichen Zwischenfällen, dann war alles plötzlich wieder normal.«

»Ja, und kurz darauf war mein Vater tot«, murmelte ich.

Niemand widersprach mir. Pippa presste lediglich die Lippen aufeinander, Elizabeth betrachtete eingehend ihre Fingernägel. Offenbar hatten sie sich vorgenommen, überhaupt nicht mehr darauf einzugehen, wenn ich Papa erwähnte. Na super.

Ich seufzte. »Und was jetzt?«

»Jetzt hoffen wir natürlich, dass es so bleibt«, sagte Pippa und kuschelte sich tiefer ins Polster. »Setz dich doch. Wir schauen uns gleich Elizabeths Film an. Willst du vielleicht eine Tasse Pfefferminztee?«

Natürlich wollte ich keine. Nach all diesem Chaos in den letzten Tagen und Wochen konnte ich doch jetzt nicht einfach zur Tagesordnung übergehen! Noch immer vollkommen perplex taperte ich auf den Gang hinaus. Was für ein Spiel trieb die Zeit da mit uns?

Ein oder zwei Stunden lang (wer wusste das innerhalb der Zeitlosigkeit schon so genau?) wanderte ich durch den Palast und schob Alexejs seltsamen Schlüssel endlich in alle möglichen Schlösser. Leider fand ich keines, auf das er passte.

Stattdessen gratulierten mir haufenweise Zeitlose zu unserem angeblichen Sieg über die Anomalien. Es war komplett verrückt. Als ob wir gestern Nacht den ultimativen Zeitknoten gelöst und nicht bloß eine mickrige Straßenkreuzung geräumt hätten, in deren Mitte die Zeit sich immer wieder vorgespult hatte.

Der Stundenatlas in der Eingangshalle zeigte allerdings tatsächlich ausnahmslos vorbildlich fließende Zeitströme an und die Gardisten, die ihn bewachten, wirkten ziemlich erleichtert.

Nein, irgendetwas stimmte trotzdem nicht! Das hier war nicht so einfach vorbei, das spürte ich genau. Es war vermutlich eher so etwas wie die Ruhe vor dem Sturm. War ich denn wirklich die Einzige, die das begriff?

Ich ging zu Pans Büro, um ihn zu fragen, wie er die ganze Sache sah, doch er war nicht da. Ebenso wenig wie Leander und Darius, an deren Zimmertüren ich kurz darauf klopfte. Grete traf ich zwar in ihren Gemächern an, doch sie befand sich immer noch im Tiefschlaf und sah dabei wie das echte Dornröschen aus (also falls das echte Dornröschen auch manchmal auf sein Kopfkissen sabberte). Ich ließ sie in Ruhe. Wir alle brauchten wohl eine Verschnaufpause.

Schließlich verkrümelte ich mich in die Bibliothek und vergrub meine Nase in den Büchern über die alten Legenden. Ich las in den Überlieferungen über Juillet und Octobre, die beiden Söhne des Chronos, die sich eines Tages in dasselbe wunderschöne Mädchen verliebten und darüber furchtbar zerstritten. Doch während die Brüder sich bis aufs Blut bekämpften, wurde das Mädchen sehr krank. Erst im letzten Moment gelang es Octobre, sie zu retten, indem er einen Ort erschuf, der sie fortan vor dem Tod beschützte. Einen Ort, der Chronos toben ließ, weil es ihn niemals hätte geben dürfen.

Es war ein spannendes Märchen, doch. Ein bisschen wie die Geschichte, die man über Pan und Helena erzählte … Jedoch fiel es mir schwer, mich auf die Worte zu konzentrieren, die letzten Tage steckten mir doch noch arg in den Knochen. Schon bald klappte ich das Buch daher wieder zu und durchsuchte stattdessen die nächsten drei Regalreihen nach der Verschlusssache mit dem Aktenzeichen Xk83. Wieder einmal vergeblich.

Noch immer fragte ich mich außerdem, wie das alles zusammenhängen mochte. Hatte wirklich Alexej für die Anomalien gesorgt und vielleicht sogar Zeit gestohlen? Warum? Wer war er? Wo steckte er jetzt? Und wieso waren *les temps* bis gestern quasi Amok gelaufen, nur um nun plötzlich wieder vor sich hin zu dümpeln, als sei nie etwas gewesen?

Gegen Abend hielt ich es schließlich nicht mehr aus. Etwas war faul an alledem und ich musste dringend mit jemandem darüber sprechen, der sich nicht so einfach wieder in Sicherheit wiegen würde wie Pippa und Elizabeth. Wo trieb sich Leander bloß herum?

Vermutlich versuchte er wieder einmal, den anderen Zeitlosen aus dem Weg zu gehen. Aber das schloss mich doch nicht mit ein, oder?

Mhm, wohin würde ich mich verkrümeln, um all den Leuten zu entwischen, die andauernd wissen wollten, wie viel Lebenszeit ihnen noch blieb? Leuten, die seit Jahrhunderten hier unten zusammengepfercht waren und wahrscheinlich jeden noch so unscheinbaren Dienstbotenaufgang wie ihre Westentasche kannten. Die einzige Möglichkeit, ihnen zu entkommen, bestand vermutlich darin, sich einen Ort zu suchen, an den sie nicht ohne Weiteres folgen würden. Einen Ort, an welchen sich diejenigen, deren Lebenszeit bereits knapp war, nur im Notfall wagten.

Aber natürlich!

Der kleine Hafen vor den Toren lag außerhalb der Zeit. Doch er war wirklich winzig und noch dazu vom Palast aus gut einsehbar. Das Kolosseum hingegen …

Ich verließ die Bibliothek und rannte nach oben. Zehn Minuten später erreichte ich das richtige Treppenhaus und begann mit dem Aufstieg. Stockwerk um Stockwerk arbeitete ich mich in die Höhe, bis ich schließlich die geheime Tür in den Katakomben des Amphitheaters erreichte.

Kühle Nachtluft wehte mir entgegen. Ich sog sie tief in meine Lungen, roch Autoabgase und Herbstwind, während ich in die Dunkelheit blinzelte, die eigentlich gar nicht mal so finster war. Zumindest nicht so sehr, wie ich es erwartet hatte. Scheinwerfer an den Außenmauern umfingen das bröckelnde Bauwerk in einer immerwährenden Umarmung und tauchten es in ein gelbliches Glimmen. Der Himmel hatte die Farbe von dunkler Tinte.

Mein Herz tat einen vorsichtigen Schlag, dann kletterte ich zu der Plattform hinauf, von der aus die Touristen das Kolosseum tagsüber bewunderten. Dort drehte ich mich einmal um die eigene Achse, spähte zwischen die Schatten, schaute mich um.

Nichts.

Nur der Atem der uralten Mauern und mein eigener, zögerlicher Puls.

Dabei war ich mir beinahe sicher gewesen, Leander hier zu finden. Wo steckte er nur? Hatte er den Bernsteinpalast etwa verlassen? Ob er wieder einmal auf seinem Skateboard durch die Stadt brauste? Oder hatte er sich gar seine Rennbarke geschnappt? Dass dieser Typ aber auch immer abhauen musste!

Ich verschränkte die Arme vor der Brust. Zu meinen Füßen glitzerte Staub. Ein silbriges Rinnsal, das sich über den Beton der Plattform schlängelte und vorwitzig die Spitzen meiner Sneakers anstupste. Als ich diese Schuhe letztes Jahr gekauft hatte, wäre ich im Traum nicht auf die Idee gekommen, heute hier mit ihnen zu stehen! In was für einen Schlamassel war ich da nur hineingeraten? Noch vor ein paar Wochen hatte ich dieses stinknormale Leben in Berlin geführt – und nun? Nun machte ich mir Sorgen, weil unsichtbare Zeitflüsse sich plötzlich nicht mehr wie gefährliche Tiere verhielten!

Ich legte den Kopf in den Nacken und seufzte. Zu Hause würde mir niemand auch nur ein Wort von alledem glauben. So eine komplett irre Geschichte!

Das hier war Wahnsinn und doch … Es war *meine* irre Geschichte, nicht wahr? Auf den ersten Blick mochte es so aussehen, als wäre ich erst vor Kurzem in dieses Abenteuer hineingeschlittert. Doch in Wahrheit war ich bereits seit Langem ein Teil davon gewesen.

Ich verstand bloß noch nicht alle Einzelheiten. Es … war wie an einer Kletterwand: Während des Aufstiegs sah man immer bloß den nächsten Griff oder Tritt, ein Gewirr bunter Plastikteile, in dem der Überblick nur allzu leicht verloren ging. Erst wenn man oben ankam, zeigte sich die ganze Strecke und man erkannte, was man geschafft hatte. Bis dahin musste man kämpfen.

Plötzlich hatte ich diesen uralten Song im Ohr. Noch ehe ich michs versah, begann ich leise zu summen, dann ein wenig lauter. Und schließlich sang ich tatsächlich den Refrain von *Eye of the*

Tiger vor mich hin, während ich mich wie Rocky Balboa persönlich fühlte, ein Boxer, der niemals aufgab.

Die Strophe kannte ich nicht auswendig, also verlegte ich mich schon bald wieder aufs Summen, als sich plötzlich etwas am Rande meines Gesichtsfeldes regte. Tatsächlich huschte dort, hoch oben an der Kante eines Mauerstücks, eine weiße Ratte entlang.

Jack-Scarlett! Ich verstummte, kniff die Augen zusammen und meinte, nun auch ein Stück Schatten zu erkennen, das dunkler war als der Rest. Ein Schatten von der Größe eines Menschen, der auf einem der Ränge lag und schlief. Oder in den Himmel starrte (das konnte ich von hier aus beim besten Willen nicht erkennen).

Na endlich!

»Leander«, stieß ich hervor, als ich kurz darauf neben ihn trat, ein wenig außer Atem, weil ich mich so beeilt hatte.

Er setzte sich auf. »Hi«, nuschelte er und gähnte. »Mann, bin ich müde!« Jack-Scarletts Knopfaugen funkelten mir von seiner Schulter aus entgegen und auch in Leanders Augen blitzte etwas auf. Jedenfalls für den Bruchteil einer Sekunde.

»Hi.«

»Warum flüsterst du?«

»Weil es spät ist?« Ich zuckte mit den Schultern. Mein Blick fiel auf mehrere leere Getränkeflaschen und einen Stapel alter Pizzakartons auf einem der Mauervorsprünge. Anscheinend hatte Leander sämtliche Pausen der letzten Tage hier draußen verbracht und sich geradezu häuslich eingerichtet, seit das Kolosseum wegen der Anomalien für Touristen gesperrt worden war.

»Ist dir nicht kalt?« Ich deutete auf seine Sweatshirt-Jacke, die an jedem anderen wohl einfach nur fadenscheinig und abgerissen gewirkt hätte. Doch Leander sah darin, wie stets, auf eigentümliche Weise gut aus. So, als brauchte er keine coolen Klamotten, um er selbst zu sein.

»Nein.« Er räusperte sich. »Ein bisschen vielleicht.«

»Warum hat es aufgehört?«, fragte ich und strich mir eine Haarsträhne aus dem Gesicht. »Ich meine, das kann es doch jetzt nicht gewesen sein, oder? Wir entknoten ein paar Zeitschlaufen und plötzlich entscheiden *les temps*, sich wieder zu benehmen?«

Leander schüttelte den Kopf. »Unwahrscheinlich.«

»Im Palast sind sie kurz davor, uns ein Denkmal zu errichten.«

»Das wäre wohl etwas voreilig.« Er zog den Reißverschluss seiner Jacke zu. »Aber zumindest eine Verbesserung zu Pans Monster-Statuen, findest du nicht? So ein überlebensgroßes Standbild von dir neben der Immeruhr würde sich bestimmt gut in der Eingangshalle machen«, sagte er und es klang weniger scherzhaft, als ich erwartet hatte.

»Alles, nur das nicht!«, seufzte ich. Eine plötzliche Windböe ließ mich frösteln. Huh, ich rieb mir die Oberarme. Es war aber auch ungemütlich hier oben! Leander hätte es vermutlich bequemer gehabt, wenn er sich einfach eine nette Parkbank irgendwo in der Stadt gesucht hätte. Er musste ganz schön verzweifelt sein.

»Weißt du, ich kann verstehen, dass du den Leuten da unten lieber aus dem Weg gehst. Aber wenn du mal mit jemandem reden willst oder Hilfe bei der Suche nach einem etwas angenehmeren Versteck brauchst …«

Er sagte nichts, nickte aber.

»Ich meine, du könntest hier oben unter einem Berg aus Kartons erfrieren, ohne dass es jemand mitbekommen würde. Denk dran, hier dürfen momentan keine Besucher rein. Wahrscheinlich würde man deine Leiche erst Wochen später finden.«

»Dem Pizzaboten würde es sicher schon früher auffallen.«

»Hoffentlich.«

»Na, heißen Dank.«

Ich schluckte. »Nein, du hast recht. Du bist schließlich sein bester Kunde und … mir würde es auch auffallen.«

»Ja?«, fragte er und sah mich an.

»Klar«, beeilte ich mich zu sagen. »Spätestens, wenn die nächste Anomalie auftaucht und wir niemanden haben, der sich freiwillig ins Auge des Sturms stürzt.« Ich schluckte. »Davon abgesehen sind wir natürlich in Rom, hier wird es im Winter wahrscheinlich nachts nie so kalt, dass sich jemand in ein menschliches Fischstäbchen verwandelt, oder?«

Leander wiegte den Kopf hin und her. »Das kann man nie wissen. Zum Glück hast du mich ja nun gefunden. Wie gedenkst du eigentlich, mich zu retten?« Er grinste mich tatsächlich an.

»Ach, da fällt mir schon was ein.« Meine Wangen wurden wärmer. Vielleicht wäre es besser, das Thema zu wechseln. »Also … während ich darüber nachgrübele, erzähl mir doch noch mal von damals, ja?«, bat ich ihn und wurde wieder ernst. »Was genau war da vor acht Jahren, woran erinnerst du dich noch? Jetzt sind Ort und Zeit doch sicher besser.«

Leanders Grinsen verschwand. »Na gut«, sagte er. »Du hast

wohl ein Recht darauf, es zu hören.« Er seufzte, dann klopfte er mit der flachen Hand auf die Mauer neben sich. Als ich mich gesetzt hatte, begann er zu sprechen. In sachlichem Ton berichtete er mir noch einmal von jener Nacht, alles, von Anfang an: von seinem Auftrag, Papas Seele in Berlin abzuholen, von seiner Überfahrt dorthin, von der Zeit, die stehen geblieben war, dem Zaun, der sich in das Autowrack gebohrt hatte, von dem kleinen Mädchen auf dem Rücksitz und von der gesplitterten Windschutzscheibe. Und von meinem Vater, für den jede Hilfe zu spät kam.

Leander erzählte mir nichts, das ich nicht schon gewusst hatte. Da waren keine neuen Hinweise, warum der Baum vor dem Aufprall in der Luft geschwebt hatte. Denn zu diesem Zeitpunkt war Leander überhaupt noch nicht dort gewesen. Dennoch durchlief mich eine Welle der Erleichterung.

Es tat auf eigentümliche Weise gut, über damals zu sprechen. Mit jemandem, der mich nicht dauernd anblaffte, ich solle das Thema endlich fallen lassen, oder sich selbst am liebsten die Zunge abgebissen hätte, wann immer Papas Name ins Spiel kam. Jemandem, der die gleichen schrecklichen Minuten erlebt hatte wie ich.

Als Leander fertig war, wischte ich mir mit dem Ärmel über das Gesicht. Dann schwiegen wir eine Weile, während Jack-Scarlett in einem der Pizzakartons leise fiepend nach Krümeln suchte.

»Und … warum redet niemand sonst hier über ihn?«, fragte ich schließlich weiter. »Wovor haben die Leute solche Angst?«

»Na ja«, sagte Leander. »Ein paar Zeitlose hatten sich irgendwann um die Jahrtausendwende mit Simon Pendulette angefreundet. Es heißt, sie hätten ihm alles Mögliche über uns erzählt: die Legenden über Chronos, die Beschaffenheit der Ströme, wo sie genau herflossen und sogar, wo sich der Bernsteinpalast befand und wie die Zeitlosigkeit funktionierte. Als dann rauskam, dass ein Zeiter so umfassendes Wissen über uns hatte sammeln können, war das ein ziemlicher Skandal. Pan drohte, die Verantwortlichen aus Rom zu verbannen, und verbot uns, je wieder über deinen Vater zu sprechen. Die Unterlagen über ihn wurden vernichtet oder versiegelt.«

»Also war das Problem, dass er zu viel wusste?«

Leander stützte das Kinn in die Hände. »Noch nie zuvor war das Geheimnis unserer Existenz derart in Gefahr gewesen. Daher beschwor uns der Präsident, von nun an vorsichtiger zu sein, und die Regeln für den Kontakt mit Zeitern wurden verschärft. Denn wenn unsere Fähigkeiten allgemein bekannt werden sollten, würde es vermutlich nicht lange dauern, bis skrupellose Menschen uns dazu zwängen, *les temps* zu ihren Gunsten zu manipulieren, anstatt über die Ströme zu wachen.«

»Mhm«, machte ich. Nach all den Anomalien war es jetzt wohl wahrscheinlicher denn je, dass die Zeiter herausfanden, wer wir waren und was wir taten. »Aber warum genau war das mit meinem Vater denn so schlimm? Er hätte doch bestimmt niemals verraten –«

Der Herr der Zeit ächzte, als er neben mir seine Glieder streckte, und ich erschrak so sehr, dass ich beinahe von der Mauer gefallen wäre.

Ich hatte weder bemerkt, wann und woher er gekommen war, noch, dass er sich neben uns niedergelassen hatte! Hatte er bereits die ganze Zeit über dort gesessen? Hatte ich ihn etwa übersehen, als ich hier heraufgeklettert war? Oder war er gerade erst aus dem Nichts aufgetaucht?

Ich schluckte.

Bisher hatte ich den Herrn der Zeit höchstens aus ein paar Metern Entfernung gesehen. Aus der Nähe betrachtet war er vor allem eines: ein alter Mann mit müdem Gesicht. Sein langer Bart kringelte sich struppig über seinem Mantel, die Totenuhr an seinem Gürtel tickte leise. Wie konnte es sein, dass ich sie jetzt erst hörte?

»Aber es ist doch noch nicht …«, stammelte Leander. Auch er wirkte überrascht, nein, sogar irgendwie panisch! Er machte Anstalten aufzuspringen.

Doch der Herr der Zeit schüttelte den Kopf. »Ich bin nicht deshalb hier«, sagte er und wandte sich an mich. »Sondern, weil es Zeit ist, Ophelia.«

»Zeit?«, fragte ich. »Zeit wofür?«

Der Herr der Zeit erhob sich von seinem Platz. Ein geheimnisvolles Blitzen lag in seinem Blick, als er mir eine Hand entgegenstreckte. »Wir müssen los.«

16

Der Krankenhausflur lag in grellem Neonlicht, es roch nach Desinfektionsmittel und alten Menschen und ein bisschen auch nach kaltem Pfefferminztee.

»Ich weiß echt nicht, ob ich das kann«, murmelte ich. Meine Turnschuhe quietschten auf dem Linoleumboden, meine Handflächen waren feucht und mein Herz hämmerte so heftig in meiner Brust, dass ich fürchtete, die Patienten in ihren schmalen Zimmern damit aufzuwecken.

Doch in Wahrheit nahm niemand von uns Notiz, weder störten wir irgendjemandes Schlaf noch registrierte die Nachtschwester unsere Anwesenheit. Obwohl wir beinahe mit ihr zusammengestoßen wären, als sie mit einer Bettpfanne in der Hand an uns vorbeihastete. Es war, als wären wir unsichtbar. Das heißt, wir *waren* es tatsächlich.

Der Herr der Zeit hatte uns mit einem Dreh an seiner Totenuhr in eine Art Zauber gehüllt, hatte uns in drei Schatten verwandelt, die nun ungesehen und ungehört durch die nächtliche Stadt huschten.

Leander schien das nichts auszumachen, er schritt ganz selbstverständlich den langen Korridor entlang und auch der Herr der Zeit war natürlich an diese Situation gewöhnt. Ich hingegen zitterte am ganzen Körper, fühlte mich zugleich unwirklich wie im Traum und so hellwach wie noch nie in meinem Leben.

Jeder meiner Sinne schien geschärft, ich sah jeden noch so winzigen Kratzer, den der Zahn der Zeit in den Bodenbelag unter unseren Füßen genagt hatte, jedes Fleckchen an der Wand, wo ein Krankenbett oder ein Koffer die Raufasertapete ein wenig abgeschabt hatte. Ich hörte jeden unserer Schritte, das Pochen meines Herzens, das sich mit dem keuchenden Atmen von Lungenpatienten und dem Ticken der Uhr über der Tür zum Schwesternzimmer mischte. Ich fühlte den Lufthauch der Klimaanlage in meinem Nacken, roch die vergessene Tasse Minztee, die irgendwo auf einem Nachttischchen herumstand …

Dann erreichten wir das Zimmer am Ende des Gangs. Der Herr der Zeit schob uns mit einer einzigen fließenden Bewegung hinein, sodass ich mir hinterher nicht mehr sicher war, ob er sich überhaupt die Mühe gemacht hatte, die Tür zu öffnen, oder wir einfach durch das Holz hindurchgetreten waren. Vielleicht war das Ganze doch bloß ein Traum?

Die alte Frau verschwand beinahe zwischen den bauschigen Decken und Kissen. Sie hatte die Augen geschlossen. Ihr Gesicht war ausgemergelt und zerfurcht, klein wie ein Ballon, der seine Luft verloren hatte.

Wir traten ans Fußende des Bettes, lauschten auf flache, unregelmäßige Atemzüge. Die Scheinwerfer eines vorbeifahrenden Autos jagten eine Horde von Schatten durch das Zimmer. Mein

Blick wanderte über eine Schnabeltasse, eine Brille mit dicken Gläsern, über ein Kinderbild, die Wachsmalzeichnung eines Tieres, das möglicherweise ein Hund sein sollte.

»Es ist so weit«, sagte der Herr der Zeit schließlich und legte die Totenuhr, die noch immer an seinem Gürtel baumelte, in meine Hand.

Erst jetzt fiel mir auf, dass die Pause, seit die Frau das letzte Mal ausgeatmet hatte, bereits ziemlich lange dauerte. »Ich ... weiß nicht ...«, stammelte ich.

»Sch«, machte der Herr der Zeit und deutete auf den Brustkorb der Frau, der sich weder hob noch senkte, dafür jedoch unter der Decke zu glimmen begann. Es war ein flackerndes, warmes Licht, das nun langsam aufstieg, bis es schließlich ein paar Zentimeter über dem Bett schwebte.

Nein, es war nicht einfach bloß ein Licht. Es war ... *mehr*. Und gleichzeitig weniger.

War da überhaupt Licht?

Ich taumelte einen vorsichtigen Schritt näher. Das Gesicht der Frau war friedlich, leer. Das Etwas jedoch flackerte noch immer, es zitterte, flimmerte hierhin und dorthin. Es schien nicht zu wissen, wohin, während sich silbrige Zeitströme von überallher auf es zuschoben. Der Staub kroch rasch über das Linoleum, tropfte von der Nachttischlampe, schlängelte sich über Kissen und Laken.

Und die Seele erschauderte, als das erste Staubkorn sie berührte, machte einen Satz und verfing sich dabei in einem Netz aus Zeit. Jetzt wurde sie panisch, versuchte davonzuschweben, verhedderte sich jedoch bloß noch mehr in den Strömen.

Sie hatte Angst.

Der Herr der Zeit nickte mir zu. Langsam streckte ich meine Hand aus – vorsichtig, ganz vorsichtig, bemüht, nur ja keine zu hastige Bewegung zu machen. Ich wollte die Seele, die gerade einen weiteren Fluchtversuch unternahm und dabei so heftig an einem der Ströme zerrte, dass die Anzeige des Radioweckers neben dem Bett plötzlich eine Minute rückwärts- anstatt vorwärtslief, auf keinen Fall weiter verschrecken.

»Sch«, kam es nun auch über meine Lippen. Meine Fingerspitzen hatten die Seele beinahe erreicht, nur noch wenige Zentimeter trennten uns, Millimeter –

Ich berührte sie.

Es fühlte sich an, als hätte ich die Hand zum Nachthimmel ausgestreckt und einen Stern heruntergepflückt. Als griffe ich mitten hinein in flüssiges Glas. Und gleichzeitig war es mehr die Ahnung einer Berührung als etwas, das wirklich geschah.

Die Seele seufzte und schwebte in meine Arme, schmiegte ihr flackerndes Glimmen an meine Ellenbeuge. Sie war größer, als ich angenommen hatte. Größer, schwerer und … *warm*.

Lebendig.

Von hinten legte Leander mir einen Umhang um die Schultern. Ich zog ihn um mich wie ein Zelt, um die Seele vor den Strömen zu schützen, die ihr noch immer gierig folgten.

Wir verließen das Krankenhaus durch die gläserne Drehtür des Haupteingangs und stiegen wenig später in die Kanalisation hinab.

Ich begriff nun, warum es wichtig war, die Barke möglichst

ruhig im Staub zu halten: Die Seele war so schutzlos, so zerbrechlich. Jede noch so winzige Erschütterung verursachte ein panisches Flattern.

Kurz darauf döste der Herr der Zeit vor sich hin. Wir saßen beide hinten im Boot, während Leander das Ruder und die Navigation übernahm. Konzentriert steuerte er uns durch das Gewirr der Ströme unterhalb Roms, vorbei am Bernsteinpalast, der wie ein Ungeheuer auf seiner felsigen Insel inmitten von *les temps* thronte, und weiter, immer weiter durch die Dunkelheit.

Erneut fiel mein Blick auf Leanders ausgewaschene, stets ein wenig zu weite Kleidung. Der Saum seines T-Shirts, der unter der Sweatshirtjacke hervorlugte, war ausgefranst und hatte mehrere kleine Löcher. Doch Leander stand dort kerzengerade, die Schultern gestrafft, den Kopf erhoben. Mit präzisen Bewegungen bediente er das Ruder, hielt es fest und dennoch behutsam in seinen Händen. Da war keine Spur mehr von der unterschwelligen Wut, die ihn sonst so häufig begleitete, ganz im Gegenteil: Ich hatte ihn noch nie derart in sich ruhend erlebt. Alles an ihm sah plötzlich richtig aus, sogar das kaputte T-Shirt. So, als wäre Leander tatsächlich genau hierfür geboren worden.

Die Seele in meinen Armen kuschelte sich derweil an mich; wurde ruhiger, nun da auch ich nicht mehr ganz so aufgeregt war. Ich wiegte sie sachte hin und her. Sie seufzte leise, spürte offenbar, dass ihr kein Leid geschehen konnte, solange ich sie beschützte.

»So ist's gut«, sagte der Herr der Zeit mit geschlossenen Lidern. »Sch, so ist's gut.«

Ich hatte keine Ahnung, wer diese alte Frau gewesen war. Vermutlich hatte sie Enkelkinder gehabt, die Bilder für sie malten. Irgendwann einmal musste sie so jung wie ich gewesen sein. Vielleicht war sie früher Lehrerin oder Ärztin oder Blumenverkäuferin gewesen. Vielleicht hatte sie schwarzen Kaffee mit viel Zucker und Kreuzworträtsel gemocht. Vielleicht war sie einmal unglücklich verliebt gewesen. Und vielleicht hatte sie den Tod in den letzten Wochen herbeigesehnt. Vielleicht aber auch nicht. Ich wusste nichts über sie, außer, dass es an der Zeit war, sie zu ihrer letzten Ruhestätte zu bringen.

Die Barke glitt lange durch die Fluten, lautlos und gleichmäßig. Deshalb dauerte es wohl auch einen Augenblick, bis mir schließlich auffiel, dass wir angehalten hatten.

Les temps waren an dieser Stelle sehr breit. Weder zu meiner Linken noch zu meiner Rechten konnte ich ein Ufer ausmachen, geschweige denn einen Hafen oder Steg. Um uns her war Staub, nichts als Staub. Sogar die Luft schien davon erfüllt, wie von einem feinen Nebel.

Leander stand noch immer am Steuer, doch wir fuhren nicht mehr weiter, und das war auch gut so. Denn unmittelbar vor uns stürzte der Strom aus großer Höhe zu uns herab, so gewaltig, dass einem schwindelig wurde. Auf einer Breite von mehreren Hundert Metern ersteckte sich diese Wand aus Staub und Spinnweben. Wie die Niagarafälle, nur mindestens zehn Mal so gigantisch und dazu vollkommen geräuschlos.

Das war sie also!

»Die Quelle der Zeit«, flüsterte ich und Leander nickte.

Der Herr der Zeit kam schwankend auf die Beine. »Diese letzte Schwelle«, sagte er und sah mir in die Augen, »kann nur der Träger der Totenuhr überschreiten. Du hast dich gut geschlagen, Ophelia Pendulette, ich danke dir.«

Ich gab ihm die Uhr zurück, die noch immer mit seinem Gürtel verbunden war. Ein letztes Mal wiegte ich die Seele noch an meiner Brust, dann legte ich sie vorsichtig in die Arme des Herrn der Zeit.

»Sch«, machte er und durchmaß die Barke mit langen Schritten, dann war er schon über die Reling geklettert.

»Mach's gut«, wisperte ich noch.

Einen Herzschlag später verschwanden die beiden hinter dem Vorhang aus Staub.

Ich nahm den Umhang ab, faltete ihn sorgfältig zusammen und legte ihn auf die Sitzbank. Anschließend trat ich neben Leander, der dem Herrn der Zeit nachsah.

»Es ist …«, begann ich.

Leander nickte. »Ich weiß.«

Noch ehe ich so recht begriff, was ich da tat, wandte ich mich zu ihm und umarmte ihn, ich schlang einfach meine Arme um seine Taille und drückte ihn. Er roch gut, nach Seife und Nacht und flüssigem Glas. Und er verkrampfte sich sofort unter meiner Berührung.

»Ich verstehe jetzt, was du für meinen Vater getan hast«, murmelte ich und ließ ihn wieder los. Das hier war natürlich zu viel für ihn. Zu nah. »Danke, ich …« Ich schluckte. Nur meine Stirn ruhte jetzt noch an seinem Sweatshirt. »Danke.«

»Schon gut«, sagte Leander irgendwo schräg links über meinem Haar und plötzlich entspannte er sich doch und senkte sehr vorsichtig das Kinn auf meine Schulter. Er atmete aus.

Als wir uns einen Augenblick später wieder voneinander lösten, glitzerte etwas auf seiner rechten Wange, die Spur einer Träne.

Obwohl er nicht weinte.

Ich betastete mein Gesicht. »Entschuldige, ich fürchte, jetzt habe ich dich vollgeheult«, sagte ich. Ich war in letzter Zeit ganz schön nah am Wasser gebaut …

Leander zuckte mit den Schultern. »Na und? Du bist eben immer mit vollem Einsatz dabei, eine echte Kämpferin.« Ein Lächeln umspielte seine Lippen, während er wieder etwas mehr Abstand zwischen uns brachte. Dann summte er mit einem Mal die Melodie von *Eye of the Tiger* und ich spürte, wie ich dunkelrot anlief.

»Das hast du gehört?«, nuschelte ich.

»Klang gar nicht schlecht.«

»Die paar Töne, die ich getroffen habe, vielleicht.«

»Die waren dafür aber echt spitze.«

Ich unterdrückte ein Kichern.

Leander nickte derweil in Richtung der Quelle der Zeit. »Schau, er kommt schon zurück.«

Tatsächlich kletterte der Herr der Zeit bereits im nächsten Moment wieder in die Barke.

Selbstverständlich war er allein, denn die Seele der alten Frau befand sich nun an einem besseren Ort.

Von den Anomalien fehlte auch am nächsten Tag weiter jede Spur. Daher hatten Pippa und ich den Vormittag in einer belebten Einkaufsstraße verbracht. Stundenlang waren wir von einem Geschäft zum nächsten gebummelt, wobei mir Pippa ein halbes Dutzend Klamotten aufgehalst hatte, die eindeutig zu viele Strasssteinchen besaßen, darunter ein weiteres Abendkleid. Natürlich hatte sie meine Proteste, wie immer, geflissentlich überhört, sodass ich es irgendwann aufgegeben und über mich ergehen lassen hatte.

Nun taten uns allerdings – zum Glück – die Füße weh und wir ließen uns in der vorletzten Reihe einer kleinen Kirche aus der Barockzeit nieder. Weiter vorne knieten mehrere Nonnen, versunken in ihr Nachmittagsgebet, und von draußen drangen gedämpfter Verkehrslärm, die Stimmen der Passanten sowie das Geigenspiel eines Straßenmusikers herein.

Nach den Vorfällen der letzten Tage schienen die Zeiter langsam wieder in ihren Alltag zurückzufinden. Zwar beherrschten die rätselhaften Verwerfungen immer noch die Titelseiten der Zeitungen und Wissenschaftler berechneten eifrig irgendwelche vorübergehenden Knicke in der Erdachse, doch die Zeit war wieder im Fluss und das genügte den meisten Menschen wohl, um wieder ihrem Tagwerk nachzugehen.

»Ich wollte nicht im Palast darüber sprechen, man weiß schließlich nie, wer dort mithört«, erklärte Pippa, kaum dass wir saßen. »Madame Rosé hatte letzte Nacht eine Vision über dich.«

Ich hatte mich natürlich gewundert, warum sie heute Morgen

nach dem Frühstück plötzlich verkündet hatte, endlich mal mit mir zum Shoppen gehen zu wollen. Doch nach dem Einsatz meiner Kräfte gegen *les temps* sowie dem Ausflug mit Leander und dem Herrn der Zeit war ich wohl noch nicht wieder ganz auf der Höhe gewesen. Ich hatte die Eindrücke der Nacht noch verarbeiten müssen und die Tour durch die Fußgängerzone daher einfach hingenommen. Jetzt allerdings verstand ich.

»Was für eine Vision?«, fragte ich, obwohl ich noch immer daran zweifelte, dass es diese andere Persönlichkeit meiner Ururgroßmutter tatsächlich gab. Möglicherweise hatte Pippa nämlich auch bloß schlecht geträumt …

»Es ging darin um einen Schlüssel«, sagte sie leise und hatte damit nun doch meine ungeteilte Aufmerksamkeit. Pippa sah sich in alle Richtungen um, so als fürchtete sie, jemand könnte uns bis hierher verfolgt haben. »Eigentlich darf ich nicht mit dir über Dinge dieser Art sprechen, aber Madame Rosés Eingebung scheint wichtig zu sein. Also hör mir jetzt gut zu, Ophelia. Die Baroness hat gesehen, dass …« Sie brach ab. Ihr Blick wurde von einem Wimpernschlag zum nächsten starr und seltsam stumpf. Sie schwankte in der Kirchenbank, dann sank ihr in Zeitlupengeschwindigkeit das Kinn auf die Brust.

»P…Pippa?« Ich berührte ihren Oberarm. »Ist alles in Ordnung?« War sie ohnmächtig geworden oder hatte der Granatsplitter in ihrem Hirn etwa wieder …?

Einen Moment lang rührte sich meine Ururgroßmutter nicht. Dann sog sie plötzlich mit einem kehligen Laut die Luft ein.

Ich zuckte zurück. »Pippa?«, fragte ich noch einmal.

Als sie den Kopf hob, hatte sich etwas in ihren Augen verändert. Ich blinzelte.

»Ophelia«, begann Pippa mit heiserer Stimme. »Du siehst frisch aus.«

»Madame Rosé, wie, äh, geht es Ihnen?«, stammelte ich, obwohl ich mir dabei schon ein wenig albern vorkam.

»Ich verlor gestern bei einer Partie Rommé ein anständiges Sümmchen, aber ansonsten bin ich wohlauf. Danke der Nachfrage«, entgegnete Pippas Zweitpersönlichkeit, während der Oberkörper meiner Ururgroßmutter vor- und zurückwiegte. »Vor dem Zubettgehen legte ich dann noch einmal die Karten, wie ich es bei jedem Vollmond zu tun pflege, und da sah ich diesen Schlüssel zu einer verborgenen Tür und –«

»Fühlen Sie sich nicht gut?«, erkundigte sich eine der Nonnen, die ihr Gebet offenbar beendet hatte und plötzlich neben unserer Bank stand.

Pippas Augen drehten sich in zwei unterschiedliche Richtungen.

»Soll ich Ihrer Freundin einen Schluck Wasser holen?«, bot die Nonne an.

»Danke, alles okay«, sagte ich schnell. »Madame Rosé?«

Wieder ertönte dieser kehlige Laut. Pippas Gesicht verzog sich zu einer Grimasse und die Nonne öffnete erneut den Mund: »Sind Sie sicher? Ich meine, so ein Schlaganfall –«

Noch ehe ich darüber nachdenken konnte, griff ich nach dem feinen Staubrinnsal, das sich zu meiner Linken über die Sitzfläche der Bank schlängelte, und zog daran. Die Zeit blieb stehen.

Die Nonne brach mitten im Satz ab, den Mund halb geöffnet, stand sie nun da, vollkommen erstarrt. Vorsichtig berührte ich Pippas Schulter.

»Madame?«

»Bücher werden dich nicht zu deinem Vater führen«, fuhr Madame Rosé mit unheilschwangerer Stimme fort. »Und dennoch erwartet dich dort etwas, das ihm einst gehörte. Sie haben es fortgeschlossen. Es wird dich in große Gefahr bringen. Aber es ist die einzige Möglichkeit, um zu vollenden, was er einst begann.«

»Was ist es?«, fragte ich. »Wo ist es?«

»Der Schlüssel, Ophelia!«

»Den habe ich. Nur zu welchem Schloss gehört er?«

»Ach, die Tür kennst du doch längst.« Sie seufzte. »Versprich mir, dass du vorsichtig bist, ja? Es würde meiner lieben Pippa das Herz brechen, wenn dir etwas zustoßen sollte«, sagte Madame Rosé und nickte mir zum Abschied zu. »Also dann.«

»Warten Sie! Woran erkenne ich diese Tür denn?« Ich versuchte, die Zeit zurückzudrehen, aber das ging natürlich nicht, ich hatte sie schließlich bereits angehalten und beides zugleich überstieg meine Fähigkeiten.

»Oh, also da wirst du doch wohl alleine drauf–«, murmelte Madame Rosé noch, dann war sie endgültig verschwunden. Ein Zucken durchlief Pippas Körper, ihr Kopf rollte von der einen zur anderen Schulter, dann musterte mich meine Ururgroßmutter plötzlich mit einem wissenden Blick.

»Ich glaube, du kannst die Ströme jetzt wieder loslassen, Ophelia.«

Zum ersten Mal seit Tagen ging Leander zum Abendessen in den Theatersaal. Pan hatte ihn darum gebeten, sich wieder einmal sehen zu lassen. Leander hätte zwar gerne weiterhin darauf verzichtet, so vielen Zeitlosen zu begegnen, doch die Aussicht auf Ophelias Gesellschaft gefiel ihm mehr, als er sich selbst eingestehen mochte …

Natürlich war es gekommen wie erwartet: Schon auf dem Weg nach unten waren Marcus und Claudius, zwei ehemalige römische Legionäre, ein halbes Dutzend Kreuzritter sowie Isabella von Kastilien und ihre Freundinnen über ihn hergefallen. Wohl oder übel hatte er jedem von ihnen in die Augen geblickt und den Stand ihrer Lebenszeit abgelesen, um nun, viel zu spät, endlich die Präsidentenloge zu erreichen.

Pan saß bereits auf seinem Platz am Rande der Tafel und aß einen Salat. Grete und Darius hockten ebenfalls vor vollen Tellern, sogar der Herr der Zeit war heute Abend anwesend, auch wenn er lediglich in der Mitte der Loge thronte und das Treiben der Zeitlosen unten im Saal beobachtete. Leander konnte sich nicht daran erinnern, ihn je etwas essen gesehen zu haben. Sowieso konnte er die Mahlzeiten, bei denen er den Herrn der Zeit in den letzten 70 Jahren hier getroffen hatte, an einer Hand abzählen.

Und dann war da selbstverständlich noch Ophelia.

Das Haar war ihr zur Hälfte aus dem stummeligen Pferdeschwanz gerutscht und kringelte sich in ihrem Nacken. Außerdem sah sie müde aus. Müde und gleichzeitig aufgekratzt. Ihr Knie wippte unter dem Tisch, so als könnte sie es nicht erwarten aufzustehen, und sie aß ihre Pasta mit einer Geschwindigkeit, die Leander schwindelig machte. Nein, wenn er ehrlich war, waren es nicht die Nudeln, die ihn schwindelig machten.

Er setzte sich. »Hi.«

Sie lächelte ihm mit vollem Mund zu. Ihre Lippen waren von der Tomatensoße ein wenig röter als sonst. »Heute doch keine Pizza?«, nuschelte sie.

»Ich habe eingesehen, dass ich ein Problem habe, und bin auf Käse-Entzug«, sagte Leander, wandte sich an den Gardisten, der sie heute bediente, und bestellte den Braten mit Kartoffeln und Erbsen. Anschließend beobachtete er Ophelia dabei, wie sie weiter ihre Spaghetti herunterschlang. »Ist alles in Ordnung?«

Sie nickte. »Ich … habe nur noch etwas vor«, erklärte sie vage.

»Eine Verabredung?« Er hatte sie nie gefragt, ob sie eigentlich einen Freund hatte … und selbst wenn, wäre das natürlich auch total egal gewesen. Wieso dachte er also überhaupt darüber nach? Beim Fluss der Zeit, hatte er jetzt etwa endgültig den Verstand verloren?

»Nein«, antwortete sie zwischen zwei Bissen. »Ich kann es dir im Moment nicht erklären, aber vielleicht bald. Hoffe ich.«

»Okay«, sagte Leander, obwohl er es lieber jetzt gewusst hätte. Sie würde sich doch nicht etwa in Gefahr bringen? Als man ihm wenig später eine dampfende Portion unter die Nase stellte, hatte Ophelia jedenfalls schon aufgegessen. Sie wollte gerade aufspringen, da hob der Herr der Zeit plötzlich eine Hand und bedeutete ihr, noch zu warten.

Sie sank zurück in ihren Stuhl und trommelte ungeduldig mit den Fingern auf ihrem Oberschenkel herum. Leander zermatschte Kartoffeln und Erbsen zu Brei, bis Präsident Pan schließlich mit einem Messer an sein Wasserglas schlug.

Das Stimmgewirr der Zeitlosen ebbte ab.

»Meine lieben Freunde«, begann er seine Ansprache. »Die letzten Wochen waren nicht einfach für uns und ich möchte allen danken, die dabei geholfen haben, die Ströme wieder in Ordnung zu bringen. Ich freue mich außerordentlich darüber, heute Abend verkünden zu dürfen, dass *les temps* inzwischen wieder in ihren herkömmlichen Bahnen fließen.« An dieser Stelle wallte Applaus auf und Pan strahlte in die Runde. »Ich danke euch. Danke für euer Vertrauen! Selbstverständlich liegt noch ein weiter Weg vor uns, bis alle Spuren der rätselhaften Vorfälle beseitigt sein werden. Die verlorene Zeit macht uns an einigen Orten noch immer Probleme. Doch meine Leute arbeiten bereits mit Hochdruck daran, auch das in den Griff zu bekommen und die entstandenen Lücken im Gefüge der Zeit zu schließen.«

»Und warum haben die Ströme nun verrücktgespielt?«, rief eine Frau, die an einem mit burgunderroten Wimpeln dekorierten Tisch im Parkett saß. Leander war ihr schon das eine oder andere Mal begegnet, doch an ihren Namen konnte er sich beim besten Willen nicht erinnern.

»Das herauszufinden ist uns bisher leider nicht gelungen«, räumte Pan ein.

»Dann kann es also jederzeit wieder geschehen?«, wollte die Octobre-Frau wissen und der Präsident nickte widerwillig.

»Schon, aber wir gehen nicht davon aus. Seit zwei Tagen sind keine weiteren Vorfälle mehr aufgetreten, von daher –«

Der Herr der Zeit räusperte sich. »Wenn Sie erlauben?«

Pan nickte und der Herr der Zeit erhob sich von seinem Thron. Hatte zuvor noch hier und dort ein Wispern im Saal gehangen, so wurde es nun auf einen Schlag vollkommen still.

»Die Lage ist für den Augenblick stabil genug«, verkündete er und tatsächlich kam nicht einmal die Octobre-Frau auf die Idee, ihm zu widersprechen. »Mein Nachfolger muss nun endlich gefunden werden. Es ist höchste Zeit für die dritte und letzte Runde des Turniers.« Er zückte die Totenuhr und betrachtete einen Moment lang ihr Ziffernblatt. »Morgen früh, Paris«, sagte er, dann machte er auf dem Absatz kehrt und verließ die Loge.

Der Präsident übernahm wieder, verkündete jetzt das Prozedere, wie die gesammelten Sekunden in den Zeitfluss eingeflochten werden sollten. Dann nannte er die bisherigen Punktestände und die daraus resultierende Startreihenfolge für den nächsten Tag. Darius wurde wegen seines Regelverstoßes an letzter Stelle gelistet, was einige Buhrufe aus den Reihen der Octobres erntete. Ophelia belegte den dritten Rang, Grete und Leander lagen gleichauf auf dem ersten Platz (Gretes Turbostopps der vergangenen Tage hatten ihr noch einmal einiges an Punkten eingebracht, während er selbst durch seine teilweise zu kraftraubenden Aktionen ein wenig zurückgefallen war).

Das alles registrierte er allerdings sowieso nur am Rande. Seit der Herr der Zeit »Paris« gesagt hatte, zog sich etwas in seiner Magengrube zusammen. Das Ganze gefiel ihm nicht. Nein, es gefiel ihm gar nicht, dass Ophelia den Bernsteinpalast so bald schon wieder für länger als ein paar Stunden verlassen sollte. Nicht beim Zustand ihrer Pupillen …

Er linste zu ihr hinüber, sie wirkte immer noch, als würde sie am liebsten sofort aufspringen und davonlaufen. Was ihn verwirrte, schließlich war das normalerweise *seine* Spezialität. Warum nur hatte sie es heute Abend so eilig? Und wieso sagte sie ihm nicht, was los war?

Tatsächlich verschwand sie innerhalb von Sekunden, sobald der Präsident geendet und allen für ihre Aufmerksamkeit gedankt hatte.

Leanders erster Impuls war, ihr nachzulaufen, ihr vielleicht sogar von dieser irrwitzigen, idiotischen Idee zu erzählen, die ihm vergangene Nacht gekommen war und seither durch seinen Kopf spukte. Zusammen mit Ophelias Lächeln und der Erinnerung daran, wie sie ihn umarmt hatte. Immerhin war es nun also schon morgen so weit. *Zeit, eine Entscheidung zu treffen.* Er erhob sich von seinem Platz, wollte gerade ebenfalls losstürzen.

Da baute sich Grete plötzlich vor ihm auf. »Dann wird es also eine Sache zwischen uns beiden, Andersen«, sagte sie und verschränkte die Arme vor der Brust. »Das hättest du nicht gedacht, was?«

Leander schob sich an ihr vorbei auf den Gang. Doch sie folgte ihm. »Ich weiß, dass du besser bist. Dass du viel mehr Erfahrung hast als ich«, sprudelte sie los. »Aber du übernimmst dich zu oft und ich bin auch nicht übel. Ob es dir gefällt oder nicht, ich werde dir diesen Sieg nicht einfach so überlassen. Ich werde kämpfen, Leander. Das …«, sie funkelte ihn an, »wollte ich dir nur sagen.«

Er seufzte. »Was du hiermit getan hast. War's das?« Wieso mussten ihm die Bewohner dieses Palastes eigentlich ständig mit irgendwas auf die Nerven gehen?

Grete nickte, machte jedoch noch immer keine Anstalten abzuhauen. »Lass Ophelia in Ruhe«, murmelte sie einen Atemzug später.

Leander musterte sie nun doch ein wenig genauer. Sie sah aus wie immer: derselbe strenge Zopf, das gereckte Kinn, der verkniffene Zug um ihren Mund. Seit wann scherte sie sich um Ophelia? »Ich dachte, deine Schwester ist dir egal.«

»Nur, weil ich es nicht so zeigen kann –«

»Ach, komm schon, du benimmst dich die meiste Zeit wie eine totale Zicke, dabei will Ophelia bloß, dass du ihr ein bisschen Aufmerksamkeit schenkst«, brach es aus Leander hervor.

Binnen eines Wimpernschlags bildeten sich rote Flecken auf Gretes Wangen, an ihrer rechten Schläfe pulsierte eine Ader. »Du verstehst doch gar nicht, was unser Problem ist. Echt, Leander, gerade du! Du bist der kaputteste Typ, den ich kenne«, fauchte sie. »Überhaupt, was denkst du dir eigentlich? Entweder du bist bald Herr der Zeit oder du verkriechst dich wieder in irgendeinem Loch. So oder so, hör einfach auf, meine Schwester so anzusehen, klar?«

Das hatte gesessen. Doch obwohl Grete vermutlich gar nicht so unrecht mit dem hatte, was sie da sagte, widerstrebte es ihm, sich geschlagen zu geben. »Ach ja?«, fragte er deshalb und hob eine Augenbraue. »Wie sehe ich sie denn an?«

»So wie Präsident Pan die schöne Helena, wenn er glaubt, niemand würde es mitbekommen«, sagte sie eisig und fügte dann leiser hinzu: »Und Ophelia ist mir nicht egal.«

So schnell ich konnte, lief ich zum Bernsteinarchiv. Seit wir die kleine Barockkirche verlassen hatten, konnte ich kaum noch an etwas anderes denken, als endlich diese Tür zu überprüfen. Diese Tür, die mir plötzlich wieder eingefallen war …

Bücher werden dich nicht zu deinem Vater führen. Und dennoch erwartet dich dort etwas, das ihm einst gehörte.

Pippa hatte leider darauf bestanden, noch ein paar Besorgungen zu erledigen, und ich hatte es nicht übers Herz gebracht, sie stehen zu lassen. Immerhin hatte sie mir von dieser Vision erzählt. Abgesehen davon war es lange her, dass sich jemand so um mich gekümmert und mir Klamotten gekauft hatte (hässlich oder nicht). Wie eine große Schwester …

Doch anschließend war es bereits zu spät gewesen, um vor dem Abendessen noch einmal den halben Palast zu durchqueren. Kurz hatte ich mit dem Gedanken gespielt zu behaupten, ich fühlte mich nicht gut, und auf die Mahlzeit zu verzichten. Allerdings war ich nach dem Tag in der Stadt ziemlich hungrig. Und außerdem würde eine zusätzliche halbe Stunde der Ungewissheit auch nicht mehr viel ändern, oder?

Ich hatte meine Nudeln also heruntergeschlungen und versucht, nicht auf Leanders elegante Hände zu achten, die neben mir mit dem Besteck hantiert hatten. Genauso wenig wie auf das Zucken in seinem Mundwinkel, als er seinen »Käse-Entzug« erwähnt hatte. Dass Leander den Weg in den Theatersaal hinuntergefunden hatte, freute mich sehr. Es hatte mich für einen Moment sogar vergessen lassen, dass ich ausgerechnet heute etwas zu erledigen hatte, das keinen Aufschub duldete. Die Drachenliebhaberin in mir hätte nämlich am liebsten noch eine Weile über Pizzakartons gescherzt, in staubgraue Augen gesehen und den Rest der Welt sich selbst überlassen.

Doch hier ging es um Papa.

Nicht einmal die Tatsache, dass die dritte und letzte Runde des Turniers schon morgen stattfinden sollte, schaffte es, mich abzulenken. Vielleicht hätte ich jetzt mit den anderen darüber diskutieren sollen, was genau uns wohl in Paris erwarten würde. Wie man die Sekunden am besten wieder in den Zeitstrom einflocht. Aber das alles war mir im Augenblick vollkommen egal.

Stattdessen überquerte ich die Empore, hastete unter den verwirrten Blicken eines Gardisten die Wendeltreppe hinab, an Regalreihen entlang. Dann erreichte ich die Familienkarteien, in denen ich bei meinem ersten Ausflug hierher die merkwürdigen Aktenzeichen entdeckt hatte. Und dort, gleich neben den Registerschubladen, war sie: die unscheinbare Metalltür, aus der mir Präsident Pan neulich entgegengekommen war.

Bisher hatte ich sie lediglich für einen weiteren Zugang zum Archiv gehalten. Doch jetzt …

Mit einem Blick über die Schulter vergewisserte ich mich, dass ich allein war. Dann angelte ich den Schlüssel aus meiner Hosentasche hervor und steckte ihn ins Schloss. Es klickte leise, als ich ihn herumdrehte. Er passte!

Erneut sah ich mich nach allen Seiten um. Dann drückte ich die Klinke herunter und die Tür schwang auf.

Der Raum dahinter war nur schwach beleuchtet. Sofort fiel mir der wuchtige, über und über von Papieren bedeckte Schreibtisch ins Auge, der ein Zwilling des Möbelstücks in Präsident Pans Büro hätte sein können. Genauso wie der dazugehörige Sessel. Ein Gemälde von der schönen Helena suchte ich allerdings vergebens – dafür wäre auch gar kein Platz gewesen. Jeder Quadratzentimeter Wand wurde nämlich von Regalborden bedeckt, die sich unter der Last von Aktenordnern bogen. Graue und braune Pappmappen reihten sich aneinander, eine jede versehen mit einem mehr oder minder vergilbten Etikett. Dieser Ort hätte absolut langweilig sein können, wenn da nicht die Signaturen gewesen wären: Xa1, Xa2a, Xa2b …

Die Verschlusssachen!

Es überraschte mich ein wenig, dass es eine solche Menge geheimer Unterlagen gab. Waren etwa so viele Zeiter im Laufe der Jahrhunderte hinter das Geheimnis der Zeitlosen gekommen?

Mein Blick flog über die schmalen Schildchen, die zum Glück dem Alphabet folgten. Xk53, Xk54 … ich ging in die Hocke, suchte auf einem der untersten Borde links neben dem Schreibtisch und da stand sie tatsächlich: die schmale Mappe mit der Bezeichnung Xk83. Papas Mappe!

Ich griff danach. Mit zitternden Händen schlug ich sie auf und …

… sah als Erstes die Fotos. Fotos vom Unfall. Jemand hatte gleich mehrere Bilder von unserem total kaputten Wagen fein säuberlich auf einen Bogen weißen Papieres geklebt. Da waren die gesplitterte Windschutzscheibe, der entwurzelte Baum, verbogenes Metall, mein kleines, verstörtes Kindergesicht auf dem Rücksitz! Ich schluckte. In meiner Erinnerung war das alles so viel lauter und schrecklicher gewesen, als es nun auf diesen rechteckigen Hochglanzfetzen wirkte.

Auf der nächsten Seite gab es weitere Bilder. Eines zeigte den Krankenwagen, dessen Blaulicht die Szenerie in ein unwirkliches Glimmen tauchte. Ich erkannte mich selbst auf einer Trage, eingehüllt in eine Decke, die Augen weit aufgerissen. Im Hintergrund drückte sich Leander herum, der etwas in den Armen zu halten schien, verborgen unter einem Umhang. Und dann waren da natürlich noch die beiden Sanitäter, die einen länglichen Plastiksack schlossen. Verdammt.

In meiner Kehle bildete sich ein schmerzhafter Knoten. Aber ich blinzelte die Tränen fort. Schließlich sollte ich mich wohl besser beeilen, ehe mich noch jemand erwischte.

Ich lauschte einen Augenblick lang auf Stimmen oder sich nähernde Schritte, doch alles blieb ruhig. Also blätterte ich mit zitternden Händen weiter.

Neben den Fotos beinhaltete die Mappe lediglich noch ein weiteres Dokument. Einen abgegriffenen Bogen, knittrig und fleckig, als sei er durchnässt und wieder getrocknet worden, bevor man ihn zusammengefaltet und abgeheftet hatte. Vorsichtig löste ich ihn aus dem schmalen Ordner und klappte ihn auseinander. Das Papier war dünn und rissig an den Stellen, wo man es geknickt hatte. Es fühlte sich ungewöhnlich weich unter meinen Fingerspitzen an, als ich es nun ins Licht hielt. Irgendwie seidig.

Darauf waren blasse Linien und verblichene Schriftzüge zu erkennen. *Rocher de Bronze,* meinte ich bereits nach wenigen Sekunden zu entziffern, doch die verwaschenen Buchstaben ließen mich schon im gleichen Moment wieder zweifeln. Es hätte alles Mögliche bedeuten können. Wobei, dieses kurze Wort in der linken oberen Ecke ... Hieß das nicht vielleicht sogar *Paris*? Oder spielte meine Fantasie mir Streiche?

Ich kniff die Augen zusammen, um schärfer sehen zu können.

Die Linien bildeten leider ein einziges Durcheinander. Ein Knäuel aus Strichen und Kringeln und merkwürdig schraffierten Flächen, die einander jagten. Das Ganze hatte rein gar nichts mit den schnörkeligen Silberströmen auf dem Stundenatlas gemein. Oder mit den Stromkarten, die wir zum Navigieren der Barken benutzten. Ja, es hatte nicht einmal entfernte Ähnlichkeit mit den Abbildungen in meinem Erdkundebuch in der Schule.

Dennoch schien es eine Art Karte zu sein – dessen war ich mir sicher. Eine merkwürdige, unleserliche Karte.

Doch von was? Wofür? Und warum befand sie sich in der Mappe über Papas Unfall?

Eine Welle der Aufregung schlug über mir zusammen. Mir war klar, dass ich das Ding einstecken und verschwinden sollte. Es wäre klüger, sich an einem anderen Ort in die Details zu vertiefen. Doch ich konnte mich einfach nicht losreißen. Mein Blick glitt wie von selbst über das Papier, suchte nach Hinweisen, Buchstaben, die nicht verwischt waren …

Und dann entdeckte ich es plötzlich, ganz unten in der Ecke, klein, halb verborgen unter einer verschwommenen Linie: *SP*, die Initialen ineinander verschlungen.

Simon Pendulette. Papa!

In meiner Brust breitete sich ein warmes Gefühl aus, wieder traten mir Tränen in die Augen. Dieses Mal jedoch vor Erleichterung, dem Geheimnis einen so großen Schritt näher gekommen zu sein. Dieses rätselhafte Stück Papier musste der entscheidende Hinweis sein! Auch wenn ich keinen Schimmer hatte, was all das bedeutete. Was mein Vater da bloß aufgezeichnet hatte.

Eilig faltete ich die Karte wieder zusammen und schob sie in meine Hosentasche. Dann wandte ich mich zum Gehen. Madame Rosé hatte jedenfalls recht gehabt mit ihrer Vision und Pippa war wohl weniger verrückt, als Onkel Jacques und Tante Blanche glaubten.

Etwas, das einst meinem Vater gehörte.

17

Die Gruppe von Zeitlosen, die sich am nächsten Tag nach Paris aufmachte, war überraschend groß. Bereits kurz vor Morgengrauen verließen elf Barken mit insgesamt über fünfzig Personen an Bord den Hafen des Bernsteinpalastes. Pippa und Elizabeth waren natürlich mit dabei, aber auch Horatio und eine ganze Reihe weiterer Gardisten. Außerdem wollten viele Janviers und Octobres es sich nicht nehmen lassen, uns anzufeuern. (Die Juillets waren immer noch ein wenig eingeschnappt, weil ich anstelle der verschollenen Sybilla Cho im Rennen war, und daher nur spärlich vertreten. Und Avrils gab es bis auf Leander ja keine mehr.)

Wir Kandidaten reisten wieder auf der *Hora* und die Stimmung war angespannt. Darius sprach überhaupt nicht mehr mit uns, seit der Präsident gestern Abend seine Startposition verkündet hatte. Als ob wir etwas dafür konnten, dass er versucht hatte zu schummeln! Doch anscheinend machte er Grete persönlich für seine miesen Aussichten verantwortlich. Er saß nämlich schmollend an Deck und gab vor, *In 80 Tagen um die Welt* zu lesen, während er in Wahrheit immer wieder von den

Seiten des Buches aufsah, um meine Schwester mit Blicken zu töten.

Grete wiederum machte aus irgendwelchen mysteriösen Gründen dasselbe bei Leander, der davon allerdings nichts mitbekam, weil er heute offenbar mit dem falschen Fuß aufgestanden war und seither in seine Gedanken versunken am Bug des Schiffes stand. Bereits seit unserer Abfahrt tat er nichts anderes, als in die Fluten zu starren, und ich sorgte mich allmählich um ihn. Doch ich konnte das Ruder nicht aus den Augen lassen, um zu ihm zu gehen, dazu fehlte es mir noch an Erfahrung.

Im Vergleich zu der kleinen Rennbarke, die mich von London aus in die Wüste gebracht hatte, war die *Hora* deutlich behäbiger. Sie reagierte langsamer auf meine Manöver, aber dafür folgte sie der Welle auf einem geraden Kurs. Es machte Spaß, sie zu steuern, auch wenn das Tempo nicht ganz so halsbrecherisch und der Fahrtwind weniger schneidend war.

Natürlich hatte auch ich ein etwas mulmiges Gefühl wegen der bevorstehenden, alles entscheidenden Aufgabe. Aber anders als Grete, deren Ehrgeiz sie zum Sieg anspornte, Darius, der fürchtete, vor seiner Familie zu versagen, oder Leander, der glaubte, es wäre seine Bestimmung, neuer Herr der Zeit zu werden, hatte ich bereits etwas gewonnen, das mir viel wichtiger war als dieser Wettbewerb. Es war Papas Karte, die in der Tasche meiner Cargohose steckte und jegliches Lampenfieber davor, Sekunden in den Zeitstrom einzuflechten, hundertfach aufwog.

Diese Karte war mein Glücksbringer, Papas geheimes Vermächtnis. Ich hatte sie die halbe Nacht lang studiert, ohne schlau aus ihr zu werden. Aber das war egal. Allein der Anblick von Papas schnörkelloser Schrift gab mir das sichere Gefühl, dass alles gut werden würde.

Irgendwann, etwa nach der Hälfte des Weges, verließ Leander seinen Aussichtspunkt und schlenderte zu mir herüber.

»Ophelia«, sagte er. »Soll ich dich ablösen?«

»Danke. Es geht schon.«

Er stand ein wenig näher bei mir, als nötig gewesen wäre. »Du könntest dich ausruhen. Sobald wir am Louvre sind, geht es los und –«

»Das ist lieb, aber mir macht das hier nichts aus.« Ich presste die Lippen aufeinander. »Du kannst mir natürlich gerne Gesellschaft leisten.«

Leander nickte, sein Oberarm berührte wie zufällig meine Schulter, als er das Gewicht verlagerte. Wir taten beide so, als bemerkten wir es nicht.

»Mir auch nicht«, murmelte Leander. Seine Körperwärme drang durch den Stoff meines Ärmels und mein Herzschlag beschleunigte. Er räusperte sich. »Also, falls du doch irgendwann tauschen willst –«

»Dann melde ich mich«, versprach ich.

»Gut.«

Keiner von uns beiden rührte sich. Leander schluckte. Suchte auch er nach einem Vorwand, diesen Moment in die Länge zu ziehen? Oder war da noch etwas anderes, das er mir sagen wollte?

»Bist du nervös?«, fragte ich schließlich.

»Jetzt gerade?«

»Wegen des Wettkampfes? Du bist heute so nachdenklich.«

Leander antwortete nicht. Stattdessen standen wir weiterhin einfach da. Seine Hand lag inzwischen neben meiner auf dem Steuerrad und unsere kleinen Finger erkundeten einander. Vorsichtig. Tastend.

Da gellte plötzlich eine Stimme von einem der benachbarten Boote zu uns herüber: »Braucht es etwa zwei Leute, um so eine Nussschale auf Kurs zu halten? Da haben wir ja wirklich tolle Kandidaten!«

Ich kannte den Rufer nicht, aber bestimmt war es ein frustrierter Juillet. Reflexartig ließ Leander das Rad los und vergrub die Hände in den Taschen seiner Jeans.

»Du möchtest das Steuer wirklich gerne übernehmen, oder?«, stellte ich fest. »Um dich selbst vom Grübeln abzuhalten.«

Er nickte. Dann schüttelte er den Kopf. »Ich grüble nicht«, erklärte er. »Ich versuche, eine Entscheidung zu treffen, und … ach, ich weiß auch nicht. Ich dachte, es könnte mir helfen, den Kopf frei zu bekommen. Außerdem solltest du wirklich mal eine Pause machen, Ophelia.«

Ich bot all meine Schauspielkünste auf, um ein Gähnen zu imitieren. »Du hast recht, ich bin total fertig und schlafe wahrscheinlich jeden Moment im Stehen ein«, sagte ich. »Würde es dir etwas ausmachen, für eine Weile zu übernehmen?«

Leander wandte sich zu mir um, in seinem Mundwinkel hing der Anflug eines Lächelns. »Danke.«

Ich trat beiseite und streckte mich übertrieben. »Oh ja, viel besser.«

Ich ließ meine Schultern kreisen, während Leander bereits am Steuer drehte und es irgendwie schaffte, uns auf dem Wellenkamm nach vorn zu katapultieren. Die Barke ruckte und wankte, als wir kurz darauf vor allen anderen durch den Strom glitten. Darius und Grete, beide inzwischen unter Deck, hatten das nicht kommen sehen und protestierten genervt. Das Lächeln in Leanders Mundwinkel verwandelte sich in ein Grinsen, allerdings in eines von der Sorte, das seine Augen nicht erreichte.

»Ist es … eine schwere Entscheidung?«, fragte ich.

Leander antwortete nicht. Doch seine Hände umklammerten das Steuer mit einem Mal so fest, dass seine Handgelenke weiß hervortraten. Sehnen spannten sich unter der Haut seiner Unterarme und brachten die verschlungenen Linien des Tattoos in Bewegung. Ich widerstand der Versuchung, mit den Fingerspitzen daran entlangzufahren.

»Wenn ich dir irgendwie helfen kann …«

Leander drängte eine Barke voller Octobres zur Seite, die versucht hatte, uns zu überholen. »Es geht schon«, knurrte er mit zusammengebissenen Zähnen.

Ich beobachtete ihn noch einen Moment lang dabei, wie er die *Hora* zu Höchstleistungen antrieb, die ich dem alten Kahn nie zugetraut hätte, dann wanderte ich ein Stück an der Reling entlang. Vermutlich brauchte er ein bisschen Ruhe, um seine Gedanken zu ordnen. Vielleicht war er wirklich bloß aufgeregt? Immerhin war er seinem Traum noch nie so nahe gewesen wie heute …

Les temps jedenfalls schienen auf Leanders Spiel einzugehen, sie umtosten die Barke in tanzenden Strudeln und leckten immer wieder vorwitzig an der Bordwand. Obwohl inzwischen selbst Pan behauptete, die Angriffe hätten aufgehört, rechnete ich im Grunde bereits seit dem Ablegen in Rom jederzeit damit, Alexej oder irgendeinen geheimnisvollen Schatten zu sehen. Ich konnte mir noch immer nicht vorstellen, dass, was immer in den Strömen vor sich ging, so viel Chaos gestiftet hatte, nur um sich gleich darauf wieder in Luft aufzulösen.

Irgendein Sinn musste sich doch hinter alledem verbergen. Irgendeine *Ursache*. Ein Grund, weshalb Alexej komische Videos drehte und mir offenbar unter Lebensgefahr den Schlüssel zu Papas Karte überreicht hatte … Was es auch war, es musste noch immer dort draußen sein.

Und wenn ich ehrlich war, befürchtete ich nicht nur, dass dieses Etwas oder dieser Jemand uns auf unserem Weg nach Paris auflauerte – insgeheim hoffte ich wohl sogar darauf.

Aber leider – oder zum Glück – verlief die Überfahrt vollkommen problemlos.

Unter der umgekehrten Glaspyramide des Louvre herrschte an diesem Vormittag reges Treiben. Touristen bestaunten die Konstruktion aus Glas und Stahl, eine Schulklasse lärmte auf der Suche nach der *Mona Lisa* und die Museumswärter wachten mit strengen Blicken über jedermann, der den Eindruck erweckte, in einem der verbotenen Bereiche Fotos von wertvollen Gemälden schießen zu wollen. Menschen über Menschen, die in alle Richtungen drängten.

Es war ein merkwürdiges Bild, als Horatio die Zeit anhielt und sie alle schlagartig in ihren Bewegungen einfroren. Stille senkte sich über die Szenerie und die Delegation von Zeitlosen begann, sich durch die reglose Menge zu schieben. Natürlich kam man viel schneller voran, wenn einem nicht andauernd irgendwer in den Weg trat oder genau vor einem stehen blieb, um eine Statue oder so zu bewundern.

Leander atmete tief ein und aus. Außerdem konnten sie kein Publikum gebrauchen.

Jacques und Blanche Pendulette warteten bereits in der ägyptischen Abteilung zwischen Vitrinen voller Sarkophagen und stürzten sich auf Ophelia und Grete, um sie zu begrüßen.

Leander besuchte dieses Museum nicht zum ersten Mal und auch er empfand daher eine gewisse Wiedersehensfreude. Normalerweise hatten die uralten Artefakte und die Art und Weise, wie die Ströme sie umflossen, eine beruhigende Wirkung auf ihn. Normalerweise ließen sie ihn spüren, dass auch er ein Teilchen im gigantischen Gefüge aus Raum und Zeit war. Dass auch er zu diesem unerklärlichen, wunderbaren, großen Ganzen gehörte, das sich Welt nannte.

Heute allerdings schlug sein Herz in einem wilden Crescendo. Heute stand seine Zukunft auf dem Spiel. Und nicht nur seine. Er schloss für einen Moment die Augen.

Es dauerte eine Weile, bis alle Zeitlosen ihre Plätze zwischen den Vitrinen eingenommen hatten. In kleinen Grüppchen standen sie da, die Blicke erwartungsvoll auf den marmornen Gang vor ihnen gerichtet. Sie würden selbstverständlich nicht alles sehen können, weil die Ströme sich von hier aus mehrere Hundert Meter weit durch das Gebäude fraßen. Vermutlich würden sie sogar so gut wie gar nichts vom Wettkampf mitkriegen. Aber dennoch würden sie die Ersten sein, die den neuen Herrn oder die neue Herrin der Zeit zu Gesicht bekämen. Ein historischer Augenblick.

Jacques und Horatio verteilten nun die Sekunden, die Ophelia, Grete, Darius und er in der vergangenen Woche gesammelt hatten. Leanders Handflächen waren feucht, als sie sich um die gläsernen Phiolen schlossen, in deren Inneren es verheißungsvoll flackerte.

»Die vier Abgesandten der ehrwürdigen Bernsteinlinien haben sich am ersten Strom des gegenwärtigen Zeitalters eingefunden, um einander wie auch ihren geschätzten Familien mit dieser letzten Tat die Ehre zu erweisen«, verlas Horatio die uralten Worte von einer Schriftrolle aus brüchigem Pergament. »Die Tradition verlangt, dass sie sich der schwierigsten aller Aufgaben stellen und hier, wo sich *les temps* umarmen und die Zeit sich bis zu den Sternen auszudehnen vermag, je drei Sekunden in das große Netz immerwährender Vergangenheit, Gegenwart und Zukunft einflechten. Wem dies zuerst gelingt, der soll von nun an über Zeitlose, Zeiter und Seelen herrschen, die Totenuhr Janviers tragen und Herr der Zeit genannt werden, bis das nächste Zeitalter eines Tages einen neuen Erben bestimmt.«

Horatio sah auf. »Ich frage nun euch, die ihr als Zeugen angereist seid: Werdet ihr den Sieger oder die Siegerin dieses

Wettkampfs anerkennen und vor unseresgleichen wie auch jedem anderen Lebewesen, das dem Gesetz der Ströme unterworfen ist, verteidigen? Dann antwortet: ja.«

»Ja«, stimmten die Zeitlosen zwischen den Vitrinen feierlich zu.

Horatio notierte etwas auf einem neuen Stück Pergament und hantierte schon einen Moment später mit einer Kerze, Siegelwachs und dem Ring des Präsidenten. Dann wandte er sich zu Leander und den anderen um. »Und ihr, Abgesandte, seid auch ihr bereit, das Ergebnis dieses Turniers zu akzeptieren?«

»Ja«, antworteten sie.

Wieder besiegelte Horatio ein Stück Pergament, dann schaute er jedem von ihnen der Reihe nach ins Gesicht und fragte schließlich: »Seid ihr nun bereit?«

»Ja«, hörte Leander sich selbst schon wieder sagen und es stimmte natürlich. Er *war* bereit. Schon seit vielen, vielen Jahren hatte er auf diesen Augenblick gewartet. Er war bereit und er war in der Lage zu gewinnen. Er *konnte* gewinnen, ganz klar. Die Frage, die sich ihm seit vorletzter Nacht stellte, war bloß, ob er auch wirklich gewinnen *sollte*.

Horatio hatte eine ganze Weile lang vor sich hin geschwafelt, Fragen gestellt und komische Wachssiegel gebastelt. All das, zusammen mit dem Rauschen der Ströme, das überall im Museum in der Luft lag, hatte mich ein wenig eingelullt. Als schließlich das erste Startsignal fiel (Onkel Jacques schwenkte eine bunte Fahne vor unseren Nasen herum und die Zeitlosen in meinem Rücken brachen in Jubel aus), zuckte ich daher erschrocken zusammen.

Leander und Grete, die sich in den vorherigen beiden Runden einen Vorsprung von etwas mehr als einer Minute erarbeitet hatten, setzten sich sofort in Bewegung. Aus dem Stand sprinteten sie los, direkt hinein in die silbrige Wolke des Stroms, der sich nur wenige Meter vor uns befand und einen ganzen Korridor des Louvre einzunehmen schien.

Ich wollte ihnen nachsehen, doch der Nebel aus Staub verschluckte sie bereits nach wenigen Schritten. Präsident Pan hatte gestern Abend erklärt, dass dieser Ort besonders war, weil hier ein ganzes Knäuel von Strömen zusammenlief. Sie verbanden sich darin zu einer Art Nullpunkt und teilten sich anschließend erneut auf, um die ganze Welt zu umspannen.

Außerdem gab es irgendwo hier angeblich einen weiteren Zeitfall, einen, den kaum je ein Zeitloser zu Gesicht bekommen hatte, weil er sich inmitten von *les temps* verbarg. Und weil es eigentlich auch kein Zeit*fall* war, sondern ein Zeit*sprung*. In ihm stürzte der Staub nämlich nicht in die Tiefe, er wirbelte nicht einmal wie in einem Sturm um die eigene Achse, nein, er *stieg in die Höhe*. Hinauf in den Himmel, bis zu den Sternen, so hieß es.

Dieser Zeitsprung war unser Ziel, denn nur dort war es möglich, Sekunden wieder in das Gefüge der Zeit einzusetzen, ohne ein solches Chaos zu verursachen, wie es Darius am Südpol fabriziert hatte. Obwohl ich inzwischen sogar Gefallen an den Kletterpartien durch die Ströme gefunden hatte, jetzt, da es so weit war, beschlich mich doch eine gewisse Furcht. Mein Mund war trocken, die Zunge klebte mir am Gaumen und in meiner Kehle hatte sich ein Kloß gebildet, den ich einfach nicht hinunterschlucken konnte, sosehr ich es auch versuchte. Die Karte in meiner Hosentasche schien die magische Kraft, mich beruhigen zu können, eingebüßt zu haben.

Vielleicht sollte ich einfach aufgeben? Ich wollte doch sowieso nicht gewinnen. Warum suchte ich mir also nicht einfach ein ruhiges Eckchen und studierte stattdessen weiter Papas Aufzeichnungen?

Schon schwenkte Onkel Jacques erneut die Fahne und ich hörte, wie Pippa und Blanche hinter mir begeistert meinen Namen riefen. Es war so weit.

»O-phe-li-a! O-phe-li-a! O-phe-li-a!«, feuerten auch die anderen Janviers mich an. Sie alle erwarteten natürlich, dass ich mein Bestes gab …

Ich schluckte, schloss für einen Moment die Augen. Dann setzte ich ganz langsam einen Fuß vor den anderen. Nein, es wäre nicht meine Art, einfach so das Handtuch zu werfen. Ich hatte mich auf dieses Turnier eingelassen, hatte sogar einen Blutschwur darauf geleistet. Also würde ich auch bis zum Schluss daran teilnehmen. Ich umklammerte die Phiolen mit den Sekunden fester, mein Gang wurde entschlossener.

Der Nebel war nun ganz nah. Der leichte Modergeruch der Ströme stieg mir in die Nase, auf meinen Wangen spürte ich zarte Körnchen. Ich holte tief Luft, dann tat ich den letzten Schritt.

Silber verschleierte meinen Blick, kaum dass ich in die Fluten tauchte. Es war wie damals, als ich auf der Reise zum Bernsteinpalast beinahe über Bord gegangen wäre. Zwar konnte ich dieses Mal atmen, doch ich fand nirgendwo Halt, da war nichts, an dem ich mich entlanghangeln konnte. Die Ströme umschlangen mich glitschig und flüchtig, ein wolkiges Gebilde aus Staub und Spinnweben. Ich war mir vage bewusst, dass meine Füße noch Kontakt zum Marmorboden des Gangs hatten, das schon. Ich ahnte also zumindest, wo sich oben und unten befanden. Doch ansonsten konnte ich rein gar nichts erkennen, nicht einmal die glimmenden Sekunden in meinen Händen. Um mich her war nichts als schimmerndes, fließendes Grau – ohne Anfang, ohne Ende, ohne Richtung.

Ich hatte nicht die geringste Ahnung, wie ich so den Zeitsprung finden sollte, also machte ich einfach einen Schritt nach dem anderen und ging weiter und weiter und weiter, in der Hoffnung, schon irgendwann auf das Ding zu stoßen …

Eine ganze Weile lang passierte allerdings erst einmal überhaupt nichts.

Der Korridor musste ganz schön lang sein, denn ich stieß weder an Wände noch hatte ich das Gefühl, um Kurven zu biegen. Ich lief einfach geradeaus. Einmal meinte ich, rechts von mir Gretes Stimme zu hören, aber vielleicht war das auch nur Einbildung. Doch kurz darauf streifte plötzlich etwas meine Hüfte.

Abrupt blieb ich stehen. »Hallo? Grete?«, rief ich zwischen die Wogen.

Niemand antwortete.

»Alexej?«, wisperte ich und biss mir auf die Lippe. »Bist du das?«

Nichts.

Schlagartig wurde mir klar, dass die Stelle, an der ich die Berührung gespürt hatte, sich nicht weit von meiner Hosentasche entfernt befunden hatte. Der Hosentasche mit der Karte meines Vaters!

Ich hielt nun alle drei Phiolen in einer Hand. Mit der anderen tastete ich panisch an meinem Bein hinunter. Meine Fingerkuppen glitten zwischen den Stoff und kurz darauf über ausgefranstes Papier. Ich atmete erleichtert auf.

Vorsichtig zog ich das Schriftstück hervor. Obwohl ich noch immer blind vor lauter Staub war, folgte ich dem Impuls, es zu entfalten. Vermutlich, um sicherzugehen, dass es wirklich Papas Karte war, etwas von passender Größe, mit Rissen und Knicken an den richtigen Stellen. Und nicht irgendein Stück Altpapier, das der geheimnisvolle Grapscher im Nebel mir stattdessen untergeschoben –

Wow!

Für einen Moment vergaß ich alles um mich herum – das Turnier, den Zeitsprung, sogar den Staub.

Was ich in meinen Händen hielt, war die Karte meines Vaters, kein Zweifel. Doch hier, inmitten von *les temps*, sah sie vollkommen verändert aus. Und überhaupt: Ich konnte sie *sehen*. Bisher hatten die Linien und Flächen auf dem vergilbten Papier keinen Sinn für mich ergeben, aber jetzt, jetzt leuchteten sie plötzlich in verschiedenen Farben, beschrieben Hügel, Täler, Ströme. Auch die Schrift konnte ich nun lesen. Es war Papas Handschrift!

Als Kinder hatten Grete und ich ein Buch über wilde Tiere besessen, eines mit speziellen Bildern, die man nur mithilfe einer

3-D-Brille aus Pappe und bunter Folie hatte erkennen können. Ohne Brille waren da lediglich Striche und Punkte in komischen Farben gewesen, mit Brille jedoch hatte man plötzlich zum Beispiel einen Löwen im Sprung oder eine Antilope auf der Flucht vor Augen gehabt. Dieser Effekt war ganz ähnlich.

Beinahe hätte ich laut aufgelacht, so sehr freute ich mich über meine Entdeckung.

Schließlich fiel mein Blick auf den schmalen Strich, der sich gleich in der Nähe des Wortes *Paris* über das Papier wand. Daneben war die Glaspyramide des Louvre gezeichnet, sogar den Zeitsprung hatte Papa skizziert. Doch auf dem Weg dorthin zweigte links etwas aus dem Strom ab, etwas, das aussah, als sollte es einen weiteren Gang darstellen. Und zwar einen, der zu einem großen X führte.

Daneben stand in schwungvollen Buchstaben: *la nuit.* Die Nacht.

Ich schluckte, während etwas in meiner Magengrube aufgeregt zu flattern begann. Links …

Vorsichtig verstaute ich die Karte wieder in meiner Tasche und mit ihr gleich auch die Glasphiolen. Dann streckte ich beide Arme aus und drehte mich zur Seite, schob mich Stück für Stück vor, bis ich schließlich tatsächlich eine Wand ertastete. Sie fühlte sich kühl und glatt an, ich tippte darauf, dass sie, genau wie der Fußboden, aus Marmor bestand.

Auf diese Weise, eine Handfläche stets an der Wand, setzte ich meinen Weg nun fort und hoffte dabei inständig, den Abzweig nicht bereits verpasst zu haben.

Natürlich hatte ich keinen Schimmer, was Papa mit diesem X markiert hatte. Oder warum er den Weg dahin nur verschlüsselt hatte aufzeichnen können. Aber möglicherweise würde ich es bald herausfinden.

Einige Minuten lang blieb die Wand neben mir durchgängig, massiv und hart. Keine Spur von einem wie auch immer gearteten Geheimgang. Dafür wurde das Rauschen und Zischen der Ströme lauter. Es hatte bereits die ganze Zeit über in der Luft gelegen, ich hatte bisher nur geglaubt, es wäre der Nebel, der flüsternd durch das Museum kroch.

Nun jedoch schwoll das Geräusch an. Auch hatte ich plötzlich den Eindruck, dass die Flusen und Spinnweben um mich herum zu trudeln begannen, dass sie wie von Zauberhand zu einem Punkt irgendwo schräg vor mir gezogen wurden.

Der Zeitsprung!

Die Phiolen in meiner Tasche drängten sich mit jedem Schritt deutlicher in mein Bewusstsein. Der Sog des Zeitsprungs wurde derweil stärker und stärker, zerrte jetzt auch an meinen Haaren und ließ mich frösteln.

Gleichzeitig glitten die Fingerspitzen meiner linken Hand nun ins Leere.

Ich hielt die Luft an, tastete noch einmal mit beiden Händen. Tatsächlich war dort ein schmaler Spalt in der Wand. Gerade breit genug, dass ein Mensch sich hindurchschieben konnte.

Das Flattern in meinem Magen erreichte die Frequenz von Kolibriflügeln. Der Zeitsprung musste bereits ganz nahe sein und hier war nun auch der Pfad von Papas Karte. Ich sog Luft zwischen meinen zusammengebissenen Zähnen hindurch. Was sollte ich tun?

Gerade hatte ich mir noch geschworen, nicht einfach aufzugeben. Dies war immer noch die letzte Runde des Bernsteinturniers und ich war nun einmal eine Kandidatin. Ophelia Pendulette, Abgesandte der ehrwürdigen Linie der Janviers, auserwählte Nachfahrin der ersten Herrin der Zeit. Und vielleicht sogar die Erste, die den Zeitsprung heute gefunden hatte. Sollte ich meine Chance da nicht nutzen und erst einmal die Sekunden loswerden? War es nicht sogar meine Pflicht?

Andererseits brannte ich darauf zu erfahren, welches Geheimnis mein Vater mit in den Tod genommen hatte. Nach all den Jahren der Suche, nach all den Jahren, in denen ich gespürt hatte, dass mehr hinter allem gesteckt haben musste als ein sinnloser Unfall. Das hier war *meine* Chance herauszufinden, warum Papa diese merkwürdige Karte hinterlassen hatte. Und wer wusste schon, ob ich den Abzweig in all dem Nebel noch einmal finden würde, wenn ich ihm jetzt nicht folgte?

Verdammt. Einen Moment lang stand ich unschlüssig da. Dann setzte ich mich langsam wieder in Bewegung.

Er wanderte durch den Nebel. Die anderen würden vermutlich blind sein für die Zeichen des Stroms, sie würden nicht erkennen, wie der Staub tanzte und floss und einem ganz von selbst den

Weg zum Zeitsprung wies. Leander jedoch hatte genug Zeit mit und manchmal auch in *les temps* verbracht, um die Spuren lesen zu können.

Er entdeckte den richtigen Pfad bereits nach wenigen Schritten und arbeitete sich Stück für Stück voran, während Grete, die anfangs noch neben ihm durch den Korridor hastete, bald die Orientierung verlor. Leander lauschte darauf, wie ihre Schritte sich entfernten, dann wieder näher kamen, als liefe sie in Zickzacklinien.

Irgendwann prallte sie dabei wohl mit jemandem zusammen, denn nach ein paar Minuten drangen zuerst ein Rascheln und dann Ophelias Stimme durch die staubigen Schlieren an sein Ohr. Allerdings verstand Leander nicht, was sie da murmelte. Sie musste wohl doch noch weiter entfernt sein, als er geglaubt hatte.

Er ging jetzt langsamer, um ihr die Gelegenheit zu geben, zu ihm aufzuschließen. Zwar wusste er noch immer nicht, ob er es letztlich würde über sich bringen können, aber –

Er horchte auf, einen Moment lang fürchtete er, Grete könnte sich nähern. Oder womöglich sogar Darius. Von ihnen durfte er sich keinesfalls überholen lassen. Von Ophelia hingegen …

Doch vorerst blieb alles ruhig und Leander zwang sich, einen Moment lang tief ein- und auszuatmen.

Verflucht, warum war ihm dieser Gedanke überhaupt gekommen? Warum nur gelang es ihm selbst nach all den Jahrzehnten noch immer nicht, sich dieses verdammte, elende, widerwärtige Hoffen abzugewöhnen?

Weil dieses Mal das erste Mal ist, bei dem tatsächlich eine Chance besteht, flüsterte es in seinem Hinterkopf. Er wusste, dass es schon wieder nur Hoffnung war, die da zu ihm sprach. Diese Verräterin!

Leider war es ihm noch nie so schwergefallen, ihr zu widerstehen.

Das Ganze war ihm bei ihrem Ausflug zur Quelle der Zeit eingefallen. Der Herr der Zeit hatte die magische Grenze überwunden, als er die Seele der alten Frau herübergebracht hatte. Leander hatte diesen Vorgang sicherlich zig Male mit angesehen, aber noch nie wirklich darüber nachgedacht. Genau wie die Toten verließ auch der Herr der Zeit das Gefüge von Raum und Zeit – und er kehrte jedes Mal aufs Neue wieder zurück. War es nicht möglich, dass hierin der Schlüssel lag?

Was Leander in den Augen der Menschen sah, war doch nichts weiter als genau dies: die Zeit, die ihnen bis zu jenem Moment blieb, an dem ein jeder und jede von ihnen die Grenze überquerte.

Und Ophelias Pupillen waren bereits so dunkel! Wie schwarz glühende Kohlen in einem viel zu jungen Gesicht. Wie die Augen des Herrn der Zeit selbst.

Leander wischte sich mit dem Handrücken eine Schweißperle von der Stirn, dann lauschte er weiter in die Ströme. Das Rauschen des Zeitsprungs war nah, es wäre leicht, die Sekunden jetzt zu platzieren.

Dennoch zögerte er.

Er wusste natürlich, dass er Ophelias Tod nicht aufhalten

konnte. Genauso wenig, wie er es bei Mariana und all den anderen vermocht hatte. Doch wenn sie diejenige wäre, die heute hier den Sieg davontrug, musste er das doch auch gar nicht, nicht wahr? Wenn Ophelia Herrin der Zeit wäre, würde sie die Grenze ohnehin schon sehr bald passieren. Sie würde Seelen übersetzen und anschließend zurückkehren können.

Er müsste sie nicht verlieren.

Oder?

Ja, dieses Mal war sein Plan nicht, zu warnen oder zu schützen, dieses Mal wollte er nicht verhindern, dass es geschah. Er würde bloß dafür sorgen, dass es nicht das Ende bedeutete.

Zumindest versuchte er es. Denn aufzugeben, wovon er so lange geträumt hatte, war ein wirklich beschissen hoher Preis. So hoch, dass ihm bereits beim Gedanken daran die Luft wegblieb, sein Brustkorb sich zuschnürte. Für ihn bedeutete es schließlich, so weiterleben zu müssen wie bisher. Auf der Flucht vor allem und jedem, verflucht bis in alle Ewigkeit.

Nie hätte er geglaubt, stark genug zu sein, um solch ein Opfer zu bringen. Doch immerhin rettete er damit wenigstens eines all der vielen Leben und …

Außerdem war da noch diese irrwitzige, verbotene Sehnsucht, dass Ophelia Pendulette ihm ja vielleicht dann und wann Gesellschaft in seiner persönlichen Hölle leisten würde.

Wäre nicht schon allein das es am Ende wert?

18

Madame Rosés Prophezeiung war eindeutig gewesen: Ich könnte mithilfe der Karte vollenden, was auch immer mein Vater begonnen hatte, aber die Sache würde verdammt gefährlich werden. Es war daher möglicherweise nicht die weiseste aller Entscheidungen, mich durch diesen Spalt in der Wand des Louvre zu quetschen und Papas geheimem Pfad zu folgen.

Damit warf ich es nun also doch, das besagte Handtuch. Vermutlich würde kein Zeitloser das verstehen. Allerdings … *Ich wollte nun mal nicht Herrin der Zeit werden!* Ich hatte es noch nie wirklich gewollt und daran hatten auch die vergangenen Tage und Wochen nichts geändert.

So wichtig diese Aufgabe auch war, sie bedeutete nun einmal, ziemlich viele Menschen sterben sehen zu müssen, und das für eine lange Zeit. Ohne etwas dagegen unternehmen zu können. Wie Leander die Dinge zwar vorausahnte, aber es niemals schaffte, sie aufzuhalten, würde auch eine Herrin der Zeit nicht in die Geschicke der Lebenden eingreifen können – das hatte der Herr der Zeit selbst gesagt. Darüber würde mich auch die Fähigkeit, in die Vergangenheit reisen zu können, nicht hinwegtrösten.

Denn selbst wenn es mir gelänge, Papa noch einmal zu besuchen, den Unfall würde ich niemals verhindern können.

Nein, Papas Tod war furchtbar. Er hatte eine Wunde hinterlassen, die vermutlich niemals ganz heilen würde. Unsere Familie war daran zerbrochen und noch immer fehlte mein Vater mir an jedem einzelnen Tag. Aber dass er fort war, war etwas, mit dem ich nach acht Jahren halbwegs umgehen konnte. Nicht zu wissen, was genau geschehen war und vor allem *warum*, war das, was an mir nagte. Es verhinderte, dass der Schmerz des Verlusts allmählich dumpfer wurde und sich in etwas verwandelte, das weniger an meiner Seele fraß.

Und deshalb musste ich Papas Pfad einschlagen, ich konnte einfach nicht anders.

Während ich mich durch den Spalt schob, hatte ich kurz den Eindruck, jemand würde ganz in der Nähe meinen Namen flüstern. Jemand, der wie Leander klang.

»Ophelia?«, meinte ich ihn irgendwo in den Nebeln wispern zu hören. »Was machst du denn da?«

Doch dann war ich bereits in der Wandverkleidung verschwunden und noch ehe ich antworten konnte, erfasste mich eine Woge aus Staub.

Augenblicklich riss es mich von den Füßen. Vor lauter Schreck verschluckte ich mich an einer Ladung Spinnweben. Ich hustete und rang nach Luft, während der Strom mich davontrug wie ein Blatt, das in einen Fluss gefallen war. So ein Mist!

Ich hatte nicht damit gerechnet, dass sich der Nebel so rasch in einen weiteren Teil von *les temps* verwandelte. Einen, den man normalerweise mit einer Barke befuhr … Sofort verlor ich jegliche Orientierung. Weder sah ich etwas, noch fanden meine Hände oder Füße den geringsten Halt. Überall um mich herum waren aufgewirbelte Körnchen, die über meine Haut kratzten.

Noch immer konnte ich nicht atmen. Hilflos ruderte ich mit Armen und Beinen.

Herrje! Das hier war wirklich, wirklich, wirklich nicht die weiseste Entscheidung gewesen, denn langsam wurde mir echt schwindelig. Die Geräusche des Stroms veränderten sich jetzt, drangen nur noch wie durch Watte an mein Ohr. Ich nahm an, dass ich gerade dabei war, das Bewusstsein zu verlieren. Um mich herum wurde es dunkler und dunkler …

Nur noch am Rande registrierte ich daher, wie der Strom plötzlich eine Biegung zu machen schien. Gleichzeitig erfasste mich eine Welle und schleuderte mich (gerade noch rechtzeitig, bevor mein unfreiwilliger Tauchgang durch die Zeit in einem Desaster enden konnte) an Land.

Oder besser gesagt: gegen eine weitere Wand.

Mit Schulter und Hüfte prallte ich dagegen, dann landete ich unsanft auf einem Felsvorsprung über den Fluten und schürfte mir obendrein noch Hände und Knie auf. Doch meine Lungen waren so begierig darauf, sich mit Luft zu füllen, dass ich den Schmerz erst mit einiger Verzögerung wahrnahm. Ich kam gerade ächzend auf die Beine, als sich etwas hinter mir regte.

Die Wand glitt knirschend zur Seite, dahinter erschien das bullige Gesicht eines Mannes mit Bart. Der Kerl musste an die zwei Meter groß sein und trug ein Sweatshirt mit einem verblichenen

Werbeaufdruck für Zitrusfrüchte. Einen Herzschlag lang wich alle Farbe aus seinem Gesicht. Er starrte mich an, als wäre ich das personifizierte Böse, seine Pranken ballten sich zu Fäusten, ein Muskel an seinem Unterkiefer zuckte.

Unwillkürlich wich ich vor ihm zurück, doch leider ließ mir der schmale Vorsprung dafür nicht gerade viel Raum. Und außerdem war der Typ für seinen Bauchumfang überraschend schnell. Noch ehe ich begriff, was geschah, packte er mich bereits, presste mir die Arme an den Körper und hob mich hoch. Eine seiner riesigen Hände legte sich über meinen Mund, sie roch nach Zwiebeln und Zigaretten und verwandelte meinen Aufschrei in ein klägliches Wimmern. Ich versuchte, nach ihm zu treten und ihn zu beißen, doch falls ich ihm wehtat, so ließ er es sich nicht anmerken.

Stattdessen schleppte er mich nun einfach davon, nahm mich mit sich durch die Geheimtür in der Felswand und weiter in einen Tunnel, wie einen Sack Mehl. Noch immer sprach er kein einziges Wort, mein Zappeln schien ihn nicht sonderlich zu stören. Ich gab mein Bestes, ihn trotz der Hand auf meinem Mund anzuschreien. Wohin brachte er mich? Was, bitte schön, sollte das hier denn werden? Etwa eine *Entführung*? War er eine der vermummten Gestalten gewesen, die ich neulich auf meiner Fahrt in die Sahara gesehen hatte?

Angst kroch in eisigen Rinnsalen durch meine Adern. Noch nie zuvor war ich mir so hilflos vorgekommen. Ich wollte sofort losgelassen werden! SOFORT!!!

Leider interessierte das den Mann mit dem Bart nicht die Bohne. Er blieb erst stehen, als wir durch eine weitere Tür eine

Art Kellerraum erreichten, an dessen Wänden sich Regale voller Einmachgläser und Konserven reihten.

Die Glühbirne unter der Decke spendete nur spärliches Licht, sodass ich zuerst dachte, der Raum wäre menschenleer. Nur die Karte auf dem Fußboden fiel mir gleich ins Auge. Sie sah derjenigen in meiner Hosentasche gar nicht so unähnlich, war allerdings noch ein wenig zerfledderter als mein Exemplar und zeigte einen ganz anderen Teil der Welt. Asien, vermutete ich. Außerdem hatte jemand mit einem dicken Filzstift Zahlen und Daten zwischen die Linien gekritzelt.

»Schau, wer sich hereinschleichen wollte«, brummte mein Kidnapper nun wütend. »Ophelia Pendulette, was für ein *Zufall*!«

Etwas regte sich in den Schatten, ein Junge mit blonden Locken und Sommersprossen trat in den Lichtkreis.

Alexej!, wollte ich rufen, doch was man hörte, war lediglich: »Mhm-mhm-mhm!«

»Wie konnte sie uns finden?«, murmelte Alexej und gab sich überrascht.

»Tja, das ist eine sehr gute Frage, nicht wahr?« Der Typ schüttelte mich nun hin und her. »Wie ist dir das gelungen?«

Er drehte meinen Kopf in seine Richtung, doch abgesehen davon, dass er mir noch immer den Mund zuhielt, hatte ich ohnehin keine große Lust, es ihm zu erklären. Ich beschränkte mich daher darauf, ihn so verächtlich wie möglich anzufunkeln.

»So kann sie dir ja wohl schlecht antworten, Brutus«, sagte Alexej. »Vielleicht behandeln wir unseren Gast ein wenig … zivilisierter? Ich meine, nun, da Ophelia schon einmal hier ist –«

»Wir wissen noch immer nicht, ob wir ihr trauen können. Sie führt sie vielleicht direkt hierher und wir haben gleich die gesamte Garde auf der Matte stehen«, knurrte Brutus, doch Alexej war inzwischen aufgestanden und baute sich nun mit verschränken Armen vor uns auf.

»Komm schon, lass sie run–«, begann er, brach dann jedoch (obwohl er mir aus der Seele gesprochen hätte) mitten im Satz ab. Stattdessen weiteten sich seine Augen. »Nein, nicht!«, rief er noch, da ertönte bereits ein dumpfer Schlag.

Brutus' Umklammerung lockerte sich, der Körper des Riesen sackte in sich zusammen und ich schaffte es gerade noch wegzukriechen, bevor er der Länge nach auf dem Kellerboden aufschlug. Beinahe hätte er mich unter sich begraben.

Ich krabbelte von ihm fort und fuhr herum. Mitten im Raum stand Leander, eine Konservendose in der Hand. Sein Atem ging unregelmäßig, seine Schultern bebten.

»Wer seid ihr?«, keuchte er. »Wo sind wir? Ophelia, ist alles in Ordnung mit dir?«

Ich nickte geistesabwesend und kam wieder auf die Beine. Mein Blick hing noch immer an dem – jetzt bewusstlosen – Hünen auf dem Kellerboden zwischen uns.

»Was bei allen Strömen geht hier vor sich?«, fragte Leander. Sein gesamter Körper wirkte angespannt wie die Sehne eines Bogens. Und sein Blick verriet, dass er mit dem Gedanken spielte, sich als Nächstes auf Alexej zu stürzen (der im Übrigen alles andere als begeistert von Leanders Auftauchen zu sein schien).

»Leander«, sagte ich. »Neulich in der Wüste habe ich dir doch von diesem Jungen mit den blonden Locken erzählt. Dem Zeitlosen, der durch die Ströme geschwommen ist und Filme von den Anomalien gedreht hat.«

»Ja. Aber das kann nicht sein.« Leanders Augen verengten sich zu Schlitzen. Er musterte Alexej eindringlich. »Du kannst kein Zeitloser sein. Ich … kenne dich nicht und außer den Janviers hat keine der Bernsteinlinien in letzter Zeit Zuwachs bekomm–« Er unterbrach sich selbst. »Ich dürfte vor dir noch nicht einmal über all das reden. Ophelia, wieso bist du nicht im Louvre geblieben? Du warst doch schon beinahe am Zeitsprung, ich habe auf dich gewartet und dann kam Darius und ich musste mich beeilen und … Schließlich habe ich gerade noch rechtzeitig mitgekriegt, dass du in der Wand verschwunden bist.«

»Ich *bin* aber ein Zeitloser«, sagte Alexej und deutete auf den niedergestreckten Bartträger. »Und Brutus ist es ebenfalls. Genau das ist ja das Problem.«

»Wieso?«, fragte ich.

»Unsinn«, entfuhr es Leander, der nun über den Schlägertypen hinwegstieg und mit zwei schnellen Schritten bei mir war. »Ophelia.« Er berührte meinen Ellenbogen. »Lass uns machen, dass wir hier wegkommen.«

Er wollte mich mit sich ziehen, doch ich regte mich nicht. »Er ist *wirklich* ein Zeitloser. Ich habe selbst gesehen, wie er eine Zeitschleife geformt hat. Und außerdem hat er mir einen Schlüssel gegeben, sodass ich an die Verschlussakten kam, wo ich eine Karte fand. Mein Vater muss sie gezeichnet haben. Man kann sie nur innerhalb von *les temps* lesen und sie hat mich hierhergeführt«, fasste ich für ihn zusammen.

Leanders Brauen krochen verwirrt aufeinander zu. »Aber –«, begann er, brach dann jedoch gleich wieder ab.

»Ich weiß auch nicht, wie das alles sein kann«, sagte ich. »Allerdings hatte ich gehofft, so langsam mal eine Erklärung zu bekommen.«

Bei diesen Worten sah ich nun wieder Alexej an und auch Leander wandte sich jetzt dem Jungen mit den blonden Locken zu. Gemeinsam durchbohrten wir ihn mit unseren Blicken.

»Okay«, seufzte dieser und hob abwehrend die Hände. »Ist ja gut. Wir … nennen uns *la nuit*. Die meisten von uns sind Zeitlose, wie ihr, aber im Palast wissen nur ein paar wenige Verbündete von unserer Existenz. Jedenfalls hoffen wir das. Eigentlich hätte ich dir den Schlüssel zu Pans Geheimarchiv niemals geben dürfen, Ophelia. Es hat die anderen Jahre gekostet, eine Kopie davon zu beschaffen, und wahrscheinlich werde ich ziemlichen Ärger für meinen Alleingang bekommen, aber … Ich meine, wir werden nie einhundertprozentig sicher wissen, ob wir dir trauen können. Oder dir.« Er nickte Leander zu. »Und uns läuft die Zeit davon.«

»Tut mir leid, aber ich verstehe kein Wort«, sagte Leander.

»Ich weiß, es ist kompliziert, ich … Wo soll ich anfangen?«, murmelte Alexej, mehr zu sich selbst.

»Vielleicht damit, warum ihr Barken angreift und die Zeit ins Chaos stürzt«, schlug ich vor. »Oder nein, als Erstes möchte ich eigentlich wissen, was mein Vater mit alldem zu tun hatte.«

Alexej nickte, dann holte er tief Luft. »Dein Vater war einer von uns, ein Mitglied von *la nuit*. Er hat die Karten gezeichnet, um unsere Sache zu unterstützen. Unsere Rebellion gegen Präsident Pan.«

Leander sog neben mir scharf die Luft ein.

Auch ich war mir nicht sicher, ob ich mich gerade verhört hatte. »*Pan?*«, fragte ich. »Aber wieso?«

»Weil es viel mehr Zeitlose auf der Welt gibt, als man euch glauben lassen will«, knurrte Alexej. »Die Bernsteinlinien sind eine Lüge. Dieser ganze Unsinn über lediglich vier Blutlinien. Es existieren nicht nur vier Familien von Zeitlosen. Chronos hatte einen ganzen Haufen Kinder, mindestens ein Dutzend.« Er presste die Lippen aufeinander und fügte bitter hinzu: »In den Bernsteinpalast lässt Pan natürlich nur die Auserwählten. Die Nachkommen der vier Erstgeborenen dürfen sich dort ein schönes, wenn sie wollen, sogar ewiges Leben machen. Der Rest von uns …« Er griff sich mit beiden Händen an den Hals.

»Aber …«, stammelte ich. »Weshalb sollte Pan das tun? Euch töten, meine ich.« Das Ganze klang vollkommen absurd. Pan wirkte wie ein hart arbeitender Mann, freundlich und bescheiden … Okay, manchmal hatte er so einen komischen Blick drauf und beobachtete mich ganz seltsam, aber –

»Weil die Kapazitäten des Palastes begrenzt sind. Der Platz ist zu knapp. Und außerdem gelingt nur so der Balanceakt, ihn außerhalb der Zeit zu halten. Wenn es mehr Zeitlose gäbe, die alle mit den Strömen herumspielen würden, wäre die Zeitlosigkeit bald Geschichte. Die Zeitschlaufe wäre dafür zu schwach und der Knoten, den Pan einst um den Bernsteinpalast gewoben hat, bekäme Löcher.«

Mir war schwindelig von dieser ungeheuerlichen Behauptung und auch Leander neben mir war bleich geworden. »Du lügst«, sagte er tonlos. »Ich glaube dir nicht.«

Doch Alexej ließ sich nicht beirren. »Wann immer jemand auf der Welt beginnt, Staub zu sehen – und er kein Nachfahre der vier Bernsteinlinien ist –, schickt der Präsident seine Männer und lässt ihn töten. Oder, wenn er oder sie Glück und eine starke Gabe hat, von der Pan sich eines Tages einen Nutzen erhofft, verfrachtet er die Leute zum Ende der Zeit und hält sie dort gefangen.«

»Nein!«, entfuhr es Leander. »Das ist doch … Diesen Mist höre ich mir nicht länger an! Komm, Ophelia, lass uns gehen!«

Ich wäre tatsächlich gerne einfach verschwunden. Was Alexej da erzählte, klang nämlich total verrückt. Doch andererseits hatte ich mir geschworen, alles zu tun, was notwendig wäre, um die Wahrheit über damals herauszufinden, oder?

Auch Alexej schien das zu ahnen: »Dein Vater hat für *la nuit* versucht, Pan zuvorzukommen, also die linienlosen Zeitlosen vor ihm zu finden und hierherzubringen«, erklärte er weiter.

»Und deshalb hat er komische Karten gezeichnet?«, murmelte ich.

»Genau. Da er kein Zeitloser war, konnte er die Ströme nicht wahrnehmen. Dafür aber das Gelände darunter, um den Bernsteinpalast. Das war sein entscheidender Vorteil: Wo wir nur Staub sehen, erkannte er, was sich darunter verbirgt. Unsere Verbündeten führten ihn zu allen wichtigen Orten des Zeitflusses. Was er uns hinterlassen hat, ist quasi eine Anleitung, wie man die gefangenen Zeitlosen im Ende der Zeit befreien und den Knoten um den Palast auflösen könnte. Leider bekam Pan vor einigen Jahren Wind von der Sache und schickte Horatio nach Berlin, um, nun ja …« Er senkte den Blick.

»Horatio«, flüsterte ich ungläubig. »Horatio *und* Pan.« Papa hatte also wirklich zu viel über die Zeitlosen herausgefunden. Viel zu viel! Hatte Pan deshalb allen strengstens untersagt, je wieder über meinen Vater zu sprechen? Weil er einem schrecklichen Geheimnis zu nahe gekommen war?

Mit einem Mal schien irgendetwas im Innern meiner Knie sich in Luft aufgelöst zu haben, denn sie knickten nun einfach unter mir weg. Leander bewahrte mich im letzten Moment davor, auf den Boden zu fallen. Mit beiden Armen hielt er meinen Oberkörper, während er Alexej zwischen zusammengebissenen Zähnen hindurch anblaffte.

»Spinnst du jetzt komplett? Ophelias Vater hatte einen Unfall! Ich … war vor acht Jahren dort.«

In Alexejs Augen blitzte es. »Ich weiß«, sagte er. »Du bist auf den Fotos, die Horatio damals gemacht hat. Nachdem er die Zeit angehalten und den Baum erst im entscheidenden Moment herabstürzen lassen hatte. Ist dir nicht aufgefallen, dass er im Gebüsch hockte und alles beobachtete? So ein großer Typ in einer Gardeuniform?«

Brutus gab ein Ächzen von sich, doch keiner von uns beachtete ihn.

»Als ich dazukam, war es gerade passiert und … das Unwetter war viel zu heftig, um irgendwas zu erkennen, das mehr als ein paar Meter entfernt war«, räumte Leander nun ein.

Obwohl mich meine Beine inzwischen wieder trugen, lag Leanders rechte Hand noch immer an meiner Taille. Doch ich registrierte es nur am Rande, denn momentan war ich einfach viel zu verwirrt und geschockt und … sprachlos.

Horatio und Pan, kreiste es in meinem Kopf. *HORATIO und PAN!* Führten die beiden die Bernsteinlinien wirklich so an der Nase herum?

»Sybilla Cho ist es kaum besser ergangen«, fuhr Alexej nun hastig fort. »Sie war auf unserer Seite und eigentlich sollte sie am Ende des Turniers die entscheidende Aufgabe übernehmen. Weil wir nämlich irgendwie die Totenuhr in die Finger bekommen müssen, um die gefangenen Zeitlosen zu befreien und der Zeitlosigkeit ein Ende zu bereiten. Das geht allerdings nur während der Ernennungsfeier des neuen Herrn der Zeit, solange sie weder mit ihrem bisherigen noch ihrem nächsten Träger verbunden ist … Na ja, wir mussten umdisponieren, weil Pan auch hinter Sybillas Pläne gekommen war. Also haben wir bisher bloß hier und dort etwas Zeit abgezweigt, wie wir es schon einmal taten, während dein Vater die Karten zeichnete. Um Verwirrung zu stiften und uns einen Vorrat anzulegen. Einen Vorsprung für den Moment, wenn es endlich so weit sein wird. Außerdem mussten wir natürlich überlegen, welchem von euch anderen Kandidaten wir am ehesten trauen können. Wir haben euch beobachtet. Vor allem dich, Ophelia, um genau zu sein.«

»Sybilla Cho ist auch tot?«, fragte ich. Ich erinnerte mich daran, wie ich sie an meinem allerersten Abend im Bernsteinpalast gesehen hatte.

»Ihr wollt die Zeitlosigkeit aufheben?«, fragte Leander.

Wieder stöhnte Brutus, lauter dieses Mal. Seine langen Beine zuckten irgendwo am Rande meines Blickfeldes.

»Wir wissen nicht genau, was mit Sybilla passiert ist«, brummte Alexej. »Und, ja. Der Bernsteinpalast ist ein Ort, den es eigentlich niemals hätte geben dürfen.«

Ein Ort, den es niemals hätte geben dürfen. So hatte es auch in dieser alten Legende gestanden, die ich neulich im Archiv gelesen hatte, oder? Ein Ort, der den Gott Chronos sehr wütend gemacht hatte.

Leander schnaubte. »Tut mir leid, aber du hast echt eine Vollmeise. Ist dir überhaupt klar, was das bedeuten würde? Ich meine, wenn du recht hättest …«

»Natürlich«, sagte Alexej tonlos. »Aber ist es euch auch klar? Wenn ich recht habe, dann hält Pan nämlich unzählige Menschen gefangen. Menschen, deren einziger Fehler es war, plötzlich ein paar mysteriöse Staubflocken zu bemerken.«

»Verflucht«, nuschelte Brutus schräg rechts von uns und setzte sich auf. »Was zur Hölle?« Er rieb sich den Hinterkopf.

Alexej knetete seine bleichen Hände. Sein Blick huschte von uns zu Brutus und wieder zurück. »Auch wenn es die anderen Mitglieder von *la nuit* nicht wahrhaben wollen, wir brauchen eure Hilfe«, sagte er schnell. »Bitte, denkt wenigstens darüber nach, ja?«

»Ich …«, stammelte ich.

Brutus, der die Situation inzwischen erfasst hatte, kam zornig wieder auf die Beine. »Alexej«, donnerte er. »Du kleiner Idiot! Ich wusste, dass du etwas vorhattest, als du mir neulich in der Antarktis abgehauen bist! Von wegen, du konntest es bloß nicht erwarten, den Zeitfall aufzumischen! Junge, von wie vielen Barken und Springbrunnen, in denen sich Ophelia befand, musste ich dich wegzerren!«

Mit langen Schritten durchquerte er den Raum und holte aus. Zuerst sah es so aus, als wollte er Alexej schlagen, doch dann wirbelte er zu uns herum.

»Und ihr!«, rief er und stürzte auf uns zu. Mit je einer Hand packte er unsere Kehlen und presste uns gegen eines der Kellerregale. »Ich verspreche, euch zu töten, solltet ihr auch nur ein Sterbenswörtchen über uns verlieren. Habt ihr verstanden?«, zischte er und besprühte uns dabei mit Spucke. Ich rang nach Luft, strampelte vergeblich in seinem Griff. »Ob ihr verstanden habt?« Er funkelte uns an.

»Verstanden«, röchelte ich, während Leander neben mir lediglich ein wütendes Grollen ausstieß, sich an einem der Bretter in seinem Rücken festhielt und gleichzeitig mit den Beinen nach vorn schwang. Sein Tritt traf Brutus in der Magengrube. Die Pranke an meinem Hals lockerte sich und ich entwand mich ihr, so schnell ich konnte. Auch Leander war inzwischen frei. Er hatte die Hände zu Fäusten geballt und schien kurz davor, im Gegenzug Brutus an die Gurgel zu springen. In dem Gerangel waren ein paar der Einmachgläser im Regal ins Wanken geraten und stürzten nun klirrend zu Boden.

Essiggeruch stieg mir in die Nase.

»Okay, beruhige dich wieder, ja? Die beiden wissen nun sowieso Bescheid«, sagte Alexej zu Brutus und an uns gewandt schlug er vor: »Wie wäre es, wenn ihr einfach zum Louvre zurückkehrt, bevor sie dort noch merken, dass irgendetwas nicht stimmt?«

Während Brutus und Leander einander schwer atmend taxierten, betrachtete ich die Glasscherben und eine Pfütze roter Flüssigkeit, die sich immer weiter auf dem Betonboden ausbreitete. Neben einigen Scheiben Roter Bete pappten dort die Überreste von etwas, das ich auf den ersten Blick für das Etikett des Einmachglases gehalten hatte. Doch nun erkannte ich, dass es das Foto eines Jungen mit langem dunklen Haar war. Des Jungen, der vor Kurzem von ein paar vermummten Gestalten in einer Barke gefesselt worden war.

»Auch ein verschwundener Zeitloser. Ich wollte, dass du seine Entführung siehst, damit du mir glaubst, Ophelia. Deshalb habe ich deine Barke vom Kurs abgebracht«, erklärte Alexej. »Und leider ist er nur einer von vielen. Das hier ist so etwas wie unser Gegen-Geheimarchiv. Auf der Rückseite jeder Dose und jedes Glases in diesem Raum klebt das Bild eines Vermissten. Aber ihr solltet jetzt wirklich gehen«, beschwor er uns noch einmal.

Ich sah mich um. In diesem Raum gab es Hunderte von Dosen und Gläsern. »Und sie alle sind …«

»Wir wissen nicht genau, warum Pan sie gefangen hält und was er mit ihnen vorhat. Aber es ist definitiv nichts Gutes«, schnaufte nun auch Brutus, während mir dieser gesamte

Kellerraum plötzlich erschreckend vertraut vorkam. Wieso war mir das eigentlich nicht eher aufgefallen? Natürlich kannte ich diesen Ort, ich hatte ihn gleich an meinem ersten Morgen in Paris betreten.

»Gut zu wissen, dass nicht alle Gästezimmer der Pendulettes dauerhaft leer stehen«, sagte ich spitz, während mir wieder einfiel, dass Tante Blanche es bei meiner Ankunft in Paris eilig gehabt hatte, pünktlich zu ihrer Telefonverabredung mit Sybilla Cho zu kommen. Vermutlich hatten die beiden dabei nicht über das Wetter geredet …

Alexejs Miene wurde schuldbewusst. »Deine Großtante und dein Großonkel hätten es dir mit Sicherheit lieber persönlich beigebracht«, sagte er. »Pippa sollte dich und Grete beobachten und entscheiden, wann eine von euch so weit sein würde. Spätestens bei der Ernennungsfeier hätten sie dich wohl eingeweiht und um Hilfe beim Diebstahl der Totenuhr gebeten. Ich fand nur, es wäre fairer, dir schon vorher die Gelegenheit zu geben, uns zu verstehen.«

Ich schloss die Augen, als könnte ich dadurch verhindern, noch mehr zu hören. Meine Familie hatte mich also belogen. Anstatt mir endlich die Wahrheit zu sagen, hatte Pippa mich lediglich mit kleinen Bröckchen über die alten Legenden und den Weissagungen ihrer gespaltenen Persönlichkeit abgespeist. Und Onkel Jacques und Tante Blanche? Die hatten nicht einmal das getan!

Einen Moment lang war mir so schlecht, dass ich befürchtete, mich auf die Rote Bete und das dazwischen pappende Foto zu übergeben. Doch dann spürte ich erneut Leanders Arm in meinem Rücken.

»Es reicht«, sagte er zu Alexej, seine Stimme hatte einen Tonfall angenommen, der keine Widerrede duldete. Sogar Brutus trat nun beiseite, als Leander mich mit sich in Richtung Geheimgang zog.

Der Zeitnebel waberte noch immer durch die ägyptische Abteilung des Louvre. Doch er war nun voller Stimmen. Stimmen, die unsere Namen riefen.

Ich blinzelte, als plötzlich der Lichtkegel einer Taschenlampe über mich hinwegglitt.

»Ophelia?«, brüllte irgendjemand, vielleicht ein Gardist. Ich antwortete nicht und das Licht entfernte sich wieder.

Blind blieb ich zurück, Staub und Spinnweben umhüllten mich wie ein Schleier. Ich lehnte mit dem Rücken an kühlem Marmor, mein Atem ging stoßweise. Neben mir hörte ich auch Leander leise keuchen. Erst vor wenigen Minuten waren wir erneut in den Strom gesprungen. Eine Welle hatte uns zurück zum Museum und dem Spalt in der Wand getragen.

Nun stand ich also wieder hier, alles schien wie zuvor und doch war es vollkommen anders.

Die Karte meines Vaters steckte in meiner Hosentasche. Noch waren natürlich längst nicht alle meine Fragen beantwortet, doch ich hatte die Erklärung bekommen, nach der ich so viele Jahre gesucht hatte, oder? Zwar in Form einer Verschwörungstheorie, einer, die mir nicht gefiel und die ich lieber nicht glauben wollte, weil sie mir viel zu ungeheuerlich erschien. Aber es war und blieb eine Erklärung und ich lauschte daher in mich hinein, erwartete, dass endlich ein Felsblock von meinem Herzen purzelte. Doch nichts dergleichen geschah.

War das noch immer der Schock?

Wo blieb die Erleichterung, nun, da sich bestätigt hatte, was ich so lange geahnt hatte? Papas Tod war kein sinnloser Unfall gewesen. Er war im Kampf für etwas gestorben, an das er geglaubt hatte. Sollte mich das nicht trösten?

Wieso fühlte ich mich also so leer, so als wäre ich am liebsten unsichtbar?

»Ophelia?«, flüsterte Leander nach einer Weile.

»Mhm.«

»Das gerade«, begann er. »Ich kann mir nicht vorstellen, dass –«

»Ich weiß«, sagte ich matt. »Ich auch nicht.«

Etwas streifte mein Handgelenk. »Bist du in Ordnung?«, fragte Leander. Seine Stimme zitterte plötzlich.

»Keine Ahnung«, murmelte ich, denn ich fand noch nicht einmal eine Antwort auf diese einfache Frage.

Wieder strich ein Lichtkegel über mich hinweg. Dann noch einer. Außerdem wimmelte es im Nebel nun von schemenhaften Gestalten. Leander stand jetzt direkt vor mir. Seine Schultern hingen herab, als wäre er mit einem Mal sehr erschöpft.

»Der Wettkampf ist vorüber, oder?«, fragte ich.

Noch mehr Lichtkegel. Leanders Schatten, der nickte.

Rufe.

Gardisten, die an uns vorbeimarschierten. Jemand, der Leander entdeckte und ihm ebenfalls eine Lampe in die Hand drückte, während ich mich hastig wieder ein Stück in den Spalt in der Wand schob, weil ich noch nicht wieder bereit war für … *alles*.

»Dann fehlen nur noch die Pendulette-Mädchen«, sagte mein schnauzbärtiger Lieblingswachmann irgendwo in der Nähe.

»Alles klar«, murmelte Leander, wartete jedoch, bis wir wieder allein waren, bevor er die Taschenlampe einschaltete und ihr Licht über ein paar Rote-Bete-Spritzer auf meinen Turnschuhen schweifen ließ. »Ist das Blut?«, fragte er alarmiert. »Hat dich dieser Brutus etwa –«

»Nein«, sagte ich schnell. »Danke, dass du mich vor ihm beschützt hast.« Überhaupt war ich froh, Leander in all diesem Wahnsinn an meiner Seite zu haben.

»Ich war fast da! Das Ganze war viel zu knapp, um es als endgültige Entscheidung zu werten«, brauste Darius einige Meter entfernt von uns auf. Ein Schemen, den ich für Horatio hielt, redete leise auf ihn ein. Ich unterdrückte den Impuls, mir die Ohren zuzuhalten.

Leander leuchtete nun höher, sodass ich sein Gesicht erkennen konnte. In seinen Augen lag ein Ausdruck, den ich noch nie gesehen hatte. Er wirkte irgendwie gehetzt. Gehetzt und traurig und verwirrt.

Und vielleicht spiegelte all das auch nur meinen eigenen Blick wider.

»Ich habe sie! Grete hatte sich komplett verlaufen«, rief Tante

Blanche derweil durch den Zeitnebel. Es klang, als wäre sie weit weg. Mindestens am anderen Ende des Korridors.

Doch beim Klang ihrer Stimme krampfte sich etwas in meinem Magen zusammen. Ich hatte ihr vertraut.

Leander rieb sich mit der Hand über das Gesicht. »Ophelia«, wisperte er und dieses Mal klang es verzweifelt. »Ich muss dir etwas sagen. Ich habe beim Zeitsprung auf dich gewartet, so lange es ging, aber –«

Ich betrachtete ihn genauer. »*Du hast dort auf mich gewartet?* Warum das denn?«

Seine Schultern sanken noch ein wenig tiefer herab, als er sich nun vorbeugte. »Ich …« Er räusperte sich. »Ich hatte gehofft, dass du …«

Er zögerte, dann waren wir einander plötzlich überraschend nah. »Was würdest du davon halten, wenn wir abhauen?«, raunte er gleich neben meinem Ohr und schaltete die Taschenlampe aus. »Sollen sie doch ruhig noch ein bisschen nach uns suchen, findest du nicht?«

»Du willst wieder einmal davonlaufen?«, murmelte ich. Nur er und ich? Zusammen und weit weg von hier? Der Gedanke hatte etwas für sich, das konnte ich nicht bestreiten. Sogar verdammt viel. Mir wurde ein bisschen schwindelig.

Leander roch vertraut, nach Seife und flüssigem Glas. Langsam wandte er den Kopf ein wenig zur Seite. Mein Mundwinkel glitt über seine Wange und eine Gänsehaut rann über meinen Nacken.

»Das hier wird sowieso nicht gut ausgehen, oder?«, flüsterte er.

Ich atmete aus. »Ich fürchte, ich weiß heute gar nichts mehr«, nuschelte ich und da schlang er mit einer einzigen fließenden Bewegung die Arme um mich.

Es war unmöglich zu sagen, wer wen zuerst küsste.

Unsere Lippen fanden sich, als wäre es das einzig Richtige auf dieser Welt. Sehr weich, sehr warm und einen perfekten Augenblick lang. Zwei Suchende, die zur gleichen Zeit ein lange verborgenes Ziel erreichten, einander vorsichtig begrüßten und –

Schon wieder war da ein Lichtkegel, greller als die vorherigen. Ich sank zurück auf meine Fersen. Leander hielt seine Lider noch einen Moment lang geschlossen. Ich sah, wie er schluckte, als ein weiterer Lichtstrahl uns erfasste. Schritte näherten sich und unser Augenblick zerplatzte endgültig. Wie eine Seifenblase, zu schillernd, um von Dauer zu sein.

Denn natürlich war es längst zu spät, um wegzulaufen.

Viel zu spät.

Auch Leander blinzelte jetzt, als erwachte er aus einem fernen Traum. Ich lehnte mich wieder gegen die Marmorwand, hielt mich daran fest und wartete darauf, dass sich mein Herzschlag beruhigte.

»Oh, gut, Sie sind wohlauf, Mademoiselle Pendulette«, sagte kurz darauf ein junger Gardist zu mir, bevor er sich an Leander wandte: »Ich denke, dann sollten wir nun zurückgehen. Alle warten schließlich bereits darauf, den Sieger des Bernsteinturniers und nächsten Herrn der Zeit zu beglückwünschen. Sind Sie so weit, Monsieur Andersen?«

Fünfter Teil
Ewigkeit

19

Er hatte sie geküsst.

Er würde der neue Herr der Zeit werden.

Es gab Zeitlose, die nicht zu den Bernsteinlinien gehörten und an wilde Verschwörungstheorien glaubten.

Die ganze Welt hatte sich binnen kürzester Zeit in ein einziges Chaos verwandelt und Leander hatte keine Ahnung, wie er je wieder Ordnung in dieses Durcheinander bringen sollte.

Noch dazu hatte Pippa Ophelia fortgeschleppt, kaum dass die *Hora* wieder am Bernsteinpalast angelegt hatte. Einfach so, es war viel zu schnell gegangen. Im einen Moment hatten sie noch nebeneinander an der Reling gelehnt und *les temps* beobachtet, jeder von ihnen tief in Gedanken versunken, während Darius die Barke vertäute. Im nächsten war Pippa bereits an Bord gestürmt, hatte Ophelia untergehakt und mit sich fortgezerrt. Er hatte noch nicht einmal Gelegenheit gehabt, in Ruhe mit ihr zu reden, nachdem … Na ja, nach *allem* eben.

Leander hatte versucht, den beiden zu folgen. Er wollte Ophelia nicht alleinlassen. Nicht jetzt. Selbst wenn sie sich nun wieder in der Zeitlosigkeit und damit in Sicherheit befand.

Aber natürlich war es unmöglich gewesen: Wie ein Schwarm hungriger Heuschrecken waren sie über ihn hergefallen, sobald er einen Fuß an Land gesetzt hatte. Um ihn zu beglückwünschen, um sich nach ihrer verbleibenden Lebenszeit zu erkundigen oder schlicht, um den zukünftigen Herrn der Zeit aus der Nähe zu betrachten. Unzählige Hände hatte Leander schütteln müssen, viel zu viele Zeitlose waren ihm in den Weg getreten, hatten sich um ihn geschart, ihm die Sicht auf Ophelia und Pippa versperrt.

Es hatte beinahe zwei Stunden gedauert, den kurzen Weg vom Hafen hinauf in den Palast zurückzulegen. Und noch eine weitere, bis er es schließlich zu seinem Zimmer geschafft hatte. Nun saß er auf dem Bett und wusste nicht so recht weiter. Er hatte keine Ahnung, wohin Pippa und Ophelia verschwunden waren. Doch sobald er auf den Gang hinaustreten würde, um nach ihnen zu suchen … Er hörte bereits das Stimmengemurmel all jener, die dort auf ihn lauerten. Nur eine dünne Holztür trennte ihn von dem Heuschreckenschwarm. Eine Holztür, die andauernd erzitterte, weil jemand von außen daran klopfte.

Leander schloss für einen Moment die Augen und atmete aus. Geistesabwesend kraulte er Scarlett hinter den Ohren. Alles in ihm schrie danach, sich hier drinnen zu verkriechen. Er wünschte sich nichts sehnlicher, als überraschend einen Geheimgang in der Rückwand seines Kleiderschranks zu entdecken, der ihn fortbrachte. Ein verborgener Treppenaufgang, der ihn hinauf ins Kolosseum führen würde, wo er den Himmel betrachten und so tun konnte, als wäre er allein auf der Welt.

Doch, nein, wenn er ehrlich war, sah sein sehnlichster Wunsch neuerdings ein wenig anders aus. Denn in seiner Vorstellung saß er zwar dort oben, inmitten der Mauerreste des alten Amphitheaters – aber er war nicht allein.

Leander blinzelte, kam langsam auf die Beine. Es hatte keinen Zweck, er konnte nicht hierbleiben. Er musste zu Ophelia.

Allein schon, weil der Ausflug nach Paris alles andere als gut für ihre Lebenszeit gewesen war. Ihre Augen waren nun so dunkel. So, so dunkel! Er konnte es nicht länger verantworten, ihr die Wahrheit zu verschweigen. Er musste ihr gestehen, dass der Zeitpunkt gekommen war, von nun an im Palast zu bleiben. Verdammt, er hatte versagt! Der Sieg war Ophelias einzige Chance gewesen und er hatte es verbockt!

Leander hielt auf dem Weg zur Tür noch einmal inne. Denn für den Bruchteil einer Sekunde hatte er es deutlich vor Augen: sich selbst bei dem Versuch, Ophelias unterirdischen Käfig mit einer Linde oder Edelsteinen in der Farbe von Blattwerk zu verschönern. Ophelia, die jahrhundertelang traurig und stumm in einem Turmgemach ausharrte. Wie die schöne Helena.

Schon der Gedanke daran brach ihm das Herz. Weil er wusste, dass Ophelia sich niemals würde einsperren lassen. Und weil er selbst schon sehr bald der Herr der Zeit sein würde, losgelöst von allem Menschlichen und dem Leben in diesen Mauern.

Leander schüttelte entschieden den Kopf und setzte sich wieder in Bewegung, verbannte all die Zweifel in die hinterste Ecke seiner Seele. Ja, er hatte heute im Nebel der Zeit für einen Moment alle Vorsicht fahren lassen, aber nein, er bereute es nicht.

Es sah vielleicht nicht gut für sie beide aus, aber das war im Augenblick auch gar nicht entscheidend. Entscheidend war momentan einzig und allein, Ophelia so schnell wie möglich zu finden.

Er legte die Hand auf die Klinke und gerade, als er sie herunterdrücken wollte, klopfte es erneut.

»Leander?«, rief jemand auf der anderen Seite der Tür. »Bist du da?«

Pippa entführte mich in unsere kleine Barockkirche in der Innenstadt. Sie ließ mir überhaupt keine Wahl, sondern zerrte mich einfach mit sich fort. Fort von Leander und all den anderen Zeitlosen, und lediglich die Tatsache, dass sie Papas Namen erwähnte, verhinderte, dass ich mich losriss und davonstürmte.

Nun saßen wir also wieder einmal auf einer der unbequemen Kirchenbänke, doch dieses Mal erzählte Pippa mir ausnahmsweise tatsächlich etwas von meinem Vater: davon, wie er als Student auf einer Reise durch Indien einen Jungen traf, der die Zeit anhalten konnte. Wie er das mit dem Familiengeheimnis in Verbindung brachte, in das ihn Blanche und Jacques, bei denen er aufgewachsen war, eingeweiht hatten. Und davon, wie er den Jungen zum Palast brachte, wo Pan ihn in seine Obhut nahm. Davon, dass niemand diesen kleinen indischen Jungen je wieder zu Gesicht bekam.

Papa hatte Nachforschungen angestellt, hatte versucht, die alten Legenden um die Kinder des Chronos zu rekonstruieren und auf ihren historischen Kern zu überprüfen. Schließlich beschlossen meine Verwandten, *la nuit* zu gründen. Papa hatte die Karten für sie gezeichnet, während sie schon einmal damit begonnen hatten, Zeit zu stehlen, um eines Tages einen Vorsprung vor Pan und seinen Männern zu haben.

Jacques und Blanche hatten außerdem das alte Hotel in Paris gekauft und dem Palast den Rücken gekehrt. Pippa war ihnen letztendlich gefolgt. Sie hatten Alexej und Brutus und noch einige andere Zeitlose gefunden und vor Pans Häschern bewahrt.

Irgendwann war es ihnen dann gelungen, mit Sybilla Cho eine der Kandidatinnen des nächsten Bernsteinturniers für sich zu gewinnen. Ihr Plan, den Machenschaften des Präsidenten ein Ende zu setzen, hatte nach und nach Form angenommen.

Doch dann musste Pan wohl Wind von der Sache bekommen haben, vielleicht waren ihm die beiden auch nur irgendwie verdächtig vorgekommen. Jedenfalls hatte er vor acht Jahren zuerst Papa aus dem Weg räumen lassen und vor ein paar Wochen dann auch Sybilla Cho … Die Mitglieder von *la nuit* waren am Boden zerstört gewesen. Das Risiko, stattdessen Grete oder mich ins Vertrauen zu ziehen, die sie kaum kannten, war ihnen zu groß erschienen. Nicht nur für ihre Pläne.

»Wir hätten euch damit in solche Gefahr gebracht«, flüsterte Pippa in der Kirchenbank. »Madame Rosé und ich wollten dich beschützen, Ophelia. Und deine Schwester natürlich auch. Verstehst du das denn nicht?«

»Nein«, sagte ich trotzig. Wie hatten meine Verwandten mich nur dermaßen hintergehen können? Wie gesagt, wäre es in Pippas

Offenbarungen nicht um Papa gegangen, hätte ich diese Kirche nicht einmal betreten. Auch jetzt hielt es mich kaum noch auf meinem Platz, ich war sogar zu zornig, um meine Ururgroßmutter auch nur anzusehen.

»Wir hätten dich nicht anlügen sollen«, räumte plötzlich Onkel Jacques' Stimme hinter mir ein. Ich fuhr herum und erblickte ihn und Tante Blanche, die offensichtlich gerade erst frisch aus Paris eingetroffen waren. Abgehetzt und mit schuldbewussten Mienen ließen sie sich nieder.

»Wir haben nun mal bloß diesen einen Versuch«, bemühte meine Großtante sich, es zu erklären. Ihr Turban saß schräg auf ihrem Lockenwust und auf ihren Wangen leuchteten rote Flecken. »Und die Sache ist zu gefährlich. Pan hat schließlich schon einige von uns auf dem Gewissen.« Sie seufzte. »Aber es ist wohl gut, dass Alexej dir alles erzählt hat. Wir hätten so oder so spätestens jetzt eine Entscheidung treffen müssen.«

Mir kam der Gedanke, dass Alexej und Brutus möglicherweise noch nicht dazu gekommen waren, meinen Verwandten davon zu berichten, dass auch Leander inzwischen im Bilde war. Oder hielten sie ihn als baldigen Herrn der Zeit bereits für so entrückt, dass sie in ihm keine Bedrohung für ihre Pläne mehr sahen?

»Wenn Leander die Totenuhr erst einmal angelegt hat, wird er sie nicht mehr abnehmen, aber auch nicht in die Probleme dieser Welt eingreifen können. Nicht, solange er Herr der Zeit ist«, fuhr Tante Blanche derweil fort, als hätte sie meine Gedanken erraten. »Uns bleibt also nur ein schmales Zeitfenster, um den Knoten um den Palast zu lösen und die gefangenen Zeitlosen zu befreien. Auch wenn wir uns dank der geballten Anomalien in den letzten Wochen nun endlich einen gewissen Vorteil verschaffen konnten. Eine Schwierigkeit besteht nach wie vor: Nur ihr vier Kandidaten werdet die Möglichkeit haben, in die Nähe der Totenuhr zu gelangen, sobald diese frei ist. Aber ich denke, du bist die richtige Wahl, Ophelia. Du stehst auf unserer Seite, nicht wahr?«

Ich konzentrierte mich darauf, einen Punkt irgendwo an der Wand hinter ihr anzustarren.

»Es geht darum, das Werk deines Vater fortzuführen«, erinnerte mich Pippa nach einer Weile, als ich noch immer nicht antwortete.

»Ich weiß«, sagte ich ungehalten. Abgesehen davon, dass sie mich hintergangen und verletzt hatten, was *la nuit* da von mir verlangte, war keine Kleinigkeit. Es würde Konsequenzen haben. Schlimme Konsequenzen. Oder? Da waren schließlich Zeitlose, die sich darauf verließen, niemals sterben zu müssen! Und woher sollte ich wissen, ob all das überhaupt stimmte? Ihre Geschichte passte zwar mit den Legenden zusammen und ich hatte diese komische Entführung beobachtet, aber … War Pan wirklich so ein übler Kerl, wie sie behaupteten?

»Sie vertraut uns nicht mehr«, murmelte Onkel Jacques schließlich und stützte das Gesicht in die Hände. »Ich kann es ihr, ehrlich gesagt, nicht verübeln.«

»Aber jetzt sagen wir doch die Wahrheit. Wir können es beweisen: Niemand im Palast würde Alexej oder Brutus auf einem Foto erkennen. Dennoch sind sie Zeitlose. Und Ophelia müsste sich nur für eine Weile an Horatios Fersen heften, dann würde sie schon früher oder später mit eigenen Augen sehen, wie er für Pan die Drecksarbeit erledigt«, sagte Pippa.

Tante Blanche schüttelte den Kopf. »Dafür ist keine Zeit mehr. Außerdem: Sobald Pan von der Existenz anderer Zeitloser erfährt, sind sie so gut wie tot. Ihr wisst, wie knapp es für Alexej bei der ersten Turnieraufgabe an diesem Springbrunnen war. Hätte ich mich nicht in Ophelias Zeitstopp geschlichen und ihn aufgehalten, wäre es um ihn geschehen gewesen!«

»Was ist mit Horatios Narbe? Die an seiner Schläfe, meine ich, dort, wo damals dieser Zaun –«, setzte Pippa an, verstummte jedoch, als ich neben ihr so plötzlich in die Höhe schoss, als hätte mich etwas gebissen.

Ich konnte das hier einfach nicht. Dieser ganze Tag … Tatsächlich war mir bisher nie aufgefallen, dass Horatios und meine Narbe einander verblüffend ähnlich sahen.

Scheiße.

Mein Brustkorb fühlte sich an, als würde er sich mit jedem Herzschlag enger und enger zusammenziehen. Ich musste hier raus, ich brauchte frische Luft – Ruhe und Raum zum Atmen. Schon seit Leander und ich in diesem Keller gewesen waren, war ich vollkommen runter mit den Nerven.

Leander … Hatte ich ihn wirklich geküsst?

»Ophelia?«, fragte Onkel Jacques. »Bitte, setz dich doch wieder zu uns.«

Ich schüttelte den Kopf. »Ihr habt die Anomalien verursacht! Wisst ihr eigentlich, wie viel Kraft es uns gekostet hat, die Zeit wieder in Ordnung zu bringen?«, schnappte ich, noch immer fassungslos angesichts ihres Verrats.

»Alexej und Brutus mussten die Zeit stehlen. Ohne einen Vorsprung haben wir keine Chance gegen Pan und seine Leute«, versuchte Tante Blanche, sich erneut zu verteidigen. »Außerdem ist diese Sache doch erledigt. Wir haben, was wir brauchen, und lassen die Ströme schon seit ein paar Tagen in Ruhe.«

»Toll!«, schnaubte ich und stürmte in Richtung Ausgang. »Dann versucht das mit dem *In-Ruhe-Lassen* doch am besten auch mal bei mir!«

Auf dem Weg zum Palast wanderte ich durch das frühabendliche Rom. Inzwischen war es November geworden und auch hier, in Italien, wurde es nun kühl. Die Straßen waren noch ein wenig verstopft vom Feierabendverkehr, doch insgesamt schienen deutlich weniger Touristen unterwegs zu sein als noch vor ein paar Wochen.

Nach all diesem Durcheinander, all diesen unglaublichen Enthüllungen, die der heutige Tag mir gebracht hatte, tat es gut, mal wieder so etwas wie Realität um mich zu spüren. Ich hatte so viele Tage und Nächte in der Welt der Zeitlosen verbracht, selbst wenn ich mich außerhalb des Palastes aufgehalten hatte, waren die Ströme und diejenigen, die sie beherrschten, allgegenwärtig gewesen. Doch nun befand ich mich an einem Ort, an dem Staub für die meisten Menschen nichts weiter als Schmutz war und allenfalls ein wenig nervig.

Ich lief über geborstene Gehwegplatten und Straßen aus Kopfsteinpflaster und beobachtete eine Katze, die in einem Hinterhof nach Essensabfällen wühlte. Der Himmel hatte die gleiche Farben wie ihr getigertes Fell. Braun und Grau und Gelb. Gestreift.

Zu Hause in Berlin würde vielleicht schon in wenigen Wochen der erste Schnee fallen. Es war eine ganze Weile her, dass ich mich das letzte Mal gemeldet hatte. Bestimmt fragten Mama und Mark sich, ob es mir gut ging. Und Anna! Dachte sie wohl, ich hätte sie vergessen?

Einmal mehr vermisste ich schmerzlich mein Handy. Es wäre so schön gewesen, jetzt ihre Stimmen zu hören oder wenigstens eine kurze Nachricht zu schreiben! Einfach mit jemandem zu reden, dem ich trauen konnte. Im Palast gab es natürlich Telefone. Gleich mehrere in altertümlich anmutenden Glaskabinen, aufgereiht in einem Flur in der Nähe der Bibliothek. Allerdings … Würden Anna oder Mama denn verstehen können, was mein Problem war? Wie sollte ich es ihnen überhaupt erklären, ohne das Geheimnis der Zeitlosen preiszugeben?

Ich beschleunigte meine Schritte.

Jedoch nicht wegen der Münztelefone, sondern wegen der einzigen Person, bei der ich jetzt wirklich sein wollte. So dringend, dass es mich selbst überraschte. Ob Leander wieder einmal irgendwo auf den Mauerresten des Kolosseums hockte?

Zwischen Wind und Sonnenuntergang, Palazzi mit bröckelnden Fassaden und den knatternden Auspuffen der Autos hindurch hastete ich in Richtung des alten Amphitheaters. Schon kurz darauf schälte sich das uralte Rund aus dem Gewimmel der Straßen.

Doch ich fand Leander nicht an seinem Lieblingsplatz – dieses Mal nicht. Er musste sich irgendwo unterhalb der Ruine befinden und so stieg auch ich wieder einmal in den Palast hinab, wo mich die Zeitlosigkeit umflutete und begrüßte wie eine verlorene Tochter, die endlich heimgekehrt war.

»Leander?«, rief ich, als ich mich schließlich durch die Menschenmenge vor seiner Zimmertür geschoben hatte und daran klopfte. »Bist du da?«

Das war er allerdings: Die Klinke bewegte sich, noch ehe ich zu Ende gesprochen hatte.

»Ophelia!« Leander öffnete die Tür einen Spaltbreit und ich schob mich hinein. Die Zeitlosen jubelten, sobald sie Leanders Gesicht erblickten. Auch als ich die Tür hinter mir bereits wieder ins Schloss gedrückt hatte, waren ihre Rufe noch zu hören.

Einen Moment lang standen wir uns gegenüber und lauschten auf ihre Stimmen, wussten offenbar beide nicht, was wir als Nächstes sagen oder tun sollten.

»Also heute«, begann ich nach einer Weile und trat von einem Fuß auf den anderen.

»Ja«, sagte Leander.

Der Zeitnebel schien noch immer über allem zu liegen, was an diesem Vormittag in Paris geschehen war. Als wären Leander und ich gemeinsam durch einen merkwürdigen Traum gestolpert, der nun verblasste. Als wüssten wir beide noch nicht so recht, was davon real gewesen war und was nicht.

Ich ertappte mich dabei, wie ich auf Leanders Mund starrte. Doch gleichzeitig waren da zwei Schritte, die uns voneinander trennten, und die Zeitlosen auf dem Gang riefen nun im Sprechchor Leanders Namen. Erst jetzt wurde mir überhaupt bewusst, warum sie es taten.

»Du meine Güte«, entfuhr es mir. »Schon morgen wirst du der Herr der Zeit werden! Wenigstens eine Sache ist heute richtig gelaufen, oder? Endlich geht dein Traum in Erfüllung!«

Leander nickte, doch sein Blick verfinsterte sich. Das Lächeln, das gerade noch in seinem Mundwinkel gehangen hatte, löste sich schlagartig in Luft auf. Freute er sich denn gar nicht?

»Schon klar, es wird dann vermutlich nicht mehr so leicht sein, sich zu treffen. Aber wir werden schon irgendeine Lösung fin–«

»Nein«, fiel Leander mir ins Wort. »Ich meine, das ist es nicht.«

Nein? Etwas in meiner Brust zog sich schmerzhaft zusammen. Dabei hatte ich doch gewusst, dass Leander so etwas nicht konnte. Dass er sich aus Prinzip von anderen Menschen fernhielt. Ich schluckte. »Das war jetzt natürlich auch nicht so gemeint, dass wir uns in Zukunft unbedingt sehen *müssten*«, beeilte ich mich zu sagen. »Wahrscheinlich ziehe ich sowieso früher oder später nach Berlin zurück, von daher …« Ich zuckte mit den Schultern.

»Nein, nein, du verstehst das nicht«, erwiderte Leander.

»Dass ich dich gehen lassen muss?« Ich tastete nach der Türklinke in meinem Rücken und versuchte, mich auf irgendetwas anderes als auf diese staubgrauen Augen zu konzentrieren. Jenseits seiner hoch aufragenden Gestalt entdeckte ich den Wäschehaufen in der Zimmerecke. »Besitzt du eigentlich keine Kleiderbügel?«, erkundigte ich mich.

»Was?«

Ich deutete auf den Klamottenberg.

»Okay«, seufzte Leander und nahm meine Hand. »Lass uns einfach nach Pan suchen, ja?«

»Um herauszufinden, was an Alexejs Behauptungen dran ist?«

»Auch.«

Unsere Finger verflochten sich wie von selbst ineinander. Hätte mein Herz nicht wegen der Zeitlosigkeit stillgestanden, es hätte vermutlich einen kleinen Hüpfer gemacht. Und hätte meine Familie mich heute nicht dermaßen verraten, hätte ich vielleicht sogar in mich hineingelächelt, während ich mich zusammen mit Leander auf den Weg zum Büro des Präsidenten machte.

Etwa zwei Dutzend Zeitlose bestürmten ihn, kaum dass Ophelia und er die Nasen auf den Flur hinausgestreckt hatten. Die meisten gratulierten ihm bloß, doch viele baten Leander auch darum, ihnen in die Augen zu schauen. Er tat es, sagte ihnen, dass sie noch drei oder sieben oder fünf Jahre übrig hatten.

Auch ein paar schwerere Fälle waren darunter: ein paar Juillet-Zwillinge, denen lediglich noch ein Jahr innerhalb der Zeit bleiben würde. Und ein Kreuzritter, dem Leander nur noch etwa acht Monate vorhersagen konnte. Sie begegneten ihm in der Eingangshalle und der Typ regte sich so lautstark darüber auf, dass er nun seinen Sommerurlaub auf den Bahamas absagen müsse, dass

Leander sich mies fühlte. Als wäre es seine Schuld, dass Lebenszeit nun einmal endlich war.

Es war eine Geduldsprobe, vor allem, weil sie Pan natürlich nicht in seinem Büro antrafen und er auch sonst nirgendwo zu sein schien: Sie fanden ihn weder bei der Garde noch im Speisesaal noch auf einem der unzähligen Gänge. Doch sie hatten keine andere Wahl, als weiterzusuchen. Schon morgen wollte man ihn, Leander Andersen, schließlich zum Herrn der Zeit ernennen. Und *la nuit* …

»Weißt du, einmal bin ich Pan ja mitten in der Nacht begegnet«, überlegte Ophelia nach ein paar Stunden.

»Nachts?«, fragte Leander. »Wo denn?«

Ophelia kramte etwas aus ihrer Hosentasche hervor und hielt es ihm unter die Nase.

Ein Schlüssel!

»Der Präsident hat noch einen zweiten Schreibtisch im Archiv. Bei den geheimen Akten«, sagte sie und biss sich auf die Unterlippe. »Bis gerade habe ich gar nicht daran gedacht, aber vielleicht sitzt er ja dort.«

»Wo du diese Karte herhast?«

Sie nickte. »Dass mir das jetzt erst einfällt …«, murmelte sie, während sie sich in Richtung Bibliothek aufmachten.

Tatsächlich gab es eine unscheinbare Metalltür in der Nähe der Familienregister, die Leander nie aufgefallen war. Das Ding wirkte aber auch eher wie der Zugang zu irgendeinem Technikraum oder einer Putzkammer oder so. Wie etwas, über das wohl niemand sich versehentlich Gedanken machen würde …

Ophelia wollte schon den Schlüssel ins Schloss stecken, doch Leander hielt sie im letzten Moment zurück. »Warte«, raunte er und zog sie hastig mit sich zwischen die Karteischränke.

»Was ist?«, fragte sie. »Falls er da drin ist, sagen wir einfach, der Schlüssel hätte von außen gesteckt und –«

Leander legte einen Finger an seine Lippen und lauschte. Ja, da waren Schritte. Er hatte sich nicht getäuscht.

Schritte und Stimmen, die näher kamen.

Jetzt schien auch Ophelia sie zu bemerken. Sie tauschten einen Blick, dann glitten sie tiefer in die Schatten. Seite an Seite hockten sie sich zwischen die Schränke, pressten sich so nahe an die Wand wie möglich.

Leander tastete nach Ophelias Hand.

Die Schritte verebbten. Nicht weit von ihnen entfernt fand jetzt eine geflüsterte Unterhaltung statt, zu leise, als dass sie etwas hätten verstehen können.

Leander konzentrierte sich auf das Gemurmel, die schummrige Dunkelheit, die sie umgab, und Ophelias Kopf, der wie selbstverständlich an seiner Schulter ruhte. Ihre Haare kitzelten ihn am Hals, der Geruch ihres Shampoos stieg ihm in die Nase und … plötzlich spielte er mit dem Gedanken, sie erneut zu küssen.

Außerdem musste er es ihr endlich sagen, oder? Sie verdiente die Wahrheit. Wieso nur brachte er es also nicht einfach hinter sich? Dem Kreuzritter hatte er seine verbleibenden Monate doch auch nicht verschwiegen.

Darüber hinaus war es so was von idiotisch, dass er sich schon wieder Hoffnungen machte. Denn schließlich war es doch bloß eine weitere vollkommen bescheuerte Idee, die ihm da gekommen war, als Ophelia plötzlich in seinem Zimmer gestanden hatte. Und doch wurde er den Gedanken daran einfach nicht los: Was, wenn er Pan darum bat, die Regeln zu ändern? Wenn er den Preis des Bernsteinturniers ablehnte und sich weigerte, jemals wieder jemandes Lebenszeit zu lesen, falls man Ophelia nicht statt seiner zur Herrin der Zeit machte?

Leander wusste nur allzu gut, dass es ein Strohhalm war, an den er sich da klammerte. Doch die Verzweiflung war stärker als sein gesunder Menschenverstand. Die Verzweiflung und Ophelias Nähe, die jede Logik außer Kraft zu setzen schien. Er wollte den Kopf gerade zu ihr hinunterneigen, als erneut das Geräusch von Schritten erklang. Auch die Stimmen wurden nun lauter und ließen sich mit einem Mal nicht nur verstehen, sondern sogar zuordnen.

»Wenn er zum Beispiel aus irgendeinem Grund … verhindert wäre?«, hörte man Darius fragen.

»In so einem Fall könnte man wohl darüber nachdenken, Sie als Zweitplatzierten einspringen zu lassen«, räumte Horatio ein. Die beiden waren aus einem der Gänge aus Regalreihen gebogen und näherten sich der Metalltür. »Ist das eine hypothetische Überlegung?«

»Natürlich«, sagte Darius. »Ich wollte nur wissen, ob … Meine Mutter macht sich immer noch Hoffnungen.«

Horatio nickte. »Es wäre selbstverständlich eine Tragödie, wenn einem zukünftigen Herrn der Zeit noch vor seiner Ernennung etwas zustieße, aber –«

»Nein!«, rief Darius, während Leander seinen Ohren nicht traute. Hatte Horatio das gerade wirklich vorgeschlagen? »So habe ich das nicht gemeint. Ich –« Darius hatte abwehrend die Hände erhoben.

»Dann sollten Sie das nächste Mal wohl erst einmal in Ruhe darüber nachdenken, was Sie meinen und was nicht, bevor Sie mich damit belästigen«, fiel Horatio ihm ins Wort und verschränkte die Arme vor der Brust. »Wenn Sie mich jetzt entschuldigen würden, ich muss dringend noch etwas nachschlagen.« Er nickte in Richtung der Familienkarteien.

Darius verabschiedete sich eilig. Selbst im schummrigen Licht war zu erkennen, wie blass er geworden war.

Leander spürte, dass Ophelia neben ihm zitterte, doch er konnte nicht sagen, ob vor Wut oder Angst. Dass Darius ein schlechter Verlierer war, überraschte ihn nach all den Jahren, die er ihn nun schon kannte, nicht im Geringsten. Horatio hingegen … Hatte er sich etwa so im Hauptmann der Garde getäuscht? Leander spürte einen Anflug von Zorn in sich aufwallen. Allerdings hatte er im Augenblick andere Probleme. Dringendere Probleme, die mit tollkühnen Verschwörungstheorien und Ophelias Augenfarbe zu tun hatten …

Horatio machte sich derweil demonstrativ an einer der Schubladen zu schaffen und blätterte darin, während er sich immer wieder verstohlen umsah. Schon im nächsten Moment überließ er die Karteikarten wieder sich selbst und zückte stattdessen einen Schlüssel. Einen, der dem von Ophelia ganz und gar nicht unähnlich sah.

Das Schloss klickte und die Tür sprang auf, leider waren Horatios Schultern zu breit, als dass Leander hätte erkennen können, was sich dahinter verbarg. Bevor er eintrat, schaute Horatio sich noch ein letztes Mal nach allen Seiten um. Wie jemand, der sichergehen wollte, dass ihm niemand folgte.

»Was hat das zu bedeuten?«, wisperte Leander, doch jetzt war Ophelia diejenige, die einen Finger an die Lippen legte. Sie stand auf und huschte ebenfalls zur Tür herüber. Im letzten Moment griff sie nach dem Türknauf und verhinderte so, dass sich der Durchgang schloss. Dann winkte sie ihn zu sich.

Gemeinsam linsten sie durch den schmalen Spalt, Leander blinzelte ungläubig. Um eine Putzkammer handelte es sich hier nämlich wirklich nicht. Vielmehr reckte sich Horatios bullige Gestalt unter der Decke eines weitläufigen Büroraumes. Das Geheimarchiv! Überall standen Regale voller Aktenordner und hinter einem pompösen, klauenfüßigen Schreibtisch saß Präsident Pan und notierte irgendetwas in ein ledergebundenes Notizbuch. Er schien seinen Gedanken noch zu Ende führen zu wollen, denn es dauerte eine Weile, bis er das Buch schließlich zuklappte und zu Horatio aufblickte.

»Habt ihr den unautorisierten Staubseher erwischt?«, erkundigte er sich.

Horatio nickte. »Auf seiner Jacht in Nizza. Wir haben es als Unfall inszeniert und ein paar seiner Konten auf uns überschrieben.« Er reichte Pan eine Art Kästchen. »Die Linie scheint ausgeprägt zu sein, seine zweijährige Nichte saß im Bug des Schiffes und spielte mit einem Staubfaden.«

»Habt ihr sie ebenfalls …?«, fragte Pan.

»Ihre Gabe ist stark.«

»Die andere Seite also.« Pan massierte seine Nasenwurzel mit Daumen und Zeigefinger. »Das ist gut, ich mag es nicht, wenn Kinder sterben müssen.«

Leander unterdrückte ein Schnauben, während Ophelia neben ihm scharf die Luft einsog.

»Ja«, sagte Horatio. »Aber manchmal hat man keine Wahl –«

»Danke, das wäre so weit alles«, unterbrach Pan ihn. Der Präsident griff nach dem Kästchen, erhob sich, umrundete seinen Schreibtisch und wandte sich Richtung Tür.

Lautlos eilten Ophelia und Leander zurück in ihr Versteck zwischen den Schränken, während er schon zum zweiten Mal an diesem Tag das Gefühl hatte, sein gesamtes Weltbild würde aus den Angeln gehoben. *Unautorisierte Staubseher!* Es erschien ihm noch immer ganz und gar unglaublich, aber … War dieser Alexej am Ende etwa doch kein ausgemachter Spinner?

Wir folgten Pan bis in die oberen Etagen des Palastes hinauf. Erhobenen Hauptes schritt er den Flur entlang. Als wäre alles bestens, als hätte er alles im Griff!

Der Mörder meines Vaters.

Daran hegte ich inzwischen keinen Zweifel mehr. Pan und Horatio hatten wirklich alle belogen und … Kalte Wut pulsierte in meinen Adern, schon allein beim Anblick von Pans Hinterkopf. Es war so unfair, dass er diesen Gang hinuntergehen konnte, dass er noch lebte und Papa nicht mehr! Am liebsten hätte ich mich auf ihn gestürzt, ihn angeschrien und zur Rede gestellt. Aber natürlich würde das nichts bringen, im Gegenteil. Wenn ich mich verriet, wären die Pläne meines Vaters gescheitert, noch bevor ich mich entschieden hatte, ob ich sie weiterverfolgen wollte oder nicht.

Der Präsident schien den Palast besser zu kennen als jeder andere, denn er benutzte Gänge hinter der Wandvertäfelung und verborgene Treppen, deren Existenz nicht einmal Leander erahnt hatte. Binnen kürzester Zeit gelangten wir so zu einem der Türme am anderen Ende des Gemäuers und begegneten dabei nicht einem einzigen Zeitlosen. Dennoch versteckten Leander und ich uns unterwegs immer wieder in den Schatten oder hinter den grausigen Statuen von Pans Kunstsammlung.

Mir war nämlich inzwischen klar, dass Pan mich wohl deshalb in den letzten Wochen immer wieder so merkwürdig gemustert hatte, weil er bereits einen Verdacht gegen mich hegen musste. Vielleicht ahnte er sogar, dass meine Familie und ich mehr über seine Machenschaften wussten, als ihm lieb war. Umso wichtiger wäre es also, sein Misstrauen nicht noch weiter zu schüren.

Allerdings war es verdammt schwer, ruhig und unauffällig zu bleiben. Wie konnte Pan nur so normal erscheinen? So freundlich und bescheiden? Ich hatte ihn bisher für einen besonnenen und guten Anführer gehalten und auch wenn das, was meine

Verwandten mir erzählt hatten, Sinn ergab, hätte ich ihn gerade nicht mit Horatio belauscht …

Jetzt wirkte er natürlich wieder so, als könnte er keiner Fliege etwas zuleide tun, begrüßte die steinerne Statue eines Ungeheuers mit »alter Freund« und raunte dem Monster in die spitzen Ohren: »Drück mir die Daumen!« Dann klopfte er dem Wesen ernsthaft die marmorne Flanke und ich musste mich anstrengen, nicht wütend zu schnauben. Sogar zu diesem Ding war er zuvorkommend!

Ich meine, selbstverständlich musste jemand, der offensichtlich seit beinahe zweitausend Jahren ein Netz aus Lügen um sich spann, ein Meister der Täuschung sein. Trotzdem wurde mir übel, als Pan schließlich eine Wendeltreppe hinaufstieg, gerade so, als wäre alles auf der Welt in bester Ordnung! Federnd setzte er die Füße auf die Stufen, seine Hand glitt beinahe zärtlich über das geschwungene Geländer. Oben angekommen, klopfte er an eine mit geschnitzten Blüten verzierten Tür, und während er wartete, dass ihm jemand öffnete, zog er das Kästchen, das Horatio ihm überreicht hatte, aus der Innentasche seiner Uniformjacke und klappte es auf.

Etwas Blaues schien darin zu glitzern, doch mehr konnte ich von unserem Beobachtungspunkt, eine Treppendrehung weiter unten, leider nicht erkennen. Genauso wenig sah ich den Gesichtsausdruck der schönen Helena, als diese auf dem Absatz erschien und das Schmuckstück erspähte. Aber sie bat Pan herein, und als er schließlich etwa zehn Minuten später wieder herauskam, waren seine Schritte weniger beschwingt und seine manikürten Finger krallten sich um den Handlauf der Wendeltreppe, als müsste er sich tatsächlich daran festhalten. Ha!

Rasch glitten wir hinter einen Wandteppich und hielten die Luft an, warteten, bis er fort war.

Kurz darauf standen wir ebenfalls in den Gemächern der schönen Helena. Diese wirkte heute Nacht noch erschöpfter als sonst. Tiefe Schatten lagen unter ihren Augen, ihre Wangen waren blutleer, doch sie rang sich ein Lächeln ab und bedeutete uns, auf einem ihrer blauen Sofas Platz zu nehmen. Trotz allem war sie noch immer die schönste Frau, die ich je gesehen hatte. Schön und traurig und stumm.

Auf einem Tischchen entdeckte ich Pans Schmuckschatulle, darin lag ein mit Saphiren besetzter Anhänger, ganz ähnlich dem, den die schöne Helena bereits um den Hals trug. Ganz ähnlich denen, die die Decke über unseren Köpfen bildeten.

Es mussten Tausende sein.

»Er scheint Sie sehr zu lieben«, sagte ich und dachte an das Gemälde von ihr, das den Tresor in seinem offiziellen Büro verbarg.

Helena nickte.

»Ophelia«, raunte Leander neben mir. »Was, bitte, tun wir hier?«

»Ich will nur wissen, ob … Stimmt es, dass Pan Sie gerettet hat, weil er hoffte, eines Tages Ihre Liebe zu gewinnen?«, fragte ich Helena. »Hat er diesen Ort hier erschaffen, damit Sie weiterleben können? Ist er der letzte Sohn des Chronos?«

Wieder nickte sie, dann jedoch schüttelte sie den Kopf. Ihre

Augen füllten sich mit Tränen und tiefblauer Dunkelheit. »Er hat mich nicht gerettet«, sagte sie schließlich leise. Ihre Stimme kratzte, weil sie wohl lange, viel zu lange, nicht mehr benutzt worden war, und wurde bitterer mit jedem Wort, das sie hervorbrachte. »Er hat mich lebendig begraben.«

Ich starrte sie an. Eine Träne rollte ihre linke Wange hinab und verschwand lautlos im Kragen ihres Kleides. »Und die Geschichte, dass es nur vier Bernsteinlinien gibt …«, murmelte ich.

»Ein schönes Märchen, oder? Kaum jemand ahnt, wie es wirklich ist.« Helena blinzelte, betrachtete jetzt den kostbaren Himmel, den Pan für sie errichtet hatte. »Ich fürchte bloß, dass es mir niemals gelingen wird, seine Liebe zu erwidern«, flüsterte sie, »und der Preis, darauf zu warten, dass es eines Tages doch noch geschehen könnte, dieser Preis ist definitiv zu hoch.«

Ich schluckte.

»*La nuit* ist meine einzige Hoffnung«, fuhr Helena fort. Ihr Blick fixierte nun wieder Leander und mich. »Ich nehme an, ihr habt inzwischen von uns erfahren? Von unserem Plan, das alles hier zu beenden?«

»Ja«, sagte ich heiser. Die schöne Helena war also ebenfalls Teil der Verschwörung? Eine Gänsehaut kroch über meinen Nacken, während Leander wütend ausatmete.

»Wir haben davon gehört«, bestätigte auch er. »Aber das ist doch der pure Wahnsinn!«

»Findest du es etwa richtig, dass unzählige Zeitlose ihr Leben verloren haben, nur damit wir im Luxus der Unsterblichkeit schwelgen können?«, empörte sich Helena.

»Das habe ich nicht gesagt. Aber … Wenn es hier so schrecklich ist und Sie sowieso nicht mehr weiterleben wollen, warum verlassen Sie den Bernsteinpalast dann nicht einfach? Ihre Augen sind dunkel genug, es wird also schnell gehen«, meinte Leander.

»Das würde ich.« Sie seufzte. »Ich war schon oft kurz davor, es zu tun, aber … Pan hat geschworen, jeden einzelnen Zeitlosen zu töten, wenn ich es auch nur versuchen sollte. Jeden Bewohner dieses Palastes und jeden, den er im Ende der Zeit gefangen hält. Glaubt mir, der Plan der Pendulettes ist der einzige Weg. Wir müssen die Zeitlosigkeit aufgeben.«

Leander schüttelte den Kopf. »Nein«, sagte er und verschränkte die Arme vor der Brust. »Das geht nicht. Das können wir nicht machen.«

»Warum nicht? Wegen der Kreuzritter, die dann nicht mehr auf die Bahamas können?«, fragte ich.

Leanders Augen weiteten sich vor Entsetzen. *»Du ziehst es in Erwägung?«*

Ich zuckte mit den Schultern. »Keine Ahnung«, sagte ich. »Vielleicht tue ich das, ja. Ich meine, ich bin wütend auf die Pendulettes, weil sie mir das alles so lange verschwiegen haben. Aber das ändert nichts an den Tatsachen, oder? Wir haben es vorhin selbst gehört: Pan lässt die Leute ermorden oder sperrt sie weg, damit die Zeitlosigkeit existieren kann. Das ist nicht richtig, das … können wir doch nicht einfach so hinnehmen, jetzt, wo wir davon wissen.«

Begriff er denn nicht, dass es grausam und ungerecht war, wenn wenige auf Kosten vieler lebten? Wenn ein paar Privilegierten die

Ewigkeit zur Verfügung stand, während andere bereits mit zwei Jahren hinter eine Wand aus Staub gestoßen wurden?

»Dann ziehen wir Pan und Horatio dafür zur Rechenschaft«, schlug Leander vor. »Wir bestrafen sie für ihre Taten, erzählen den Bernsteinlinien die Wahrheit und Helena unternimmt ihren lang ersehnten Spaziergang in die Stadt. Und dabei belassen wir es –«

»Das gäbe den Gefangenen noch immer nicht ihre Freiheit zurück«, sagte Helena. »Und die ist nun einmal unvereinbar mit der Zeitlosigkeit. Das Gefüge der Ströme würde eine so große Anzahl an Zeitlosen nicht verkraften.«

Leander war inzwischen aufgestanden. Er schüttelte noch immer den Kopf, während er im Zimmer auf und ab wanderte. »Nein«, wiederholte er, lauter dieses Mal. »Das geht nicht. Euch ist anscheinend nicht klar, welche Konsequenzen das haben würde. Ich werde das auf keinen Fall zulassen.«

Ich trat ihm in den Weg und legte eine Hand auf seinen Arm. »Weißt du, ich dachte, die meisten Zeitlosen hätten auch ohne den Bernsteinpalast noch ein paar Jahre und würden nur sparsam damit umgehen. Ist die Lage denn wirklich bei vielen so dramatisch?«, fragte ich.

»Das nicht.« Leander schüttelte den Kopf, dann sah er mir plötzlich in die Augen und holte tief Luft. »Aber bei dir«, sagte er tonlos, »ist sie dramatisch.«

Ich blinzelte. *Was faselte er da?*

»Die Wahrheit ist: Deine Augen sind inzwischen in etwa genauso dunkel wie die von Pan und Helena, Ophelia. Ich … Du solltest von nun an hierbleiben. Im Bernsteinpalast, wo du in Sicherheit bist, verstehst du?« Seine Stimme zitterte. »Du brauchst die Zeitlosigkeit.«

»W...was?«, stammelte ich. Seit Leander mir erklärt hatte, dass mir noch einige Jahre blieben, hatte ich es vermieden, über den Zustand meiner Augenfarbe nachzudenken, vermutlich, weil ich es so gerne geglaubt hatte. Doch nun überrollte es mich. Mit einem Mal hatte ich das Gefühl, kopfüber inmitten eines Zeitfalls zu hängen. Ohne Orientierung. Ohne Boden unter den Füßen. Ohne atmen zu können. »In London meintest du doch, es wäre noch nicht so schlimm«, murmelte ich verwirrt.

»Ich wusste einfach nicht, wie ich es dir beibringen sollte. Es ging dir sowieso schon schlecht, als wir das letzte Mal darüber sprachen.« Er rieb sich mit beiden Händen über das Gesicht. »Und danach fand ich, es wäre grausam, dir bereits Angst zu machen, bevor es so weit ist. Scheiße, ich hasse das! Ich hasse es, dass ich niemals das Richtige tun kann, und ich mag dich, also war ich unvernünftig und habe gehofft. Ich habe gehofft, vielleicht doch noch irgendeinen Ausweg zu finden. Ich wollte dich gewinnen lassen und –«

»Deshalb hast du mich immer weiter angelogen?« Ich taumelte rückwärts, während die Erkenntnis langsam in meinen Verstand sickerte: Vor mir stand noch jemand, der mir in letzter Zeit die wesentlichen Dinge vorenthalten hatte. Zwar keiner meiner Verwandten, aber dafür ausgerechnet der Typ, in den ich mich verliebt hatte! Ehrlich gesagt, wusste ich nicht, was schlimmer war.

»Es tut mir leid«, flüsterte Leander und senkte den Blick. »Es tut mir so leid.«

»Aber …« Mein Mund klappte auf und wieder zu, weil ich nicht wusste, was ich sagen sollte, weil ich noch immer Mühe hatte zu begreifen, was er mir da gerade eröffnet hatte. Wenn meine Lebenszeit schon beinahe abgelaufen war …

Irgendwo am Rande meines Blickfeldes stieg die schöne Helena auf eine kleine Leiter. Und während sie unter der Decke nach einem Platz für ihr neustes Schmuckstück suchte, betrachtete Leander mich mit einem so gequälten Ausdruck, dass es mir die Tränen in die Augen trieb.

20

Grete hatte ihr Haar am nächsten Abend zu einer Art Turm frisiert, winzige Kristalle funkelten darin mit den Sternen am Nachthimmel über uns um die Wette. Außerdem trug sie ein Abendkleid aus dunklem Tüll und kleine schwarze Handschuhe, die ihre Finger wärmten, bis es Zeit für ihren Auftritt wurde.

Erneut hatte die Garde das Kolosseum in einen Theatersaal verwandelt, die Zeitlosigkeit wölbte sich über den uralten Bau, ein Netz aus Staub, unter dem die Palastbewohner nun nach und nach ihre Plätze auf den vier hölzernen Rängen einnahmen.

Grete und ich waren unter den Ersten gewesen und beobachteten das Treiben von unseren erhöhten Plätzen am hinteren Bühnenrand aus. Leander ließ noch auf sich warten, genau wie Darius, Pan, Helena und natürlich auch der Herr der Zeit, der bis zu seinem Ruhestand bestimmt noch mehr als genug zu tun hatte. Andauernd starben schließlich Menschen, überall auf der Welt, und sie machten damit keine Pause, bloß weil ein paar uralte Menschen hier in Rom zufällig gerade in Feierlaune waren.

Pippa saß bereits bei den Janviers und warf mir immer wieder nervöse Blicke zu, die für meinen Geschmack viel zu auffällig waren. Wenn sie mir weiterhin so vielsagend zuzwinkerte, würde sicher bald jemand bemerken, dass wir etwas im Schilde führten. Ich bemühte mich, demonstrativ woanders hinzusehen. Zum Beispiel zu meiner Schwester.

»Alles in Ordnung?«, fragte ich Grete.

Sie nickte. »Schade bloß, dass Onkel Jacques und Tante Blanche krank geworden sind. Sie verpassen mein Duett mit Wolferl.«

»Ja«, sagte ich. »Zu schade.«

In Wahrheit lagen die beiden natürlich nicht mit einer Grippe in ihren Betten in Paris. In Wahrheit kaperten sie gerade ganz in der Nähe des Bernsteinpalasts eine Barke. Ihr Plan war längst in vollem Gange.

Pippa war nun aufgestanden und fuchtelte mit den Armen in der Luft herum, um erneut meine Aufmerksamkeit auf sich zu ziehen. Auch Napoleon, der in der Reihe hinter ihr saß, bemerkte es nun und guckte irritiert zu mir herüber. Herrje, was hatte Pippa denn? Ich versuchte, ihr beruhigend zuzulächeln. Sie winkte und blinzelte inzwischen so oft, dass es aussah, als bekäme sie mal wieder eine ihrer merkwürdigen Visionen. Und vielleicht war das ja auch der Fall? Oder war womöglich irgendetwas schiefgelaufen? Ich hob eine Augenbraue. Doch meine Ururgroßmutter stellte lediglich das Winken ein, offenbar zufrieden, wieder von mir beachtet zu werden.

Grete machte derweil irgendwelche komischen Finger-Aufwärmübungen. Ihr Gesicht leuchtete vor lauter Aufregung und Vorfreude.

»Bist du eigentlich gar nicht mehr traurig, dass du verloren hast?«, fragte ich sie. Ihre Finger verflochten sich immer wieder zu komplizierten Mustern.

»Doch, schon ein bisschen. Aber wenn ich nun nicht Herrin der Zeit werde, bleibt mir wenigstens mehr Zeit für meine Musik, nicht wahr?«

Ich legte den Kopf schief und beobachtete sie einen Augenblick lang, dieses unbekannte Wesen, das meine große Schwester war. Grete musste so etwas wie ein Alien sein, denn ich wurde und wurde einfach nicht schlau aus ihr. Schon mein ganzes Leben lang versuchte ich, sie zu verstehen. Aber bisher war ich stets gescheitert.

»Wieso«, probierte ich es dennoch wider besseres Wissen, »warst du dann so ehrgeizig bei der Sache? Wieso hast du alles darangesetzt zu gewinnen, wenn es dir eigentlich gar nicht so wichtig war?«

Sie unterbrach ihre Fingerübungen und betrachtete mich wie jemanden, der gerade etwas sehr Dummes gesagt hatte. »Na, weil das eben meine Art ist«, erklärte sie mit einem Schulterzucken. »Entweder man macht etwas ganz oder gar nicht.«

Aha.

Mein Blick schweifte erneut zu Pippa. Hoffentlich war sie nicht auf ihrem Platz zusammengebrochen oder, schlimmer noch, dazu übergegangen, mir Rauchzeichen zu senden. Doch sie hockte noch immer blinzelnd und schwankend an Ort und Stelle, machte Kaugummiblasen und schnitt mir nun eine Grimasse, die vermutlich irgendetwas Aufmunterndes darstellen sollte, tatsächlich aber einfach nur gruselig aussah. Sie war wirklich keine besonders talentierte Verschwörerin, ein Wunder, dass es ihr so lange gelungen war, das Geheimnis von *la nuit* zu bewahren. Aber gut, bisher waren sie, *waren wir*, auch noch nie so nahe am Ziel gewesen …

»Ich bin eben anders«, fuhr Grete neben mir fort und ich zuckte zusammen, so selten geschah es, dass meine Schwester das Wort von sich aus an mich richtete. »Ich kann mich nicht gut in andere Menschen hineinversetzen und … es gefällt mir irgendwie, etwas Besonderes zu sein, okay?«

»Okay«, sagte ich, zu verdattert, um etwas anderes zu erwidern.

»Leander hat mir gesagt, dass du denkst, du wärst mir egal.«

»Also, das habe ich nie –«, begann ich überrascht.

»Schon gut«, sagte Grete. »Ich wollte nur, dass du weißt, so ist es nicht. Ich schätze, ich war immer eifersüchtig wegen Papas Unfall, na ja, weil du dabei warst und ich nicht. Und weil du trotzdem so stark und mutig geworden bist, während ich mich vor allem Möglichen fürchte. Vielleicht können wir einander deshalb so wenig leiden, aber …« Sie sah mir in die Augen. »Wir sind und bleiben Schwestern und du bist mir nicht egal, Ophelia.«

Ich spürte, wie etwas Hartes, Knotiges in meiner Brust sich löste. »Du warst neidisch, weil ich mit im Auto saß? Weil ich gesehen habe, wie –«

»Ja«, sagte Grete. »Danach haben nämlich alle so getan, als wärst du die Hauptleidtragende in dieser ganzen Geschichte. Als wäre es nur dein Vater gewesen, der gestorben war, und nicht auch meiner.«

»Aber –«

»Lass gut sein. Mir ist klar, dass du das nicht verstehen kannst. Dazu dann noch deine Hirngespinste, dass es mehr als ein Unfall gewesen sein muss … Wir sollten das Thema endlich zu den Akten legen, Ophelia.«

Ich war drauf und dran, ihr zu erzählen, was ich inzwischen herausgefunden hatte: dass meine *Hirngespinste* der Wahrheit entsprachen. Dass Papa nicht Pans einziges Opfer gewesen war. Aber schließlich nickte ich doch nur, woraufhin Grete mir zum ersten Mal seit unserer Kindheit so etwas wie einen freundlichen Blick schenkte. Mehr noch, für den Bruchteil einer Sekunde hatte ich sogar den Eindruck, sie wollte mich umarmen. Doch das musste wohl ein Irrtum gewesen sein, denn nun griff sie an mir vorbei nach ihrer Geige und begann, sie zu stimmen.

»Ich hab dich lieb«, sagte ich und wunderte mich selbst darüber, dass ich es aussprach. »Das weißt du, oder?«

Grete nickte kaum merklich, dann spielte sie einen einzelnen, klaren Ton.

Immer mehr Zeitlose strömten nun in das alte Amphitheater. Gleich würde es losgehen. Gleich.

»Ganz oder gar nicht, ja?«, murmelte ich unterdessen. »Und was würdest du machen, wenn die Sache nicht so einfach wäre? Wenn so oder so jemand darunter leiden müsste? Egal wie du dich auch entscheidest?«

»Dann würde ich trotzdem versuchen, das Richtige zu tun«,

sagte Grete und schloss die Augen, wahrscheinlich, um im Kopf noch einmal Note für Note Mozarts *Bernsteinsinfonie* durchzugehen.

Pan eröffnete die Feier mit gewohnt salbungsvollen Worten. Ich hörte nur mit halbem Ohr zu. Schon den Klang seiner Stimme konnte ich inzwischen nur noch schwer ertragen. Außerdem erzählte er vermutlich sowieso mal wieder nichts als Lügen, oder? Wie er so dastand in seiner prächtigsten Uniform, grau und würdevoll. Als könnte er es sich schlicht nicht vorstellen, dass jemals ein Zeitloser sein Spiel durchschaute! Als hätte er eine perfekte Welt erschaffen und wäre auch noch stolz auf die Opfer, die er dafür bringen musste! Fiel ihm denn gar nicht auf, wie blass die schöne Helena heute in ihrer nachtblauen Seidenrobe wirkte? Dass die Schatten unter ihren Augen beinahe die gleiche Farbe hatten wie ihr Kleid?

Auch Darius und Leander hatten unsere kleine Empore inzwischen erreicht und es sich bequem gemacht. In unserer Mitte thronte der Herr der Zeit selbst und hielt die Totenuhr an seinem Gürtel zärtlich in den Händen. Es fiel ihm sichtlich schwer, sich von ihr zu verabschieden, und ich konnte es ihm nachfühlen.

Abschiede waren scheiße.

Leander und ich hatten so etwas Ähnliches erst heute Nachmittag hinter uns gebracht. Das heißt, eigentlich war es mehr ein Streit als ein richtiger Abschied gewesen. Ein Streit, bei dem es keinen Kompromiss hatte geben können und der letztlich in einer Art Waffenstillstand geendet hatte. Das hoffte ich jedenfalls.

Auf die Ansprache des Präsidenten folgten einige Redner aus dem Publikum, Mitglieder der Bernsteinlinien, die dem Herrn der Zeit für seinen unermüdlichen Einsatz über die letzten drei Jahrhunderte hinweg dankten. Die Kuppel aus Staub glitzerte und flirrte über unseren Köpfen, die Menschen darunter jubelten ihrem Herrn der Zeit zu und dann, eine halbe Stunde später …

… war es so weit.

Er erhob sich von seinem Thron, nahm das Messer mit dem kunstvoll geschmiedeten Griff, das Pan ihm reichte, und trat in die Mitte der Bühne. Es war dasselbe Messer, mit dem ich vor einigen Wochen meinen blutigen Schwur geleistet hatte.

Möge die Zeit mir gehorchen wie ich ihr.

Der Herr der Zeit umfasste es mit seiner von Altersflecken bedeckten Hand, hielt es einen Moment lang in die Höhe, bevor er einen einzigen schnellen Schnitt vollführte und das silbrige Band durchtrennte, das die Totenuhr an seinem Gürtel befestigte.

Auf einen Schlag verstummte ihr Ticken, das zuvor so selbstverständlich in der Luft gehangen hatte, dass es mir erst jetzt auffiel. Jetzt, da es verhallt war.

Eine Wolke aus Stille bildete sich im Zentrum der Arena, wuchs und breitete sich aus, schwappte über die hölzernen Ränge und das bröselige Mauerwerk, bis es jeden Winkel des Amphitheaters erfüllte. Eine herz- und uhrenschlaglose Stille, die uns umfing, uns zudeckte wie eine wattige Decke.

Die Totenuhr war stehen geblieben.

Der Herr der Zeit atmete aus.

Sehr vorsichtig, als wäre sie ein zerbrechliches Vögelchen, bettete er die Uhr, die ihn durch die Jahrhunderte begleitet hatte, auf das Polster des Throns. Dann öffnete er langsam die Knöpfe seines Mantels und streifte ihn ab. Der dunkle Stoff glitt zu Boden und sein Träger machte einen Schritt von ihm fort, wandte sich um, war mit einem Mal vollkommen verändert.

Dies war nicht länger der Herr der Zeit.

Er war ein Mensch, nicht mehr und nicht weniger. Ein Mann, gebeugt vom Alter, gezeichnet von einem langen, mühevollen Leben. Müde. Unter seinem Umhang war eine einfache Stoffhose zum Vorschein gekommen, ein Pullover mit gräulichen Streifen an den Ärmelbündchen, ungekämmtes, lichtes Haar. Und ein Gehstock.

Hatte er den je zuvor benutzt? Ich konnte mich nicht erinnern, ihn schon einmal gesehen zu haben.

Der alte Mann lächelte in die Runde. Ein zufriedenes Lächeln, das die Runzeln um seine Augen vertiefte. Er stieg die Bühne herab und hatte Probleme mit der letzten Treppenstufe, geriet kurz ins Straucheln, fing sich jedoch wieder.

Dann schlurfte er durch die Arena. Ein Gladiator, der seinen letzten Kampf gefochten hatte. Siegreich. Bis zur Erschöpfung. Der Gehstock kratzte über Sand und Stein.

Nein, ich war mir sicher, den hatte er bisher definitiv noch nie dabeigehabt.

Oder?

Mitten in einem der Tore blieb der Alte noch einmal stehen, warf einen letzten Blick zurück auf die Totenuhr. Auf Pan,

Leander, Darius, Grete und mich. Tatsächlich hatte ich den Eindruck, er würde mir zuzwinkern.

Dann wandte er uns endgültig den Rücken zu, umfasste den Griff des Stocks fester und trat in das nächtliche Rom hinaus, verschwand in Zeit und Dunkelheit.

Ich bezweifelte, dass irgendjemand von uns ihn je wieder zu Gesicht bekommen würde.

Die Zeitlosen sahen ihm noch immer nach, auch als meine Schwester sich nun erhob und nach ihrer Geige griff. Es war an der Zeit für ihren Auftritt. Wolferl glitt an seinen Flügel, senkte die Finger auf glattes Elfenbein. Töne schwebten durch das Rund des Kolosseums. Zusammen spielten die beiden Mozarts geheime Sinfonie, zweistimmig und wunderschön. Noch schöner als bei der Eröffnung des Bernsteinturniers. Grete und Wolferl bildeten jetzt eine Einheit aus Tasten und Saiten, Noten und Träumen. Ihre Seelen schienen miteinander zu tanzen.

Ich war froh, Grete noch ein letztes Mal musizieren zu hören, sie noch einmal so glücklich zu sehen, versunken in ihrer eigenen Welt.

Auch die übrigen Zeitlosen waren wie verzaubert. Nicht wenige hatten die Augen geschlossen, einige weinten, andere starrten verzückt in den Sternenhimmel. Sogar Pippa schien sich ein wenig entspannt zu haben und lehnte sich gedankenverloren in ihrem Sitz zurück. Pans Blick hatte sich in den Zügen der schönen Helena verfangen.

Niemand achtete auf die Totenuhr.

Und kaum jemand wusste, dass ich unter meinem Mantel

etwas verbarg, das ganz ähnlich aussah. Eine Attrappe, ein Theaterrequisit, viel leichter als sein Vorbild, zusammengekleistert und bemalt von Onkel Jacques persönlich. Das Ding würde keinen lange täuschen können.

Aber das brauchte es auch nicht.

Ich blinzelte zu Leander herüber, der sein Haar heute Morgen so kurz geschoren hatte, dass die Kopfhaut durchschimmerte und er verwegen und zerbrechlich zugleich aussah. Er saß auf seinem Platz auf der anderen Seite des Throns, hatte die Hände zu Fäusten geballt und starrte mich an.

Nicht, flehte sein Blick. *Tu es nicht.*

Es verletzte mich noch immer, dass auch er mich belogen hatte, doch jetzt gerade ging es um mehr als meine Enttäuschung darüber, hintergangen worden zu sein. Ich würde *la nuit* bei ihrer entscheidenden Aktion helfen, weil meine Mutter recht gehabt hatte: Ich war wie Papa und eine unverbesserliche Weltverbesserin.

Ein Leben innerhalb eines goldenen Käfigs kam für mich nicht infrage. Und zu wissen, dass es noch dazu unrecht wäre, dass meine Unsterblichkeit viele andere Leben kosten würde … Mir blieb keine Wahl. Ich hatte Angst vor dem, was vor mir lag, natürlich. Aber ich konnte einfach nicht anders.

»Auf Wiedersehen«, formte ich lautlos.

Leander nickte abgehackt und presste die Kiefer aufeinander. Seine Hände krallten sich in den Stoff seines T-Shirts, so fest, dass das Tattoo auf seinem Unterarm zu tanzen begann. Ströme, die sich umeinander wanden. Zeitströme, die unser beider Leben waren, seines wohl noch mehr als meins. *Leander Andersen, zukünftiger Herr der Zeit.* Es war seine Bestimmung. Schon in wenigen Minuten würde der Drache sich verwandeln. Zumindest einer von uns hatte noch immer die Chance, glücklich zu werden. Im Grunde hatten wir doch beide gewusst, dass dieser Kuss in den Zeitnebeln des Louvre nicht mehr als ein gestohlener Augenblick gewesen war, oder?

Grete und Wolferl stimmten bereits ihr großes Finale an und ich sah ein letztes Mal in Leanders staubgraue Augen, die nun verdächtig glänzten. Gleichzeitig gewann meine rebellische Seite endgültig die Oberhand. Wenn ich es tun wollte, dann jetzt. Ich durfte nicht länger warten.

Es war so weit.

Jetzt oder nie.

Ganz oder gar nicht.

Ich zwang mich dazu, meinen Blick von Leander loszureißen, gab stattdessen vor, mir wäre zu warm, und zog meinen Mantel aus. Als Nächstes faltete ich diesen nun umständlich zusammen und lehnte mich dabei in Richtung des Throns, wobei ich den Stoff in meinem Arm so hielt, dass er die Totenuhr für den Bruchteil einer Sekunde verbarg. Mit einer flinken Bewegung tauschte ich sie gegen ihren Doppelgänger aus.

Es war sogar noch leichter als gedacht. Ich konnte es kaum glauben, dass niemand aufschrie, niemand protestierte, niemand sich auf mich stürzte. Obwohl die Totenuhr plötzlich schwer in meiner Hand ruhte. Obwohl ich gerade das wertvollste Artefakt in der Welt der Zeitlosigkeit stahl. Na ja, eigentlich nicht direkt *stahl.* Selbstverständlich würden wir die Uhr nur ausborgen, Leander bekäme sie zurück. Wir brauchten sie schließlich bloß für eine kleine Weile.

Ich erhob mich. Der Plan war perfekt.

Wenn jemand bemerkte, wie ich nun die Stufen unserer Loge hinabstieg, wie ich mich davonmachte, so würde er wohl denken, dass ich einfach nur traurig war. Dass ich es womöglich nicht ertrug, mit anzusehen, wie ein anderer den Preis des Bernsteinturniers entgegennahm. Wie Leander die Weihen empfing, um die auch ich gekämpft hatte.

Doch Gretes und Wolferls Spiel hatte sich mittlerweile zu derartigen Höhen aufgeschwungen, dass ich bezweifelte, dass mein Abgang überhaupt jemandem auffiel.

Leb wohl, dachte ich noch einmal in Leanders Richtung. Obwohl, wenn man die Finsternis in meinen Augen bedachte … Nun, wir würden uns schon bald wiedersehen. Unter vollkommen anderen Umständen natürlich. Aber immerhin wäre er derjenige, der mich auf meiner letzten Fahrt auf den Strömen begleiten würde.

Es war also kein Abschied für immer.

Wenigstens das.

Der Speisenaufzug surrte leise, als er mich in den Palast hinunterbrachte. Schon kurz darauf hastete ich durch die leeren Gänge. Natürlich waren hier und dort Wachen unterwegs. Gardisten, die ihre Runden drehten. Ich verbarg mich vor ihnen hinter Wandteppichen und Statuen und kämpfte mich Stück für Stück vor.

Unter einem der Fenster des nördlichen Trakts erwartete mich Alexej, dessen Kräfte von allen Mitgliedern von *la nuit* noch am stärksten waren, in einer Rennbarke. Mein Kleid raschelte, als ich mich über das Fensterbrett schwang, und mein Atem ging so laut, dass ich mir sicher war, ich müsste im ganzen Palast zu hören sein. Aber das stimmte natürlich nicht.

Alexej grinste mich an, als ich in das zweite kleine Boot glitt, das er für mich bereithielt.

»Hast du sie?«, flüsterte er.

Ich nickte und klopfte auf meinen Mantel.

Sein Grinsen wurde breiter. »Gut, anscheinend haben sie's noch nicht kapiert, oder?« Er streckte mir einen Gegenstand entgegen. Glatt und glänzend.

Eine Pistole.

Ich starrte ihn an.

»Das hier wird kein Kindergeburtstag.« Einmal mehr wirkte er nicht im Entferntesten wie jemand, der erst schätzungsweise vierzehn war. »Nun«, murmelte er, als er meinen Gesichtsausdruck bemerkte. »Ich sehe Staub, seit ich neun Jahre alt bin. Und wenn eine ganze Armee von Zeitlosen hinter dir her ist, wirst du eben schnell erwachsen.«

Die Waffe lag schwer in meiner Hand, schwerer als die Totenuhr. Ich wollte sie nicht einstecken, wirklich nicht. Aber dann tat ich es doch. Nur für den Fall.

Eine Minute oder so mussten wir noch warten. Auf unsere Welle, die besondere Welle, die Brutus von Paris aus zu uns geschickt hatte. Die Welle, die er eigenhändig in den Zeitsprung geflochten hatte. Sie bestand aus all den geraubten Sekunden und Minuten, die *la nuit* in den vergangenen Wochen entwendet hatte, und sollte uns einen Vorsprung vor Pan und seinen Männern verschaffen. Einen, der hoffentlich ausreichen würde.

Es wurde die längste Minute meines Lebens, jeden Augenblick konnten sie uns schnappen. Grete und Wolferl würden ihr Lied beenden, jemand würde einen Blick auf die Totenuhr werfen und –

Ziemlich sicher bräche die Hölle los.

Ich lauschte, ob sich jemand näherte, doch noch blieb alles still.

Die Minute zog sich dennoch weiter ins Unendliche und ja, vielleicht hätte ich sie mehr genießen sollen. Ich spürte es schließlich bereits hier, in der kleinen Barke auf *les temps*, zurück im Strom der Zeit: wie mein Herz zuckte und flatterte, wie es sich dazu bereit machte, wieder zu schlagen. Ein mulmiges Gefühl breitete sich in meiner Magengrube aus. *Noch kannst du zurück*, log ein feines Stimmchen in meinem Kopf und etwas in mir sehnte sich danach, ihm zu glauben.

Dann erfasste uns endlich die Welle.

Pfeilschnell katapultierte sie die beiden Rennbarken durch den Staub. Wir sausten dahin, schneller, als ich es je erlebt hatte. Der Fahrtwind biss mir so heftig ins Gesicht, dass ich die Lider schließen musste. Das Ende kam unaufhaltsam näher.

Leander sah ihr nach, wie sie die Bühne verließ und in die Katakomben des Kolosseums hinabstieg. Der Saum ihres Abendkleides strich über den Sand der Arena und hinterließ eine feine Spur, ihr Haar streifte bei jedem Schritt ihre Schultern und gab dann und wann den Blick auf ihre Narbe frei. War Ophelia je so schön gewesen wie heute Abend?

Er konzentrierte sich darauf, sich jedes Detail einzuprägen: die Form ihrer Silhouette, die Art und Weise, wie sie ging (präzise und zugleich forsche Schritte), das leise Flattern ihres Mantels im Wind.

Was sie tat, war mutig, keine Frage. Heldenhaft. Leander bewunderte und hasste sie dafür. Wie konnte jemand nur so kompromisslos das Richtige tun?

Ophelia stieg jetzt die Treppe zum Aufzug hinab, zur Hälfte war sie bereits aus seinem Blickfeld verschwunden.

Leander presste die Lippen aufeinander. Er hätte sie nicht belügen dürfen. Und er hätte sie nicht anschreien sollen, heute Nachmittag. Aber er ertrug den Gedanken nun einmal nicht, sie zu verlieren. Also hatte er versucht, sie umzustimmen, und war dabei immer verzweifelter geworden. Sollte das wirklich ihr letztes Gespräch gewesen sein? Wieso war er nur so ein verdammter Idiot?

Grete und Wolferl spielten die letzten Takte, die Aufzugtür öffnete und schloss sich unterdessen mit einem leisen Surren und … wieder einmal war Leander allein. Wieder einmal blieb er zurück, wie stets in seinem Leben, in dem er nichts verhindern, sondern nur dabei zusehen konnte, wie es geschah. Nun hatte also auch Ophelia ihn verla–

»Nein!«, hörte er sich mit einem Mal selbst rufen. »Ophelia, warte!«

Die Zeitlosen, die gerade noch verzückt dem letzten Ton der *Bernsteinsinfonie* gelauscht hatten, starrten ihn an. Ein Raunen ging durch die Reihen. Jemand deutete auf die falsche Totenuhr, die sich nicht im Mindesten regte, obwohl Leander plötzlich ganz nahe bei ihr stand und sein Handrücken versehentlich gegen das Gehäuse stieß. Er selbst hatte überhaupt nicht gemerkt, dass er aufgesprungen war.

Hastig taumelte er wieder einen Schritt zurück, fort von Thron und Uhr, doch zu spät.

»Wieso tickt sie denn nicht?«, rief jemand von der Tribüne der Juillets. »Erkennt sie ihren neuen Herrn etwa nicht?«

»Vielleicht hat sie sich ja einen anderen Träger ausgesucht!«, sagte Darius, der heute zur Feier des Tages eine Uniform aus seiner Jugend im 19. Jahrhundert trug. Er verließ seinen Logenplatz und kam näher heran. »Jemanden, der weniger seltsam ist, zum Beispiel.«

Auch Pan erhob sich nun, überquerte die Bühne mit langen Schritten, um nach dem Rechten zu sehen.

»I…ich bin bloß noch nicht ganz bereit«, stammelte Leander. »Das ist alles.«

»Nicht bereit?« Stimmengemurmel erhob sich zwischen den Mauern des alten Amphitheaters.

Pan hatte Leander und die Uhr nun beinahe erreicht, jeden Moment würde er den Gegenstand auf dem Polster des Throns genauer betrachten können. Doch da geriet der Block der Juillets mit einem Mal in Bewegung, schon im nächsten Moment stürzte die schöne Helena in einer Wolke aus blauer Seide durch das Rund des Kolosseums.

»Mein Prinz!«, rief sie Pan zu. »Endlich erkenne ich Euch!«

Pan wirbelte herum. »Helena?«, fragte er ungläubig. »D… du … hast deine Stimme wiedergefunden?« Er blinzelte ungläubig. »Nach all den Jahren!«

»Meine Stimme und mein Gedächtnis! Es muss die Musik gewesen sein, aber … Mir ist so schwindelig.« Sie strauchelte, während Pan bereits vom Bühnenrand sprang. Er schien die Totenuhr vollkommen vergessen zu haben. Genauso wie übrigens auch Leander und das Publikum aus Zeitlosen, das nun gebannt verfolgte, wie der Präsident seine in Ohnmacht sinkende Helena im letzten Moment auffing.

Auch diesen kleinen Auftritt hatte *la nuit* geplant. Leander schluckte. Nein, jetzt war wirklich nicht die Zeit, um weiter herumzustehen, den Dingen bloß ihren Lauf zu lassen. Es war der Moment, um endlich, endlich zu handeln.

Leander atmete noch einmal tief ein.

Dann rannte er los.

21

Es fühlte sich an, als hätte unsere Flucht über die Ströme nur einen einzigen Wimpernschlag lang angedauert. Als ich die Augen wieder öffnete, waren wir schon am Ziel.

»Wow, das …«, stammelte ich. In meinen Ohren brauste es.

»Hat gut funktioniert, was?« Alexej strahlte.

»Kann man wohl nicht anders sagen.« Schwankend kam ich auf die Beine.

»Es war echt nicht leicht, in den letzten Wochen so viel Zeit zu stehlen. Aber die Mühe und das Chaos haben sich gelohnt«, meinte Alexej.

Wir vertäuten unsere Barken nun mit der *Tick*, einem größeren Schiff, das unmittelbar am Abgrund zum Ende der Zeit vor Anker lag. Onkel Jacques und Tante Blanche halfen uns an Bord.

Genau wie die Quelle der Zeit war auch ihr Ende ein gewaltiger Zeitfall. Er stürzte in die Tiefe, so weit das Auge reichte, und *les temps* hatten sich hier längst in ein Meer verwandelt, eine aufgepeitschte See. Ich musste an mittelalterliche Weltkarten denken. Damals, als die Menschen noch geglaubt hatten, die Erde wäre eine Scheibe und die Ozeane würden irgendwo einfach über einen Rand herunterfließen: So in etwa hätte das Ganze wohl ausgesehen. Nur dass es hier Staub und Spinnweben statt Wassermassen waren, die sich ihren Weg in die tiefsten Tiefen bahnten. Ach ja, und dass sich über allem natürlich ein geheimes, unterirdisches Gewölbe spannte und die Fackeln an Bord der *Tick* eine arg gespenstische Atmosphäre verströmten.

Ich drückte die Totenuhr an meine Brust. Wenn ich ehrlich war, sah das Ende der Zeit ihrer Quelle gar nicht so unähnlich. Es kam mir sogar so vor, als betrachtete ich die gleichen unvorstellbar großen Niagarafälle wie neulich, als ich mit Leander und dem Herrn der Zeit unterwegs gewesen war. Als befänden wir uns nun lediglich am oberen Ende. Konnte es sein, dass die Zeit in Wahrheit ein Kreis war?

»Wir müssen uns beeilen«, drängte mich Tante Blanche. Ihr Turban saß schief und auf ihren Wangen hatten sich mal wieder rote Hektikflecken gebildet. »Unser kleines Täuschungsmanöver fliegt vermutlich jeden Moment auf. Bald sind sie uns auf den Fersen, unser Vorsprung wird nicht ewig reichen. Willst du es immer noch selbst tun, Ophelia?« Sie fixierte mich mit ihren strahlenden Vogelaugen.

»Ja«, sagte ich mit fester Stimme. »Ich muss.«

Tante Blanche nickte. »Also gut.«

Ich entfaltete die Karte meines Vaters. Auch dieser Teil von *les temps* war darauf verzeichnet. Kaum zu erkennen, solange ich mich *auf* dem Strom befand. Und natürlich nur bis zur letzten Schwelle, danach wäre ich auf mich allein gestellt. Auch Alexej hatte sich für diese Aufgabe angeboten. Doch ich würde es selbst machen. Das hier war Papas Vermächtnis. Er war gestorben für den Versuch, die gefangenen Zeitlosen zu befreien, und ich hoffte inständig, dass es mir gelingen würde, zu Ende zu führen, was er begonnen hatte. In jedem Fall würde ich mein Bestes geben.

»Viel Glück«, sagte Onkel Jacques und zeichnete mit den Fingerspitzen noch einmal das gezackte Muster meiner Narbe nach, genau wie an dem Tag, an dem er mich nach Paris geholt hatte.

»Danke.«

Entschlossen ließ ich den Mantel fallen und zog mir mein Abendkleid über den Kopf. Darunter trug ich Jeans und ein Top sowie eine kleine Bauchtasche, in der ich die Totenuhr nun verstaute.

Sie tickte noch immer nicht, als ich nun die Karte mit beiden Händen umklammerte und in die Fluten sprang.

Sofort erstickte der Staub alles Licht um mich herum, die Rufe meiner Verwandten, falls sie mir überhaupt noch etwas nachriefen. Ich war blind und taub und allein.

Mein Herz pochte wie wild in meiner Brust, das Rauschen in meinen Ohren nahm zu, es war das Geräusch meines Blutes, das mir zuraunte, was für ein Wahnsinn das alles war. Wie wenig das hier jeglichen Überlebensregeln folgte, die ich je gelernt hatte.

Aber eigentlich versuchte ich gerade ja auch gar nicht zu überleben, oder?

Les temps verschlangen mich. Oben und unten verwandelten sich in abstrakte Begriffe und ich fühlte mich plötzlich wie eine seltene Qualle, die durch die Tiefsee trieb. Fort zum unerforschtesten aller Orte. Strömungen erfassten mich, warfen mich hierhin und dorthin, schleuderten mich im Kreis herum, spielten mit mir.

Ich konnte nicht atmen.

Ehrlich gesagt, war ich also vor allem eine erstickende Qualle.

Doch die Linien auf Papas Karte begannen nun zu leuchten, wanden sich umeinander und ergaben endlich einen Sinn. Mit den Füßen ruderte ich durch die Finsternis, versuchte, Untiefen und Erhebungen im Fels am Grund des Stroms zu ertasten. Papas Worte glitzerten, flammten auf oder verblassten dabei, je nachdem, in welche Richtung ich mich bewegte. Sie leiteten mich und schließlich gelang es mir, so etwas wie einen Pfad zu finden.

Langsam steuerte ich auf das Ende zu.

Das Ende von Raum und Zeit und Welt.

Das Ende von allem.

Es war merkwürdig, denn im Grunde bemerkte ich kaum, wie ich die Schwelle überschritt. Da musste eine Art Tor gewesen sein, eine Stelle, an der es möglich war hinüberzugehen, ohne von den herabstürzenden Staubmassen fortgerissen zu werden. Papa hatte diesen Weg für mich entdeckt und weder tat es weh, noch fühlte es sich irgendwie anders an. Im einen Moment schwamm ich noch durch den Strom aus Staub, im nächsten trieb ich dahin. Ich konnte noch immer nicht atmen.

Allerdings musste ich das jetzt auch nicht mehr.

Ich hatte keine Ahnung, was es war, das mich nun trug. Vielleicht … *Licht*? Zumindest konnte ich wieder etwas sehen oder vielleicht existierten die Bilder auch nur in meinem Kopf. Ich war mir nicht sicher, ob meine Augen geöffnet oder geschlossen waren. Doch, ja, da war eine Art wolkiges Licht, das mich mit sich zog. Und in diesem Licht schwebten noch andere. Viele andere.

Menschen.

Das Licht war freundlich und warm. Es roch nach geschmolzenem Glas und einem Himmel voller Sterne und es begrüßte mich mit einem leisen Flackern. Es erinnerte mich an die Seele der alten Frau, die ich zur Quelle gebracht hatte. Es *war* die Seele der alten Frau. Und nicht nur ihre.

Die Zeit war tatsächlich ein Kreis!

Papa, dachte ich. Auch die Seele meines Vaters musste hier irgendwo sein. *Papa?*

Das Licht sprach nicht.

Es sendete Bilder in meine Gedanken. Zum Beispiel sah ich Horatio und andere Gardisten. Ich sah, wie sie Barken steuerten, Männer, Frauen oder Kinder an Bord. Gefesselt. All diese Barken stoppten schließlich an jener gigantischen Wand aus fallender Zeit. Die Gefangenen wurden gestoßen, hier hinein, auf die andere Seite. Seelen, deren Zeit noch lange nicht gekommen war.

Als Nächstes sah ich mich selbst, wie ich die Schwebenden mit der Totenuhr berührte und sie endlich wieder ins Diesseits zurückkehrten. Dann Pan, der ein blutiges Messer in den Händen hielt, sein Gesicht eine Maske aus Verzweiflung. Ich sah Leander, der die Robe des Herrn der Zeit trug. Meinen Vater, wie er Grete und mir als Kindern eine Gutenachtgeschichte vorlas und anschließend an seinen Karten arbeitete. Mich selbst, wie ich in einer Rennbarke Richtung Wüste fuhr, während Horatio sich vermummte und kurz darauf einen Jungen mit langem dunklem Haar knebelte. Tante Blanche, die ihren Turban band. Grete, die eine komplizierte Tonfolge übte. Alexej, der eine Pistole auf jemanden richtete. Leander, der mir in die Augen schaute …

Immer schneller wechselten die Bilder, bis sie schließlich zu einem Wirbel aus Farben und Formen verschmolzen und ich begriff, dass ich nicht länger zögern durfte.

Ich tastete nach der Totenuhr in meiner Tasche. Dann machte ich mich ans Werk.

Das Licht half mir, es trug mich zu einer reglosen Gestalt nach der anderen. Vorsichtig legte ich die Totenuhr auf schlafende Gesichter, die daraufhin erwachten, mich verwirrt anschauten und anschließend wie von selbst zur Schwelle trieben. Vielleicht waren es zwei- oder dreihundert Gefangene, vielleicht mehr.

Obwohl ich jeden nur etwa für den Bruchteil einer Sekunde berührte, kam es mir vor wie eine Ewigkeit und dann wieder, als geschähe alles innerhalb eines einzigen Herzschlags. Doch da ich mich jenseits von Raum und Zeit befand, war es wohl weder das eine noch das andere.

Das Licht flackerte Beifall, als ich schließlich auch den letzten Zeitlosen aufgeweckt hatte. Es umfloss mich wie in einer Umarmung, dann schob es mich fort, wurde wattiger und wolkiger, verwandelte sich in Staub, und plötzlich war auch ich zurück – auf der anderen Seite.

Meine Lungen schrien nach Sauerstoff. Ich strampelte und paddelte durch die Fluten, versuchte panisch, etwas auf der Karte meines Vaters zu erkennen. Oder wenigstens, wo oben war.

Ich hätte es wohl nicht geschafft, wenn mich nicht irgendwann zwei Hände bei den Schultern gepackt und an Bord der *Tick* gehievt hätten.

»Gut gemacht!«, sagte Onkel Jacques, während ich hustend und prustend auf den Planken saß. Ich rieb mir ein paar Spinnweben aus den Augen. Blinzelnd und außer Atem sah ich mich um.

Das Schiff war voller Menschen. Ich erkannte nicht weit von mir den Rote-Bete-Jungen mit dem langen dunklen Haar. Und außer ihm waren da noch so viele andere! Personen jeden Alters, aus den unterschiedlichsten Epochen: Frauen in Reifröcken, Männer in Strumpfhosen, Kinder in Matrosenanzügen, Jugendliche in Jeans und Lederjacken. Sie alle wirkten ein wenig mitgenommen. Tante Blanche war dabei, Tee aus Thermoskannen an sie zu verteilen. Die *Tick* war eine der größten Barken aus der Flotte der Zeitlosen und dennoch hoffnungslos überfüllt.

»Danke«, sagte Sybilla Cho, die mit einer Wolldecke um die Schultern nicht weit von mir am Steuer lehnte, auf dem Arm hielt sie ein etwa zweijähriges Kleinkind. »Schön, dich endlich kennenzulernen, Ophelia.«

»Gleichfalls«, murmelte ich, während Alexej mir aufhalf.

»Du hast mich also würdig vertreten.« Sie nickte anerkennend.

Ich zuckte mit den Schultern. »Noch haben wir es nicht geschafft.«

Aus allen Richtungen strömten nun Leute auf mich zu, um mir zu danken, meine Hand zu schütteln oder mich schluchzend zu umarmen. Aber dafür war jetzt natürlich keine Zeit.

»Können wir?«, fragte Alexej und zog mich bereits mit sich.

»Ja.« Ich taumelte hinter ihm her.

Meine Verwandten wollten die befreiten Zeitlosen zurück zu ihren Familien bringen (sofern diese noch lebten) oder nach Paris. Im *Hôtel de la Pendulette* würden sie die Gelegenheit haben, zurück ins Leben zu kommen. Viele waren schließlich jahrhundertelang fort gewesen und würden erst lernen müssen, sich in unserer Gegenwart zurechtzufinden. Onkel Jacques würde außerdem fast alle im Umgang mit der Zeit trainieren müssen.

Doch das Ganze funktionierte natürlich nur, wenn auch der zweite Teil unseres Vorhabens glückte. Alexej und ich mussten sofort los. Und die *Tick* sollte sich ebenfalls so rasch wie möglich auf den Weg machen.

Wir sprangen in die beiden Rennbarken.

Dieses Mal dauerte es ein wenig länger, die Strecke zwischen dem Bernsteinpalast und dem Ende der Zeit zurückzulegen. Nur ein kleiner Rest unseres Vorsprungs war noch übrig, die Welle vielleicht einen Hauch schneller als üblich.

»Wieso«, fragte ich Alexej, während wir dahinsausten, »hast du eigentlich ausgerechnet mich ausgesucht?« Ich musste rufen, damit er mich trotz des Fahrtwindes verstand. »Du hättest doch auch Grete oder Leander den Schlüssel geben können. Oder sogar Darius.«

»Das willst du wirklich *jetzt* besprechen?«, brüllte er über die Wogen zurück.

»Ja.« Wer wusste schon, ob später noch Gelegenheit dazu wäre?

»Na ja, erstens hast du mich bemerkt«, rief Alexej. »An den

Zeitfällen in New York und London. Du bist mir in diesen Park gefolgt, während den anderen meine Anwesenheit komplett entgangen ist. Zweitens meinten deine Verwandten, dass du sie andauernd mit Fragen nach deinem Vater löcherst. Da dachte ich eben, du würdest am ehesten die Karte in der Akte von Simon Pendulette finden und noch dazu geneigt sein, seine Pläne weiterzuverfolgen.«

Ich nickte, obwohl Alexej es vermutlich nicht sehen konnte, zwischen all dem wirbelnden Staub um uns her. Eigentlich hätte ich gerne noch weitergefragt, mehr über Alexej erfahren. Doch ich musste wohl einsehen, dass dies keine gute Gelegenheit für ein nettes Plauderstündchen war.

Außerdem erreichten wir nun sowieso den ehernen Felsen des Bernsteinpalastes und hatten daher schlagartig andere Sorgen.

Der Vorsprung war endgültig dahin.

Wie nicht anders zu erwarten, war meine ungeheuerliche Tat nicht unbemerkt geblieben und die befürchtete Hölle losgebrochen. Überall wuselten Gardisten durcheinander, suchten bereits das Ufer und den kleinen Hafen nach uns ab. Alle Fenster des Palastes waren hell erleuchtet, Befehle hallten über die Fluten hinweg. Es sah so aus, als machte sich ein halbes Dutzend Boote bereit, demnächst in See zu stechen.

Wir verlangsamten unsere Fahrt, versuchten, uns im Schatten zu halten. Samt unseren Rennbarken gingen wir hinter einem der größeren Schiffe, die hier vor Anker lagen, in Deckung. Geduckt schlichen wir an Land, schoben uns am Fels entlang auf den Palast zu. Ich traute mich kaum zu atmen, während ich die Totenuhr so fest umklammerte, dass meine Finger taub wurden. Noch war niemand auf uns aufmerksam geworden, doch …

Da erfasste uns plötzlich ein Suchscheinwerfer. Pan selbst, der auf der obersten Stufe vor dem Eingangsportal stand, entdeckte uns als Erster.

»Ophelia Pendulette!«, rief er. Sein Blick bohrte sich in meinen.

Wie angewurzelt blieben wir stehen.

»Ich hätte es wissen müssen!«, sagte Pan. »Schon damals, als ich dich im Archiv beim Herumschnüffeln erwischt habe.«

Sämtliche Gardisten stürzten nun auf Alexej und mich zu. Binnen eines Wimpernschlags waren wir umzingelt. Schon versuchte der erste Soldat, mich zu packen. Zum Glück gelang es mir gerade noch, mich loszureißen und die Totenuhr hoch über meinen Kopf zu heben, während ich mit der anderen Hand hastig nach den Strömen griff.

Augenblicklich ließ der Gardist von mir ab und auch seine Kollegen hielten inne. Denn ich mochte zwar nur eine einzelne, unerfahrene Zeitlose sein, doch mein Diebesgut verlieh mir die Macht, selbst *les temps* zu manipulieren, ganz allein und wie es mir gefiel. Und das wussten alle.

Die Gardisten blieben nun auf Abstand, trauten sich auch nicht, Alexej anzugreifen. Doch sie ließen uns nicht aus den Augen. Noch immer saßen wir in der Falle. Vielleicht, wenn ich es ganz schnell machte und die Zeit einfach –

Pan lächelte schmallippig. »Ich weiß nicht, welchen Schwachsinn dir diese Verräter erzählt haben«, sagte er und verschränkte die Arme vor der Brust. »Aber du bist in Begriff, einen großen Fehler zu begehen, meine Kleine. Einen verdammt großen Fehler.«

»Ach ja?«

Pan stieß ein heiseres Lachen aus, das wohl verächtlich klingen sollte, doch seine Stimme zitterte plötzlich. Überhaupt wirkte der Präsident ziemlich mitgenommen, so als hätten ihn die letzten Minuten mehr aus der Fassung gebracht, als er es selbst für möglich gehalten hätte.

»Du meine Güte, so viel Mut und so viel Unwissenheit!«, rief er.

Ich presste die Zähne aufeinander. Der Staub ruckte und zuckte zwischen meinen Fingern, obwohl ich ihn lediglich festhielt. Anscheinend brachte allein die Tatsache, dass es plötzlich wieder viel mehr Zeitlose auf der Welt gab, das kunstvolle Geflecht um den Palast ins Wanken. Mehr und mehr, sogar so sehr, dass –

Der Hafen erbebte ohne jegliche Vorwarnung.

Es würde vermutlich nicht schwer sein, den Knoten der Zeitlosigkeit zu lösen – sofern es mir gelang, bis zur Immeruhr vorzudringen.

Schon wieder vibrierte die Erde unter unseren Füßen. Eine Zeitschlaufe formte sich, in der die Garde erneut auf mich zustürmte, nur um einen Moment später wieder abrupt stehen zu bleiben.

»Ach, Ophelia!«, schnaubte Pan. »Du weißt ja nicht, was du da tust.«

»*Ich*«, sagte ich, »tue momentan eigentlich gar nichts.«

»Lass den Unfug!«

Ich schwieg, während Pan den Kopf hin und her wiegte, einen Augenblick lang Alexej betrachtete, dann wieder mich und schließlich meine Hand, die die Ströme bloß hielt, aber ansonsten nichts damit machte.

Etwas zerrte in der Ferne an den Fluten und brachte die Zeit zum Stolpern.

Seine Augen weiteten sich, das Gesicht des Präsidenten verzog sich zu einer Grimasse. »Du … *warst bereits dort*?«, zischte er bedrohlich. An seiner Stirn trat eine Ader hervor.

Ich verzichtete darauf, zu nicken oder ihm gar zu erklären, wie wir es geschafft hatten. Stattdessen setzte ich mich einfach in Bewegung, schob mich zwischen den Gardisten hindurch, die erschrocken zurückwichen. Auch mein schnauzbärtiger Freund war unter ihnen und musterte mich nun mit bangem Blick.

Ich hatte keine Lust mehr auf irgendwelche Spielchen.

»Das alles hier ist eine Lüge«, sagte ich und schwenkte die Totenuhr in Richtung der gewaltigen Flügeltüren. »Die Geschichten über nur vier Bernsteinlinien. Dieser Palast! Wie konnten Sie nur?« Ich starrte ihn an. »Da waren Hunderte von Menschen im Ende der Zeit. *Sogar Kinder!*«

»Ich weiß«, sagte Pan tonlos, noch immer schien der Schock ihm zu schaffen zu machen, denn er schwankte jetzt und hatte mit einem Mal Mühe, sein Gleichgewicht zu halten. War er sogar zu überrascht, um weiter zu lügen? »Ich bin nicht stolz darauf, falls du das denkst«, fuhr er nun fort. »Aber manche Dinge erfordern eben gewisse Opfer.«

»*Menschenopfer.*« Ich spuckte ihm das Wort förmlich vor die Füße. »MENSCHENOPFER! Nichts kann so viel wert sein.«

»Als ich jung war, habe ich auch einmal so gedacht. Aber dann verliebte ich mich und musste eine Entscheidung treffen«, murmelte Pan, der noch immer etwas unsicher auf den Beinen wirkte. Doch langsam schien er sich wieder zu fangen, ein Hauch von Farbe kehrte bereits in sein Gesicht zurück. »Was ist mit all den Menschen, die hier in der Zeitlosigkeit leben? Willst du sie etwa einfach so den Strömen überlassen?«

»Diese Leute hatten ihre Lebenszeit«, sagte ich. »Sie führten lange, erfüllte, luxuriöse Leben. Aber auf der anderen Seite, da waren Babys, die nicht einmal eine Chance hatten!«

»Und nun wiegst du Leben gegeneinander auf. Genau, wie ich es getan habe. Wir sind uns wohl gar nicht so unähnlich, würde ich sagen.«

»Als ob ich …«, rief ich empört. »Ich würde niemals … Ich sorge einfach nur dafür, dass dieser Ort verschwindet, den es sowieso niemals hätte geben dürfen. Sie und ich, wir haben rein gar nichts miteinander gemein«, fauchte ich und erreichte gleichzeitig die unterste Treppenstufe.

Mir war vage bewusst, dass Alexej mir folgte. Doch auch Pan blieb nicht länger allein, denn in diesem Moment erschien Horatio hinter ihm. Er hatte Pippa bei den Haaren gepackt und hielt eine Waffe an ihre Schläfe. Ihre Augen rollten wild hin und her.

»Keinen Schritt weiter«, zischte Pans bester Mann.

Meine Hand krallte sich fester in die Ströme. »Lassen Sie sie los!«

»Gib mir die Totenuhr«, forderte Pan. »Gib sie mir und deiner Ururgroßmutter wird kein Leid geschehen. Tu es nicht und …« Er seufzte. »Ich weiß, du denkst, das hier wäre so etwas wie eine Heldentat. Aber das ist Blödsinn. So funktioniert unsere Welt nicht. Wir sind nun einmal Zeitlose, wir halten *les temps* unter Kontrolle und schützen die Zeiter vor Anomalien.«

»Für all diese Aufgaben braucht niemand unsterblich zu sein«, schnaubte ich.

Pan nickte, dann schüttelte er den Kopf. »Trotzdem verdienen wir einen Ort wie diesen. Das ist unser Vorrecht. Noch ist es nicht zu spät, Ophelia. Noch kann alles wieder so werden, wie es war. Gib mir einfach die Totenuhr und … niemand wird je erfahren, was für einen kindischen Streich du uns spielen wolltest.«

»Pah«, entfuhr es Alexej in meinem Rücken und auch ich war inzwischen so wütend, dass der Zorn eiskalt durch meine Adern kroch und einen pulsierenden Knoten in meinem Innern bildete.

»Sieh mal einer an, da ist uns wohl jemand durch die Lappen gegangen«, sagte Pan zu Alexej, gerade so, als würde er seine Anwesenheit erst jetzt bemerken. »Und noch dazu ein Kind! Da hast du dir ja großartige Unterstützung gesucht, kleine Ophelia! Dachtet ihr etwa wirklich, ihr hättet eine Chance?«

Pippa zitterte derweil am ganzen Körper. Ihr Make-up war verschmiert und ihr Mund stand offen, als würde sie am liebsten schreien, traute sich jedoch nicht.

Ich ignorierte Pans Geschwätz, er wollte mich sowieso nur provozieren. Blitzschnell hastete ich stattdessen die Treppe hinauf, doch gleichzeitig zerrte Horatio Pippa mit sich die Stufen hinunter, bis wir auf einer Höhe waren. Allesamt innerhalb der Zeit, wo ein Schuss aus einer Waffe definitiv tödlich enden konnte.

»Sei vernünftig«, sagte Horatio.

Kaum ein Meter trennte Pippa und mich. Ich roch ihre Angst, sah, wie ihre Nasenflügel sich bei jedem Atemzug blähten. Pans Bluthund von einem Hauptmann presste den Pistolenlauf noch immer an ihre Schläfe, während die Narbe an seiner eigenen mir plötzlich höhnisch entgegenleuchtete.

»Gib dem Präsidenten die Totenuhr. Mach schon«, knurrte er. »Na los!«

Doch ich rührte mich nicht vom Fleck. »Sie haben meinen Vater getötet. Auf Pans Befehl hin haben Sie diesen Baum –«

Meine Stimme versagte. Dafür erinnerte ich mich plötzlich wieder an die Waffe, die in meinem Gürtel steckte. Wenn ich die Totenuhr oder die Ströme losließe, hätte ich eine Hand frei und könnte …

»Ich war noch nie ein Mann des Zögerns«, fuhr Horatio fort. »Her mit der Uhr oder sieh mit an, wie das nächste Mitglied deiner Familie für diesen Wahnsinn mit dem Leben bezahlt!«

Ein Schweißtropfen rann meine Stirn hinab. Alles in mir schrie danach, die Totenuhr und den Strom aus Staub von mir zu werfen und stattdessen endlich Rache zu üben. Wenn ich die Uhr möglichst weit wegschleuderte, vielleicht gelänge es mir dadurch, für genügend Ablenkung zu sorgen. Vielleicht schaffte ich es dann ja, die Pistole zu ziehen, zwei schnelle Schüsse – einen für jeden der beiden Mörder meines Vaters.

Der Zeitknoten zuckte doch bereits, wurde zunehmend instabiler. Konnte ich nicht einfach darauf hoffen, dass er sich irgendwann sowieso von selbst auflöste? Dann wäre die Zeitlosigkeit dahin und alle Zeitlosen hätten die gleichen Chancen auf ein friedliches Leben.

Allerdings was, wenn es nicht funktionierte? Wenn der Knoten doch noch hielt? Wenn ich ihn verfehlte und Pan die Gelegenheit bekäme, zum Gegenschlag auszuholen und die Gefangenen erneut verschwinden zu lassen?

Außerdem wäre es zu gefährlich für meine Ururgroßmutter.

»Sie will es nicht anders«, sagte Pan. »Tut mir leid, Pippa.« Er nickte Horatio zu, dessen Finger sich nun um den Abzug spannte.

»Nein!«, schrie ich und stürzte auf die beiden zu, riss dabei so heftig an *les temps*, dass die Zeit einen Augenblick lang stillstand.

Allerdings erst, nachdem das Geräusch eines sich lösenden Schusses wie ein Peitschenhieb durch die steinerne Höhle geknallt war.

Die Totenuhr in meiner Hand wurde schwer wie ein Stein. Ich starrte Pippa an. Ihre Augen waren weit aufgerissen, ihre Pupillen starr. Genau wie die von Horatio und Pan, der ebenfalls einen Schritt in die Zeit getan haben musste, wohl um die Totenuhr entgegenzunehmen.

Ich atmete aus.

Niemand rührte sich. Ich war die Einzige, die sich noch bewegen konnte.

Meine Hände zitterten und ich schloss einen Moment lang die Augen. Verdammt. Was sollte ich nun tun? Was? Eine Welle der

Panik schlug über mir zusammen und überrollte jeden auch nur halbwegs vernünftigen Gedanken. Doch ich versuchte, sie niederzukämpfen. Ich durfte jetzt nicht die Nerven verlieren, nicht jetzt!

Also gut, Ophelia, denk nach.

Zuerst Pippa.

Eilig bog ich Horatios Finger auseinander, schnappte mir die Waffe und warf sie fort, irgendwo in die Fluten des Hafenbeckens. Dann wirbelte ich um die eigene Achse und entdeckte das Projektil, das mitten in der Luft hinter mir … *hing*!

Es ließ sich in einer geraden Bahn zu Alexej zurückverfolgen. Auch er stand wie versteinert da, die Waffe auf Horatios Knie gerichtet.

Ich schluckte. Dies war meine Gelegenheit, zur Immeruhr zu rennen. Doch zuvor musste ich sichergehen, dass niemandem etwas geschah. Oder zumindest niemandem, der es nicht auch verdiente. Ich zerrte Pippas reglosen Körper zur Seite, warf sie mit meinem ganzen Gewicht zu Boden und hoffte, dass ich sie dabei nicht verletzte. Dann versicherte ich mich noch einmal, dass ich mich bei der Flugbahn der Patrone nicht getäuscht hatte, und lief zum Palast, so schnell ich konnte.

Ich stürzte an Pan vorbei. Stufe um Stufe um Stufe die ausladende Freitreppe hinauf.

Natürlich entglitten mir die Ströme, sobald ich die Schwelle zur Zeitlosigkeit überschritt. Aber das war nun nicht mehr schlimm, ich war schon beinahe bei der Immeruhr, als die Zeit hinter mir wieder in Bewegung geriet. Fast sofort hörte ich Horatio aufschreien, als das Projektil wohl seine Kniescheibe traf.

Pippa schluchzte vor Erleichterung und Alexej murmelte irgendetwas, um sie zu beruhigen.

Außerdem ertönten Pans Schritte, weil dieser selbstverständlich meine Verfolgung aufnahm. Ich rannte, rannte einfach weiter.

Auch in der Eingangshalle befanden sich Gardisten. Sie bemerkten mein Eintreten jedoch kaum, denn sie bildeten einen Kreis um zwei kämpfende Gestalten …

»Ha!« Darius hieb schon wieder mit einem Degen nach ihm und Leander schaffte es erst im letzten Moment, dem Streich auszuweichen. Verdammt, er war nicht auf das hier vorbereitet gewesen – auf nichts von alledem. Aber wie hätte er das auch sein können?

Schon holte Darius zum nächsten Schlag aus und alles, was Leander ihm entgegenhalten konnte, war das Bein eines Stuhles, den er sich am Rand des Stundenatlasses gegriffen hatte. Die Klinge schnitt eine Kerbe ins Holz, ein Splitter löste sich und flog durch die Luft. Während Darius weiter um ihn herumtänzelte, als spielte er nur mit ihm, versuchte Leander einen Ausfallschritt. Er verfluchte sich dafür, dass er nicht ein paar Jahrzehnte früher geboren worden war, und hieb wütend in Darius' Richtung.

»Du bist ein Verräter, Leander Andersen«, knurrte Darius und parierte seinen Angriff mühelos. »Ein verrückter Hellseher, nicht würdig, die Totenuhr zu tragen. Wie konntest du nur gemeinsame Sache mit Abtrünnigen machen?«

Leander schnaubte. »Dir ging es doch von Anfang an nur um die Macht und das Ansehen, nie um die Seelen der Toten. Außerdem: Du weißt ja nicht einmal, warum Ophelia die Uhr gestohlen hat. Pan hat uns alle belogen, er –«

»Spar dir die Ausflüchte.«

Sie kreuzten erneut Klinge und Stuhlbein. Doch dieses Mal trieb Darius seine Waffe so tief in das Holz, dass sie darin stecken blieb. Mit einem Ruck riss Leander ihm den Degen aus der Hand. Dann schleuderte er beides von sich.

Sofort stürzten zwei der Gardisten los, um Leander zu ergreifen, doch Darius hob eine Hand und bedeutete ihnen zu warten. »Wir sind hier noch nicht fertig.«

Leander atmete aus. »Das sehe ich anders.«

Verflucht, er musste Ophelia hinterher! Sie war schon seit mindestens zwanzig Minuten fort und eben waren zuerst Pan und kurz darauf Horatio, der Pippa festhielt, an ihnen vorbeigestürzt. Es sah nicht gut aus. Leander biss sich auf die Unterlippe.

»Ich möchte nur nach Ophelia suchen«, erklärte er. »Genau wie ihr alle.«

»Ophelia ist mir total egal«, meinte Darius. »Mir geht es um die Totenuhr. Und darum, dass ihr auserwählter Träger leider nicht mehr dazu in der Lage sein wird, sie anzulegen. Ich wollte es nicht so weit kommen lassen, ehrlich nicht. Aber … ihr spielt auch nicht fair, oder?« Auf einmal war da ein winziger Revolver in seiner Hand. »Wir beide werden jetzt also mal kurz in die Zeit hinausspazieren und dann …«

»Ach, echt? Du suchst eine Uhr, Darius?«, sagte plötzlich

jemand irgendwo außerhalb des Kreises. »Meinst du vielleicht diese hier?«

Gemeinsam mit allen anderen fuhr Leander herum und da stand sie, gleich bei der Immeruhr: Ophelia Pendulette, das wertvollste Artefakt ihrer Welt mit beiden Händen umklammernd. Es war nur noch wenige Zentimeter von jener Stelle entfernt, an der seit beinahe zweitausend Jahren ein einzelnes Staubkorn mitten in der Luft schwebte. Jenes Korn, das diesen Ort außerhalb der Zeit hielt. Die glänzenden Bäuche des gigantischen Stundenglases reflektierten Ophelias grimmige Miene, als sie die Totenuhr in die Höhe schob.

Mit einem Mal begann das Körnchen zu zittern.

»Ophelia«, flüsterte Leander. »Bitte!«

»Tu das nicht!«, rief Darius.

»NEIN!«, schrie Pan vom Eingang her.

Doch Ophelia sah nur Leander an, die Dunkelheit in ihren Augen flackerte merkwürdig.

»Ich muss es tun«, sagte sie. »Wir müssen einander gehen lassen, auch wenn es hart ist.« Ihre Stimme brach. »Bitte.«

»Haltet sie auf!«, kreischte Pan, die Garde stürzte auf Ophelia zu und Darius richtete seine Waffe nicht länger auf Leander, sondern zielte stattdessen auf Ophelia. Leander blieb nur ein Atemzug, um einzugreifen. Um eine Entscheidung zu treffen.

Ein Schuss innerhalb der Zeitlosigkeit wäre nicht tödlich, allerdings würde er Ophelia sehr wohl verletzen können. Und wenn Darius sie traf, wäre außerdem ihre einzige Chance dahin. Der Palast würde innerhalb der Zeit weiterexistieren, Ophelia würde sich erholen und vielleicht fände Leander am Ende ja doch noch ein schönes Turmgemach für sie … Scheiße! Wieso nur war ihm immer noch kein Ausweg eingefallen?

Verdammt, verdammt, verdammt.

Leander warf sich Darius entgegen. Es ging nicht anders. Er musste Ophelia retten und sei es nur davor, zu scheitern.

Darius versuchte zwar, sich zu wehren, doch es war zwecklos. Man mochte Leander in seiner Jugend vielleicht nicht in der Kunst des Fechtens unterwiesen haben, aber er war im Waisenhaus stets ein passabler Faustkämpfer gewesen.

Zuerst versetzte er Darius einen Stoß gegen die Schulter, um die Schussrichtung abzuändern. Als Nächstes traf er ihn hart an der Schläfe und einen dritten Hieb hätte er Richtung Leber platziert, aber dazu kam es nicht mehr, weil Ophelia sich nun auf die Zehenspitzen stellte und die Totenuhr blitzschnell an jene Stelle presste, an der das Staubkorn in der Luft hing. Leander sah es über Darius' keuchendes, wutverzerrtes Gesicht hinweg.

Ein Knirschen kroch jetzt aus den Tiefen der Immeruhr hervor, etwas in ihrem Innersten barst. Risse fraßen sich in Windeseile durch Glas und Staub, bildeten ein Mosaik aus Vergangenheit, Gegenwart und Zukunft. Staub über Staub, der längst hätte fließen müssen. Die Totenuhr gab ein einziges ohrenbetäubendes Ticken von sich.

Einen Wimpernschlag später zersprang die Welt um sie herum in unzählige Scherben.

22

Mitsamt der Totenuhr wurde ich durch die Luft geschleudert und landete in einer Ecke der Halle. Ich schirmte mein Gesicht mit den Armen ab, während Glassplitter auf mich herabregneten und mir in die Hände schnitten.

Pan heulte auf.

Darius schrie etwas Unverständliches.

Irgendwo in der Nähe hörte ich Leander, der immer wieder meinen Namen sagte.

Außerdem war da plötzlich so viel Staub! Er schwappte durch die Palasttüren, rollte wie die Brandung eines modrigen Ozeans über den Marmorboden. Überall schlängelten sich Rinnsale durch Fensterritzen und quollen aus Spalten im Gemäuer. Aus allen Richtungen ergoss sich die Zeit nun in den Bernsteinpalast, überschwemmte ihn, fraß sich hinein und nahm wieder in Besitz, was ihr sowieso immer hätte gehören sollen.

Ein Strom der Erleichterung erfasste mich. Ich hatte es geschafft! Das Vermächtnis meines Vaters war erfüllt! Es fühlte sich an, als wäre etwas sehr Schweres von meinen Schultern gefallen und gleichzeitig …

Ich wischte meine Hände an meinem Top ab, während das Herz in meiner Brust zu flattern anfing. Schnell und unregelmäßig. Mein Mund wurde trocken. War es nun so weit? Ich dachte an Papa und wie er mir vorgelesen hatte. An mein Leben in Berlin mit Mama, Mark, Grete und Lars. An das letzte Pfadfinderlager mit Anna, an mein erstes Abendessen bei den Pendulettes in Paris und an Leanders Lippen, die sich vorsichtig auf meine gelegt hatten. Die Totenuhr in meiner Hand wurde mir mit jedem Atemzug bewusster.

Unterdessen kam Pan am anderen Ende der Halle auf die Beine. Etwas Unaussprechliches lag in seinem Blick. Und er wäre beinahe gleich wieder hingefallen, so schnell begann er nun zu rennen. Nach oben.

Hoch, zum Kolosseum?

»Ophelia«, sagte Leander schon wieder. Ich wandte den Kopf zur Seite und entdeckte ihn nicht weit von mir in einem Haufen Scherben. Ein blutiger Striemen hatte sich in die Linien des Tattoos auf seinem Unterarm gemischt, doch ansonsten schien er unverletzt. Zumindest, was das Äußerliche betraf. Der Ausdruck auf seinem Gesicht war … *kompliziert.*

»Leander«, murmelte ich und robbte vorsichtig zu ihm herüber. »Danke, dass du –«

Seine Brauen krochen aufeinander zu. »Du hast es wirklich getan!« Er streckte die Hände nach mir aus.

Ich hielt ihm die Totenuhr hin. »Hier, sie gehört dir.«

Wie zur Begrüßung gab die Uhr ein lang gezogenes Ticken von sich.

Doch Leander schreckte regelrecht vor ihr zurück.

»Nein«, sagte er. »Noch nicht.« Er kam nun wankend auf die Beine und auch die Arbeit seines Verstandes schien wieder an Fahrt aufzunehmen. »Sobald ich die Uhr berühre, werde ich zum Herrn der Zeit und werde in nichts auf dieser Welt mehr eingreifen können. Trägst du sie noch eine kleine Weile für mich?«

Ich nickte.

Er nahm meine Hand und zog mich auf die Füße. »Gut, dann komm. Der Staub steigt zu schnell, wir müssen hier weg, wenn wir dich so lange wie möglich außerhalb der Zeit halten wollen.«

Unsere Finger verflochten sich, dann hasteten auch wir los.

Denn tatsächlich war die Zeit schnell (sie reichte mir bereits bis knapp über das Knie) und sie würde vermutlich nicht eher ruhen, bis sie jedes einzelne Stockwerk des Palastes zurückerobert hatte.

Wieder einmal benutzten wir den Speisenaufzug. Zum Laufen fehlte mir ohnehin die Kraft, denn mit einem Mal war ich müde, so müde. Als hätte ich ganz *les temps* bewegt. Und wenn ich es recht bedachte, hatte ich das ja auch. Außerdem war der Aufzug sowieso der schnellste Weg – zumindest soweit ich wusste.

Der Kasten schnurrte in die Höhe. Leander hatte die Arme um mich gelegt und ich schmiegte mich an seine Brust, sorgsam darauf achtend, ihn nicht versehentlich mit der Totenuhr zu streifen. Mein Herz hörte auf zu flattern, mein Atem beruhigte sich und Leander strich mir sanft übers Haar. Ein weiterer gestohlener Augenblick. War dies unsere letzte schimmernde Seifenblase?

Schon öffneten die Türen sich wieder und wir stolperten hinaus ins Kolosseum.

Auch hier herrschte Chaos. Einige Zeitlose befanden sich noch auf den hölzernen Rängen, andere liefen umher, riefen aufgeregt durcheinander. Die Kuppel aus Staub zitterte, einzelne Rinnsale sanken bereits hinab in den Sand der Arena. Nicht weit von uns entfernt stürzte Pan aus irgendeinem Geheimgang. Er hechtete zwischen einem Haufen Juillets hindurch.

Die Kuppel knisterte und in der Luft lag eine Spannung wie kurz vor einem Gewitter. Auch aus dem Aufzugschacht krochen jetzt die ersten schmalen Staubfinger und kratzten über den Boden des alten Amphitheaters. Da, plötzlich, flammte das Netz der Zeitlosigkeit über unseren Köpfen auf, durchzuckte grell und glühend den Himmel.

Ich umklammerte Leanders Hand fester.

Für einen Moment war das Rund des Kolosseums von einem strahlenden weißen Licht erfüllt. Dann löste sich das Netz endgültig auf, franste aus, zerfaserte. Leuchtender Staub regnete wie Sternschnuppen auf uns herab. Ein paar Zeitlose schrien auf, andere legten verwirrt die Köpfe in die Nacken. Wieder andere flohen in die Tiefen des Palastes hinunter, doch dort würden sie keinen Schutz mehr finden.

Pan rannte noch immer kopflos durch die Menge, schlug nun einen Jungen nieder, der ihm versehentlich in den Weg trat, versetzte einem alten Mann einen Hieb in die Seite, um schneller voranzukommen. Er war vollkommen in Panik, scherte sich offenbar um nichts und niemanden mehr, außer der einen.

Der Alte schrie auf, als er der Länge nach im Sand landete. Ich hastete zu ihm herüber und half ihm wieder auf die Beine. Jetzt erst erkannte ich ihn wieder: Es war der Mann mit der bunten Fliege, der an meinem ersten Abend im Palast Papas Namen erwähnt hatte. Eine Schürfwunde prangte auf seiner Stirn, doch ansonsten schien er unverletzt. »Danke«, nuschelte er und wankte davon.

Als ich mich erneut umsah, war Leander in der Menschenmenge verschwunden. Hastig schob ich mich ein Stück zurück in Richtung Ausgang, doch ich konnte Leander nirgends entdecken. Herrje, wo war er denn plötzlich hin?

Derweil erreichte Pan die schöne Helena.

Sie saß auf ihrem Platz auf der Tribüne, war in sich zusammengesunken. Die Arme hatte sie um ihre Knie geschlungen, darauf ruhte der Kopf mit der komplizierten Hochsteckfrisur. Eine Barke aus dunklen Locken auf einem blauen, seidenen Strom.

»Leander?«, rief ich und wirbelte um die eigene Achse. »LEANDER?«

Pan beugte sich über seine Geliebte. Unendlich vorsichtig streckte er die Hand nach ihrer nackten Schulter aus. Jene Hand, deren Fingerknöchel aufgesprungen waren, als er damit in ein Gesicht geschlagen hatte, berührte Helena nun so zart, als bestünde sie aus hauchdünnem Glas, das jeden Moment zerbrechen konnte. Als drohte auch sie zu zersplittern wie die Immeruhr. Doch sie tat es natürlich nicht.

Sie regte sich überhaupt nicht.

Der Präsident strich ihr eine Locke aus dem Nacken.

Nichts.

Sie zerbrach nicht, denn sie war bereits zerbrochen. Die Zeit war über uns hinweggerollt, Staub perlte von den uralten Steinquadern und tröpfelte auf den Saum von Helenas Abendkleid, bildete ein bizarres Muster auf dem weiten Rock. Die letzte Sekunde ihrer Lebenszeit musste bereits vergangen sein.

Sie war tot.

Mir stiegen die Tränen in die Augen. Natürlich hatte ich gewusst, dass es geschehen würde. Helena selbst hatte gewollt, dass es geschah. Sie hatte lange von diesem Moment geträumt: Endlich war es ihr gelungen, ihren Käfig zu verlassen. Ihre Seele konnte nun Frieden finden. Und trotzdem …

Unbewusst war auch ich näher an sie herangetreten.

Pan hob jetzt ihr Kinn an, betrachtete ihr Gesicht. Geschlossene Lider. Ein zufriedenes Lächeln, das ihre Lippen umspielte. Ja, ich hatte das Richtige getan.

Dennoch tat es mir auch leid.

Der Präsident stieß plötzlich einen Laut aus, zu dem kein menschliches Wesen fähig sein sollte. Lang und gequält, ganz und gar hoffnungslos. Dann sank er auf die Knie, schlang beide Arme um Helenas leblosen Körper und drückte sie an sich, wiegte sie sachte an seiner Brust. Er weinte in ihr Haar und ich spürte, dass es an der Zeit gewesen wäre, mich abzuwenden und weiter nach Leander zu suchen.

Es war ohnehin ein kleines Wunder, dass meine eigene Lebenszeit noch immer anzudauern schien, oder?

Ich hätte gehen und Pan seiner Trauer überlassen sollen. Doch ich hatte Mitleid mit ihm. Obwohl er so viele Menschen geopfert hatte, um seine große Liebe am Leben zu erhalten. Obwohl diese große Liebe seine Gefühle nie erwidert hatte, lediglich eine Gefangene in einem Kerker aus Kostbarkeiten gewesen war. Dieser Mann musste in den letzten zweitausend Jahren unfassbar einsam gewesen sein.

»Es tut mir leid«, wisperte ich. »Ich wünschte, es hätte eine andere Möglichkeit gegeben.«

Der Klang meiner Stimme ließ Pan zusammenzucken. Seine Schultern versteiften sich. Noch einmal strich er der schönen Helena zärtlich über den Kopf, dann setzte er sie behutsam zurück auf ihren Platz. Sein Rücken bebte, als würde etwas in seinem Innern erwachen, eine monströse Kreatur aus Hass und Verzweiflung. Als er sich zu mir umwandte, hatten sich seine Hände zu Fäusten geballt. Sein Gesicht war eine Fratze.

»DU!«, schrie er und stürzte sich auf mich, rang mich zu Boden, ehe ich auch nur dazu ansetzen konnte, mich zu verteidigen. »Wie kannst du es wagen?«

Auf einmal war da das Messer. Das Schwurmesser mit dem verzierten Griff.

Seine tödliche Klinge an meinem Hals.

Pans Augen waren meinen ganz nah, sein keuchender Atem traf meinen Mund. »Du«, wiederholte er, leiser jetzt, »hast sie umgebracht.« Er presste mich zu Boden, das Messer noch immer an meiner Kehle. »Mörderin.«

Ich wollte etwas erwidern, wollte mich wehren. Aber ich traute mich nicht zu sprechen. Die Klinge war scharf, die Pistole an meinem Gürtel unerreichbar.

»Es war dieses Messer, mit dem ich vor langer Zeit meine

Schwester, die erste Herrin der Zeit, tötete. Ganz und gar erlogen sind die alten Geschichten nämlich nicht«, flüsterte Pan jetzt.

In seinem Blick blitzten Wahnsinn, Trauer, Wut. Die Kreatur war zornig genug, um mich auch mit bloßen Händen zu töten. Doch das Messer würde es leicht machen, ein kurzer Druck, ein rascher Schnitt. Mit Janvier war der Präsident offensichtlich bereits auf diese Weise verfahren, warum also nicht auch mit mir?

Ich atmete so flach wie möglich, während er fortfuhr: »Als ich herausfand, wie krank meine Helena war, tötete ich die Herrin der Zeit und nahm ihr die Totenuhr ab, um einen sicheren Ort für Helena zu erschaffen. Ich errichtete meiner Geliebten diesen wunderbaren Palast und gab ihr alles, was sie sich nur wünschte: wunderschöne Kleider, kostbaren Schmuck, erlesene Speisen. Im Laufe der Jahrhunderte erfand ich die vier Bernsteinlinien und wählte die begabtesten, berühmtesten Zeitlosen aus, um meinem Täubchen Gesellschaft zu leisten. Aber es war nie genug. Noch nicht. Heute Abend dachte ich, ich hätte es endlich geschafft. Doch sie war wohl nur verwirrt, glaubte, sie müsse sich an eurem teuflischen Plan beteiligen.« Er schluckte. »Nein, ich bin noch immer auf der Suche nach dem Entscheidenden, dem, was ihr fehlt, um endlich wieder glücklich zu sein. Ich … *war* noch immer auf der Suche«, korrigierte er sich.

Freiheit, dachte ich. Freiheit war das Einzige, das Pan der schönen Helena niemals hatte geben können. Das, was er auch so vielen anderen geraubt hatte.

»Ich weiß, dass die Opfer, die all das erforderte, groß waren. Schließlich zwang uns Janviers Tod dazu, in gewissen Abständen immer wieder einen Nachfolger oder eine Nachfolgerin für sie zu finden. Denn kein einfacher Sterblicher kann diese Aufgabe bis in alle Ewigkeit erfüllen.« Seine Tränen fielen in den Sand neben meinem Gesicht. »Das war es trotz allem wert. Eines Tages wäre es mir gelungen, sie glücklich zu machen. Eines Tages.« Er heulte auf. »Aber diese Möglichkeit hast du mir genommen, Ophelia Pendulette. Und dafür …« Das Messer ritzte die Haut meines Halses ein.

Ich schloss die Augen, atmete. Dann war es dies also, das Ende meiner Lebenszeit, das Leander bereits seit Wochen vorausgesehen hatte. Ich dachte an das Licht der Seelen. Es war freundlich und warm gewesen. Es wäre nicht schlimm, ein Teil davon zu werden, oder? Dennoch erfasste mich eine Welle von Panik. Natürlich wäre ich lieber noch auf dieser Seite geblieben. Hier, in einer Welt, in der es noch so vieles zu erleben gab. Bei meiner Familie: Mama und Mark, Grete und Lars und … Leander.

Ein warmer Tropfen glitt an meinem Hals herab. Blut, das neben mir in den Staub sickerte.

Noch spürte ich keinen Schmerz. Vielleicht hatte ich Glück und es würde schnell gehen. Ich versuchte, mir Leanders Gesicht zum Abschied in allen Einzelheiten vorzustellen. Die fein geschnittenen Züge, die grauen Augen, den Schwung seiner Oberlippe, vor allem, wenn er lächelte. Ich war nicht bereit für das hier. Aber die Erinnerung an Leander war wenigstens ein schöner letzter Gedan–

Plötzlich ließ der Druck der Klinge nach.

Pans Gewicht auf meinem Brustkorb verschwand.

Ich blinzelte.

Leander. Es war Leander, dessen reales Gesicht sich nun mit dem überlagerte, das ich gerade erst heraufbeschworen hatte.

Dieser Leander lächelte allerdings nicht, im Gegenteil. Sein T-Shirt hing in Fetzen, ein neuer Kratzer zierte seine Haut. Er war tiefer als der letzte Schnitt und verlief quer über seine Brust. Staub schimmerte in Leanders Haar und auf seiner rechten Wange. Seine Kiefer mahlten aufeinander. Außerdem hatte er den Präsidenten gepackt und von mir heruntergerissen. Nun schleuderte er ihn mitsamt seinem Messer zur Seite.

Dann half er mir auf.

»Ophelia«, sagte er. Leanders Atem ging keuchend, als wäre er gerannt. »Ist alles in Ordnung?«

Ich nickte benommen, während Pan nicht weit von uns etwas schrie, Worte, die von der Kreatur in seinem Innern bis zur Unkenntlichkeit entstellt wurden. Aus dem Augenwinkel sah ich die Klinge aufblitzen.

Einen Herzschlag später war sie blutig. Genau, wie die Seelen es mir gezeigt hatten. Rote Schlieren rannen über den verzierten Griff.

Bloß musste mir in meiner Vision im Ende der Zeit das Loch entgangen sein.

Das Loch in Pans Brust.

Immer mehr Blut tränkte die sonst stets tadellose Uniform.

Der Präsident machte noch einen Schritt auf die Tribüne zu, legte einen Finger an seine Lippen, dann an die der schönen Helena, ohne die er wohl keinen Sinn mehr in seinem Leben sah. Seine Hand zitterte, seine Knie gaben nach. Er brach zusammen.

Ein gurgelndes Geräusch ertönte, als er noch ein letztes Mal ausatmete.

Pans Kopf sank wie von selbst in Helenas Schoß, als gehöre er dorthin. Sein Blick wurde stumpf, das Blut färbte nun auch die blaue Seide dunkel. Das alles geschah so schnell. Wie konnte es sein, dass jemand im einen Moment noch lebte, atmete und im nächsten …

Plötzlich war ich wieder acht Jahre alt und saß in einem Auto im Regen.

Mit der Hand vor dem Mund taumelte ich rückwärts.

Leander folgte mir, schlang einen Arm um meine Taille, zog mich fort von den beiden reglosen Gestalten.

»Ist ja gut«, murmelte er. »Jetzt ist es vorbei. Du hast es geschafft. Die Zeitlosen sind frei.«

»Ja«, sagte ich leise und nach einer Weile: »Du blutest.«

Leander betrachtete seine Brust. »Ach, das.« Er zuckte mit den Schultern. »Darius hat mich noch mal erwischt. Er hat wirklich versucht, mich umzubringen, um im letzten Moment doch noch selbst Herr der Zeit zu werden. Dachte wohl, das Durcheinander wäre die perfekte Gelegenheit, um mich aus dem Weg zu räumen. Der Kerl hatte sogar schon die Robe an.«

Erst jetzt bemerkte ich den dunklen Stoff, den Leander sich inzwischen um die eigenen Schultern gelegt hatte. Schwarz und schwer.

»Aber es ist und bleibt *deine* Bestimmung«, flüsterte ich und machte mich daran, die Knöpfe über seiner zerschlissenen Kleidung zu schließen. Einen nach dem anderen. Meine Finger zitterten, fühlten sich taub und fremd an. Ich brauchte daher eine gefühlte Ewigkeit. Doch Leander ließ mich gewähren, stand einfach nur da und wartete.

»So«, sagte ich, als ich fertig war. »Jetzt fehlt dir nur noch die Uhr.«

Leander blinzelte. »Deine Augen«, murmelte er. »Irgendwas stimmt damit nicht.«

»Ich möchte jetzt wirklich nicht über meine Lebenszeit sprechen. Nicht ausgerechnet mit dem neuen Herrn der Zeit. Wir wollten einander gehen lassen, schon vergessen?«

Wieder streckte ich ihm entgegen, was ich heute Abend gestohlen hatte. Wieder zögerte er. Einen langen Moment sah er mich einfach nur an, so, als betrachte er mich zum allerersten Mal wirklich.

»Ophelia.«

»Ich weiß«, wisperte ich. »Und mir geht es genauso.«

Er senkte den Blick. Atmete aus.

Unsere Finger berührten sich, als er die Totenuhr schließlich nahm.

Sofort ließ die Uhr in seinen Händen ein Ticken hören und dann noch eines und noch eines. Ein Geräusch, so natürlich wie mein eigener Herzschlag. Und doch ganz und gar andersartig, nicht von dieser Welt.

Nicht von dieser Seite.

Leander drehte das runde Gehäuse hin und her, besah sich dieses unerklärliche Gebilde. Derweil begann ein silbriges Band, sich mitten in der Luft selbst zu weben. Unmöglich zu sagen, ob es eine Schnur oder eine Kette war, ein Seil oder ein Faden. Oder ein Haar, an dem unser aller Schicksal hing. Doch das eine Ende verband sich mit der Totenuhr, während das andere sich wie ein Gürtel um Leanders Hüften schlang.

Es verknüpfte ihn mit seinem neuen Ich.

So viele Jahre hatte Leander auf diesen Moment gehofft! Nun schien ihn das Ganze allerdings vor allem zu verwirren. Und dennoch: Vor meinen Augen wurde Leander Andersen endlich zu dem, der zu sein ihm schon seit seiner Geburt vorherbestimmt gewesen war.

Sein Äußeres veränderte sich nicht. Seine Augen blieben genauso klar und geheimnisvoll wie zuvor. Augen, die mehr sahen als andere: Farben und Schatten – Lebenszeit. Doch zugleich wurde Leander ein anderer, wurde mehr und trotzdem weniger als ein Mensch. Plötzlich war da ein dunkles Glühen, das ihn umgab.

Eine Aura aus Staub und Sternenlicht.

Er schaute auf die Totenuhr in seiner Hand. Auf ihrem Zifferblatt blinkte und leuchtete es, das Ticken wurde lauter, drängender.

Ich versuchte zu lächeln und war mir bewusst, dass es noch furchtbarer aussah als Pippas Grimassen heute Abend, die mir vorkamen, als lägen sie bereits eine halbe Ewigkeit zurück.

»Ich schätze, du hast zu tun«, sagte ich leise und musste meine Nase hochziehen.

»Ja«, murmelte er. »Ja, das habe ich wohl.« Er beobachtete noch immer das schimmernde Zifferblatt, schien das alles erst begreifen zu müssen.

Ich starrte angestrengt an ihm vorbei.

Da streckte Leander plötzlich die freie Hand nach mir aus. Seine Fingerspitzen glitten über meine Wange und hinter mein Ohr. Kühl und federleicht. Für einen Moment betrachtete er mich mit diesem Blick, der sagte: *Lass uns abhauen!* Derselbe Blick, mit dem er mich im Zeitnebel des Louvre bedacht hatte, und auch das war lange her. Er beugte sich vor.

Leander verharrte in der Berührung, seine Hand ruhte an meiner Schläfe, seine Stirn lehnte an meiner. Gemeinsam atmeten wir im Takt der Totenuhr. Dann ließ er mich los und griff nach seiner Kapuze. Er setzte sie auf, zog sie tief in sein Gesicht, bis seine Augen im Schatten lagen.

»Ophelia, ich …«, begann er, verstummte jedoch.

»Es ist in Ordnung.«

Er schien noch etwas erwidern zu wollen, aber dann ließ er es doch, wandte sich stattdessen abrupt ab. Plötzlich war da nur noch diese hochgewachsene, finstere Gestalt. Derjenige, dem man erst am Ende begegnete, am Ende von allem.

Der Herr der Zeit.

Die ersten Seelen warteten natürlich längst auf ihn. Leuchtend schwebten sie kaum drei Schritte entfernt. Sie zitterten, weil staubige Rinnsale ihnen entgegensickerten. Zwei Seelen, um genau zu sein. Zwei Seelen, die in Sicherheit gebracht werden mussten.

Da die beiden über beinahe zweitausend Jahre miteinander verbunden gewesen waren, passte es wohl, dass sie auch ihre letzte Fahrt auf den Strömen gemeinsam antreten würden.

Der neue Herr der Zeit beugte sich über sie und nahm sie behutsam in die Arme.

23

Eine Woche später lebte ich noch immer. Das musste an ein Wunder grenzen. Doch seit jener Nacht im Kolosseum war ich mehr oder weniger wie betäubt durch mein Leben gestolpert. Zu betäubt, um zu hoffen oder mir deswegen überhaupt Gedanken zu machen. Alles war so verwirrend. Alles war so anders, jetzt. Tage und Nächte rauschten an mir vorbei und ich versuchte, zu Hause in so etwas wie einen Alltag zurückzufinden, während ich gleichzeitig nicht sicher war, ob mir das jemals gelingen würde. Ich ging zur Schule, hatte sogar Anna und den Pfadfindern einen Besuch abgestattet. Doch es war nicht mehr dasselbe. Ich war nicht mehr dieselbe.

Und noch immer quälte mich diese absolute Erschöpfung.

Auch heute hatte ich mich deshalb früh ins Bett verabschiedet und nun hörte ich das Murmeln des Nachrichtensprechers gedämpft durch die Wand. Die Zeiter hatten inzwischen eine Theorie als Erklärung für die merkwürdigen Anomalien der letzten Monate aufgestellt. Dabei gingen sie von einer kurzfristigen Verschiebung der Erdachse aus, es war derzeit das Top-Thema. Im Fernsehen brachten sie wieder einmal eine Sondersendung, in der Wissenschaftler über Neigungswinkel, Rotationsgeschwindigkeiten und Sternkonstellationen diskutierten. Mama und Mark ahnten selbstverständlich, dass etwas ganz anderes dahintersteckte. Ich hatte da so ein paar Andeutungen gemacht. Trotzdem verfolgten sie die Berichterstattung aufmerksam.

Ich hingegen drehte mich auf die Seite und zog mir das Kopfkissen übers Ohr.

Meine Familie hatte natürlich wissen wollen, was genau geschehen war, als ich vor ein paar Tagen plötzlich wieder zu Hause in Berlin aufgetaucht war. Und ich hätte es ihnen auch gerne erzählt, wirklich. Ich wusste bloß noch immer nicht, wo ich anfangen sollte. Mit Papas Karten, wegen denen er hatte sterben müssen? Mit Pans Lügen, unter denen so viele Menschen hatten leiden müssen? Damit, dass ich keine Ahnung hatte, wie viel Zeit mir eigentlich noch blieb? Oder damit, dass *la nuit* und ich etwas getan hatten, das die Welt der Zeitlosen grundlegend und für immer verändert hatte?

Der Bernsteinpalast existierte zwar weiterhin, doch *les temps* hatten ihn inzwischen gänzlich zurückerobert. Ein paar Zeitlose hatten beschlossen, dort zu bleiben. Andere wiederum waren bereits aufgebrochen. Um sich irgendwo ein sonniges Heim zu suchen oder vor dem Ende ihrer Lebenszeit noch einmal eine große Reise zu unternehmen. Wolferl zum Beispiel hatte sich jüngst mit einem brandneuen Pseudonym und Grete als Begleitung zu seiner voraussichtlich letzten Welttournee aufgemacht.

Für so manches Mitglied der Bernsteinlinien war das Ende der Zeitlosigkeit offenbar gar nicht so schrecklich wie erwartet. Nicht mehr ständig darauf achten zu müssen, Lebenszeit zu sparen, konnte auch etwas Befreiendes haben. Doch natürlich verfluchte mich so mancher Kreuzritter dafür, dass ich ihm die Ewigkeit genommen hatte. Und Horatio, so hatte Pippa mir gestern am Telefon erzählt, tobte in seinem Krankenhausbett, wo er sich von seiner Schussverletzung erholte und auf Rache sann. Wobei die Pendulettes und *la nuit* geschworen hatten, mich mit allen Mitteln zu beschützen …

Aber lange würde ich ja sowieso nicht mehr auf dieser Seite bleiben, oder?

Ich wälzte mich herum. Noch vor zehn Minuten war ich so müde gewesen, dass ich geglaubt hatte, jeden Moment im Stehen einzuschlafen. Meine Lider waren schwer gewesen, meine Gedanken träge und stumpf. Und jetzt?

Vielleicht gelang es mir einzudösen, wenn ich das Fenster öffnete? Oder einen Schluck Wasser trank?

Ich beobachtete eine Spur aus Staub, die sich über den Teppichboden meines Zimmers schlängelte. Die Zeit glitzerte im Mondlicht wie flüssiges Silber und ich schob meine Hand über die Bettkante. Meine Fingerspitzen tasteten nach den Strömen und begannen, sie vorsichtig zu kräuseln.

Irgendwann fielen mir dabei wohl doch die Augen zu, denn als ich sie wieder öffnete, war es viel dunkler um mich her. Das Murmeln des Fernsehers war verstummt, stattdessen drang etwas anderes an mein Ohr.

Tick, hallte es durch die Nacht. *Tick-Tick, Tick-Tick.*

Sofort war mir klar, was es war. Das Geräusch folgte dem

Rhythmus meines eigenen Herzschlags und es konnte nur zu einer einzigen Uhr gehören.

Tick-Tick.

Die Lethargie der letzten Tage fiel mit einem Schlag von mir ab. Ich setzte mich auf.

Leander stand an meinem Schreibtisch.

Er hatte mir den Rücken zugewandt und betrachtete eine Fotocollage, die Grete und mich im Wandel der Zeiten zeigte, vom Kindergarten bis heute. Der Saum seines Umhangs bewegte sich, als plötzlich eine weiße Ratte daran zu Boden glitt, um nach ein paar Kekskrümeln neben dem Mülleimer zu jagen.

»Scarlett«, flüsterte ich.

Leander fuhr herum. »Hey.« Er lächelte.

»Hey.«

Wir beobachteten Scarlett beim Fressen, während die Totenuhr lauter und lauter wurde.

»Dann ist es also so w–«, begann ich, als ich es nicht mehr länger aushielt, brach dann aber doch mitten im Satz ab. Leander wiederzusehen war nämlich … Im Grunde hatte ich es mir seit neulich Nacht wohl etwa eine Million Mal ausgemalt, aber jetzt … Ich schluckte, weil da plötzlich ein gigantischer Kloß in meinem Hals steckte. Hastig atmete ich ein und wieder aus. »Nur, weil du jetzt der Herr der Zeit bist, musst du dir nicht gleich einen Rauschebart zulegen, weißt du?«, krächzte ich schließlich.

Leander fuhr mit der Hand über sein stoppeliges Kinn. »Oh«, murmelte er. »Ich war heute Morgen ziemlich in Eile. Viel zu tun.« Er zuckte mit den Schultern.

»Kann ich mir vorstellen.« Ich stand auf und beschloss, lieber nicht mehr in sein Gesicht zu sehen. Seine staubgrauen Augen würden mir sonst nämlich sicher den Rest geben und ich wollte nicht heulen, während ich, na ja, *starb.* »Okay«, sagte ich deshalb nun zu der Luft links neben seinem Kopf. »Von mir aus können wir los.«

»Los?«

Ich angelte einen Brief aus der Schublade meines Nachttischchens und platzierte ihn auf meinem Kopfkissen. Der Inhalt war unzusammenhängend und wirr, doch alles, was ich bisher zustande gebracht hatte. Meine Familie sollte wenigstens den Versuch einer Erklärung bekommen, wenn ich sie nun verließ.

Für den Bruchteil einer Sekunde spielte ich außerdem mit dem Gedanken, mir etwas überzuziehen. Einen Pullover und Socken vielleicht. Ich sah an meinem dunkelblauen Schlafanzug herunter bis zu meinen nackten Zehen. Aber das war natürlich Blödsinn, mein Körper würde ja hierbleiben.

Ich verbot mir, weiter über diese ganze Sache nachzudenken, trat stattdessen nervös von einem Fuß auf den anderen. »Kannst du es«, ich schluckte, »vielleicht irgendwie schnell machen? Bitte?«

Leander starrte mich an, blinzelte – und schien endlich zu begreifen, was eigentlich auf der Hand lag.

»Ich bin doch nicht deswegen hergekommen«, stammelte er und schüttelte den Kopf. »Neulich im Kolosseum habe ich es noch nicht verstanden, da kamen mir die Schatten in deinem Blick bloß merkwürdig vor, aber jetzt kenne ich die Geheimnisse der Zukunft. Und auch in deinen Augen kann man es sehen: Die Farben kehren zurück.«

»Wie meinst du das?«

Er schüttelte noch immer den Kopf, während er irgendetwas über seinen ursprünglichen Plan, mich gewinnen zu lassen, sagte. »Nun ist es zwar anders gekommen, aber das Ergebnis ist dasselbe, verstehst du? Ich sehe in den Augen der Menschen lediglich, wann sie auf die andere Seite wechseln, mehr nicht«, erklärte er. »Und du hast die Schwelle bereits überschritten. Als du im Ende der Zeit warst, das zugleich auch ihre Quelle ist. Es war mir lange nicht klar, aber die Zeit ist wie ein Kreis, Ophelia, und … du hast genau das getan, was ich vorausgesehen habe, als du die gefangenen Zeitlosen befreit hast. Doch weil du die Totenuhr bei dir hattest, konntest du zurückkehren.« Wieder einmal hatte ich das Gefühl, er schaute bis auf den Grund meiner Seele hinab. »Die Dunkelheit ist fort«, flüsterte er. »Sie ist fort!«

Nur ein kleiner Teil seiner Worte hatte meinen Verstand erreicht, der Rest schien einfach von mir abzutropfen. Doch dieser kleine Teil reichte aus, um zu verstehen.

Es war noch gar nicht so weit!

Nicht heute Nacht.

Meine Lebenszeit lief weiter und das nächste Mal, das ich auf die andere Seite wechseln würde, lag sogar in weiter Ferne.

Meine Beine mussten unter mir nachgegeben haben, denn plötzlich saß ich wieder auf dem Bett. Mir war schwindelig und möglicherweise war ich sogar kurzzeitig nicht ganz bei mir gewesen.

Leander hockte nämlich inzwischen vor mir. Er hatte seinen Umhang abgelegt und die Totenuhr tickte nun gedämpft in der Tasche seines Sweatshirts. Ihn umgab zwar nach wie vor dieses dunkle Leuchten seines neuen Wesens, doch er schien mehr denn je er selbst zu sein: *Leander*.

»Ophelia«, murmelte er. »Es tut mir so leid, dass ich es dir nicht schon früher gesagt habe. Verdammt! Du warst die ganze Zeit über im Ungewissen. Und jetzt jage ich dir noch dazu so einen Schreck ein! Dabei hätte ich es wissen müssen … Entschuldige, bitte entschuldige. Neuerdings sind da so viele Dinge in meinem Kopf, die waren, sind oder sein werden, dass ich manchmal noch den Überblick verliere.«

Angesichts dieser neusten Erkenntnisse fand ich es durchaus in Ordnung, ein wenig zu heulen. Oder auch ein wenig mehr. Mein Kopf sank an Leanders Schulter und dieser legte vorsichtig die Arme um mich.

»Verzeih mir«, bat er erneut. »Ich bin so ein Idiot.«

»Stimmt«, schluchzte ich. Allerdings war ich gerade viel zu erleichtert, um sauer zu sein. Die Finsternis in meinem Blick war verschwunden! Ich hatte mich selbst gerettet! War das zu fassen? Herrje, von Freudentränen lief einem aber auch ganz schön die Nase!

Es dauerte ein paar Minuten, bis ich mich wieder einigermaßen gefangen hatte. Doch schließlich rückte ich ein Stück von Leander ab, schnäuzte in ein Taschentuch und zerriss den Brief auf meinem Kopfkissen sorgfältig zu Konfetti. Dann erst wandte ich mich wieder meinem Besucher zu.

»Wenn du nicht hier bist, um zu tun, was ich dachte, das du tun würdest«, überlegte ich. »Wieso kreuzt du dann mitten in der Nacht in meinem Zimmer auf?«

Die tätowierten Linien auf seinem Unterarm bewegten sich, als er nach meiner Hand griff. »Ophelia.« Er sah mir in die Augen. »Seit ich der Herr der Zeit bin, habe ich die beste Ausrede überhaupt, um davonzulaufen«, erklärte er ernst und es klang, als hätte er sich die Worte genau zurechtgelegt. »Keiner erwartet jetzt noch von mir, dass ich Zeit mit ihm verbringe. Die meisten Menschen hoffen sogar darauf, mich möglichst nie zu treffen. Ich könnte für immer meine Ruhe haben, für immer allein sein. Aber ich will es gar nicht mehr. Jedenfalls nicht, wenn es dich gibt.«

»Aber –«

»Ich weiß, ich habe neuerdings so etwas wie einen ziemlich merkwürdigen Job und bin nur noch teilweise menschlich, aber können wir nicht trotzdem zusammen sein? Können wir es nicht wenigstens versuchen?«

»Ich dachte, du hättest von nun an –«

»Niemand schreibt uns vor, was es bedeutet, *wir* zu sein. Die Ströme brauchen kaum noch Bewachung, seit die Zeitlosigkeit des Bernsteinpalastes sie nicht mehr aus dem Gleichgewicht bringt. Zeitlos zu sein, kann jetzt vieles bedeuten. Und Herr der Zeit zu sein genauso, schätze ich. Wir sollten selbst entscheiden, was und wie wir sein wollen, Ophelia. Findest du nicht?«

Leander hatte recht. Vermächtnisse, Verschwörungen und Bestimmungen hin oder her, die Zeit, zu grübeln und der Vergangenheit nachzuhängen, war wohl für uns beide endgültig vorüber.

Dies war vielmehr der Moment, einfach nur ich selbst zu sein, hier und jetzt. Der Moment, in dem ich mich vorbeugte und Leander küsste.

Es war ein Kuss, ganz anders als unser erster. Keine vorsichtige Begrüßung im Nebel, eher die halsbrecherische Fahrt in einer Rennbarke. Ein Kuss wie der größte Vorsprung aus gestohlenen Sekunden, der je in einen Strom geflochten wurde, um zwei Menschen durch das Gefüge aus Raum und Zeit zu katapultieren. Obwohl Leander nicht gekommen war, um meine Seele zu rauben, fühlte es sich an, als hielte er sie in seinen Händen. Und obwohl mir irgendwann der Sauerstoff auszugehen drohte, hoffte ich, dass das Ende noch auf sich warten lassen würde.

Natürlich, früher oder später … Das Ticken der Totenuhr drängelte ungeduldig. Trotz des Sweatshirtstoffs hatte es eine nahezu ohrenbetäubende Lautstärke erreicht. Und der Herr der Zeit war bekanntermaßen ein Fachmann, was Enden jeglicher Art betraf. Aber noch war ich nicht bereit, Leander schon wieder gehen zu lassen. Nein, es war definitiv zu früh.

Wenn bloß diese Totenuhr …

Als wir uns schließlich nach einer viel zu langen und gleichzeitig noch immer zu kurzen Weile wieder voneinander lösten, waren Leanders Lippen gerötet. Seine Augen glänzten und auch er schien Mühe zu haben, wieder zu Atem zu kommen. Außerdem fiel sein Blick auf die staubigen Rinnsale, in denen ich meine Finger nicht gerade unauffällig versenkt und auf ziemlich eindeutige Weise verknotet hatte.

»Hast du etwa …?«

Ich zuckte mit den Schultern und grinste ihn an. »Es ist ja wohl kein Verbrechen, als Zeitlose ab und an ein wenig zurückzuspulen, oder?«, sagte ich mit zittriger Stimme.

»Nein«, murmelte Leander und legte den Kopf schief. »Nein, tatsächlich würde ich sogar so weit gehen zu sagen, dass das eine verdammt gute Idee ist. Ich kann nicht mehr in den Lauf dieser Welt eingreifen, aber du … Recht praktisch, diese Fähigkeit, die du da hast, Ophelia Pendulette.«

»Ach, na ja, was man halt so aufschnappt in einem komischen Turnier um irgendeinen noch komischeren Job.«

Die Totenuhr tickte jetzt so laut, dass wir beinahe schreien mussten, möglicherweise hatten wir meine Familie bereits aufgeweckt.

Doch Leander sah noch immer nur mich an. »Tu es einfach noch mal, ja?«, bat er.

Lächelnd griff ich erneut nach den Strömen.

Epilog

Der Herr der Zeit war jung. Er war es schon seit einer ganzen Weile, und trotzdem war er unerfahren. Er war jung und er liebte ein Mädchen.

So etwas war noch niemals vorgekommen, bei keinem seiner Vorgängerinnen und Vorgänger. Während er eine Seele in seinen Armen hielt und seine Barke durch die Fluten aus Staub und Spinnweben steuerte, fragte er sich daher, wie ihrer beider Zukunft wohl aussehen würde. Ein Mensch und er, der er nur noch lose mit dieser Welt in Verbindung stand – konnte das gut gehen?

Les temps waren friedlich dieser Tage, friedlicher, als sie es viele Jahrhunderte lang gewesen waren, und die Seele in seinen Armen zitterte lediglich verhalten. Es war nicht mehr weit, die Quelle ganz nahe. Der Herr der Zeit würde die Seele also sicher übersetzen und dann … Die Totenuhr tickte, da warteten bereits andere auf ihn. Auch ihnen würde er selbstverständlich sein Geleit geben. Er tat, was getan werden musste. Immer.

Und weil die Zeit für ihn wie ein Kreis war, in dem zugleich alles schon geschehen war, noch geschehen würde oder haargenau in diesem Augenblick geschah, kannte er übrigens längst die Antwort auf seine eigene Frage.

Er wusste, dass es nicht leicht werden würde für ihn und das Mädchen. Aber er wusste auch, dass unter all den Momenten, die sie gemeinsam erlebt hatten, gerade erlebten oder noch erleben würden, eine ganze Reihe war, für die es sich lohnte, dem Strom der Zeit dann und wann die Stirn zu bieten.